Learn Portuguese by Reading

A Fantasy Novel Edition: Volume 1

The Sorcery Code by Dima Zales

♠ Mozaika Educational ♠

Translated into Portuguese by Eliane Rio Branco.

Published by Mozaika Educational, an imprint of Mozaika LLC.
www.mozaikallc.com

e-ISBN: 978-1-63142-099-3
ISBN: 978-1-63142-100-6

FOREWORD

The basic idea for this project was conceived shortly after Dima Zales immigrated to America in 1991 as a teenager. He had a goal that was similar to yours—to master a brand-new language. He was able to learn English well enough to succeed academically (Master's degree from NYU) and professionally (13 years on Wall Street). He also became a *USA Today* bestselling author who writes fantasy and science fiction in his second language. One of the ways he achieved his goal is now the basis for this project.

From Dima Zales:
I had a favorite book, a book that was actually a translation of its English version. When I developed some basic English vocabulary, I decided to read that book in its original English and armed myself with a thick dictionary. Because I knew the book quite well, reading it was easier than I had expected. The enjoyment of reading a novel, rather than a textbook, was a powerful motivator, and I was able to finish it quickly. Having read the English book once, I proceeded to read it a few more times. After that, I was ready to tackle reading something I didn't know inside and out—and I did, going on to read thousands of books in my second language.

The idea behind this project is to bring you the kind of experience Dima Zales had back then, only enhanced. If you happen to have a favorite book that you know inside and out, and you can get your hands on a great Portuguese translation of it, that might work better for you than this project. However, for those who don't already have a book in mind, we are providing this excellent fantasy novel to use along with its translation.

Ebook reading devices give you advantages that Dima Zales didn't have back in the 1990s. In most, you can highlight Portuguese words and have them defined automatically. It is our hope that this project will take your Portuguese to more advanced levels and enable you to have fun in the process.

HOW TO USE THIS BOOK

We have interspersed Portuguese chapters with English chapters. This will allow you to read and verify your comprehension. Regardless of your proficiency level, we encourage you to read the Portuguese version of each chapter before you read the English. Once you're done with the book, we recommend that you try reading it at least one more time. The more you read, the more familiar you will get with the content, which will enable your brain to process previously unknown words in their proper context.

PRÓLOGO

Na vastidão de seu reino, uma centelha de pensamento tentou se grudar na consciência. Um novo ser, sem saber direito o que significava consciência, desejava aquele estado. Ele queria pensar, ponderar sua existência. Quem era? Por que estava ali?

O ser sabia que tinha um tempo limitado para lidar com essas questões. As visões estavam para recomeçar — as visões que o haviam formado e, ao mesmo tempo, que o frustraram. Essas visões nunca deram um só alívio ao ser. Nunca lhe deram a chance de contemplar sua estranha realidade.

Nas visões, tudo era simples. O ser conhecia coisas. Era geralmente *ela* — embora, em certas ocasiões, tenha vivenciado ser *ele*, também. Ele sabia quem era, embora fosse sempre alguém diferente. Compreensível. Mas era apenas uma ilusão. Do lado de fora dessas visões, havia a realidade do ser. A realidade do não saber, não entender. O mundo, fora das visões, era incisivamente diferente do mundo interior.

E agora, outra visão parecia estar se aproximando.

O ser se preparou, sabendo que perderia novamente a consciência.

* * *

— Somente algumas gotas de sangue por toda essa comida? — a garota perguntou, olhando desconfiada para as duas mulheres mais velhas.

Elas haviam lhe pedido para furar o dedo e tocar com seu sangue em uma esfera estranha e brilhante. Levou menos de dois segundos e, mesmo assim, lhe deram pão e queijo como pagamento — mais comida do que a menina havia visto nos últimos meses. Tinha que haver alguma cilada. Esse tipo de banquete podia salvar dez vidas no território de Kelvin.

— Sim, uma das mulheres mais velhas confirmou. Era a mais simples das duas, a chamada Esther.

— Apenas algumas gotas de sangue.

— E não preciso fazer mais nada?

A experiência havia ensinado à menina a ser desconfiada. Ninguém dava comida com tanta facilidade naqueles dias — não depois do começo da seca. Ela tinha aprendido isso da maneira mais dura. A memória daquilo pelo que teve que passar naquela noite, quando a fome que a fez implorar Davish para comer, era insuportável. Ela preferia morrer a ter que passar por aquilo novamente.

— Não, apenas desfrute da comida, conte-nos sobre a vida em sua terra e toque na esfera depois. Apenas isso — afirmou a que se dizia chamar Maya.

— Está bem — disse a menina, encolhendo os ombros de forma fatalista.

Ela tinha ouvido rumores de que a essência das pessoas poderia ter sido roubada por objetos encantados chamados Capturas de Vida, mas ela não sabia se era verdade — ou se a esfera incomum diante dela era aquele objeto. De qualquer maneira, ela não estava com medo. Se não comesse iria morrer, e ela preferia manter sua vida à sua essência, o que quer que isso significasse.

A menina pegou o queijo com dedos trêmulos de ansiedade e o levou à boca. O sabor delicioso explodiu em sua língua. Era tão gorduroso, tão delicioso que quase gemeu alto. As vacas, no território Blaise, deviam ter sido incrivelmente bem alimentadas para produzir um queijo tão repleto de gordura.

— Vá com calma, menina, Esther disse com doçura — ou então vai adoecer.

A menina considerou seu conselho por não querer vomitar uma comida tão gostosa. Mesmo que a fome a roesse por dentro, ela tentou se forçar a mastigar o mais lentamente que podia, saboreando cada mordida. Quando começou a se sentir saciada, contou para as duas mulheres mais velhas histórias sobre sua vida no território de Kelvin, evitando as partes mais aterrorizantes.

As mulheres a ouviam caladas, com seus rostos envelhecidos repletos de piedade.

* * *

A consciência voltou e o ser tentou voltar a seus pensamentos anteriores. O que era? Onde era? Ainda havia tanto que ele não sabia. Em cada visão, o ser sentia que conseguia alguma aparência de compreensão, mas era um processo lento e tortuoso. Mesmo assim, sabia que estava pronto para tomar algumas decisões.

A primeira decisão que o ser tomou foi escolher seu gênero. Era *ela*, o ser tinha decidido, lembrando-se da maioria das mentes nessas visões. E como sabia pensar como aquelas mentes, decidiu que *era* como elas — uma pessoa, um ser pensante.

Isso ajudou a esclarecer as coisas para ela. Mas o ser ainda estava confuso sobre sua realidade e o mundo, dentro daquelas visões. O que era fome? O que era piedade? Antes que ela pudesse encaixar as respostas, uma nova visão se aproximou...

PROLOGUE

In the vastness of its realm, a spark of thought tried to cling to consciousness. A new being, it wasn't sure what consciousness meant, but it desired that state. It wanted to think, to ponder its existence. Who was it? Why was it there?

The being knew that it had limited time to dwell on these questions. The visions were about to begin again—the visions that shaped it and, at the same time, frustrated it. These visions never gave the being a reprieve. Never gave it a chance to contemplate its strange reality.

In the visions, everything was simple. The being knew things. It was usually a she—though on occasion, it experienced being a he, too. It knew who it was, even though every time it was someone different. Inside these visions, the world was easy. Understandable. But it was just an illusion. Outside these visions was the being's reality. The reality of not knowing, not understanding. The world outside the visions was starkly different from the world inside.

And now another vision seemed to be approaching.

The being prepared itself, knowing it would lose consciousness again.

* * *

"Just a few drops of blood for all this food?" the girl asked, giving the two older women a suspicious look. They'd asked her to prick her finger and touch a strange shiny sphere with the blood. It took less than two seconds, yet they gave her bread and cheese as payment—more food than

the girl had seen in recent months. There had to be a catch. This kind of feast could save ten lives back in Kelvin's territory.

"Yes," one of the older women confirmed. It was the plainer one of the two, the one named Esther. "Just a couple of drops of blood."

"And you don't need me to do anything else?" Experience had taught the girl to be wary. Nobody gave out food so easily these days—not since the drought began. She'd learned that the hard way. The memory of what she had to endure that one night, when hunger drove her to beg Davish for a meal, was unbearable. She would rather die than go through that again.

"No, just enjoy the food, tell us about life back home, and touch the sphere afterwards. That's all," said the one calling herself Maya.

"All right," the girl said, shrugging fatalistically. She'd heard rumors that people's essence could be stolen through enchanted objects called Life Captures, but she didn't know whether that was true—or whether the unusual sphere sitting in front of her was such an object. Either way, she wasn't afraid. If she didn't eat, she would die, and she would rather keep her life than its essence, whatever that meant.

Reaching for the cheese, the girl picked it up with fingers that shook from eagerness, and brought it to her mouth. The rich flavor exploded on her tongue. It was so fat, so delicious, she almost moaned out loud. The cows in Blaise's territory had to be incredibly well-fed to produce such fatty cheese.

"Pace yourself, child," Esther said kindly, "or else you'll get sick."

The girl heeded her advice, not wanting to throw up such good food. Even though hunger gnawed at her insides, she tried to force herself to chew as slowly as she could, savoring each bite. When she began to get full, she started telling the two older women stories from her life in Kelvin's territory, avoiding the most horrifying bits.

The women listened to her quietly, their weathered faces filled with pity.

* * *

Consciousness came again, and the being tried to return to its thoughts from earlier. What was it? Where was it? There was still so much it didn't know. With each vision, the being felt like it was getting some semblance of understanding, but it was a slow and torturous process. Still, it knew it was ready to make some decisions.

The first decision the being made was to choose its gender. It was a *she*, the being decided, recalling most of the minds in these visions. And since she could think like those minds, she decided that she *was* like them—a person, a thinking being.

This helped clarify things for her, but the being was still confused about her reality and the world inside the visions. What was hunger? What was pity? Before she could try to puzzle out the answers, a new vision approached . . .

CAPÍTULO UM: BLAISE

Havia um mulher nua no chão do estúdio de Blaise.

Uma linda mulher nua.

Aturdido, Blaise olhava para a criatura maravilhosa que tinha acabado de surgir do nada. Ela olhava em volta com uma expressão perplexa no rosto, aparentemente tão chocada em estar ali quanto ele estava por vê-la. Seu cabelo loiro ondulado caía por suas costas, cobrindo parcialmente um corpo que parecia ser a perfeição personificada. Blaise tentou não pensar no corpo e, em vez disso, se concentrar na situação.

Uma mulher. Uma *Ela*, e não um *Isso*. Blaise mal podia acreditar. Poderia ser? Seria esta garota o objeto?

Ela estava sentada em cima de suas pernas dobradas, se sustentando em um braço esguio. Havia algo esquisito naquela pose, como se ela não soubesse o que fazer com seus membros. No geral, apesar das curvas que moldavam uma mulher adulta, havia uma inocência infantil na forma como se sentava, que aparentava uma completa falta de constrangimento e parecendo totalmente ignorante de seu próprio encanto.

Limpando a garganta, Blaise tentou pensar no que dizer. Em seus sonhos mais ousados, ele não teria imaginado esse tipo de resultado para o projeto que havia consumido sua vida nos últimos meses.

Ouvindo aquele som, ela virou a cabeça para olhá-lo e Blaise se deparou olhando para um par de olhos azuis de uma limpidez incomum.

Ela piscou e inclinou a cabeça para o lado, estudando-o com visível curiosidade. Blaise imaginava o que ela estaria vendo. Ele não havia visto a luz do dia há semanas e não se surpreenderia se, a essa altura, estivesse parecendo um feiticeiro louco. Provavelmente havia uma semana de pelo de barba cobrindo seu rosto, e ele sabia que seu cabelo castanho estava despenteado e arrepiado em todas as direções. Se ele soubesse que se defrontaria com uma linda mulher hoje, teria se arrumado todo pela manhã.

— Quem sou eu? — perguntou ela, surpreendendo Blaise. Sua voz era suave e feminina, tão sedutora quanto o resto.

— Que lugar é este?

— Você não sabe? — Blaise ficou contente em finalmente ter conseguido juntar uma frase semicoerente.

— Você não sabe quem é nem onde está? — perguntou.

Ela balançou a cabeça.

— Não.

Blaise engoliu em seco.

— Entendi.

— O que eu sou? — ela perguntou de novo, olhando para ele com aqueles olhos incríveis.

— Bem — Blaise disse lentamente, — se você não é uma brincadeira de mau gosto ou um produto da minha imaginação, então é meio difícil de explicar...

Ela observava sua boca enquanto ele falava e, quando ele parou, olhou para cima novamente, indo de encontro a seu olhar fixo. — É estranho — disse ela — ouvir palavras dessa forma. São as primeiras palavras de verdade que ouço.

Blaise sentiu um arrepio na espinha. Levantando da sua cadeira começou a andar, tentando desviar os olhos daquele corpo nu. Ele esperava que *algo* aparecesse. Um objeto mágico, uma coisa. Ele não sabia que forma aquela coisa tomaria. Um espelho, talvez, ou um abajur. Talvez algo tão incomum quanto a Esfera de Captura de Vida que estava em sua mesa como um grande diamante redondo.

Mas logo uma pessoa? Uma pessoa do gênero feminino ainda por cima?

Na verdade, ele *estava* tentando tornar o objeto inteligente, assegurando que teria a capacidade de entender a linguagem humana e convertê-la em um código. Talvez não devesse estar tão surpreso em relação à inteligência que invocou e que tomou uma forma humana.

Uma forma linda, feminina e sensual.

Olha o foco, Blaise, olha o foco.

— Por que está falando assim?.

Ela lentamente se levantou, com movimentos incertos e estranhamente desajeitados.

— É para eu andar também? É assim que as pessoas falam umas com as outras?

Blaise parou diante dela, fazendo o possível para manter o olhar acima de seu pescoço.

— Desculpe. não estou acostumado a mulheres nuas em meu estúdio.

Ela passou as mãos pelo corpo, como tentando senti-lo pela primeira vez. Seja qual fosse sua intenção, Blaise achou aquele gesto extremamente erótico.

— Tem algo errado com minha aparência? perguntou ela. Era uma preocupação tão tipicamente feminina que Blaise teve que conter um sorriso.

— Pelo contrário — assegurou.

— Você está incrivelmente bem. Tão bem que, na verdade, ele tinha dificuldades em se concentrar em nada que não fosse aquelas curvas delicadas. Ela tinha estatura média e tão proporcionalmente perfeita que poderia ser usada como modelo de um escultor.

— Por que eu sou assim?

Ela franziu levemente sua testa lisa.

— O que sou?

Aquela parte parecia ser a mais intrigante para ela.

Blaise respirou fundo, tentando acalmar sua pulsação acelerada.

— Acho que posso me aventurar a dar um palpite, mas antes de fazer isso, quero lhe dar algumas roupas. Por favor, espere aqui, eu já volto.

E sem esperar por sua resposta, ele saiu apressadamente do ambiente.

* * *

Saindo do estúdio, Blaise caminhou apressado até o outro lado da casa para o 'quarto dela', como ele ainda pensava acerca do quarto meio vazio. Era lá que Augusta guardava suas coisas quando estavam juntos — uma época que, agora, parecia ser há séculos. Apesar disso, entrar no quarto empoeirado era tão doloroso no presente como havia sido há dois anos. Separar-se da mulher com quem ele estivera por oito anos — a mulher com quem ia se casar — não tinha sido fácil.

Tentando manter a mente na tarefa que tinha pela frente, Blaise se aproximou do armário e vasculhou seu conteúdo. Como ele esperava, havia algumas dúzias de vestidos de seda e veludo, os tecidos favoritos de Augusta. Somente feiticeiras — a casta superior da sociedade — podiam se dar ao luxo disso. As pessoas comuns eram pobres demais para vestir algo que não fosse feito de tecidos ásperos produzidos em casa. Blaise se sentia mal ao pensar na terrível desigualdade que ainda permeava cada aspecto da vida em Koldun.

Ao mesmo tempo, se lembrava de que ele e Augusta sempre discutiram por causa disso. Ela jamais partilhara da preocupação dele com os plebeus. Ao invés disso, desfrutava do status quo e de todos os privilégios decorrentes de ser uma feiticeira respeitada. Se Blaise se lembrava corretamente, ela usava um vestido diferente a cada dia de sua vida, exibindo sua riqueza sem se envergonhar disso.

Bem, pelo menos os vestidos que ela deixou na casa dele seriam úteis agora. Pegando um deles — uma criação de seda azul que indubitavelmente havia custado uma fortuna — e um par de chinelas finas de veludo preto, Blaise saiu do quarto, deixando para trás camadas de pó e de memórias amargas.

Ao voltar, ele se deparou com o ser nu. Ela estava de pé perto da entrada de seu estúdio, olhando para um quadro pintado por seu irmão, Louie. Era de uma pequena cidade no território de Blaise e a cena retratada era idílica — um festival após uma grande colheita. Camponeses sorridentes, de faces coradas, dançavam uns com os outros e alguém tocando harpa ao fundo. Blaise gostava de olhar para aquele quadro. Ele o lembrava de que seus súditos também tinham tido bons momentos, que sua vida não era somente de trabalho.

A garota também parecia gostar de olhar para ele — e de tocá-lo. Seus dedos batiam na moldura como tentando captar sua textura. Seu corpo nu parecia tão esplendoroso de costas quanto era de frente e Blaise, novamente, pegou seus pensamentos se desviando para direções impróprias.

— Toma — disse de forma irritada, entrando no estúdio e colocando o vestido e os sapatos no sofá empoeirado.

— Por favor, vista isso.

Pela primeira vez desde a morte de Louie, ele se tornou ciente do estado de sua casa — e se envergonhou disso. O quarto de Augusta não era o único coberto de pó. Ali mesmo, onde passava a maior parte de seu tempo, o ar parecia bolorento e com mau odor.

Esther e Maya haviam se oferecido várias vezes para vir e limpar, mas ele havia recusado, por não querer ver ninguém. Nem mesmo as duas camponesas que tinham sido como mães para ele. Após o fracasso com Louie, queria apenas ficar só, se esconder do resto do mundo. Com relação aos outros feiticeiros, ele era um pária, um banido, e isso não incomodava Blaise. Ele os odiava também. Às vezes, achava que a amargura o consumiria — e provavelmente teria feito isso, se não fosse por seu trabalho.

E, agora, o resultado desse trabalho estava pegando o vestido e estudando-o com curiosidade, ainda nua como um bebê recém-nascido.

— Como é que eu coloco isso? — ela perguntou, olhando para ele.

Blaise piscou. Ele tinha prática em tirar vestidos de mulheres, mas vesti-los? Mesmo assim, ele sabia mais sobre roupas do que o ser misterioso que estava de pé diante dele. Pegando o vestido de suas mãos, ele desatou as costas e o entregou.

— Toma. Vista colocando os pés e depois puxe para cima, certificando-se de colocar os braços nas mangas.

E então, ele se virou, fazendo o possível para controlar sua reação em virtude da beleza dela.

Ele ouviu alguns movimentos atrapalhados.

— Acho que preciso de ajuda — disse ela.

Voltando-se, Blaise ficou aliviado ao ver que ela só precisava de ajuda em amarrar o laço nas costas. Ela tinha entendido como colocar os sapatos. O vestido cabia incrivelmente bem nela. Ela e Augusta vestiam o mesmo número, embora essa garota parecesse de alguma forma mais delicada.

— Levante seu cabelo — disse ele, e ela o fez, segurando seu cabelo longo e loiro com uma graça inconsciente. Ele rapidamente fechou o vestido e se afastou, precisando criar uma pequena distância entre ambos.

Ela se virou para olhá-lo e seus olhos se encontraram. Blaise não pôde deixar de notar a fria inteligência refletida em seu olhar. Ela podia não saber de nada ainda, mas estava aprendendo rapidamente — e se saindo muito bem, se sua suspeita sobre sua origem fosse verdade.

Por poucos instantes eles se olharam, compartilhando um silêncio confortável. Ela não parecia apressada em falar. Em vez disso, ela o estudava, seus olhos percorrendo seu rosto, seu corpo. Ela parecia achá-lo tão fascinante quanto ele a achara. E não era de se estranhar — Blaise era provavelmente o primeiro humano que ela já vira.

Finalmente, ela quebrou o silêncio.

— Podemos conversar agora?

— Sim — Blaise sorriu — podemos e devemos.

Indo para a área do sofá, ele se sentou em uma das poltronas perto da pequena mesa redonda. A mulher o imitou, sentando-se na cadeira oposta a ele.

— Eu acho que vamos ter que descobrir as respostas para muitas de suas perguntas juntos — Blaise lhe disse, e ela fez que sim com a cabeça.

— Eu quero entender — disse ela. — O que eu sou?

Blaise respirou fundo.

— Vou começar pelo início — disse ele, se esforçando para encontrar a melhor forma de falar sobre o assunto.

— Acontece que há muito eu venho procurando uma maneira de tornar a magia mais acessível aos plebeus — completou.

— Ela não é acessível atualmente? — perguntou ela, olhando atentamente para Blaise. Ele percebia que ela era extremamente curiosa a respeito de cada coisa e sobre tudo, absorvendo o que a cercava e cada palavra que ele dizia como uma esponja.

— Não, não é. Atualmente, a magia só é possível para alguns poucos escolhidos — os que têm a predisposição certa em termos da inclinação analítica e matemática de suas mentes. Mesmo aqueles poucos com sorte têm que estudar muito para poder realizar feitiços de alguma complexidade.

Ela concordou como se aquilo fizesse sentido para ela.

— Tudo bem. Mas o que isso tem a ver comigo?

— Tudo — disse Blaise, acrescentando — Acontece que tudo começou com Lenard, o Grande. Ele foi o primeiro a aprender como entrar no Reino do Feitiço.

— O Reino do Feitiço?

— É. O Reino do Feitiço é como chamamos o lugar onde os feitiços se formam — o lugar que nos permite criar a magia. Não sabemos muito a respeito dele porque vivemos no Reino Físico — ou como consideramos o mundo real.

Blaise fez uma pausa para ver se a mulher tinha alguma pergunta. Ele imaginou que aquilo deveria ser impressionante para ela.

Ela inclinou a cabeça para o lado.

— Tudo bem. Por favor, continue.

— Há uns duzentos e setenta anos atrás, Lenard, O Grande, inventou os primeiros feitiços orais — uma forma de interagirmos com o Reino do Feitiço e modificar a realidade do Reino Físico. Era muito difícil acertar esses feitiços porque eles envolviam uma linguagem secreta especializada. Era preciso que fossem ditos e planejados com extrema exatidão para se obter o resultado desejado. Somente recentemente é que foi inventada uma linguagem mais fácil para a magia e uma forma mais fácil de fazer feitiços.

— Quem inventou? — perguntou a mulher, parecendo intrigada.

— Bem, Augusta. Eu, na verdade — admitiu Blaise — Ela foi minha noiva. Somos o que se chama de feiticeiros — os que têm a aptidão para o estudo da magia. Augusta criou um objeto mágico chamado a Pedra Interpretadora e eu criei uma linguagem de magia mais simples para ser usada com ele. E, agora, em vez de recitar um feitiço verbal difícil, um feiticeiro pode usar uma linguagem mais simples para escrever seus feitiços em cartões e colocá-los na pedra.

Ela piscou.

— Entendo.

— Nosso trabalho deveria tornar a sociedade melhor — Blaise continuou, tentando retirar a amargura de sua voz. — Ou, pelo menos, era o que eu esperava. Eu achei que uma maneira mais fácil de fazer magia permitiria que mais pessoas a fizessem, mas não aconteceu assim. A classe poderosa dos feiticeiros ficou ainda mais forte — e ainda mais avessa a compartilhar seu conhecimento com as pessoas comuns.

— Isso é ruim? — perguntou ela, olhando-o com seus olhos claros e azuis.

— Depende de para quem pergunta — disse Blaise, pensando no descaso casual de Augusta pelos camponeses. — Eu acho horrível, mas sou a minoria. A maioria dos feiticeiros gosta do status quo. Eles têm riqueza e poder, não se importam se seus súditos vivem em uma pobreza abjeta.

— Mas você se importa — disse ela de forma observadora.

— Eu me importo — Blaise confirmou — E quando saí do Conselho de Feiticeiros, há um ano, decidi fazer algo a respeito. Veja bem, quis criar um objeto mágico que entendesse nossa linguagem falada corrente — um objeto que qualquer um pudesse usar. Dessa forma, uma pessoa comum poderia fazer magia. Era só dizer o que queria e o objeto faria com que isso acontecesse.

Seus olhos se arregalaram e Blaise viu que seu rosto expressava compreensão.

— Está dizendo que...

— Sim — disse ele, olhando para ela. — Eu acho que consegui criar esse objeto. Eu acho que você é o resultado de meu trabalho.

Eles ficaram ali sentados, em silêncio, por alguns momentos.

— Eu acho que tenho a noção errada da palavra 'objeto' — finalmente ela falou.

— Provavelmente não. A cadeira em que está sentada é um objeto comum. Se você olhar pela janela, verá uma cadeira no jardim. É um objeto mágico. Ela voa. Objetos são inanimados. Eu esperava que você fosse algo como um espelho falante, mas você é inteiramente outra coisa.

Ela franziu um pouco as sobrancelhas.

— Se você me criou, isso significa que você é meu pai?

— Não — Blaise negou imediatamente, tudo em seu interior rejeitando aquela ideia.

— Eu com certeza não sou seu pai.

De alguma forma era importante se certificar de que ela não o considerasse daquela forma. *Olha para onde minha mente está indo de novo,* ele se reprovou.

Ela continuava a parecer confusa. Então, Blaise tentou explicar melhor.

— Eu acho que faria mais sentido dizer que eu criei o projeto básico de uma inteligência — e deixar claro que havia que adquirir algum conhecimento — mas a partir daí, você deve ter se criado.

Ele via uma centelha de reconhecimento no olhar dela. Algo naquela revelação ressoou nela, então, ela teria que saber mais do que parecia inicialmente.

— Pode me contar alguma coisa sobre você? — Blaise perguntou, estudando a linda criatura diante — para começar, como você se chama?

— Eu não me chamo de nada — disse ela. — Como *você* se chama?

— Sou Blaise, filho de Dasbraw. Pode me chamar de Blaise.

— Blaise — disse ela devagar, como que saboreando o nome dele.

Sua voz era suave e sensual, inocentemente sedutora. Fazia com que Blaise ficasse dolorosamente ciente de que fazia dois anos que ele tinha estado tão próximo assim de uma mulher. — É, isso — ele conseguiu dizer com calma — E vamos lhe arranjar um nome também.

— Tem alguma ideia? — ela perguntou com curiosidade.

— Bem, o nome de minha avó era Galina. Gostaria de homenagear minha família aceitando o nome dela? Você pode ser Galina, filha do Reino do Feitiço. Eu a chamaria de 'Gala' para abreviar.

A indômita senhora não tinha sido nada parecida com a garota sentada à sua frente, embora algo da inteligência brilhante no rosto dessa mulher o lembrasse dela. Ele sorriu afetuosamente pelas recordações.

— Gala — ela tentou dizer. Dava para ver que ela havia gostado, porque sorriu de volta para ele, mostrando seus dentes alvos e alinhados. O sorriso iluminou todo o rosto, fazendo com que ela resplandecesse.

— É.

Blaise não conseguia afastar seus olhos de sua beleza luminosa.

— Gala. Fica bem em você.

— Gala — repetiu ela, suavemente — Gala. Sim, eu concordo. Combina comigo. Mas você disse que eu sou filha do Reino do Feitiço. Seria minha mãe ou meu pai?

Ela lhe deu um olhar esperançoso.

Blaise balançou a cabeça.

— Não da forma tradicional. O Reino do Feitiço foi onde você se desenvolveu para ser o que é agora. Você sabe alguma coisa sobre o local? — disse ele dando uma pausa, olhando para sua criação inesperada.

— De maneira geral, de quanto lembra até aparecer aqui, no chão de meu estúdio? — completou.

CHAPTER ONE: BLAISE

There was a naked woman on the floor of Blaise's study.

A beautiful naked woman.

Stunned, Blaise stared at the gorgeous creature who just appeared out of thin air. She was looking around with a bewildered expression on her face, apparently as shocked to be there as he was to be seeing her. Her wavy blond hair streamed down her back, partially covering a body that appeared to be perfection itself. Blaise tried not to think about that body and to focus on the situation instead.

A woman. A *She*, not an *It*. Blaise could hardly believe it. Could it be? Could this girl be the object?

She was sitting with her legs folded underneath her, propping herself up with one slim arm. There was something awkward about that pose, as though she didn't know what to do with her own limbs. In general, despite the curves that marked her a fully grown woman, there was a child-like innocence in the way she sat there, completely unselfconscious and totally unaware of her own appeal.

Clearing his throat, Blaise tried to think of what to say. In his wildest dreams, he couldn't have imagined this kind of outcome to the project that had consumed his entire life for the past several months.

Hearing the sound, she turned her head to look at him, and Blaise found himself staring into a pair of unusually clear blue eyes.

She blinked, then cocked her head to the side, studying him with visible curiosity. Blaise wondered what she was seeing. He hadn't seen the light of day in weeks, and he wouldn't be surprised if he looked like a mad sorcerer at this point. There was probably a week's worth of stubble covering his face, and he knew his dark hair was unbrushed and sticking out in every direction. If he'd known he would be facing a beautiful woman today, he would've done a grooming spell in the morning.

"Who am I?" she asked, startling Blaise. Her voice was soft and feminine, as alluring as the rest of her. "What is this place?"

"You don't know?" Blaise was glad he finally managed to string together a semi-coherent sentence. "You don't know who you are or where you are?"

She shook her head. "No."

Blaise swallowed. "I see."

"What am I?" she asked again, staring at him with those incredible eyes.

"Well," Blaise said slowly, "if you're not some cruel prankster or a figment of my imagination, then it's somewhat difficult to explain . . ."

She was watching his mouth as he spoke, and when he stopped, she looked up again, meeting his gaze. "It's strange," she said, "hearing words this way. These are the first real words I've heard."

Blaise felt a chill go down his spine. Getting up from his chair, he began to pace, trying to keep his eyes off her nude body. He had been expecting *something* to appear. A magical object, a thing. He just hadn't known what form that thing would take. A mirror, perhaps, or a lamp. Maybe even something as unusual as the Life Capture Sphere that sat on his desk like a large round diamond.

But a person? A female person at that?

To be fair, he *had been* trying to make the object intelligent, to ensure it would have the ability to comprehend human language and convert it into the code. Maybe he shouldn't be so surprised that the intelligence he invoked took on a human shape.

A beautiful, feminine, sensual shape.

Focus, Blaise, focus.

"Why are you walking like that?" She slowly got to her feet, her movements uncertain and strangely clumsy. "Should I be walking too? Is that how people talk to each other?"

Blaise stopped in front of her, doing his best to keep his eyes above her neck. "I'm sorry. I'm not accustomed to naked women in my study."

She ran her hands down her body, as though trying to feel it for the first time. Whatever her intent, Blaise found the gesture extremely erotic.

"Is something wrong with the way I look?" she asked. It was such a typical feminine concern that Blaise had to stifle a smile.

"Quite the opposite," he assured her. "You look unimaginably good." So good, in fact, that he was having trouble concentrating on anything but her delicate curves. She was of medium height, and so perfectly proportioned that she could've been used as a sculptor's template.

"Why do I look this way?" A small frown creased her smooth forehead. "What am I?" That last part seemed to be puzzling her the most.

Blaise took a deep breath, trying to calm his racing pulse. "I think I can try to venture a guess, but before I do, I want to give you some clothing. Please wait here—I'll be right back."

And without waiting for her answer, he hurried out of the room.

* * *

Leaving his study, Blaise briskly walked to the other end of his house, to 'her room' as he still thought about the half-empty chamber. This was where Augusta used to keep her things when they were together—a time that now seemed like ages ago. Despite that, entering the dusty room was just as painful now as it had been two years ago. Parting with the woman he'd been with for eight years—the woman he'd been about to marry— had not been easy.

Trying to keep his mind on the task at hand, Blaise approached the closet and surveyed its contents. As he'd hoped, there were a few dozen dresses hanging there. Beautiful long dresses made of silk and velvet, Augusta's favorite materials. Only sorcerers—the upper echelon of their society—could afford such luxury. The regular people were far too poor to wear anything but rough homespun cloth. It made Blaise sick when he thought about it, the terrible inequality that still permeated every aspect of life in Koldun.

He and Augusta had always argued about that, he remembered. She had never shared his concern about the commoners; instead, she enjoyed the status quo and all the privileges that came with being a respected sorcerer. If Blaise recalled correctly, she'd worn a different dress every day of her life, flaunting her wealth without shame.

Well, at least the dresses she left at his house would come in handy now. Grabbing one of them—a blue silk concoction that undoubtedly cost a fortune—and a pair of finely made black velvet slippers, Blaise exited the room, leaving behind layers of dust and bitter memories.

He ran into the naked being on his way back. She was standing near the entrance of his study, looking at a painting his brother Louie had

21

made. It was of a village in Blaise's territory, and the scene it depicted was an idyllic one—a festival after a big harvest. Laughing, rosy-cheeked peasants were dancing with each other, a traveling harpist playing in the background. Blaise liked looking at that painting. It reminded him that his subjects had good times too, that their lives were not solely work.

The girl also seemed to like looking at it—and touching it. Her fingers were stroking the frame as though trying to learn its texture. Her nude body looked just as magnificent from the back as it did from the front, and Blaise again found his thoughts straying in inappropriate directions.

"Here," he said gruffly, entering the study and putting the dress and the shoes down on the dusty couch. "Please put these on." For the first time since Louie's death, he was cognizant of the state of his house—and ashamed of it. Augusta's room was not the only one covered with dust. Even here, where he spent most of his time, the air was musty and stale.

Esther and Maya had repeatedly offered to come over and clean, but he'd refused, not wanting to see anyone. Not even the two peasant women who had been like mothers to him. After the debacle with Louie, all he'd wanted was to be left alone, to hide away from the rest of the world. As far as the other sorcerers were concerned, he was a pariah, an outcast, and that was fine with Blaise. He hated them all now too. Sometimes he thought the bitterness would consume him—and it probably would have, if it hadn't been for his work.

And now the outcome of that work was lifting the dress and studying it curiously, still as naked as a newborn baby. "How do I put it on?" she asked, looking up at him.

Blaise blinked. He'd had practice taking dresses off women, but putting them on? Still, he probably knew more about clothes than the mysterious being standing in front of him. Taking the dress from her hands, he unlaced the back and held it out to her. "Here. Step into it and pull it up, making sure that your arms go into the sleeves." Then he turned away, doing his best to control his reaction to her beauty.

He heard some fumbling.

"I might need a little help," she said.

Turning back, Blaise was relieved to see that all she needed help with was tying the lace on the back. She had already figured out how to put on the shoes. The dress fit her surprisingly well; she and Augusta had to be of similar size, though this girl appeared more delicate somehow. "Lift your hair," he told her, and she did, holding the long blond locks with unconscious grace. He quickly laced the dress and stepped back, needing to put a little distance between them.

She turned to face him, and their eyes met. Blaise couldn't help but notice the cool intelligence reflected in her gaze. She might not know anything yet, but she was learning fast—and functioning incredibly well, if what he suspected about her origin was true.

For a few seconds, they just looked at each other, sharing a comfortable silence. She didn't appear to be in a rush to speak. Instead, she studied him, her eyes roaming over his face, his body. She seemed to find him as fascinating as he found her. And no wonder—Blaise was probably the first human she'd encountered.

Finally, she broke the silence. "Can we talk now?"

"Yes." Blaise smiled. "We can, and we should." Walking over to the couch area, he sat down on one of the lounge chairs next to the small round table. The woman followed his example, taking a seat in the chair opposite him.

"I'm afraid we're going to have to work out the answers to your many questions together," Blaise told her, and she nodded.

"I want to understand," she said. "What am I?"

Blaise took a deep breath. "Let me start at the beginning," he said, racking his brain for the best way to go about this. "You see, I have been searching for a long time for a way to make magic more accessible for the commoners—"

"Is it not accessible currently?" she asked, looking at him intently. He could tell she was extremely curious about anything and everything, absorbing her surroundings and every word he said like a sponge.

"No, it's not. Right now, magic is only possible for a select few—those who have the right predisposition in terms of how analytical and mathematically inclined their minds are. Even those lucky few have to study very hard to be able to cast spells of any complexity."

She nodded as though it made sense to her. "All right. So what does it have to do with me?"

"Everything," Blaise said. "You see, it all started with Lenard the Great. He's the one who first learned how to tap into the Spell Realm—"

"The Spell Realm?"

"Yes. The Spell Realm is what we call the place where spells are formed—the place that enables us to do magic. We don't know much about it because we live in the Physical Realm—what we think of as the real world." Blaise paused to see if the woman had any questions. He imagined it must all be overwhelming for her.

She cocked her head to the side. "All right. Please continue."

"Some two hundred and seventy years ago, Lenard the Great invented the first oral spells—a way for us to interact with the Spell Realm and change the reality of the Physical Realm. These spells were extremely difficult to get right because they involved a specialized arcane language. It had to be spoken and planned very exactly to get the desired result. It wasn't until recently that a simpler magical language and an easier way to do spells was invented."

"Who invented it?" the woman asked, looking intrigued.

"Well, Augusta and I did, actually," Blaise admitted. "She's my former fiancée. We are what you would call sorcerers—those who have the aptitude for the study of magic. Augusta created a magical object called the Interpreter Stone, and I came up with a simpler magical language to go along with it. So now, instead of reciting a difficult verbal spell, a sorcerer can use the simpler language to write his spell on cards and feed it to the stone."

She blinked. "I see."

"Our work was supposed to change society for the better," Blaise continued, trying to keep the bitterness out of his voice. "Or at least that's what I had hoped. I thought an easier way to do magic would enable more people to do it, but it didn't turn out that way. The powerful sorcerer class got even more powerful—and even more averse to sharing their knowledge with the common people."

"Is that bad?" she asked, regarding him with her clear blue gaze.

"It depends on whom you ask," Blaise said, thinking of Augusta's casual disregard for the peasants. "I think it's terrible, but I'm in the minority. Most sorcerers like the status quo. They have wealth and power, and they don't mind that their subjects live in abject poverty."

"But you do," she said perceptively.

"I do," Blaise confirmed. "And when I left the Sorcerer Council a year ago, I decided to do something about it. You see, I wanted to create a magical object that would understand our normal spoken language—an object that anyone could use. This way, a regular person could do magic. They would just say what they needed, and the object would make it happen."

Her eyes widened, and Blaise could see the dawning comprehension on her face. "Are you saying—?"

"Yes," he said, staring at her. "I believe I succeeded in creating that object. I think you are the result of my work."

They sat there in silence for a few moments.

"I must have the wrong understanding of the word 'object'," she finally said.

"You probably don't. The chair you sit on is a regular object. If you'll look out the window, you'll see a chaise in the yard. That's a magical object; it can fly. Objects are inanimate. I expected you to be something like a talking mirror, but you are something else entirely."

She frowned a little. "If you created me, does that mean you are my father?"

"No," Blaise denied immediately, everything inside him rejecting that idea. "I am most certainly not your father." Somehow it was important to make sure she did not think of him that way. *Look at where my mind is going again*, he chided himself.

She continued looking confused, so Blaise tried to explain further. "I think it might make more sense to say that I created the basic design for an intelligence—and made sure it had some knowledge to build on—but from there, you must have created yourself."

He could see a spark of recognition in her gaze. Something about that statement resonated with her, so she had to know more than it seemed at first.

"Can you tell me anything about yourself?" Blaise asked, studying the beautiful creature in front of him. "For starters, what do you call yourself?"

"I don't call myself anything," she said. "What do *you* call yourself?"

"I am Blaise, son of Dasbraw. You would just call me Blaise."

"Blaise," she said slowly, as though tasting his name. Her voice was soft and sensual, innocently seductive. It made Blaise painfully aware that it had been two years since he had been this close to a woman.

"Yes, that's right," he managed to say calmly. "And we should come up with a name for you as well."

"Do you have any ideas?" she asked curiously.

"Well, my grandmother's name was Galina. Would you like to honor my family by taking her name? You can be Galina, daughter of the Spell Realm. I would call you 'Gala' for short." The indomitable old lady had been nothing like the girl sitting in front of him, yet something about the bright intelligence on this woman's face reminded him of her. He smiled fondly at the memories.

"Gala," she tried saying. He could see that she liked it because she smiled back at him, showing even white teeth. The smile lit her entire face, making her glow.

"Yes." Blaise couldn't tear his eyes away from her luminous beauty. "Gala. It suits you."

"Gala," she repeated softly. "Gala. Yes, I agree. It does suit me. But you said that I am daughter of the Spell Realm. Is that my mother or father?" She gave him a hopeful look.

Blaise shook his head. "Not in the traditional sense, no. The Spell Realm is where you developed into what you are now. Do you know anything about the place?" He paused, looking at his unexpected creation. "In general, how much do you recall before you showed up here, on the floor of my study?"

CAPÍTULO DOIS: AUGUSTA

Augusta deslizou para fora da cama e sorriu sedutoramente para o amante, deleitando-se com o brilho aquecido do olhar dele enquanto ela se inclinava para pegar seu vestido de cor púrpura do chão. O traje muito bem feito tinha apenas um pequeno rasgo — nada que ela não fosse capaz de consertar através de um simples feitiço verbal. Suas roupas raramente sobreviviam intactas a suas visitas à casa de Barson. Se havia algo que ela apreciava no líder da Guarda do Feiticeiro era o apetite rude e premente com o qual ele sempre saudava a chegada dela.

— Já é hora de ir? — perguntou ele, se apoiando em um cotovelo, para vê-la se vestir.

— Seus homens não esperam por você? — Augusta se insinuou para dentro do vestido e pegou seu longo cabelo castanho, fazendo nele um suave nó atrás do pescoço.

— Que esperem — disse ele com seu ar arrogante, como sempre.

Augusta gostava disso em Barson — a confiança inabalável que permeava tudo que ele fazia. Ela podia não ser um feiticeiro, mas detinha bastante poder como líder da força militar de elite que mantinha a lei e a ordem na sociedade deles.

— Porém, os rebeldes não esperam — Augusta lembrou a ele.

— Nós precisamos interceptá-los antes que se aproximem mais de Turingrad.

— Nós? — suas sobrancelhas grossas se arquearam com surpresa. De cabelo curto e escuro e pelo cor de oliva, ele era um dos homens mais atraentes que conhecia — com a possível exceção de seu ex-noivo.

Não, não pense em Blaise agora.

— Ah, sim — Augusta falou com indiferença.

— Eu me esqueci de dizer que eu ia com você? — disse ela.

Barson se sentou na cama, os músculos de sua grande estrutura se contraindo e ondulando a cada movimento.

— Você sabe que sim — resmungou ele, mas Augusta notou que o fato o agradou.

Ele tentava que ela passasse mais tempo com ele, fazendo com que o relacionamento deles fosse do conhecimento público e Augusta achou que era hora de começar a ceder um pouquinho.

Após sua dolorosa separação de Blaise há dois anos, ela desejava apenas viver um caso descomplicado — uma combinação de desejo mútuo e nada mais. Seu relacionamento de oito anos com Blaise havia acabado seis meses antes da data do casamento e, naquele momento, ela não sabia se poderia confiar novamente em um homem. Ela achava que só precisava de um parceiro na cama, um corpo quente para fazer com que esquecesse do vazio interior — e ela havia escolhido o Capitão da Guarda para esse papel.

Para sua surpresa, o que havia começado com um simples flerte havia crescido e evoluído. Com o tempo, Augusta se pegou tanto gostando quanto admirando seu novo amante. Ele não era um intelectual, como Blaise, mas era bem inteligente a seu próprio modo — e ela descobriu que também gostava de sua companhia fora da cama. Como resultado disso, quando soube da rebelião ao norte, ela decidiu que era a oportunidade perfeita para ver Barson em ação, fazendo o que ele fazia melhor — protegendo seu estilo de vida e mantendo os camponeses sob controle.

Levantando-se, ele colocou a armadura e se voltou para ela, perguntando:

— O Conselho lhe pediu para ir conosco?

— Não — Augusta o tranquilizou — Estou indo por vontade própria.

Seria um insulto à Guarda se o Conselho a considerasse incapaz de sufocar uma revolta menor e lhe pedisse para ajudá-la. Ela iria somente porque queria passar mais tempo com Barson — e porque queria ver os rebeldes esmagados como os vermes que eram.

— Nesse caso — disse ele, com seus olhos escuros brilhando pela expectativa — vamos.

* * *

Augusta cavalgava ao lado de Barson, sentindo os movimentos rítmicos do cavalo sob ela. Ela notava os olhares curiosos vindos dos outros soldados, mas não se importava. Como feiticeira do Conselho, ela estava acostumada a ser observada com atenção. Ela até ansiava por isso, de alguma forma.

Era estranho andar em cima de um cavalo. Ela estava acostumada à cadeira voadora — sua recente invenção que havia revolucionado as viagens dos feiticeiros — e não se lembrava da última vez que tinha ido a alguma parte, assim, da forma antiga. O único motivo pelo qual ela fazia aquilo era porque Barson se recusara a andar na cadeira com ela, quando estivesse de serviço, e ela não queria flutuar no ar sozinha, acima dos guardas.

— Quantos são os rebeldes? — ela perguntou a Barson, surpresa de que apenas cerca de cinquenta homens os acompanhassem.

— Ganir disse que havia cerca de trezentos — Barson respondeu, fazendo com que Augusta franzisse o nariz diante da menção do nome do Líder do Conselho. Ganir parecia ter seus espiões por toda parte atualmente. Sob o pretexto de proteger o Conselho, o velho feiticeiro parecia ficar cada vez mais poderoso, fato que incomodava Augusta. Ela sempre teve a impressão de que o velho não gostava dela, e ela não queria pensar no que poderia acontecer se ele decidisse se voltar contra ela, por qualquer motivo.

Voltando sua atenção novamente para o assunto em pauta, ela deu a Barson um olhar interrogador.

— E você leva apenas cinquenta guardas?

Ele sorriu.

— Somente cinquenta? São vinte a mais do que deveria levar. Qualquer um de meus homens vale pelo menos dez desses camponeses — E acrescentou, mais sério — Além do mais, devido à intranquilidade por toda parte, eu achei melhor não deixar Turingrad e a Torre desprotegidas sem bom motivo — e creia, trezentos camponeses não são um bom motivo.

Augusta sorriu para ele, mais uma vez encantada com sua arrogância.

— Certo, é claro. E além disso, você tem a mim.

As feiticeiras raramente usavam sua magia contra a população comum, mas certamente poderiam fazer isso, principalmente se estivesse em perigo. Augusta não tinha dúvidas de que poderia subjugar todos os rebeldes sozinha, mas aquilo não era o seu trabalho. Os soldados serviam para isso.

Esta pequena revolta, como muitas outras nos últimos anos, sem dúvida alguma era motivada pela seca. Era um evento desafortunado e Augusta entendia a insatisfação dos camponeses pelas plantações destruídas e pelo alto preço dos alimentos — mas, por isso, não era aceitável que eles avançassem para Turingrad, como Ganir disse que estavam fazendo.

O norte de Koldun — de onde vinham esses rebeldes — tinha sido severamente atingido. O território de procedência de Augusta ficava mais ao sul, mas até mesmo seus súditos reclamavam da falta de comida. Eles não ousavam se rebelar, é claro, mas Augusta não ignorava o fato de que estavam infelizes. Por quase dois anos, a chuva havia sido esparsa e obter cereais se tornava cada vez mais difícil. Augusta fez o possível para comprar os cereais disponíveis e enviá-los para seu povo, mas os infelizes mal-agradecidos ainda reclamavam.

— Quem governa o território dos rebeldes? Jandison ou Moriner? — ela perguntou, pensando qual feiticeiro não conseguia controlar seus próprios camponeses.

— Jandison.

Jandison. Bem, estava explicado, Augusta pensou. Apesar de sua idade avançada e sua posição no Conselho, Jandison era considerado um tanto fraco. Ele era bom em teletransporte (reconhecidamente, uma habilidade útil) e em quase mais nada. Como ele tinha ido parar no Conselho — um órgão governante formado pelos mais poderosos feiticeiros — Augusta jamais entendera.

— Alguns dos camponeses dele fugiram para as montanhas — disse Barson, parecendo desgostoso com a situação — E alguns decidiram se revoltar. Está uma confusão por lá.

— Para as montanhas? — Augusta não pôde conter seu choque. As montanhas cercavam a terra de Koldun, servindo de barreira natural contra as terríveis tempestades que devastariam tudo além delas. Somente os mais intrépidos exploradores se aventuravam a ir lá, devido ao clima imprevisível e à proximidade perigosa do oceano.

— E esses camponeses realmente foram para lá? — ela quis saber.

— Sim — Barson confirmou — Pelo menos vinte deles fugiram para lá, vindos da vila mais ao norte de Jandison.

— Eles devem ser suicidas — Augusta disse, balançando a cabeça.

— Quem, de sã consciência, faria uma coisa dessas?

— Alguém desesperado e faminto, eu imagino.

O amante lhe deu um olhar irônico.

— Você não conhece a fome, conhece?

— Não — Augusta admitiu.

A maioria dos feiticeiros comia por prazer. Os feitiços para manter a energia do corpo eram simples de fazer — e uma das primeiras coisas que os pais ensinavam a seus filhos. Augusta dominava esses feitiços já aos três anos de idade e jamais sentiu fome desde então.

Barson sorriu em resposta e se aproximou para apertar seu joelho com sua mão grande e cheia de calos.

CHAPTER TWO: AUGUSTA

Augusta slid out of bed and smiled seductively at her lover, enjoying the heated gleam in his eyes as she bent down to pick up her magenta-colored dress from the floor. The beautifully made garment had only one small rip in it—nothing that she wouldn't be able to fix with a simple verbal spell. Her clothes rarely survived her visits to Barson's house intact; if there was one thing she enjoyed about the leader of the Sorcerer Guard, it was the rough, urgent hunger with which he always greeted her arrival.

"Is it already time to go?" he asked, propping himself up on one elbow to watch her get dressed.

"Aren't your men waiting for you?" Augusta wriggled into the dress and reached up to gather her long brown hair into a smooth knot at the back of her neck.

"Let them wait." He sounded arrogant, as usual. Augusta liked that about Barson—the unshakable confidence that permeated everything he did. He might not be a sorcerer, but he wielded quite a bit of power as the leader of the elite military force that kept law and order in their society.

"The rebels won't wait, though," Augusta reminded him. "We need to intercept them before they get any closer to Turingrad."

"We?" His thick eyebrows arched in surprise. With his short dark hair and olive-toned skin, he was one of the most attractive men she knew—with the possible exception of her former fiancé.

No, don't think about Blaise now. "Oh yes," Augusta said nonchalantly. "Did I forget to mention that I'm coming with you?"

Barson sat up in bed, the muscles in his large frame flexing and rippling with each movement. "You know you did," he growled, but Augusta could tell he was pleased with this development. He had been trying to get her to spend more time with him, to get their relationship out in the open, and Augusta thought it might be time to start giving in a little.

After her painful breakup with Blaise two years ago, all she'd wanted was an uncomplicated affair—an arrangement of mutual desire and nothing more. Her eight-year relationship with Blaise had ended six months before their wedding was to take place, and at the time, she didn't know if she would ever be able to trust another man again. She'd thought that all she needed was a bed companion, a warm body to make her forget the emptiness within—and she'd chosen the Captain of the Guard for that role.

To her surprise, what started off as a simple dalliance grew and evolved. Over time, Augusta found herself both liking and admiring her new lover. He was not an intellectual, like Blaise, but he was quite intelligent in his own way—and she found that she enjoyed his company outside of the bedroom as well. As a result, when she'd heard about the rebellion in the north, she decided it was the perfect opportunity to witness Barson in action, doing what he did best—protecting their way of life and keeping the peasants in check.

Getting up, he pulled on his armor and turned to face her. "Did the Council ask you to come with us?"

"No," Augusta reassured him. "I'm coming of my own initiative." It would be an insult to the Guard if the Council thought them incapable of quelling a minor uprising and asked her to aid them. She was accompanying them solely because she wanted to spend some time with Barson—and because she wanted to see the rebels crushed like the vermin they were.

"In that case," he said, his dark eyes glittering with anticipation, "let's go."

* * *

Augusta rode beside Barson, feeling the rhythmic movements of the horse beneath her. She could see the curious looks she was getting from the other soldiers, but she didn't care. As a sorceress of the Council, she was used to the attention; she even craved it on some level.

It was strange riding an actual living horse. She had gotten used to the flying chaise—her recent invention that had revolutionized travel for sorcerers—and she couldn't remember the last time she'd gone somewhere the old-fashioned way. The only reason why she was doing so now was because Barson refused to get on the chaise with her while on duty, and she didn't want to hover in the air above the guards all by herself.

"How many rebels are there?" she asked Barson, surprised that there were only about fifty men accompanying them.

"Ganir said there were about three hundred," Barson replied, and Augusta wrinkled her nose at the mention of the Council Leader's name. Ganir appeared to have his spies everywhere these days. Under the guise of protecting the Council, the old sorcerer seemed to be growing more and more powerful every day, a development that bothered Augusta. She had always gotten a sense that the old man didn't like her, and she didn't want to think about what could happen if he decided to turn on her for any reason.

Bringing her attention back to the subject at hand, she gave Barson a questioning look. "And you took only fifty guards?"

He chuckled. "Only fifty? That's probably twenty too many. Any one of my men is worth at least ten of these peasants." Then he added, more seriously, "Besides, given the unrest everywhere, I thought it best not to leave Turingrad and the Tower unprotected without a good reason—and believe me, three hundred peasants are not a good reason."

Augusta grinned at him, again charmed by his arrogance. "Right, of course. Plus you've got me." Sorcerers rarely used their magic against the common population, but they could certainly do so, particularly if they were in danger. Augusta had no doubt that she could subdue all the rebels singlehandedly, but that wasn't her job. That's what the soldiers were for.

This little rebellion, like so many others in the past couple of years, was no doubt motivated by the drought. It was an unfortunate occurrence, and Augusta could understand the peasants' unhappiness with ruined crops and high food prices—but that didn't make it acceptable for them to march on Turingrad like Ganir claimed they were doing.

The north of Koldun—where these rebels were coming from—was particularly hard-hit. Augusta's own territory was further south, but even her subjects were grumbling about the lack of food. They wouldn't dare do any rioting, of course, but Augusta was not oblivious to the fact that they were unhappy. For almost two years, the rain had been sparse, and grain was becoming increasingly difficult to obtain. Augusta did her best to purchase whatever grain was available and send it to her people, but the ungrateful wretches still complained.

"Who's ruling over the territory of the rebels? Is it Jandison or Moriner?" she asked, wondering which sorcerer couldn't control his own peasants.

"Jandison."

Jandison. Well, that explained it, Augusta thought. Despite his advanced age and position on the Council, Jandison was considered to be something of a weakling. He was good at teleportation (admittedly, a useful skill) and not much else. How he had ended up on the Council—a ruling body consisting of the most powerful sorcerers—Augusta would never understand.

"Some of his peasants ran off to the mountains," Barson said, looking annoyed with the situation. "And some decided to riot. It's a mess over there."

"To the mountains?" Augusta couldn't suppress her shock. The mountains surrounded the land of Koldun, serving as a natural barrier against the fierce storms that raged beyond them. Only the most intrepid explorers ever ventured out there, given the unpredictable weather and proximity to the dangerous ocean. And these peasants actually went there?

"Yes," Barson confirmed. "At least twenty of them from Jandison's northernmost village fled there."

"They must be suicidal," Augusta said, shaking her head. "Who in their right mind would do something like that?"

"Someone desperate and hungry, I would imagine." Her lover gave her an ironic look. "You don't know hunger, do you?"

"No," Augusta admitted. Most sorcerers only ate for pleasure; spells to sustain the body's energy were simple to do—and were one of the first things parents taught their children. Augusta had mastered those spells at the age of three, and she'd never felt hungry since.

Barson smiled in response and reached over to squeeze her knee with his large callused hand.

CAPÍTULO TRÊS: GALA

Gala olhou para o homem alto, espadaúdo que era seu criador, tentando encontrar a melhor maneira de responder à pergunta. Ela teve dificuldade em se concentrar, com seus sentidos assoberbados por estar ali, naquele locar que Blaise chamava de Reino Físico. Seu corpo reagia aos diferentes estímulos de formas estranhas e imprevisíveis, sua mente tentando processar todas as imagens, sons e odores para que ela pudesse entender tudo.

Uma distração especialmente forte era o próprio Blaise. Ela não conseguia parar de olhar para ele simplesmente porque era diferente de tudo que havia visto antes. Algo a respeito da simetria angular de seu rosto a atraía, repercutindo nela de uma forma que não entendia completamente. Ela gostava de tudo nele, da cor de seus olhos até o escuro pelo eriçado que sombreava seu maxilar firme. Ela se questionava se seria aceitável chegar e tocar no cabelo dele — naqueles cachos curtos e quase negros que pareciam tão diferentes de suas próprias mechas pálidas.

No entanto, primeiro, ela queria responder à pergunta dele. Concentrando-se, ela pensou no *antes*, no que havia acontecido antes de ela experimentar a realidade pela primeira vez.

— Eu me lembro de perceber que eu existo — disse ela lentamente, tentando colocar nas palavras as sensações estranhas do começo.

— Quer dizer que existiu por um tempo sem se dar conta disso? — ele perguntou, com as sobrancelhas escuras unindo-se ligeiramente. Gala achou que aquela expressão provavelmente significava confusão, já que suas próprias sobrancelhas faziam o mesmo quando ela não entendia alguma coisa.

— É como se houvesse duas maneiras de eu existir — ela tentou explicar — Uma maneira somente acontecia. Isso continuou por mais tempo. Quando digo que percebi que eu existo — foi quando essa outra parte de mim percebeu primeiro que eu sou *eu*. Essas partes não são separadas. Na verdade, são a mesma coisa. Há uma estranha formação de um elo entre as duas partes, que não entendo totalmente e não sei como explicar em palavras.

— Eu acho que eu entendo — disse ele, se inclinando para frente e olhando atentamente para ela.

— Você se tornou consciente de si. Primeiro, você existia em um nível subconsciente e, então, em algum limiar crítico, você obteve um estado consciente de ser.

Ele parecia empolgado, Gala pensou, encontrando de alguma forma a palavra certa para descrever o estado emocional de seu criador.

— Qual é a diferença entre um estado subconsciente e consciente? — ela perguntou, ansiando por mais informações.

— Em um ser humano, as partes subconscientes da mente estão encarregadas de coisas como respirar ou do batimento cardíaco — disse ele, com os olhos brilhando — Quando eu corro, meu subconsciente calcula as trajetórias complexas de como minhas pernas se movem. Alguns feiticeiros também acham que os sonhos fazem parte de nossas mentes.

— Eu não sou um ser humano — Gala disse, olhando para ele. Isso ela sabia agora. Ela era alguma coisa diferente e precisava saber o que era essa coisa.

Ele sorriu — uma expressão que fez com que a face dele fosse ainda mais fascinante para ela.

— Não — disse ele suavemente — você não é. Mas definitivamente, para mim, você parece ser.

— Mas esta não era a sua intenção, era?

— Correto — ele confirmou — No entanto, as partes que projetei se baseiam na teoria que desenvolvi de como a mente humana deve funcionar. Lenard, o Grande, foi quem primeiro descobriu a dinâmica consciente-subconsciente e o trabalho dele sempre me fascinou. Eu já fiz feitiços em pessoas que me deram uma compreensão de seus estados mentais, e esta foi a estrutura usada por mim em você. Além disso, tive ajuda dos escritos de Lenard. O feitiço que criou você devia fazer uma estrutura interligada de nodos — nodos capazes de aprender. Bilhões e bilhões de nodos no Reino do Feitiço, todos ligados magicamente.

— Que interessante — Gala pensou, observando a maneira como o rosto dele se tornava mais animado à medida que falava.

— E então, quando fiz o feitiço — continuou ele — mandei dezenas de Capturas de Vida para o Reino do Feitiço, quantas Capturas de Vida eu pude arrebanhar.

— Capturas de Vida?.

O termo não fazia sentido para Gala.

Blaise fez que sim com a cabeça, sua expressão estava obscurecida por alguma razão.

— É. As Capturas de Vida são um exemplo de um objeto mágico. Um feiticeiro chamado Ganir inventou, recentemente, essas coisas. É meio difícil explicar o que são. Basicamente, quando você pega uma Captura de Vida vê o que outra pessoa viu, sente o cheiro que ela sentiu e pensa ser essa pessoa durante o tempo em que o feitiço durar. Você tem que vivenciar isso para entender verdadeiramente.

— Eu acho que entendo, Gala disse, relembrando as estranhas experiências que havia tido antes de estar ali — Isso provavelmente explica minhas visões.

— Suas visões?

— Eu acho que vislumbrei o Reino Físico — Gala disse a ele — e era como se eu estivesse nele.

As recordações não eram agradáveis. Na maior parte do tempo ela se sentira perdida, sem saber que vivia a vida de outras pessoas.

— É claro.

Seus olhos se abriram mais pela compreensão.

— Eu devia ter percebido que, quando sua mente estivesse suficientemente desenvolvida, você simplesmente vivenciaria as Capturas de Vida como nós — só que você nunca tinha estado no mundo real e, provavelmente, não fazia ideia do que estava acontecendo. Sinto muito por isso. Deve ter sido terrivelmente perturbador para você.

Gala encolheu os ombros, um gesto que ela tinha visto uma ou duas vezes em suas visões. Ela tinha deduzido que indicava incerteza. Ela não tinha certeza de como se sentia com relação às Capturas de Vida. Ver o mundo através delas definitivamente havia sido perturbador, mas ela *havia* obtido muito conhecimento sobre o Reino Físico daquele jeito. Ainda havia muito que ela não sabia, é claro, mas ela não estava tão perdida agora como, de outra forma, estaria.

Blaise sorriu para ela, que novamente pensou no quanto gostava do sorriso dele. Uma coisa tão simples, apenas lábios que se curvam para cima e um lampejo de dentes brancos, e, apesar disso, ele causava um efeito nela, aquecendo-a por dentro e fazendo com que quisesse lhe sorrir de volta. E ela o fez, imitando a expressão dele. Os olhos dele brilharam ainda mais, e Gala sentiu que tinha feito a coisa certa. Que ela o tinha agradado de alguma forma.

— E como era o Reino do Feitiço em si? — ele perguntou, ainda olhando para ela com aquele sorriso — Eu nem consigo imaginar como deve ser por lá . . .

Sua voz diminuía e Gala entendeu que ele esperava que lhe contasse a respeito.

Ela pensou, tentando encontrar uma forma de explicar.

— É muito . . .diferente — disse ela, finalmente — Eu realmente não sei como descrever para você. Não havia muito tempo entre as visões, e quando eu não estava tendo as visões, eu não podia usar os sentidos humanos. É como quando há lampejos de luz, de som, de gosto e de cheiro, mas eles me chegam de outra forma. Eu nunca fui capaz de processá-los plenamente antes de ser absorvida por outra visão. E então eu fui atraída para cá.

— Atraída para cá?

— É, foi o que pareceu — Gala disse — Era como se alguma coisa me atraísse para cá, para esse lugar que você chama de Reino Físico.

Ela fez uma pausa por um instante.

— Atraída até você.

CHAPTER THREE: GALA

Gala stared at the tall, broad-shouldered man who was her creator, trying to figure out the best way to answer his question. She found it difficult to focus, her senses overwhelmed by being here, in this place Blaise called the Physical Realm. Her body was reacting to the different stimuli in strange and unpredictable ways, her mind attempting to process all the images, sounds, and smells so she could understand everything.

One particularly strong distraction was Blaise himself. She couldn't stop looking at him because he was unlike anything she had seen before. Something about the angular symmetry of his face appealed to her, resonating with her in a way she didn't fully comprehend. She liked everything about it, from the blue color of his eyes to the darkness of the stubble shadowing his firm jaw. She wondered if it would be acceptable to reach out and touch his hair—those short, almost-black locks that looked so different from her own pale strands.

First, though, she wanted to answer his question. Concentrating, she thought back to *before*, to what had happened prior to her experiencing reality for the first time. "I remember realizing that I exist," she said slowly, trying to put into words the strange sensations at the beginning.

"You mean you existed for a time without realizing it?" he asked, his dark eyebrows coming together slightly. Gala thought that expression likely meant confusion because her own eyebrows did the same thing when she didn't understand something.

"It's like there were two ways I existed," she tried to explain. "One way would just happen. This went on longer. When I say I realized that I exist—that's when this other part of me first realized that I am *me*. These parts are not separate; in fact, they are the same thing. There is a strange looping arrangement between the two parts that I don't fully understand and don't know how to put into words—"

"I think I do understand," he said, leaning forward and staring at her intently. "You became self-aware. At first, you existed on a subconscious level, and then, at some critical threshold, you achieved a conscious state of being." He appeared excited, Gala thought, somehow finding the right word to describe her creator's emotional state.

"What is the difference between a conscious and a subconscious state?" she asked, hungering for more information.

"In a human being, the subconscious parts of the mind are in charge of things like breathing or the heart beating," he said, his eyes gleaming brightly. "When I run, my subconscious figures out the complex trajectories of how my limbs move. Some sorcerers also think dreams form in that part of our minds."

"I am not a human being," Gala said, looking at him. That much she knew now. She was something different, and she needed to learn what that something was.

He smiled—an expression that made his face even more fascinating to her. "No," he said softly, "you're not. But you definitely seem like one to me."

"But that was not your intention, right?"

"Right," he confirmed. "However, the parts of you that I designed are based on how I theorized human minds might work. Lenard the Great is the one who first discovered the conscious-subconscious dynamic, and I've always been fascinated by his work. I've done spells on people that gave me insight into their states of being, and that was my framework for you. Additionally, I had some help from Lenard's writings. The spell that created you was supposed to make an interconnected structure of nodes—nodes that can learn. Billions and billions of nodes in the Spell Realm, all magically connected together—"

How interesting, Gala thought, observing the way his face became more animated as he spoke.

"And then, once I performed the spell," he continued, "I sent dozens of Life Captures to the Spell Realm, as many Life Captures as I could get my hands on—"

"Life Captures?" The term didn't make sense to Gala.

Blaise nodded, his expression darkening for some reason. "Yes. Life Captures are an example of a magical object. A sorcerer named Ganir recently invented these things. It's a little hard to explain what they are. Basically, when you take a Life Capture, you see what someone else saw, you smell what they smelled, and you think you are them for the duration of the spell. You have to experience it to truly understand."

"I think I do understand," Gala said, thinking back to the strange experiences she'd had prior to coming here. "This probably explains my visions."

"Your visions?"

"I think I saw glimpses of the Physical Realm," Gala told him, "and it was like I was in them." The memories were not pleasant; for the longest time, she'd felt lost, not knowing that she was living other people's lives.

"Of course." His eyes widened with understanding. "I should've realized that once your mind was sufficiently developed, you would simply experience the Life Captures like we do—except that you had never been in the real world and probably had no idea what was happening to you. I'm sorry about that. It must've been terribly confusing for you."

Gala shrugged, a gesture she'd seen used once or twice in her visions. She had deduced that it indicated uncertainty. She wasn't sure how she felt about the Life Captures. Seeing the world through them had definitely been confusing, but she *had* gained a lot of knowledge about the Physical Realm that way. There was still a lot she didn't know, of course, but she was not nearly as lost now as she would've been otherwise.

Blaise smiled at her, and she thought again how much she liked his smile. Such a simple thing, just lips curving upwards and a flash of white teeth, and yet it had an effect on her, warming her on the inside and making her want to smile back at him in return. So she did, mimicking his expression. His eyes gleamed brighter, and Gala sensed that she'd done the right thing, that she'd pleased him in some way.

"So what was the Spell Realm itself like?" he asked, still looking at her with that smile. "I can't even imagine what it must be like there . . ." His voice trailed off, and Gala understood that he was hoping she'd tell him about it.

She thought about it, trying to figure out the best way to explain. "It's very . . . different," she finally said. "I don't really know how to describe it to you. There wasn't a lot of time between visions, and when I wasn't experiencing the visions, I couldn't use human senses. It's like there were flashes of light, sound, taste, and smell, but they were coming at me in some other way. I was never able to process them fully before I would get absorbed in another vision. And then I was pulled here—"

"Pulled here?"

"Yes, that's what it felt like," Gala said. "It was like something pulled me here, into this place you're calling the Physical Realm." She paused for a second. "Pulled me to you."

CAPÍTULO QUATRO: BLAISE

Atraída para ele. Ela havia sido atraída para ele.

Deve ter sido aquele último feitiço que fez que trouxe Gala para seu estúdio, pensou Blaise. Ele estava tentando realizar uma manifestação física do objeto mágico e, em vez disso, ele acabou trazendo Gala para ali, para o Reino Físico.

Ela olhava para ele com seus grandes olhos azuis, estudando-o com aquela estranha mistura de curiosidade infantil e inteligência aguçada. Blaise tentou imaginar o que ela estaria pensando. Teria ela as mesmas emoções de um ser humano comum? Será que entendia a ideia de emoção? Suas reações pareciam indicar que entendia. Ela havia sorrido em resposta ao sorriso dele então, pelo menos, conhecia as expressões faciais.

— Eu quero vê-lo — disse ela repentinamente, inclinando-se para frente — Blaise, eu quero vivenciar mais esse mundo. Quero conhecer esse lugar. Pode me mostrar, por favor?

— Claro — disse Blaise, erguendo-se.

Ele tinha mais um milhão de perguntas a fazer mas ela, provavelmente, estava mais ávida por conhecimento do que ele.

— Vou começar lhe mostrando minha casa.

Ele começou o tour na parte de cima, onde ficavam o estúdio e os quartos. Gala seguia atrás dele, ouvindo atentamente enquanto ele explicava a finalidade de cada aposento. Tudo parecia fasciná-la, desde o armário repleto com os vestidos de Augusta às janelas envidraçadas no quarto de Blaise.

Ao se aproximar de uma janela especialmente grande, ela subiu no peitoril e olhou para fora, pressionando seu nariz contra o vidro. Blaise não pôde deixar de sorrir com isso, encantado com a cena criada por ela.

— O que tem lá fora? — ela perguntou, voltando a cabeça para olhar para ele.

— Eu quero ir até lá.

— São os meus jardins — Blaise explicou, se aproximando para ajudá-la a descer do peitoril — Podemos ir lá agora.

Ele a alcançou, pegando sua mão e, cuidadosamente, a guiou para baixo. A mão dela era pequena e quente ao seu toque e Blaise, novamente, maravilhou-se com a beleza surpreendente de sua criação . . . e com a força de sua própria reação a ela. Ele não se sentia atraído assim por uma mulher há muito tempo, desde Augusta.

Não, não pense nela, ele disse a si mesmo, sentindo aquela dor familiar no peito. O fato de que sua ex-noiva ainda ocupasse tanto seus pensamentos o deixava furioso. Depois da forma como ela o traíra, ele havia feito o que podia para apagá-la da memória. Mas não era tão fácil assim.

Ele conhecera Augusta há mais de uma década, desde a Academia, quando eram apenas mero acólitos. Ele sempre a achou linda, com sua aparência misteriosa e atraente, mas só depois que começaram a trabalhar juntos na Pedra Interpretadora notou sua queda por ela. Jovens e ambiciosos, pareciam o par perfeito, mesmo que não concordassem em relação a certas questões. Durante anos, a paixão por duas coisas — pelo trabalho e um pelo outro — havia sido o suficiente para unir suas diferenças, e foi somente durante o julgamento de Louie que Blaise percebeu o quão profunda era a diferença entre eles.

— Vem, vem comigo — disse ele, forçando-se a soltar a mão de Gala — Vamos descer.

Eles desceram a escada, seguindo pelo longo corredor. Gala tocava em tudo pelo caminho, passando os dedos em cada nova superfície que encontrava.

Finalmente, estavam do lado de fora.

— Estes são os meus jardins — Blaise disse, apontando para a vasta extensão verde diante deles — Estão um pouco mal cuidados agora.

— Eles são lindos — Gala disse lentamente, fazendo um círculo com o corpo. A expressão de seu rosto era quase extasiada.

— Oh, o seu Reino Físico é tão lindo, Blaise . . .

— É sim — Blaise murmurou, hipnotizado por ela.

— Tem razão, é sim.

Piscando, ele se forçou a desviar o olhar para algo que não fosse a silhueta deslumbrante dela.

Ela riu alegremente, atraindo o olhar dele de volta para ela. Blaise viu que ela se aproximava de uma borboleta de cor brilhante pousada em uma flor branca. Ela sentia as emoções dele, que percebeu o rosto dela brilhando de felicidade e entusiasmo.

Ele tentou olhar o ambiente familiar da forma como Gala deveria estar vendo-o e teve que admitir que os jardins possuíam certa beleza selvagem em si. Sua mãe era excelente com as plantas, usando os feitiços judiciosamente para o crescimento de flores e árvores frutíferas, e Blaise ainda via os vestígios da magia dela por toda parte.

— Você gostaria de ver algo interessante? — ele perguntou impulsivamente, querendo ver mais daquela alegria radiante no rosto de Gala.

— Sim, disse ela imediatamente — Por favor.

— Então, observe — disse, iniciando um simples feitiço oral.

Estendendo a mão, ele se concentrou em manipular as partículas de luz, direcionando-as para se juntarem acima de sua palma voltada para cima. Cada palavra, cada frase que ele pronunciava fazia parte do intrincado código que o capacitava a realizar feitiços. Quando ele se certificou de que a lógica e as instruções do feitiço estavam corretas, usou o Feitiço Interpretador — uma ladainha complexa necessária ao final de todos os feitiços — para transmitir tudo ao Reino dos Feitiços. E então aguardou.

Alguns segundos mais tarde, o ar acima da palma estendida começou a cintilar e uma forma luminosa e brilhante começou a aparecer. Não demorou muito e havia uma rosa totalmente feita de luz pairando a poucos centímetros da mão dele.

— É tão lindo — Gala sussurrou, observando a demonstração feita por ele com um olhar de espanto em seu rosto perfeito. Estendendo a mão, ela tocou na rosa, seus dedos passando pelo ajuntamento de luz.

Blaise deu um sorriso, feliz em ter podido impressioná-la com algo tão simples. Devido à origem dela, ela provavelmente seria capaz de fazer o mesmo e até mais.

Muito, muito mais, pensou ele, tentando imaginar quão poderoso alguém nascido no Reino do Feitiço poderia ser. Era um pouco cedo demais para começar a explorar as habilidades de Gala, mas Blaise tinha a intuição de que seriam algo que o mundo jamais vira antes.

* * *

Após Gala se fartar de ver os jardins, Blaise a levou de volta para dentro da casa.

— Eu quero aprender mais — disse ela ao entrarem no corredor — Blaise, eu quero aprender tudo. Pode me ajudar?

Ele avaliou o pedido dela. Ele poderia lhe dar mais Capturas de Vida e deixar que ela vivenciasse o mundo daquela forma, ou ele poderia tentar mostrar livros para ela. Havia a possibilidade de que ela entendesse a linguagem escrita, assim como a falada, já que algumas das Capturas de Vida que ele enviara para o Reino do Feitiço — as Capturas de Vida que ajudaram a criar sua base de conhecimento existente — eram de professores de leitura.

Ele decidiu optar pela segunda opção por ora, deixar que ela aprendesse da forma antiga, primeiro. Por mais interessante que fosse entrar na vida de outras pessoas, não havia ainda um substituto para a estrutura de um bom livro.

— Por que não vamos até a minha biblioteca? — sugeriu ele — Quero ver se você é capaz de ler.

Gala assentiu avidamente, e ele a levou até o aposento antiquado que abrigava seus livros. Entremeado com pesados tomos antigos, ele via alguns livros de Augusta, inclusive alguns romances de que sua ex-amante havia gostado e lido em seu tempo livre.

— Toma — disse ele, pegando um deles e entregando-o para Gala — tente ler este.

O que ela fez em seguida lhe pareceu bastante estranho. Ela lentamente olhou para a primeira página. Depois ela rapidamente deu uma olha na próxima. E então, ela começou a virar as páginas cada vez mais rápido, até que ela as virava tão rapidamente que parecia que estava apenas folheando o livro.

Quando ela terminou, Blaise olhou atônito para ela.

— Você já leu e entendeu aquele livro inteiro?

— Sim.

Incapaz de acreditar no que ouvira, Blaise pegou o livro e o abriu em uma página ao acaso, olhando para baixo para ler às pressas uns dois parágrafos.

— Qual era o nome do herói principal?

— Ludvig.

— E o que aconteceu quando ele contou à esposa sobre Lura?

— Jurila gritou, indo para cima do marido com seu chicote de montaria. Seus olhos escuros cintilavam como fogo e com fúria, e seus traços se distorceram pelo ódio. Ludvig tentou acalmá-la, temendo pelo que ela poderia fazer.

— Espere um pouco, Blaise disse com incredulidade, ao ouvi-la recitar o parágrafo que ele acabara de ler — Você decorou o livro inteiro?

Gala deu de ombros.

— Acho que sim. Foi interessante, mas eu quero mais. Muito mais.

Balançando a cabeça, espantado, Blaise pegou outro livro, desta vez um tomo grosso que discorria sobre a história dos avanços científicos desde o tempo do Iluminismo dos Feitiços até a Era Moderna. Denso e abrangente, era a leitura obrigatória dos alunos da Academia de Feitiçaria. Entregando-o a Gala, ele disse:

— Experimente este. Pode ser um pouco mais desafiador.

Ela pegou o livro e começou a virar as páginas. Em dois minutos, ela havia acabado.

Ao levantar os olhos e olhar para ele, seu rosto resplandecia

— Blaise, isto é tão interessante — ela exclamou.

— Eu não posso crer que tão pouco era conhecido antes da chegada de Lenard, o Grande. Ele descobriu tantas coisas sobre a natureza e como a mente funciona, sem falar no Reino do Feitiço.

Blaise aquiesceu, sorrindo, apesar de seu choque.

— Sim, ele era um gênio. E seus alunos continuaram seu trabalho. O Iluminismo foi isso. Lenard e os feiticeiros que seguiram seus passos iluminaram nosso mundo, com relação à natureza e a matemática da realidade, a psicologia humana e a física.

— Oh, eu adoraria tê-lo conhecido — Gala murmurou, os olhos arregalados pela empolgação — Ele me faz lembrar você . . .

— A mim?

Blaise não pôde deixar de rir disso.

— Fico muito lisonjeado, mas eu jamais estaria à altura dos feitos de Lenard.

Gala inclinou a cabeça para o lado, parecendo pensativa.

— Eu não sei não — disse ela — Afinal, você me criou.

— É verdade — Blaise tinha que concordar com aquele fato — Tenho certeza de que Lenard também adoraria ter conhecido você. É uma pena que ele tenha desaparecido há mais de dois séculos. Seus feitos, no entanto, estão vivos, em todos esses livros — ele gesticulou mostrando todo o aposento.

Blaise voltou a olhar para as estantes e se encaminhou até uma delas, passando suavemente seus dedos no costado empoeirado dos livros.

— Se quiser ler mais, toda a minha biblioteca é sua — ofereceu Blaise, notando como ela parecia atraída por livros — Não é tão abrangente quanto a que encontraria na Torre, mas deve ocupar você por algum tempo.

— Vou começar por romances, eu acho — disse ela, girando a cabeça para lhe lançar um sorriso estonteante — Aquele primeiro livro foi mais difícil para mim.

— Achou o romance mais difícil?

— É claro — disse ela com seriedade — O segundo livro fazia bem mais sentido e fluía facilmente, mas o romance era mais desafiador. Eu não entendi totalmente todos os aspectos das ações daquelas pessoas.

Blaise a olhou.

— Entendo. Bem, leia o que você quiser. Minha biblioteca está à sua disposição.

Gala sorriu para ele, ávida como uma criança, e mergulhou em outro livro, virando suas páginas com a mesma velocidade não humana.

Respirando calma e profundamente, Blaise decidiu deixá-la entretida ali e saiu silenciosamente da biblioteca.

Ele precisava de mais tempo para si, para descobrir o que havia acontecido e pensar no que fazer em seguida.

* * *

Ao entrar em seu estúdio, Blaise sentou-se em sua mesa e furou seu dedo, iniciando uma sessão de Captura de Vida fora do normal. Ultimamente, ele sempre se gravava enquanto trabalhava, caso tivesse algum tipo de revelação e precisasse revivê-la posteriormente.

É claro que ele não esperava ter qualquer tipo de revelação sobre Gala agora. O que acontecera hoje era tão incrível que ele mal conseguia começar a digerir.

Ele havia criado um ser mágico. Um ser mágico super inteligente com potencial de poderes inimagináveis.

Um ser que era também a mulher mais linda que Blaise já havia visto.

Em retrospecto, o fato de Gala ter assumido uma forma humana fazia total sentido. Blaise vinha tentando criar uma mente que fosse similar a dos humanos — uma mente que pudesse entender a linguagem falada comum e convertê-la diretamente ao código de feitiçaria, sem ter que usar quaisquer tipos de objetos mágicos ou feitiços. Ele devia ter pensado na possibilidade que uma mente assim assumisse uma aparência humana.

Mas ele não pensou e em vez disso, se concentrou apenas na ideia de que um objeto inteligente criado no Reino do Feitiço poderia ser usado por qualquer um, não obstante sua aptidão para a feitiçaria. Um objeto assim — especialmente se feito em grandes quantidades — criaria uma grande mudança, modificando para sempre a dinâmica de classes na sociedade e finalizando o processo iniciado pelo Iluminismo.

Gala não era o objeto que ele queria criar, mas não importava. Ela era outra coisa — algo bem mais maravilhoso.

Seu irmão Louie ficaria orgulhoso, Blaise pensou, pegando seu jornal.

CHAPTER FOUR: BLAISE

Pulled to him. She had been pulled to him.

It must've been that last spell he performed that brought Gala to his study, Blaise realized. He had been trying to do a physical manifestation of the magical object, and instead he'd ended up bringing Gala here, to the Physical Realm.

She was looking at him with her large blue eyes, studying him with that odd mixture of childlike curiosity and sharp intelligence. Blaise wondered what she was thinking. Did she have the same emotions as a regular human being? Did she even understand the concept of emotions? Her reactions seemed to indicate that she did. She had smiled in response to his smile, so, at the very least, she knew facial expressions.

"I want to see it," she said suddenly, leaning forward. "Blaise, I want to experience more of this world. I want to learn about this place. Can you show it to me, please?"

"Of course," Blaise said, getting up. He had a million more questions for her, but she was probably even more eager for knowledge than he was. "Let me start by showing you my house."

He began the tour upstairs, where his study and the bedrooms were located. Gala trailed in his wake, listening attentively as he explained the purpose of each room. Everything seemed to fascinate her, from the closet filled with Augusta's dresses to the glazed windows in Blaise's bedroom.

Approaching one particularly large window, she climbed onto the windowsill and stared outside, pressing her nose against the glass. Blaise couldn't help smiling at that, charmed by the picture she presented.

"What is out there?" she asked, turning her head to look at him. "I want to go down there."

"It's my gardens," Blaise explained, coming closer to help her climb down from the windowsill. "We can go there next."

Reaching up, he took her hand and carefully guided her down. Her hand was small and warm within his grasp, and Blaise again marveled at the striking beauty of his creation . . . and at the strength of his own reaction to her. He hadn't been this attracted to a woman in a long time, not since Augusta—

No, don't think about her, he told himself, feeling the familiar ache in his chest. The fact that his former fiancée still occupied his thoughts to such extent made him furious. After the way she had betrayed him, he had done his best to erase her from memory, but it was not that easy.

He had known Augusta for over a decade, having met her in the Academy when they were both lowly acolytes. He'd always thought she was beautiful, with her dark, sultry looks, but it wasn't until they began working together on the Interpreter Stone that he found himself falling for her. Young and ambitious, they had seemed like the perfect match, even if they didn't always see eye-to-eye on certain matters. For years, their passion—both for their work and for each other—had been enough to bridge their differences, and it wasn't until Louie's trial that Blaise had found out just how deep the divide between them truly was.

"Here, come with me," he said, forcing himself to release Gala's hand. "Let's go downstairs."

They walked down the stairs and out through the long hallway. Gala kept touching everything along the way, running her fingers over each new surface she encountered.

Finally, they were outside.

"These are my gardens," Blaise said, pointing at the wide green expanse in front of them. "They are a little overgrown at this point—"

"They are beautiful," Gala said slowly, turning in a circle. The look on her face was almost rapturous. "Oh, your Physical Realm is so beautiful, Blaise . . ."

"Yes," Blaise murmured, mesmerized by her. "You're right, it is." Blinking, he forced himself to look away, to stare at something other than her gorgeous features.

She laughed joyously, drawing his gaze back to her, and he saw that she was reaching for a bright-colored butterfly sitting on a white flower. She did feel emotions, he realized, seeing her face glowing with happiness and excitement.

He tried to view the familiar surroundings as Gala must be seeing them, and he had to admit that the gardens had a certain wild beauty to them. His mother had been excellent with plants, judiciously using spells to promote the growth of flowers and fruit trees, and Blaise could still see traces of her magic everywhere.

"Would you like to see something interesting?" he asked impulsively, wanting to see more of that radiant joy on Gala's face.

"Yes," she said immediately. "Please."

"Then watch," Blaise said, and began a simple verbal spell. Holding out his hand, he concentrated on manipulating the particles of light, directing them to gather above his upturned palm. Each word, each sentence that he spoke, was part of the intricate code that enabled him to do sorcery. When he was satisfied that the logic and instructions of the spell were correct, he used the Interpreter Spell—a complex litany that every verbal spell required at the end—to transmit everything to the Spell Realm. And then he waited.

A few seconds later, the air above his outstretched palm began to shimmer, and a bright, shiny shape began to take place. Before long, there was a rose made entirely of light hovering a couple of inches above his hand.

"It's so beautiful," Gala breathed, watching his little demonstration with a look of awe on her perfect face. Reaching out, she touched the rose, her fingers passing right through the cluster of light.

Blaise grinned, glad that he had been able to impress her with something so simple. Given her origins, she would likely be able to do the same and more.

Much, much more, he thought, trying to imagine how powerful someone born in the Spell Realm could be. It was a little too soon to start exploring Gala's abilities, but Blaise had a feeling they would be unlike anything the world had ever seen.

* * *

After Gala got her fill of the gardens, Blaise took her back inside the house.

"I want to learn more," she said when they entered the hallway. "Blaise, I want to learn everything. Can you help me?"

He considered her request. He could give her more Life Captures and let her experience the world that way, or he could try introducing her to books. There was a possibility she might understand written language, as well as the spoken one, since some of the Life Captures he'd sent to the Spell Realm—the Life Captures that helped build her existing knowledge base—were from reading teachers.

He decided to go with the second option for now, to let her learn the old-fashioned way at first. As interesting as it was to immerse oneself into other people's lives, there was still no substitute for the structure of a good book. "Why don't we head to my library?" he suggested. "I want to see if you're able to read."

Gala nodded eagerly, and he led her into the musty room that housed his books. Interspersed with the heavy old tomes, he could see some of Augusta's books, including a couple of romances his former lover had enjoyed in her spare time. "Here," he said, picking up one of them and handing it to Gala, "try reading this."

What she did next seemed very odd to him. She slowly looked over the first page. Then she quickly glanced at the next. And then she started flipping pages with increasing speed, until she was turning them so fast it looked like she was just riffling through the book.

When she was done, Blaise stared at her in astonishment. "Did you just read and understand that whole book?"

"Yes."

Unable to believe his ears, Blaise took the book from her and opened it to a random page, glancing down to quickly skim a couple of paragraphs. "What was the name of the main hero?"

"Ludvig."

"And what happened when he told his wife about Lura?"

"Jurila screamed, lashing out at her husband with her riding crop. Her dark eyes flashed with fire and fury, and her beautiful features were distorted by anger. Ludvig tried to calm her, fearing what she could do—"

"Wait a minute," Blaise said incredulously, listening to her recite the paragraph he'd just read. "Did you just memorize the whole book?"

Gala shrugged. "I think so. It was interesting, but I would like more. Much more."

Shaking his head in amazement, Blaise reached for another book, this one a thick tome covering the history of scientific advancements from the time of the Sorcery Enlightenment to the modern era. Dense and comprehensive, it was required reading for students at the Academy of Sorcery. Handing it to Gala, he said, "Try this one. It might be a bit more challenging."

She took the book and started flipping through it. Within two minutes, she was done.

When she looked up at him, her face was glowing. "Blaise, this is so interesting," she exclaimed. "I can't believe so little was known before Lenard the Great came along. He discovered all these things about nature and how the mind works, not to mention the Spell Realm—"

Blaise nodded, smiling despite his shock. "Yes, he was a genius. And his students continued his work. That's what the Enlightenment was about. Lenard and the sorcerers who followed in his footsteps shed light on our world, on the nature and mathematics of reality, on human psychology and physics—"

"Oh, I would've loved to meet him," Gala breathed, her eyes huge with excitement. "He reminds me of you . . ."

"Of me?" Blaise couldn't help laughing at that. "I'm very flattered, but I could never live up to Lenard's achievements."

Gala tilted her head to the side, looking thoughtful. "I don't know about that," she said. "You did create me, after all."

"That's true." Blaise had to concede that point. "I'm sure Lenard would've loved to meet you as well. It's too bad he disappeared over two centuries ago. His achievements live on, however, in all these books." He gestured around the room.

She turned to look at the bookshelves and walked up to one of them, gently running her fingers over the dusty book spines.

"If you'd like to read more, my entire library is yours," Blaise offered, seeing how she appeared to be drawn to the books. "It's not as comprehensive as what you'd find in the Tower, but it should occupy even you for a bit."

"I'll start with more romances, I think," she said, turning her head to flash him a dazzling smile. "That first book was more difficult for me."

"You found the romance more difficult?"

"Of course," she said seriously. "The second book made so much sense, and it flowed so easily, but the romance was more challenging. I didn't fully understand all aspects of those people's actions."

Blaise stared at her. "I see. Well, read whatever you want. My library is at your disposal."

Gala grinned at him, as eager as a child, and dove into another book, flipping through it with the same inhuman speed.

Taking a deep, calming breath, Blaise decided to leave her to it and quietly exited the library.

He needed some time to himself to figure out what happened and to think about what to do next.

* * *

Entering his study, Blaise sat down at his desk and pricked his finger, starting a Life Capture session out of habit. He always recorded himself at work these days, just in case he had some kind of a revelation and needed to relive it later.

Of course, he wasn't expecting to have any kind of revelation about Gala right now. What happened today was so incredible, he could barely begin to process it.

He had created a magical being. A super-intelligent magical being with potential for unimaginable powers.

A being who was also the most beautiful woman Blaise had ever seen.

In hindsight, the fact that Gala took on a human shape made perfect sense. Blaise had been striving to create a mind that was similar to a human's—a mind that could understand regular spoken language and convert it into the sorcery code directly, without having to use any kind of magical objects or spells. He should've considered the possibility that a mind like that would take on a human appearance.

But he hadn't, focusing instead only on the idea that an intelligent object created in the Spell Realm could be used by anyone, regardless of their aptitude for sorcery. An object like that—particularly if made in large quantities—would've been a game changer, forever altering the class dynamics in their society and completing the process started by the Enlightenment.

Gala was not the object he'd meant to create, but it didn't matter. She was something else—something even more wonderful.

His brother Louie would've been proud, Blaise thought, reaching for his journal.

CAPÍTULO CINCO: AUGUSTA

O sol começava a se por e Barson deu ordem de pararem durante a noite. Augusta, com satisfação, apeou e se alongou, seu corpo doído por não estar acostumado àquele exercício. Ela teria que fazer um feitiço de cura em si mesma mais tarde, senão poderia ficar doída no dia seguinte.

— É a hora do jantar de seus homens? — ela perguntou, seguindo Barson para uma tenda que os soldados já armavam para ele.

— Primeiro o treino, depois o jantar — disse ele, erguendo de forma cortês a aba da tenda para ela — Você pode descansar, se quiser. Eu estarei com você daqui a uma hora, por aí.

— Descansar em uma tenda enquanto seus rapazes brincam com espadas? — Augusta ergueu as sobrancelhas para ele — Está brincando, não está? Eu não perderia isso por nada no mundo.

Ele deu um sorriso. Então, venha assistir.

Foram juntos para uma pequena clareira onde a maioria dos outros guardas estava reunida. À medida que se aproximaram, os homens de Barson respeitosamente se afastaram, abrindo caminho para eles.

— Por que não sobe em sua cadeira?, Barson sugeriu, voltando-se para ela. — Ela lhe dará uma boa visão e manterá você segura e sem atrapalhar.

Augusta sorriu, encantada com a preocupação dele com ela.

— Claro, vou pegá-la. Embora tivesse vindo a cavalo, ela fizera com que a cadeira espreguiçadeira os acompanhasse à distância, caso fosse necessária.

Augusta pegou sua Pedra Interpretadora — uma rocha brilhante negra parecida com um grande pedaço de carvão polido com um orifício no meio — e a carregou com um feitiço previamente escrito para invocar sua cadeira e aguardou. Dois minutos depois, a cadeira chegou, aterrissando suavemente na relva. De cor vermelho bem profundo, tinha a forma do móvel do qual recebeu o nome. No entanto, era feita de um material cristalino que parecia vidro, mas era cálido e macio ao toque, como uma poltrona forrada de pelúcia. Augusta havia inventado esse objeto mágico especial recentemente e ele imediatamente se tornara popular na comunidade de feiticeiros. O objeto parecia bastante incongruente ali, entre as árvores. Augusta quase riu da expressão dos homens olhando para ela.

Subindo na cadeira, Augusta fez um rápido feitiço oral para que ela pairasse no ar, um pouco acima, à direita da clareira. E então, colocando os pés confortavelmente embaixo de si, ela se inclinou para um dos lados e se preparou para assistir ao espetáculo prestes a se desvelar.

* * *

O treino com arco e flecha seria o primeiro.

Augusta obervava fascinada enquanto um homem soltava uma flecha com aparência estranha. Grande e coberta por penas, ela parecia voar um pouco mais lenta do que o usual, facilitando vê-la em seu voo.

Antes que se indagasse sobre sua finalidade, ela viu a flecha cheia de penas ser atingida por outra — dessa vez uma flecha comum. Aparentemente, a flecha maior era o alvo — um alvo que algum soldado tinha conseguido atingir com inacreditável precisão.

Olhando para o solo abaixo, ela notou que os homens estavam divididos em pares, com um guarda enviando aquelas flechas e seu parceiro as abatendo. Sempre que o alvo era atingido havia saudações dos outros soldados. Se Augusta não tivesse visto pessoalmente, ela jamais acreditaria que fosse possível realizar esse feito até mesmo uma só vez — no entanto, cada um dos homens de Barson conseguia fazer isso. A matemática envolvida era surpreendente e Augusta se maravilhava com a capacidade da mente humana em fazer algo tão complicado sem quaisquer cálculos conscientes.

Finalmente, chegou a vez de Barson. Olhando para cima, ele piscou para ela e foi ao encontro de seus soldados. Para espanto de Augusta, não apenas um, mas dois homens arremessaram as flechas especiais cheias de penas — e a flecha de seu amante atingiu as duas com uma flechada. Os outros soldados saudaram, mas não mais alto do que para qualquer outro. Aparentemente, não era a primeira vez que seu Capitão tinha feito algo tão impossível.

Após o treino com o arco, os guardas lutaram com espadas. Augusta os observou, com a respiração presa, enquanto o metal se chocava com o metal, fazendo com que ela se retraísse cada vez que alguém, por pouco, evitasse ser ferido. Embora fosse apenas um treino, as espadas usadas pelos homens eram de verdade — e potencialmente fatais.

Todos os soldados pareciam ser altamente hábeis e ninguém se machucava, o que fazia com que Augusta relaxasse um pouco. Observando outros lutadores, ela não pôde deixar de sentir prazer pela visão de seus corpos fortes e aptos girando e se voltando enquanto se envolviam em uma espécie de dança macabra. Havia beleza na guerra, pensou ela, observando enquanto eles investiam e desviavam com incrível graça.

Barson caminhava em torno da clareira, fornecendo indicações e instruções a seus soldados. Ela imaginou se ele também lutaria — e, caso lutasse, se ele seria tão hábil com a espada quanto era com o arco e flecha.

Como em resposta à sua pergunta silenciosa, Barson se encaminhou para o meio da clareira, parando a luta entre os homens que lá estavam.

— Vocês quatro — disse ele, apontando para eles — eu preciso de um aquecimento.

Aquecimento? Augusta sorriu, percebendo que seu amante provavelmente tentava impressioná-la.

Quatro homens grandes se aproximaram de Barson cautelosamente. Será que estavam realmente temerosos de uma luta de quatro contra um? Augusta sabia que o Capitão da Guarda do Feiticeiro era bom naquilo que fazia, mas nunca o havia visto em ação.

Os quatro soldados assumiram suas posições, cercando o líder. O que aconteceu em seguida foi tão impressionante que Augusta foi obrigada a dar um suspiro.

Barson começou a se mover lentamente, de forma estranha mantendo, de alguma forma, os quatro homens à vista o tempo todo. Depois, ele se lançou com a velocidade de um raio, aparentemente vislumbrando uma abertura, e Augusta viu uma gota vermelha brotando de um arranhão no pulso de um dos soldados.

O primeiro sangue, ela pensou, hipnotizada pelo que acontecia.

O sangue parecia ser algum tipo de sinal, e todos os quatro guardas atacaram ao mesmo tempo. Ao olhar não treinado de Augusta, houve apenas um tumulto de movimento. A lâmina de Barson parecia estar por toda parte, bloqueando cada movimento que seus oponentes faziam, com uma habilidade e velocidade que pareciam sobre-humanas. Havia algo hipnótico na forma como Barson se movia. Cada gesto, cada movimento era perfeitamente calibrado. Ele evitava os ataques, usando o mesmo movimento para realizar um ataque. Sua eficiência fatal era de tirar o fôlego.

— Mais — gritou ele após alguns minutos —Preciso de mais.

Outros quatro lutadores entraram. Augusta manejou a cadeira para voar mais perto, porque tudo que via agora era uma fila de corpos cercando a figura poderosa de Barson.

De repente, um grito.

O coração de Augusta pareceu parar de bater, mas então ela viu que um dos outros soldados — e não Barson — estava no solo, agarrando sua coxa. Os outros pararam de lutar, formando um círculo em volta do homem ferido.

Aterrissando sua cadeira, Augusta rapidamente pulou dela e correu até eles. Barson estava ajoelhado ao lado do homem, com um olhar consternado no rosto. Os soldados se afastaram, deixando que ela passasse, e sua respiração quase a sufocou ao ver o ferimento sangrando na perna do homem. Para sua surpresa, Augusta viu que o homem era muito jovem — mal deixara de ser um menino.

Barson rasgou um pedaço de pano de sua camisa e o amarrou em torno da coxa do soldado.

— Isto deve estancar o sangue. Sinto muito, Kiam — disse ele, melancólico.

— Estas coisas acontecem nos treinos — disse Kiam, claramente tentando não transparecer dor na sua voz.

— Não, foi culpa minha — Barson disse —Eu não devia ter enfrentado tantos de vocês. Como um novato, eu não controlei para onde mirei minha investida.

Naquele momento, ele pareceu notar a presença de Augusta e ela sabia o que Barson iria lhe pedir, mesmo antes que ele falasse.

— Pode ajudá-lo? — disse ele, olhando para ela.

Augusta acenou afirmativamente e caminhou até a cadeira, onde havia deixado sua maleta. No sentido exato, usar a feitiçaria em quem não fosse feiticeiro era algo visto com desdém. No entanto, aquelas eram circunstâncias especiais. Agora, não estando mais em pânico, Augusta reconheceu o rapaz. Kiam era o filho de Moriner, um membro do Conselho do Norte. Ela lembrava de o Conselheiro dizer que seu filho mais novo parecia não ter qualquer aptidão para a magia, somente para a luta. Mas mesmo que Kiam fosse qualquer outra pessoa, ela o teria ajudado como um favor para Barson.

Pegando sua Pedra Interpretadora, Augusta cuidadosamente escolheu os cartões dos quais precisava. O garoto tinha sorte de ela e Blaise terem inventado aquilo. Se tivesse que contar com os feitiços verbais, Kiam poderia morrer de hemorragia enquanto ela planejava e recitava algo de tal complexidade. Até mesmo Moriner, considerado o principal especialista em realizar feitiços orais, teria sido incapaz de ajudar seu filho a tempo.

O feitiço escrito era muito mais rápido, principalmente porque Augusta já possuía alguns dos seus componentes em sua maleta. Tudo que ela precisava fazer agora era adaptar esses componentes ao peso corporal, à altura do corpo de Kiam e às características da lesão. Quando se sentiu pronta, ela voltou e colocou a Pedra perto de Kiam, carregando os cartões de papel durante o caminho.

O fluxo de sangue da coxa de Kiam diminuiu até escorrer aos poucos e depois parou. Em um minuto, não restava vestígio do ferimento, e o rosto de Kiam perdeu a palidez, parecendo saudável novamente. O jovem rapaz se ergueu, como se nada tivesse acontecido, e Augusta pôde ver os olhares de respeito e admiração no rosto dos soldados. Ela sorriu, animada pelo orgulho de seu feito.

Sem dizer uma palavra, Barson apertou seu ombro com um carinho áspero e ela sorriu para ele, ansiosa pela noite por vir.

O treino havia terminado por aquele dia.

CHAPTER FIVE: AUGUSTA

The sun was beginning to set, and Barson issued the order to stop for the night. Augusta gladly dismounted and stretched, her body aching from unaccustomed exercise. She would have to do a healing spell on herself later; otherwise, she might be sore tomorrow.

"Dinnertime for your men?" she asked, following Barson toward a tent that the soldiers were already setting up for him.

"First practice, then dinner," he said, courteously lifting the tent flap for her. "You can rest if you'd like. I should be with you in an hour or so."

"Rest in a tent while your boys play with swords?" Augusta lifted her eyebrows at him. "You're joking, right? I wouldn't miss this for the world."

He grinned at her. "Then come and watch."

They walked together to a small clearing where most of the other guards were gathered. As they approached, Barson's men respectfully stepped aside, clearing the way for them.

"Why don't you get on your chaise?" Barson suggested, turning toward her. "It will provide you with a good view and keep you safely out of the way."

Augusta smiled, charmed by his concern for her. "Sure, let me get it." Although she'd ridden here on the horse, she'd had the chaise follow them at some distance, just in case it was needed.

Pulling out her Interpreter Stone—a shimmering black rock that resembled a large piece of polished coal with a slot in the middle— Augusta loaded it with a pre-written spell for summoning her chaise and waited. Two minutes later, the chaise arrived, landing softly on the grass.

Deep red in color, it was shaped like the piece of furniture it had been named after. However, it was made of a special crystalline material that looked like glass but was warm and soft to the touch, like a plush, padded armchair. Augusta had invented this particular magical object fairly recently, and it had caught on among the sorcerer community immediately. It looked quite incongruous here, among all the trees, and Augusta almost laughed at the looks on the men's faces as they stared at it.

Climbing onto the chaise, Augusta did a quick verbal spell to get it hovering in the air a little to the right above the clearing. Then, comfortably tucking her feet underneath herself, she leaned on one of the sides and prepared to watch the spectacle that was about to unfold.

* * *

Archery practice was first.

Augusta watched in fascination as one man let loose a strange-looking arrow. Large and covered with extra feathers, it appeared to be flying a little slower than usual, making it easier to see mid-flight.

Before she could wonder about its purpose, she saw the feathery arrow get hit by another arrow—an ordinary one this time. Apparently, the large arrow was the target—a target that some soldier had managed to hit with unbelievable accuracy.

Looking down on the ground, she saw that the men were divided into pairs, with one guard sending up those arrows and his partner shooting them down. Every time the target was reached, there would be cheers from the other soldiers. If Augusta hadn't seen this herself, she wouldn't have believed it was possible to perform this feat even once—yet every single one of Barson's men managed to do this. The mathematics involved were staggering, and Augusta marveled at the ability of the human mind to do something so complicated without any conscious calculations.

Finally, it was Barson's turn. Looking up, he gave her a wink, then motioned to his soldiers. To Augusta's shock, not one, but two men sent up the special feathery arrows—and her lover's arrow pierced them both in one shot. The other soldiers cheered, but not any louder than for any of the others. Apparently, it wasn't the first time their Captain had done something so impossible.

After archery, the guards sparred with swords. Augusta watched with bated breath as steel clashed against steel, making her flinch every time someone narrowly avoided an injury. Even though this was only practice, the swords used by the men were quite real—and potentially quite deadly.

All of the soldiers appeared to be highly skilled, however, and nobody was getting hurt, causing Augusta to relax a little. Observing the fighters, she couldn't help but take pleasure in the sight of their strong, fit bodies twisting and turning as they engaged in a kind of macabre dance. There was beauty to war, she thought, watching as they thrust and parried with incredible grace.

Barson was walking around the clearing, giving pointers and instructions to his soldiers. She wondered if he would fight as well—and if so, whether he would be as skilled with the sword as he was with the arrow.

As though in answer to her unspoken question, Barson walked to the middle of the clearing, stopping the fight between the men who were there. "You four," he said, pointing at them, "I need some warm-up."

Warm-up? Augusta grinned, realizing that her lover was probably trying to impress her.

The four big men approached Barson gingerly. Were they actually scared to go four against one? Augusta knew the Captain of the Sorcerer Guard was good at what he did, but she had never actually seen him in action.

The four soldiers took their positions, surrounding their leader. What happened next was so amazing, Augusta couldn't help but gasp.

Barson started moving slowly, in a strange pattern, somehow keeping all four men in his sight at all times. Then he lashed out with lightning speed, apparently spotting an opening, and Augusta saw a droplet of red welling up from a scratch on one of the soldiers' wrists.

First blood, she thought, mesmerized by what was happening.

The blood seemed to serve as some kind of a signal, and all four guards attacked at once. To Augusta's untrained eye, there was only a flurry of movement. Barson's blade seemed to be everywhere, blocking every move his opponents made with a skill and speed that seemed superhuman. There was something hypnotic in the way Barson moved. Every gesture, every move, was perfectly calibrated. He dodged thrusts, while using the same turn to deliver an attack. His deadly proficiency was breathtaking.

"More," he shouted after a few minutes. "I need more."

Four more fighters joined in. Augusta directed her chaise to fly closer, because all she could see now was a row of bodies surrounding Barson's powerful figure.

Suddenly, there was a scream.

Augusta's heart skipped a beat, but then she saw that one of the other soldiers—not Barson—was on the ground, clutching his thigh. The others stopped fighting, forming a circle around the wounded man.

Landing her chaise, Augusta quickly jumped off and ran toward them. Barson was kneeling beside the man, a look of dismay on his face. The soldiers stepped aside, letting her through, and her breath caught in her throat at the sight of the gushing wound in the man's leg. To her astonishment, Augusta saw that the man was very young—barely more than a boy.

Barson ripped a strip of cloth from his shirt and tied it around the soldier's thigh. "This should help the bleeding. I am sorry, Kiam," he said somberly.

"These things happen in practice," said Kiam, clearly trying to keep the pain out of his voice.

"No, it's my fault," Barson said. "I shouldn't have taken on so many of you. Like a rookie, I couldn't control where I aimed my thrust."

At that point, he seemed to notice Augusta's presence, and she knew what Barson was going to ask before he even said it.

"Can you help him?" he said, looking up at her.

Augusta nodded and walked back to the chaise, where she'd left her bag. Strictly speaking, using sorcery on non-sorcerers was frowned upon. However, these were special circumstances. Now that she wasn't so panicked, Augusta recognized the boy. Kiam was the son of Moriner, a Council member from the north. She remembered the Councilor saying that his youngest son didn't seem to have any aptitude for magic, only for fighting. But even if Kiam had been a nobody, she would've still helped him as a favor to Barson.

Grabbing her Interpreter Stone, Augusta carefully chose the cards she needed. The boy was lucky that she and Blaise had come up with this invention. If she'd had to rely on the old oral spells, Kiam would've likely bled to death while she planned and chanted something of this complexity. Even Moriner, who was considered the foremost expert on verbal spell casting, would've been unable to help his son in time.

Written sorcery was much quicker, especially since Augusta already had some of the components of the spell in her bag. All she had to do now was tailor those components to Kiam's body weight, height, and the specifics of his injury. When she was ready, she walked back and set the Stone next to Kiam, loading the paper cards into it on the way.

The flow of blood from Kiam's thigh slowed to a trickle, then stopped. Within a minute, no trace of the injury remained, and Kiam's face lost its pallor, looking healthy again. The young man got up, as though nothing had happened, and Augusta could see the looks of awe and admiration on the soldiers' faces. She smiled, glowing with pride at her accomplishment.

Without saying a word, Barson squeezed her shoulder with rough affection, and she grinned at him, looking forward to the night to come.

Practice was over for the day.

CAPÍTULO SEIS: BARSON

Barson olhava Augusta enquanto ela se afastava, seus quadris ondulando com uma graça sedutora que fazia parte dela, tanto quando seus olhos castanhos dourado. Ela era uma bela mulher e ele estava feliz por ela tê-lo escolhido para ser seu amante. Ela ainda ansiava por aquele feiticeiro exilado, ele sabia disso, mas não quando estava na cama com Barson. Ele fazia questão disso.

— Aquilo não foi especialmente brando, devo dizer — uma voz arrastada soou a seu lado, interrompendo suas reflexões.

Girando a cabeça, Barson viu seu braço direito e futuro cunhado. — Cala a boca, Larn — disse ele, sem muita veemência — Kiam vai ficar bem. Ele vai aprender a não saltar sob minha espada, da próxima vez.

Larn balançou a cabeça — Eu não sei, Barson. Aquele garoto é esquentado. Eu já avisei você sobre ele antes.

— É, é, olha só quem fala. Acha que não lembro de todos os problemas que causou quando tinha a idade dele?

Larn falou, zangado.

— Oh por favor, olha só quem fala. Quantas vezes Dara teve que defender você? Se não fosse por sua irmã, você ainda estaria de castigo até hoje.

Barson sorriu para o amigo, lembrando de todos os percalços em que se meteram quando crianças.

— Na verdade, ele me lembra um pouco você — Larn disse, olhando na direção de Kiam, que havia pegado sua espada de novo, aparentemente se preparando para treinar sozinho. E então, baixando a voz, ele falou em um tom mais sério,

— Será que *ela* pode nos ouvir?

— Eu acho que não — disse Barson, embora não tivesse plena certeza. Nunca se sabe como são os feiticeiros. Eles eram sorrateiros e tinham feitiços que podiam aumentar sua capacidade de ouvir. No entanto, Augusta não teria motivo para fazer esse feitiço agora — não enquanto se preparava para ir dormir na cama dele.

— De qualquer maneira, é bem mais seguro falar aqui do que em qualquer lugar próximo da Torre.

— Provavelmente é verdade — Larn concordou, ainda mantendo a voz baixa — Por que ela veio, afinal?

Barson encolheu os ombros.

— Ah, o lendário Barson ataca de novo — Larn arqueou suas sobrancelhas lascivamente.

A mão de Barson disparou com a velocidade de um ataque de serpente, pegando o pescoço de Larn.

— Você a respeite — ele ordenou, cheio de súbita raiva.

— Mas claro, sinto muito . . ..

Larn parecia sufocado:

— Eu não sabia.

— É, mas agora sabe — Barson resmungou, soltando o amigo.

— E tomara que ela não tenha ouvido você dizer isso.

Larn empalideceu.

— Você disse que ela não podia.

— E provavelmente não pode — Barson concordou — O fato de que ainda esteja vivo é prova disso.

Como todos os membros do Conselho, Augusta podia ser bem perigosa, se provocada.

Larn andou para trás, esfregando o pescoço. — Deixando sua feiticeira de lado — disse ele, com uma voz baixa e rouca — temos negócios a tratar.

Barson aquiesceu, sentindo uma pequena parcela de culpa por sua falta de controle.

— Diga-me — disse ele bruscamente.

Larn era seu melhor amigo e seu soldado mais confiável. Logo, eles seriam da mesma família. Barson não devia ter reagido tão bruscamente à sua provocação sem más intenções. Que importava o que alguém achasse de sua relação com Augusta? Ele devia estar se sentindo especialmente violento depois do treino, resumiu ele, sem querer analisar muito suas ações.

— Eu fiz uma lista dos candidatos mais prováveis — Larn sacou um pequeno pergaminho e entregou a Barson — Antes, eu juraria que nenhum desses homens poderia fazer isso, mas agora não tenho tanta certeza.

Barson desenrolou o pergaminho e estudou os onze nomes escritos nele, e sua raiva novamente cresceu. Erguendo a cabeça, ele cravou um olhar gelado em Larn.

— Todos eles se enquadram no padrão de comportamento?

— Sim. Todos eles. É claro que sempre pode haver alguma outra razão para suas ações — uma amante ou algo parecido.

— Sim — Barson concordou — Em dez deles provavelmente é algo assim.

Suas mãos agarraram os punhos e ele se forçou a relaxar. Cada um dos onze homens daquela lista era como um irmão para ele, e o pensamento de que um deles poderia tê-lo traído era como um veneno nas veias de Barson.

Respirando fundo, ele olhou para a lista novamente, mentalmente revendo cada um dos nomes. Um nome, em especial, se sobressaiu. — Siur não está aqui —disse ele, lentamente.

— Sim — Larn disse — Eu também notei isso. Ele não veio conosco desta vez. Ele lhe disse o motivo?

— Não. Disse que precisava ficar em Turingrad. Trata-se de Siur, não de um novato qualquer, então eu não o pressionei a dar explicações.

Larn aquiesceu pensativo.

— Está bem. Vou continuar analisando a lista e ficarei de olho nos novos que já estão lá.

— Bom, Barson disse, virando-se para esconder a fúria em seu rosto.

Fosse o que fosse, ele chegaria ao fundo dessa questão — e quando isso acontecesse, o homem que o traiu pagaria.

CHAPTER SIX: BARSON

Barson watched Augusta as she walked away, her hips swaying with the seductive grace that was as much a part of her as her golden brown eyes. She was a beautiful woman, and he was glad she'd chosen him to be her lover. She still pined for that exiled sorcerer, he knew, but not when she was in Barson's bed. He'd made certain of that.

"That was not particularly smooth, I have to say," a voice drawled next to him, interrupting his musings.

Turning his head, Barson saw his right-hand man and soon-to-be brother-in-law. "Shut up, Larn," he said without much heat. "Kiam will be fine, and he'll know better than to jump under my sword the next time."

Larn shook his head. "I don't know, Barson. That kid is a hothead; I've warned you about him before—"

"Yeah, yeah, look who's talking. You think I don't remember all the trouble you got into when you were his age?"

Larn snorted. "Oh please, you're a fine one to talk. How many times did Dara have to plead your case? If it weren't for your sister, you'd still be grounded to this day."

Barson grinned at his friend, remembering all the mishaps they'd gotten into as children.

"He reminds me of you quite a bit actually," Larn said, glancing in the direction of Kiam, who had picked up his sword again, apparently getting ready to practice on his own time. Then, lowering his voice, he said in a more serious tone, "Can *she* hear us?"

"I don't think so," Barson said, though he wasn't entirely sure. One could never be certain with sorcerers; they were sneaky and had spells that could enhance their eavesdropping abilities. However, Augusta would have no reason to do such a spell right now—not when she was getting ready for bed in his tent. "In any case, it's far safer to talk here than anywhere in the vicinity of the Tower."

"That's probably true," Larn agreed, still keeping his voice low. "Why did she come along, anyway?"

Barson shrugged.

"Oh, the legendary Barson strikes again." Larn wiggled his eyebrows lasciviously.

Barson's hand shot out with the speed of a striking cobra, grabbing Larn's throat. "You will show her respect," he ordered, filled with sudden anger.

"Of course, I'm sorry . . ." Larn sounded choked. "I didn't realize—"

"Well, now you do," Barson muttered, releasing his friend. "And you better hope she didn't hear any of this."

Larn paled. "You said she couldn't—"

"And she probably can't," Barson agreed. "The fact that you're still alive is evidence of that." Like all members of the Council, Augusta could be quite dangerous if provoked.

Larn stepped back, rubbing his throat. "Your sorceress aside," he said in a low, raspy voice, "we have some business to discuss."

Barson nodded, feeling a small measure of guilt at his lack of control. "Tell me," he said curtly. Larn was his best friend and his most trusted soldier; soon, he would be family as well. Barson shouldn't have reacted so strongly to his good-natured ribbing. What did it matter what anyone thought of his relationship with Augusta? He must be feeling particularly violent after the practice fight, he decided, not wanting to analyze his actions too much.

"I made a list of the most likely candidates." Larn pulled out a small scroll and handed it to Barson. "Before, I could've sworn that none of these men could do this, but now I'm not so sure."

Barson unrolled the scroll and studied the eleven names written on there, his anger growing again. Lifting his head, he pinned Larn with an icy stare. "They all fit the behavior pattern?"

"Yes. All of them. Of course, there could always be some other reason for their actions—a mistress or some such thing."

"Yes," Barson agreed. "For ten of them, it's probably something like that." His hands clenched into fists, and he forced himself to relax. Every one of the eleven men on that list was like a brother to him, and the thought that one of them could've betrayed him was like poison in Barson's veins.

Taking a deep breath, he glanced at the list again, mentally running through each of the names. One name in particular jumped out at him. "Siur is on there," he said slowly.

"Yes," Larn said. "I noticed that, too. He didn't come with us this time. Did he tell you why?"

"No. He said he needed to stay in Turingrad. It's Siur, not some rookie, so I didn't press him for explanations."

Larn nodded thoughtfully. "All right. I'll continue working on this list and keeping an eye on the ones already there."

"Good," Barson said, turning away to hide the fury on his face.

No matter what it took, he would get to the bottom of this matter—and when he did, the man who betrayed him would pay.

CAPÍTULO SETE: BLAISE

Ao terminar a gravação da Captura de Vida, Blaise voltou para a biblioteca para ver Gala. Para sua surpresa, ele a viu deitada no chão, inconsciente, em meio a uma enorme pilha de livros.

Preocupado, ele correu até ela e se abaixou para dar uma olhada mais de perto. Para seu alívio, ele viu que ela parecia bem tranquila, com a respiração lenta e estável. Ela estava simplesmente dormindo.

Sem pensar muito a respeito, Blaise a pegou e a levou para um dos quartos de hóspedes. Ela era leve em seus braços, seu corpo era macio e feminino e ele se viu gostando da experiência. Chegando ao quarto, ele suavemente a colocou na cama, e a cobriu com um cobertor, quando ela abriu os olhos.

Por um momento, ela pareceu confusa, e depois seu olhar se desanuviou.

— Eu acho que adormeci — disse ela, perturbada.

Blaise sorriu.

— Eu imaginei que você não saberia o que era dormir.

— Eu não sabia antes, mas eu aprendi bastante em seus livros.

Ele a estudava fascinado, imaginando se ela havia lido todos os mais de cem livros que estavam no chão da biblioteca.

— Quantos livros você leu? — ele perguntou.

Ela se sentou na cama, retirando algumas madeixas de cabelo loiros do rosto.

— Trezentos e quarenta e nove.

Blaise piscou.

— Isso é muito preciso. Tem certeza de que não foram trezentos e quarenta e oito?

— Sim, tenho certeza — disse ela com seriedade, e depois sorriu — Na verdade foram 138.902 páginas e 32.453.383 palavras.

— São os números exatos?

Ele mal conseguia acreditar no que ouvia.

Gala assentiu, ainda sorrindo. Em um lampejo intuitivo, Blaise percebeu que ela sabia o quanto o havia impressionado — e que ela saboreava incrivelmente a reação dele.

— Muito bem — Blaise disse lentamente —Como sabe disso?

Ela encolheu os ombros.

— Eu apenas sei. Assim que quis lhe dizer, os números surgiram. Eu acho que devo ter contado enquanto lia, porém não lembro de ter feito isso.

— Entendo, Blaise disse, observando-a atentamente.

Por palpite, ele perguntou:

— Quanto é 2.682 vezes 5?

— 13.410, Gala disse, sem hesitar.

Blaise se concentrou, realizando os cálculos mentalmente. Ela estava certa. Ele era uma das poucas pessoas que conseguia fazer esse tipo de multiplicação rapidamente, mas Gala tinha sabido a resposta quase que instantaneamente.

— Como fez isso com tanta rapidez? — ele perguntou, curioso em saber como a mente dela funcionava.

— Eu peguei 2.682, dividi por dois, chegando a 1.341, e então multipliquei por 10.

Blaise pensou por um instante e percebeu que o método dela era a forma mais fácil de resolver o problema. Ele ficou surpreso em não ter descoberto isso por si. Ele definitivamente usaria este atalho da próxima vez que precisasse realizar cálculos rápidos para um feitiço.

Devido à finalidade de sua criação, as habilidades analíticas e matemáticas de Gala não deviam tê-lo surpreendido mas, mesmo assim, Blaise se surpreendeu. Ele mal podia esperar para ver o que mais era capaz de realizar.

— Gala, pode tentar fazer alguma magia para mim? — ele perguntou, olhando fixo para seu belo rosto.

Ela pareceu surpresa pelo pedido dele.

— Quer dizer, como fez antes, nos jardins?

— Sim, como aquilo — Blaise confirmou.

— Mas eu não sei como fez o que fez.

Ela parecia um pouco perplexa.

— Eu não sei todos aqueles feitiços que você usou.

— Você não precisa saber — Blaise explicou — Você deve poder realizar a magia diretamente, sem ter que aprender nossos métodos. A magia deve vir fácil e naturalmente para você como respirar é para mim.

Ela pareceu avaliar por um instante.

— Eu também respiro — disse ela, como que tirando aquela conclusão depois de se examinar.

— Claro que sim.

Com deleite, Blaise sorriu para ela.

— Eu não quis dizer que você não respirava.

Seus lábios suaves se curvaram em um sorriso de resposta.

— Está bem — murmurou ela — vou tentar fazer magia.

Ela fechou os olhos e Blaise pôde ver um sinal de intensa concentração no rosto dela.

Ela segurou a respiração, esperando, mas nada aconteceu. Após um minuto, ela abriu os olhos, olhando com expectativa para Blaise.

Ela balançou a cabeça com pesar.

— Eu acho que não funcionou. O que você tentou fazer?

— Eu quis fazer minha própria versão daquela bela flor que você criou no jardim.

— Entendo. E como tentava fazer isso?

Ela ergueu os ombros como que em um gracioso agradecimento.

— Eu não sei. Eu revi na memória como você vez antes e tentei me colocar no seu lugar, mas não acho que funcione assim.

— Não, você tem razão, provavelmente não é assim que deve funcionar com você. Frustrado, Blaise passou seus dedos pelo cabelo.

— O problema é que não sei exatamente como *seria* para você. Eu esperava que você simplesmente fosse capaz de fazer, como fez com o problema de matemática, antes.

Gala fechou os olhos novamente e o mesmo olhar de concentração apareceu em seu rosto.

Novamente nada ocorreu.

— Eu falhei — disse ela, abrindo os olhos. Ela não parecia particularmente preocupada com aquele fato.

— O que você tentou fazer?

— Eu quis elevar a temperatura do ambiente em uns dois graus, mas eu pude sentir que não funcionou.

Blaise ergueu as sobrancelhas. Deixando de lado a sensibilidade dela quanto à temperatura, parecia que Gala não tinha uma boa intuição para a feitiçaria. Mudar a temperatura de um objeto era um feitiço bastante básico, algo que Blaise podia fazer apenas dizendo algumas frases na antiga linguagem de magia.

Enquanto ele ponderava isso, Gala saltou da cama e foi até a uma das janelas.

— Eu quero ir até lá — disse ela, virando a cabeça para olhar para ele.

— Eu quero ver mais esse mundo.

Blaise tentou esconder sua decepção.

— Você não quer tentar outra magia?

— Não, Gala disse teimosamente — Não quero. Quero ir lá para fora para explorar.

Blaise respirou profundamente.

— Quem sabe tenta só mais uma vez?

A expressão dela se fechou, aparecendo uma ruga em sua testa lisa.

— Blaise — disse ela, calmamente — você está fazendo com que eu me sinta mal.

— O quê? — Blaise não conseguiu evitar mostrar espanto em sua voz — Por quê?

— Porque está fazendo com que eu me sinta usada, como o objeto que pretendia que eu fosse — disse ela, parecendo aborrecida — O que quer de mim? Devo ser uma ferramenta que as pessoas usem para fazer magia? Esta é a minha finalidade na vida?

— Não, claro que não! — Blaise protestou, afastando uma gavinha de culpa. De certa forma, aquilo tinha sido exatamente o que ele pretendia para Gala, mas não era para ela ser uma pessoa, com os sentimentos e emoções de um ser humano. Ele vinha tentando criar uma inteligência sim, mas não era para ter acontecido assim. Era para ser um meio para um fim, uma maneira de cuidar do que havia de pior na desigualdade na sociedade existente. Ele só havia pensado em fazer com que o objeto entendesse a linguagem humana comum, e ele não havia pensado no fato de que qualquer coisa com aquele nível de inteligência pudesse ter seus, e no caso, os dela — próprios pensamentos e opiniões.

E agora ele era vítima de seu próprio sucesso. Gala certamente entendia a linguagem — talvez até melhor do que Blaise, devido a sua perícia na leitura. No entanto, ela não era mais um objeto a ser usado do que ele era. Seu plano original de criar objetos mágicos inteligentes para todos era uma total loucura. Se bem-sucedido, transferiria o ônus da desigualdade de um grupo de seres pensantes para outro — desde que Gala ou outros de seu tipo se dispusessem a algo assim.

Além do mais, parecia que ela nem podia fazer mágica a essa altura. Ou talvez ela apenas não quisesse, Blaise pensou ironicamente. Ele certamente hesitaria em exibir qualquer tipo de habilidade de magia na situação dela.

Ela ainda parecia aborrecida, por isso ele tentou animá-la.

— Gala, ouça, eu não quis fazer com que você se sentisse como um objeto. O que eu lhe disse sobre minhas intenções originais quanto a você obviamente está fora de questão agora. Eu sei que você não é uma coisa para ser usada. Sinto muito. Foi impensado de minha parte. Fui descuidado em não perceber como você se sentia.

Ele esperava que ela visse verdade em suas palavras. A última coisa que ele queria era que Gala tivesse medo dele ou se ressentisse dele.

Ela olhou para o outro lado por um instante e depois se virou ao encontro do olhar dele.

— Bom, agora você sabe — disse ela, suavemente — Tudo que quero fazer agora é aprender mais sobre este mundo. Eu quero experimentar tudo sobre ele. Eu quero ver por mim mesma o que acabei de ler nos seus livros e eu quero testemunhar essas injustiças que você tenta consertar. Quero viver como um ser humano, Blaise. Você consegue entender isso?

CHAPTER SEVEN: BLAISE

Wrapping up the Life Capture recording, Blaise came back to the library to check on Gala. To his surprise, he saw her lying on the floor unconscious, in the middle of a huge pile of books.

Worried, he ran to her and crouched down to take a closer look. To his relief, he saw that she looked quite peaceful, her breathing slow and even. She was simply sleeping.

Without thinking too much about it, Blaise picked her up and carried her to one of the guest bedrooms. She was light in his arms, her body soft and feminine, and he found himself enjoying the experience. Reaching the room, he gently placed her on the bed, and as he was covering her with a blanket, she opened her eyes.

For a moment, she seemed confused, then her gaze cleared. "I think I fell asleep," she said in astonishment.

Blaise smiled. "I would've thought you wouldn't know what sleep was like."

"I didn't before, but I learned quite a bit from your books."

He studied her with fascination, wondering if she'd read all those hundreds of books that were lying on the library floor. "How many books did you get through?" he asked.

She sat up in bed, brushing a few strands of long blond hair off her face. "Three hundred and forty nine."

Blaise blinked. "That's very precise. Are you sure it wasn't three hundred and forty eight?"

"Yes, I'm sure," she said seriously, then smiled. "In fact, it was 138,902 pages and 32,453,383 words."

"Are those the exact figures?" He could hardly believe his ears.

Gala nodded, still smiling. In a flash of intuition, Blaise realized that she knew just how much she had impressed him—and that she was enjoying his reaction tremendously.

"All right," Blaise said slowly. "How do you know this?"

She shrugged. "I just know. As soon as I wanted to tell you, the numbers came to me. I guess I must've counted as I was reading, but I don't remember doing it."

"I see," Blaise said, watching her closely. On a hunch, he asked, "What is 2,682 times 5?"

"13,410," Gala said without hesitation.

Blaise concentrated for a few seconds, doing the calculations in his head. She was right. He was one of the few people he knew who could do this kind of multiplication quickly, but Gala had known the answer almost instantaneously.

"How did you do this so quickly?" he asked, curious about the way her mind worked.

"I took 2,682, halved it to get 1,341, and then multiplied it by 10."

Blaise thought about it for a second and realized that her method was indeed the easiest way to solve the problem. He was surprised he hadn't come up with it himself. He would definitely use this shortcut the next time he needed to do some quick calculations for a spell.

Given the purpose of her creation, Gala's analytical and math skills shouldn't have surprised him, but still, Blaise was amazed. He couldn't wait any longer to see what she was capable of. "Gala, can you try to do some magic for me?" he asked, staring at her beautiful face.

She looked surprised by his request. "You mean, like you did earlier, in the gardens?"

"Yes, like that," Blaise confirmed.

"But I don't know how you did what you did." She seemed a little bewildered. "I don't know all those spells you used."

"You don't have to know them," Blaise explained. "You should be able to do magic directly, without having to learn our methods. Magic should come as easily and naturally to you as breathing does to me."

She appeared to consider that for a second. "I also breathe," she said, as though reaching that conclusion after examining herself.

"Of course you do." Amused, Blaise smiled at her. "I didn't mean to imply that you don't."

Her soft lips curved in an answering smile. "All right," she murmured, "let me try doing magic." She closed her eyes, and Blaise could see a look of intense concentration on her face.

He held his breath, waiting, but nothing happened. After a minute, she opened her eyes, looking at Blaise expectantly.

He shook his head regretfully. "I don't think it worked. What did you try to do?"

"I wanted to make my own version of that beautiful flower you created in the garden."

"I see. And how did you go about doing it?"

She lifted her shoulders in a graceful shrug. "I don't know. I replayed the memory of you doing it earlier in my mind and tried to picture myself in your place, but I don't think it works like that."

"No, you're right, that's probably not how it would work for you." Frustrated, Blaise ran his fingers through his hair. "The problem is I don't know exactly how it *would* work for you. I was hoping you would simply be able to do it, just like you did the math problem earlier."

Gala closed her eyes again, and that same look of concentration appeared on her face.

Again nothing happened.

"I failed," she said, opening her eyes. She didn't seem particularly concerned about that fact.

"What did you try to do?"

"I wanted to raise the temperature in this room by a couple of degrees, but I could feel that it didn't work."

Blaise lifted his eyebrows. Her unusual temperature sensitivity aside, it seemed that Gala did have a good intuition for sorcery. Changing the temperature of an object was a very basic spell, something that Blaise could do just by saying a few sentences in the old magical language.

While he was pondering this, Gala jumped off the bed and came up to one of the windows. "I want to go out there," she said, turning her head to look at him. "I want to see more of this world."

Blaise tried to hide his disappointment. "You don't want to try any more magic?"

"No," Gala said stubbornly. "I don't. I want to go out and explore."

Blaise took a deep breath. "Maybe just one more try?"

Her expression darkened, a crease appearing on her smooth forehead. "Blaise," she said quietly, "you're making me feel bad right now."

"What?" Blaise couldn't keep the shock out of his voice. "Why?"

"Because you're making me feel used, like that object that you intended me to be," she said, sounding upset. "What do you want from me? Am I to be some tool that people use to do magic? Is that my purpose in life?"

"No, of course not!" Blaise protested, pushing away an unwelcome tendril of guilt. In a way, that had been exactly what he had originally intended for Gala, but she wasn't supposed to be a person, with the feelings and emotions of a human being. He had been trying to build an intelligence, yes, but it wasn't supposed to turn out this way. It was to be a means to an end, a way to address the worst of the inequality in their society. All he had thought about was getting the object to understand regular human language, and he hadn't considered the fact that anything with that level of intelligence might have its—or her—own thoughts and opinions.

And now he was a victim of his own success. Gala could certainly understand language—maybe even better than Blaise, given her reading prowess. However, she was no more an object to be used than he was. His original plan of creating enough intelligent magical objects for everyone was sheer folly; if successful, it would just transfer the burden of inequality from one group of thinking beings to another—provided that Gala or others of her kind would even go along with something like that.

Besides, it wasn't like she could even do magic at this point. Or maybe she just didn't want to, Blaise thought wryly. He would certainly be hesitant to display any kind of magical ability in her situation.

She was still looking upset, so he tried to reassure her, "Gala, listen to me, I didn't mean to make you feel like an object. What I told you about my original intentions for you is obviously out of the question now. I know you're not a thing to be used. I'm sorry. It was thoughtless of me not to realize how you felt." He hoped she could see the truth of his words; the last thing he wanted was for Gala to be afraid of him or to resent him.

She looked away for a second, then turned to meet his gaze. "Well, now you know," she said softly. "All I want to do right now is learn more about this world. I want to experience everything about it. I want to see for myself what I just read about in your books, and I want to witness those injustices you're trying to fix. I want to live like a human being, Blaise. Can you understand that?"

CAPÍTULO OITO: GALA

Gala observava o jogo de emoções no rosto expressivo de seu criador. Ele estava decepcionado, ela podia ver isso, e isso a magoava, mas ela precisava que ele entendesse que ela era uma pessoa com suas próprias necessidades e desejos. Ela não era algo a ser usado para melhorar a vida das pessoas que não conhecia e para as quais não ligava.

Ela via a luta interna dele e, depois, ele pareceu chegar a algum tipo de conclusão.

— Gala — disse ele, calmamente, olhando para ela — eu entendo o que você está dizendo, mas você não sabe o que me pede. Se alguém descobrisse sobre você — sobre o que você é — eu não sei o que faria. As pessoas temem o que não compreendem — e até mesmo eu não entendo plenamente o que você é e do que é capaz. Eu não posso deixar que saia por aí, não até que saibamos mais a respeito de você.

Enquanto ele falava, Gala sentiu o início de algo que ela jamais havia sentido. Era uma sensação estranha de agitação que começava na parte baixa de seu ventre e que seguia para cima, fazendo com que seu peito ficasse desagradavelmente apertado. Ela sentia seu sangue correndo mais rápido nas veias, aquecendo seu rosto e ela sentia vontade de gritar, de atacar de alguma maneira. Era a raiva, ela percebeu, a verdadeira raiva. Ela detestava não ser capaz de fazer exatamente o que queria.

— Blaise — ela conseguiu dizer através de dentes fortemente apertados — Eu. Quero. Ir. Para Lá. A voz dela parecia se elevar a cada palavra.

Ele pareceu pego de surpresa pelo gênio dela.

— Gala, é perigoso demais. Você não consegue entender isso?

— Perigoso demais? Por quê? — perguntou ela furiosamente — Eu pareço humana, não pareço? Como alguém saberia que não sou?

Ela conseguiu vê-lo analisando sua explicação.

— Tem razão — disse ele após um instante — Você parece totalmente humana. Mas se sairmos por aí juntos, vamos atrair muita atenção — principalmente por minha causa, não por você.

— Por você? Por quê?

Gala sentia que sua raiva arrefecia agora que Blaise não estava sendo mais tão imoderado.

— Porque eu saí do Conselho de Feiticeiros há dois anos — ele explicou — e tenho sido um pária desde então.

— Um pária? Por quê?

Gala tinha acabado de ler sobre o Conselho de Feiticeiros e o poder detido por aqueles que tinham a aptidão para a magia. Blaise parecia ser um feiticeiro extraordinariamente bom — ele tinha que ser para criar algo como ela — e não fazia sentido que ele fosse um pária em um mundo que valorizava tanto aquele tipo de habilidade.

— É uma longa história — Blaise disse, e ela conseguia ouvir a amargura de sua voz— Basta dizer que eu não compartilho da opinião da maior parte do Conselho — e meu irmão também não.

— Seu irmão?

Ela também havia lido sobre irmãos e ficava fascinada com a ideia de que Blaise tivesse um.

Ele suspirou.

— Tem certeza de que quer saber disso?

— Com certeza.

Gala queria saber de tudo sobre Blaise. Ele a interessava mais do que tudo que ela havia visto até agora, durante sua curta existência.

— Está bem — disse ele, lentamente —Você se lembra do que lhe contei sobre as Capturas de Vida?

Gala assentiu. Claro que ela lembrava. Pelo que sabia, ela tinha uma memória perfeita. As Capturas de Vida eram a maneira pela qual inicialmente tinha sabido sobre o mundo de Blaise.

— Bem, como eu disse antes, as Capturas de Vida foram inventadas por um feiticeiro poderoso, chamado Ganir, há alguns anos. Quando elas surgiram, todos ficaram muito empolgados com elas. Uma única gota de Captura de Vida permitia que uma pessoa ficasse totalmente imersa na vida de outra pessoa, permitindo que ela sentisse o que ela sentia, aprendesse o que ela aprendia. Era também o primeiro objeto mágico que não exigia conhecimento do código de feitiçaria. Para gravar sua vida, a pessoa só precisa dar uma pequena gota de sangue para a Esfera de Captura de Vida. Outra gota de sangue para a gravação, permitindo que a gota da Captura de Vida forme um local especial no topo da Esfera. E então, essas gotas podem ser usadas por qualquer pessoa sem qualquer equipamento especial. Tudo que a pessoa precisa para vivenciar a Captura de Vida é colocar uma gota em sua boca.

Gala assentiu de novo, ouvindo atentamente. Ela queria experimentar essas Capturas de Vida novamente, experimentá-las pela primeira vez no Reino Físico.

— Meu irmão, que era assistente de Ganir na época — prosseguiu Blaise — era um dos poucos feiticeiros que sabia um pouco como a magia da Captura de Vida agia. Ele vislumbrou como ela poderia ser usada como uma ferramenta de aprendizagem, como uma forma de ensinar a magia para aqueles que jamais poderiam ter acesso à Academia de Feitiçaria. Ele também achou que seria uma ótima maneira de que os menos afortunados fugissem da realidade de sua vida diária. Uma pessoa comum poderia vivenciar como era ser um feiticeiro, com tanta facilidade como o contrário.

Ele parou para respirar.

— Meu irmão, evidentemente, era um idealista. Ele não previu as consequências de suas ações — tanto para si quanto para as pessoas às quais queria ajudar.

— O que aconteceu? — Gala perguntou, com o coração batendo mais rápido à medida que ela sentia que a história dele poderia não ter um final feliz.

— Louie conseguiu criar um grande número de Esferas de Capturas de Vida em segredo e as contrabandeou para Turingrad, distribuindo-as através dos territórios. Ele achou que poderiam ajudar a difundir o conhecimento, melhorando nossa sociedade, mas não foi o que terminou por acontecer.

A voz de Blaise ficou mais dura, sem emoção.

— Assim que o Conselho soube das ações de Louie, foi decretada a ilegalidade da posse e distribuição das Capturas de Vida para os que não fossem feiticeiros, criando um mercado negro e uma classe destituída criminosa que se especializou na venda desses objetos — pervertendo assim totalmente sua finalidade original.

— E o que aconteceu com Louie?

— Ele foi punido — Blaise disse, e ela conseguia sentir seu ódio disfarçado — Ele foi julgado e considerado culpado. Por ter dado a Captura de Vida a seres comuns, ele pagou com a vida.

— Eles o mataram? — Gala ofegou, horrorizada com a ideia de que alguém pudesse perder a vida tão facilmente. Ela estava gostando tanto de viver que não podia imaginar deixar de existir. Como as pessoas podiam fazer aquilo? Como negar umas às outras a incrível experiência de viver?

— Sim. Eles o executaram. Eu saí do Conselho pouco depois da morte dele. Eu não podia mais suportar fazer parte dele.

Gala engoliu em seco, com uma sensação dolorosa no peito. Ela sentia a dor, como se a dor de Blaise fosse sua. Ela devia estar vivenciando a empatia, conforme se deu conta, identificando a sensação desconhecida.

— Posso experimentar mais Capturas de Vida, Blaise? — ela perguntou com cautela, esperando que não estivesse lhe causando uma dor adicional ao se estender no assunto — Eu gostaria de vivenciá-las aqui, no Reino Físico.

Para surpresa dela, o rosto dele se iluminou, como se ela tivesse dito algo que o deixou feliz. — É uma ótima ideia — disse ele, com um sorriso cálido — É uma maneira excelente de você vivenciar o mundo.

— Sim — Gala concordou — Eu acho que sim.

Ela também pretendia vivenciar o mundo pessoalmente mas, no momento, as Capturas de Vida bastariam.

CHAPTER EIGHT: GALA

Gala watched the play of emotions on her creator's expressive face. He was disappointed, she could see that, and it hurt, but she needed him to understand that she was a person with her own needs and desires. She wasn't something to be used to better the lives of people she didn't know and didn't care about.

She could see his internal struggle, and then he seemed to come to a conclusion of some kind. "Gala," he said quietly, looking at her, "I understand what you're saying, but you don't know what you're asking. If anyone found out about you—about what you are—I don't know what they would do. People fear what they don't understand—and even I don't fully understand what you are and what you're capable of. I can't let you go out there, not until we know more about you."

As he spoke, Gala felt the beginnings of something she had never experienced before. It was a strange churning sensation that started low in her stomach and spread upward, making her chest feel unpleasantly tight. She could feel her blood rushing faster in her veins, heating up her face, and she wanted to scream, to lash out in some way. It was anger, she realized, real anger. She hated not being able to do exactly what she wanted.

"Blaise," she managed to say through tightly clenched teeth, "I. Want. To Go. Out. There." Her voice seemed to rise with every word.

He appeared taken aback by her temper. "Gala, it's just too dangerous, can't you understand that?"

"Too dangerous? Why?" she demanded furiously. "I look human, don't I? How would anybody guess that I'm not?"

She could see him considering her point. "You're right," he said after a moment. "You do appear completely human. But if we go out there together, we'll attract a lot of attention—mostly because of me, not you."

"You? Why?" Gala could feel her anger cooling now that Blaise was no longer being so unreasonable.

"Because I quit the Sorcerer Council two years ago," he explained, "and I've been an outcast ever since."

"An outcast? Why?" Gala had just finished reading about the Sorcerer Council and the power wielded by those who had the aptitude for magic. Blaise seemed to be an unusually good sorcerer—he had to be, in order to create something like herself—and it didn't make sense to her that he would be an outcast in a world that valued those kinds of skills so much.

"It's a long story," Blaise said, and she could hear the bitterness in his voice. "Suffice it to say, I don't share the views of most on the Council— and neither did my brother."

"Your brother?" She'd also read about siblings, and she was fascinated by the idea of Blaise having one.

He sighed. "Are you sure you want to hear about this?"

"Definitely." Gala wanted to learn everything about Blaise. He interested her more than anything else she'd encountered thus far during her short existence.

"All right," he said slowly, "do you remember what I told you about the Life Captures?"

Gala nodded. Of course she remembered; as far as she could tell, she had a perfect memory. Life Captures were the way she'd initially learned about Blaise's world.

"Well, as I mentioned earlier, Life Captures were invented by a powerful sorcerer named Ganir a couple of years ago. When they first came out, everyone was very excited about them. A single Life Capture droplet could allow a person to get completely immersed in someone else's life, allowing him to feel what they felt, learn what they learned. It was also the first magical object that didn't require knowledge of the sorcery code. All one has to do to record his life is give the Life Capture Sphere a tiny drop of blood. Another drop of blood stops the recording, allowing the Life Capture droplet to form in a special place on top of the Sphere. And then those droplets can be used by anyone, without any special equipment. All one needs to do to experience the Life Capture is put the droplet in his or her mouth."

Gala nodded again, listening attentively. She wanted to try these Life Captures again, to experience them for the first time in the Physical Realm.

"My brother, who was Ganir's assistant at the time," continued Blaise, "was one of the few sorcerers who knew a little bit about how Life Capture magic worked. He saw how it could be used as a learning tool, as a way to teach magic to those who would never be able to gain access to the Academy of Sorcery. He also thought it was a great way for the less fortunate to escape the reality of their everyday life. A regular person could experience what it might be like to be a sorcerer just as easily as the other way around." He paused to take a breath. "My brother was clearly an idealist. He didn't foresee the consequences of his actions—both for himself and for the people he wanted to help."

"What happened?" Gala asked, her heart beating faster as she sensed that this story might not have a happy ending.

"Louie managed to create a large number of Life Capture Spheres in secret and smuggled them out of Turingrad, distributing them throughout all the territories. He thought it might aid the spread of knowledge, improving our society, but that's not what ended up happening." Blaise's voice grew hard, emotionless. "As soon as the Council learned about Louie's actions, they outlawed the possession and distribution of Life Captures for non-sorcerers, creating a black market and a criminal underclass that specializes in the sale of these objects— thus completely perverting their original purpose."

"So what happened to Louie?"

"He was punished," Blaise said, and she could sense the anger burning underneath. "He was tried and found guilty. For giving Life Capture to the commoners, he paid with his life."

"They killed him?" Gala gasped, horrified at the idea that somebody could lose his life so easily. She was enjoying living so much that she couldn't imagine ceasing to exist. How could people do this? How could they deny each other the amazing experience of living?

"Yes. They executed him. I left the Council shortly after his death. I could no longer stand to be a part of it."

Gala swallowed, feeling a painful sensation in her chest. She ached, as though Blaise's pain was her own. She must be experiencing empathy, she realized, identifying the unfamiliar feeling.

"Could I try more Life Captures, Blaise?" she asked cautiously, hoping she was not causing him additional pain by dwelling on this topic. "I would really like to experience them here, in the Physical Realm."

To her surprise, his face brightened, like she had said something that made him happy. "That's a great idea," he said, giving her a warm smile. "It's an excellent way for you to experience the world."

"Yes," Gala agreed. "I think so."

She also intended to experience the world in person, but for the moment, the Life Captures would suffice.

CAPÍTULO NOVE: AUGUSTA

Augusta observava o amante se preparar para a luta vindoura. O couro maleável de sua túnica abraçava sua estrutura larga, e a armadura que ele colocou sobre a túnica parecia suficientemente pesada para fazer um homem menor cair. Para Barson, no entanto, era leve como o ar. Não por causa de sua força, que era efetivamente impressionante — mas porque a armadura da Guarda dos Feiticeiros era especial. Isso significava que era quase sem peso para quem a usava e praticamente impenetrável. Esse era um dos benefícios de ser um soldado de Koldun na época moderna: ter acesso a armas e à armadura com aprimoramento de magia.

Vendo que Barson estava praticamente pronto, Augusta se ergueu e pegou sua maleta, pendurando-a no ombro. Sua espreguiçadeira vermelha estava pronta aguardando do lado de fora. Ela planejava voar acima da batalha, para que pudesse observar tudo de um ponto de vista vantajoso.

— Vamos encontrá-los naquela montanha, Barson lhe disse enquanto saiam da tenda — É um bom local. Nossos arqueiros terão uma boa visão de todos que se aproximarem e há apenas uma estrada que passa por lá. Então, ninguém será capaz de nos surpreender.

Augusta sorriu para ele.

— Parece bom.

Seu amante era tão obcecado por estratégia militar quanto Augusta era por sua magia, devorando antigos livros sobre guerra, em seu tempo livre.

— Eu verei você em algumas horas.

Inclinando-se, ele lhe deu um beijo breve e rígido e se afastou, indo ter com seus soldados.

Augusta observou sua figura poderosa por alguns minutos antes de subir em sua espreguiçadeira. Pegando sua Pedra Interpretadora, ela deu entrada em um feitiço de esconderijo previamente criado, para que ninguém no campo de batalha pudesse vê-la em sua espreguiçadeira. Uma vez feito isso, ela usou outro feitiço, um mais complicado dessa vez. Era uma maneira de ela temporariamente aumentar seus sentidos, permitindo que ela visse e ouvisse tudo com a maior clareza possível. Ela o usara várias vezes antes. Na Torre de Feitiçaria, isso fazia com que ela ouvisse cada sussurro.

Um feitiço verbal rápido e ela começou a voar, sua espreguiçadeira bem mais confortável do que os tapetes e os dragões dos antigos contos de fadas. Elevando-se acima da montanha, ela viu os homens de Barson seguindo para o campo de batalha escolhido e a estreita estrada que se estendia para a distância além. Com visão aprimorada, Augusta podia ver muito melhor do que o normal, e ela se maravilhava com a beleza dessa região norte da terra, com suas árvores altas e robustas, e com o solo escuro e rico. Mesmo a devastação da seca não fora o bastante para diminuir a beleza das florestas locais.

Augusta jamais visitara a região antes, geralmente dividindo seu tempo entre Turingrad e seu próprio território na região sul. A maior cidade era Koldun, sendo o epicentro da arte, da cultura e do comércio. Em contraste com os territórios vizinhos, ocupados por camponeses, a maior parte de Turingrad era habitada por feiticeiros, membros da Guarda e alguns mercadores especialmente prósperos.

Direcionando sua espreguiçadeira para virar para o norte, Augusta espiava a massa escura à distância. Estava tão longe que, até mesmo com sua visão aprimorada, não conseguia distinguir o que era. Curiosa, ela voou em sua direção.

E, quando ela se aproximou o suficiente para ver, mal pôde acreditar em seus olhos.

Em vez de trezentos homens, como os espiões de Ganir haviam dito, havia pelo menos uns dois mil.

Dois mil camponeses . . . contra cinquenta soldados de Barson.

* * *

Com o coração aos pulos, Augusta olhou para a horda que se aproximava. Ela jamais havia visto um agrupamento tão grande de plebeus na vida.

Eles marchavam pela estrada de terra com seus rostos magros endurecidos pelo ódio e seus corpos sujos cobertos por roupas rasgadas de lã. Além dos forcados usuais, muitos deles carregavam armas. Ela viu bastões, tacos e até mesmo algumas espadas. Ainda estavam longe de Turingrad, mas o próprio fato de terem ousado ir em direção à capital com tal número era, de muitas formas, perturbador. Como alguém que havia crescido com histórias da Revolução, Augusta sabia muito bem o que poderia acontecer quando camponeses achavam que mereciam algo melhor — que tinham o direito de tomar o que não era dado a eles.

Ela precisava avisar Barson.

Voando de volta em direção à montanha, Augusta saltou da cadeira assim que ela aterrissou e correu até Barson, rapidamente contando a ele o que havia visto. Enquanto ela falava, o maxilar dele enrijecia e seus olhos faiscavam de raiva.

— Você vai voltar, não vai? — ela perguntou, embora fosse claramente uma pergunta retórica.

— Não, claro que não.

Ele olhou para ela como se ela tivesse agora duas cabeças.

— Isso não muda nada. Precisamos conter essa revolta e precisamos fazer isso aqui, antes que eles se aproximem mais de Turingrad.

— Mas eles são muito mais em um número praticamente impossível.

Seu amante assentiu de forma inflexível.

— Sim, eles são.

A expressão de seu rosto era tempestuosamente negra enquanto ele pensava. Seria ele suficientemente suicida para tentar enfrentar todos aqueles camponeses? Ela admirava sua dedicação ao dever, mas isso era absolutamente outra coisa.

Lutando para permanecer calma, Augusta tentou pensar em uma solução que pudesse conter os rebeldes e evitar que Barson fosse morto.

— Olha — ela finalmente disse, frustrada —se você está resolvido a fazer isso, então talvez eu possa ajudar de alguma forma.

Barson a estudou, com um olhar sombrio e inescrutável.

— Nos ajudar como? Usando feitiçaria?

— Sim.

Os feiticeiros raramente faziam esse tipo de coisa, mas ela não podia deixar que Barson e seus soldados morressem em batalha com alguns camponeses.

Para alívio dela, ele parecia intrigado.

— Bem — disse ele de forma pensativa —Talvez haja algo que você possa fazer... Acha que pode nos teletransportar todos de volta em uma hora previamente marcada?

Augusta pensou no pedido dele. O teletransporte não era um feitiço fácil. Exigia cálculos muito precisos, e mesmo o menor erro poderia ser fatal. O teletransporte de muitas pessoas ao mesmo tempo era um desafio ainda maior. Mesmo assim, ela poderia fazer isso, já que era apenas por uma curta distância e ela seria capaz de ver o destino deles, confirmando assim, visualmente, que tudo estava livre.

— Sim, eu posso fazer isso — disse ela de forma decisiva — Como isso ajudaria?

Barson sorriu.

— Eis o que tenho em mente.

E começou a contar para ela seu plano insano.

CHAPTER NINE: AUGUSTA

Augusta watched her lover getting ready for the upcoming fight. The supple leather tunic hugged his broad frame, and the armor he put on over it looked heavy enough to fell a smaller man. To Barson, however, it was as light as air. Not because of his strength—which was admittedly impressive—but because the armor of the Sorcerer Guard was special. It was spelled to be almost weightless to the wearer and very nearly impenetrable. That was one of the perks of being a soldier in modern-day Koldun: access to sorcery-enhanced weapons and armor.

Seeing that Barson was almost ready, Augusta got up and took her bag, slinging it over her shoulder. Her red chaise was already waiting outside. She planned to fly above the battle, so she could observe everything from a safe vantage point.

"We're going to meet them over on that hill," Barson told her as they walked out of the tent. "It's a good spot. Our archers will have a clear shot at anyone approaching, and there's only one road that goes through there, so nobody will be able to sneak up on us."

Augusta smiled at him. "Sounds good." Her lover was as obsessed with military strategy as Augusta was with magic, devouring ancient war books in his spare time.

"I will see you in a few hours." Leaning down, he gave her a brief, hard kiss and walked off, heading toward his soldiers.

Augusta watched his powerful figure for a couple of minutes before climbing onto her chaise. Pulling out her Interpreter Stone, she loaded in a pre-made concealment spell, so that no one on the battlefield would be able to see her or her chaise. Once that was done, she pulled out another spell, a more complicated one this time. It was a way for her to temporarily boost her senses, enabling her to see and hear everything with as much clarity as possible. She'd used it several times before; in the Tower of Sorcery, it paid to hear every whisper.

A quick verbal spell, and she was flying, her chaise far more comfortable than the carpets and dragons of old fairy tales. Rising high above the hill, she saw Barson's men heading over to their chosen battleground and the narrow road stretching into the far distance. With her enhanced sight, Augusta could see much better than usual, and she marveled at the beauty of this northern part of the land, with its tall sturdy trees and rich dark soil. Even the devastation from the drought was not enough to diminish the beauty of the local forests.

Augusta had never visited this area before, generally splitting her time between Turingrad and her own territory in the southern region. The city was the biggest on Koldun, and it was the epicenter of art, culture, and commerce. In contrast to the peasant-occupied surrounding territories, the majority of Turingrad was populated by sorcerers, members of the Guard, and some particularly prosperous merchants.

Directing her chaise to turn north, Augusta peered at the dark mass in the distance. It was so far away that even with her improved vision, she couldn't tell what it was. Curious, she flew toward it.

And when she got close enough to see, she could hardly believe her eyes.

Instead of three hundred men, as Ganir's spies had said, there were at least a couple of thousand.

A couple of thousand peasants . . . versus fifty of Barson's soldiers.

* * *

Her heart racing, Augusta stared at the approaching horde. She had never seen such a large gathering of commoners in her life.

They were marching up the dirt road, their lean faces hard with anger and their dirty bodies covered with ragged woolen clothes. In addition to the usual pitchforks, many of them were carrying weapons; she saw maces, clubs, and even a few swords. They were still far from Turingrad, but the very fact that they dared to go toward the capital with such numbers was disturbing on many levels. As someone who had grown up with stories of the Revolution, Augusta knew full well what could happen when peasants thought that they deserved better—that they had the right to take what wasn't given to them.

She had to warn Barson.

Flying back toward the hill, Augusta jumped off the chaise as soon as it landed and ran toward Barson, quickly telling him what she saw. As she spoke, his jaw tightened and his eyes flashed with anger.

"You're turning back, right?" she asked, although it was clearly a rhetorical question.

"No, of course not." He stared at her like she had grown two heads. "This changes nothing. We need to contain this rebellion, and we need to do it here, before they get any closer to Turingrad."

"But they outnumber you by an impossible margin—"

Her lover nodded grimly. "Yes, they do." The expression on his face was storm-black, and she wondered what he was thinking. Was he truly suicidal enough to attempt to go up against all those peasants? She admired his dedication to duty, but this was something else entirely.

Fighting to remain calm, Augusta tried to think of a solution that would contain the rebels and prevent Barson from getting killed. "Look," she finally said in frustration, "if you're determined to do this, then maybe I can help somehow."

Barson studied her, his gaze dark and inscrutable. "Help us how? Using sorcery?"

"Yes." Sorcerers rarely did this sort of thing, but she couldn't let Barson and his soldiers perish in a battle with some peasants.

To her relief, he looked intrigued. "Well," he said thoughtfully. "Perhaps there is something you can do . . . Do you think you can teleport all of us to them, and then teleport us back at an agreed-upon time?"

Augusta considered his request. Teleportation was not an easy spell. It required very precise calculations, as even the smallest error could be deadly. Teleporting many people at once was an even greater challenge. Still, she should be able to do it, since it was only for a short distance and she would be able to see their destination, thus visually confirming that everything was clear. "Yes, I could do it," she said decisively. "How would that help?"

Barson smiled. "Here is what I have in mind." And he began telling her his insane plan.

CAPÍTULO DEZ: GALA

De volta ao estúdio de Blaise, Gala examinou a Esfera de Captura de Vida. Parecia um grande diamante redondo e o resto do aposento estava refletido nele, como se fosse um espelho. Gala estava pasma com a matemática elegante que distorcia a imagem do laboratório, com seus vidros e instrumentos misteriosos. Havia apenas uma pequena falha na forma esférica — uma abertura com algumas contas claras dentro dela.

— São as gotículas de Captura de Vida —Blaise explicou, andando até a ela — É a forma física que as Capturas de Vida assumem quando entram neste mundo.

Pegando uma das contas, ele a colocou na mão dela. Ao suave toque de suas mãos, Gala teve uma sensação agradavelmente morna em seu corpo — a mesma sensação estranha que ela havia tido sempre que esteve perto de Blaise. Ela teria que tocá-lo mais quando surgisse um momento oportuno, decidiu Gala, gostando do jeito como seu corpo parecia reagir a ele.

— Elas aparecem quando o ciclo de gravação está completo — disse ele — Para começar o ciclo, eu toquei na Esfera com o sangue do meu dedo e, para pará-la, eu fiz isso de novo. Está vendo aquela agulha ali? Foi o que usei para furar meu dedo. As gotículas surgem logo após.

Gala furou seu dedo. A sensação agora era bastante desagradável, ela percebeu. A substância vermelha — sangue — começou a gotejar lentamente da pequena abertura em seu dedo. Ela sabia que a dor era algo que os humanos evitavam e agora ela entendia o porquê.

Estendendo seu dedo com sangue, ela tocou na Esfera, esperando que algo acontecesse. Quando não houve nada, ela tocou de novo, imaginando se estaria fazendo algo errado.

— Não deu certo para você, não foi? — Blaise perguntou, observando os esforços dela. —Isso não é surpresa.

— Porque não sou humana?

Ele assentiu.

— Pois é. Com o tempo, eu imagino que você possa criar suas próprias gotículas ou fazer qualquer outra coisa que desejar sem o uso da Esfera.

Gala se examinou e não viu provas que apoiassem o que ele havia dito. Se ela podia criar essas gotículas de Captura de Vida, ela não sabia como. Enquanto isso, seu dedo furado já tinha sarado.

— Por que Ganir uniu a dor a isso? — ela perguntou.

— Eu acho que ele queria que um pequeno custo fosse associado a essa parte. Além disso, deve ajudar, funcionalmente, o feitiço. Eu imagino que algo pequeno entre no corpo através do ferimento, indo para o cérebro e capturando algo importante por lá. Quando se toca na Esfera de novo, isso deixa seu corpo. Ganir é muito sigiloso com relação a esse processo, mas foi assim que meu irmão o explicou para mim. É uma hipótese, claro, já que somente Ganir entende plenamente sua invenção.

Gala se concentrou em seu corpo, querendo tentar de novo. Ela furou outro dedo. A dor foi muito menos desagradável dessa vez, já que ela sabia o que esperar. Quando ela tocou na Esfera, agora que sabia o que procurar, ela realmente sentiu algo extremamente pequeno entrando em seu corpo, através do sangue. Ela também podia sentir como seu corpo imediatamente atacara os pequenos invasores, evitando que eles seguissem em sua corrente sanguínea. E seu dedo sarou de novo, tão rapidamente quanto antes.

— Por que você não tenta apenas pegar uma das gotículas? — Blaise falou — Coloque-a embaixo de sua língua e veja o que acontece.

Gala fez conforme ele mandou e sentiu como se estivesse sendo invadida novamente. Era como se algo quisesse tomar conta de seu cérebro. Dessa vez, ela tentou fazer com que seu corpo permitisse a invasão, mas mesmo assim não funcionou. Com um suspiro, ela olhou para Blaise e balançou a cabeça.

— Eu não obtive êxito, mas gostaria de tentar de novo, disse ela como se desculpasse — Sinto muito se estou desperdiçando suas preciosas gotículas.

— Tudo bem. Estas foram feitas por mim para documentar o término de meu feitiço. Não importa que você as utilize — eu ainda me lembro daqueles momentos claramente e vou escrever tudo em meu diário, se necessário. Ele sorriu para ela de modo tranquilizador.

Gala lhe sorriu de volta. Saber que eram as Captura de Vida de Blaise — que elas permitiriam que enxergasse o mundo através dos olhos dele — era um incentivo muito forte. Fechando os olhos, ela desejou que seu corpo não lutasse contra a invasão e se concentrasse em deixar que a substância das gotículas viajasse por suas veias. De repente, algo dentro dela cedeu e ela sentiu que a coisa subiu para sua cabeça e depois para seu cérebro. Para sua contrariedade, no entanto, o que funcionava na mente humana parecia não funcionar na dela. Ela sentiu uma pitada de emoções estranhas, mas sem quaisquer tipos de visões.

Frustrada, ela abriu os olhos.

— Falhou de novo, mas acho que estou perto — disse ela a Blaise — Você tem outras Capturas de Vida menos valiosas?

— Claro. Estão armazenadas — disse ele, saindo do estúdio. Gala o seguiu e eles foram até um dos quartos do qual se lembrava ter visto durante sua visitação anterior pela casa de Blaise. Cada parede do aposento parecia estar coberta de mobiliário de madeira — mobiliário que parecia consistir de dezenas de pequenas portas. Armários, Gala se deu conta. Eram armários — armários em miniatura usados para armazenar.

Curvando-se, Blaise abriu uma das portas dos armários e tirou um vidro cheio de gotículas.

— São Capturas de Vida de meu trabalho menos importante — ele explicou, dando a ela uma das contas claras — Você pode ficar à vontade e usar quantas queira. Eu documento qualquer coisa especialmente importante por escrito.

Ele apontou para outro grupo de portas, indicando onde ele mantinha seu legado escrito.

Tomando uma gota da mão dele, Gala a colocou embaixo da língua. Com todo seu ser ela desejou a capacidade de ver o que estava contido na Captura de Vida. Ela pensou em seu tempo de volta ao Reino do Feitiço e como ela fora capaz de ter visões. E então, ela entrou na parte de sua mente que fora capaz de fazer isso antes. Depois do que pareceu ser horas de concentração, ela sentiu que finalmente algo ocorria e que surgia uma visão...

* * *

Blaise estava sentado em seu estúdio para escrever códigos. Em momentos assim, ele não se importava com uma solidão autoimposta. Preparar feitiços requeria concentração e as distrações poderiam resultar em empecilhos significativos. Ainda bem que Maya e Esther sabiam bem que não deviam se aproximar de seu estúdio enquanto ele trabalhava. Elas simplesmente vinham, deixavam as Capturas de Vida que ele precisava e saíam silenciosamente, se ele estivesse ocupado.

Ele gostava de criar códigos porque era algo tão exato, tão preciso ... O código de feitiçaria fazia o que você lhe pedisse para fazer. Desde que você escrevesse a lógica do feitiço adequadamente, era, então, uma simples dinâmica de: se a variável A estiver estabelecida em tal e tal valor, a ação B ocorre. Havia algo reassegurador a respeito disso. Uma certeza em um mundo incerto. Sua mente gostava da previsibilidade de tudo aquilo. Ele frequentemente reutilizava certos padrões e eles produziam o mesmo resultado, a cada vez.

O feitiço no qual ele estava trabalhando agora era diferente, muito mais desafiador do que o normal. Baseava-se no trabalho de Lenar, o Grande, e Blaise não entendia completamente todos seus componentes — e, portanto, não podia prever os resultados. Tudo que ele sabia era que se tratava de seu portal para o Reino do Feitiço — e isso o permitiria enviar suas Capturas de Vida para lá, formatando o objeto inteligente que ele estava criando.

Parando por um instante, Blaise escreveu algumas coisas em seu diário.

* * *

Gala repentinamente se conscientizou de que era Gala e não Blaise. Há poucos instantes ela o havia visto. Ela havia pensado em enviar as Capturas de Vida para o Reino do Feitiço para alimentar o objeto — o objeto que era ela mesma. A estranheza disso — de ter pensamentos sobre ela mesma antes de sua existência — havia sido dissonante. Abrindo os olhos, Gala olhou para Blaise.

— Já terminou?

Ele parecia surpreso.

— Eu parei, ela explicou — Eu não gostei. Não era eu. Era da forma como teria sido no Reino do Feitiço, antes de eu ter consciência de mim. Eu me senti perdida em minha mente e não gostei da sensação — embora gostasse bastante de sua mente.

Blaise sorriu para ela, sentindo-se satisfeito. — Obrigado. Mas só para que saiba, eu nunca soube de ninguém que fosse capaz de sair de uma Captura de Vida antes que ela terminasse. Eu acho que nem adianta me surpreender com você.

— Eu *sou* diferente — Gala concordou.

— A Captura de Vida tende a ser totalmente absorvente — disse Blaise — É o que a maioria das pessoas gosta a respeito delas. Há aqueles que se viciam com a experiência. Quando sua própria vida é carente, ser outra pessoa fornece um escape poderoso. Eu, como você, não gosto da sensação de me perder, mas eu abraço a chance de aprender mais sobre as pessoas, vendo a vida sob a perspectiva delas.

— É, eu pude ver isso. Devo admitir que tive a chance de ver que você tem uma mente muito bela — disse ela francamente — Tão diferente, e no entanto, tão parecida com a minha.

Havia sido esclarecedor ter testemunhado os processos do pensamento dele e Gala sentiu que, agora, conhecia melhor seu criador.

Ele lhe deu um sorriso cálido, seus olhos azuis enrugados nos cantos.

— Obrigado.

Ela sentiu uma vontade repentina de tocar em seus lábios sorridentes, mas lutou contra esse impulso, tendo aprendido nos livros que toques não solicitados não eram socialmente aceitáveis.

— Eu gostaria de ver outra Captura de Vida — disse ela, ao invés disso — De alguém que não seja você.

Por mais estranha que a experiência fosse, Blaise tinha razão: ela lhe dava a chance de aprender.

Blaise lhe deu um olhar de aprovação.

— Eu ainda tenho algumas que sobraram do conjunto que serviria para que você aprendesse enquanto estivesse no Reino do Feitiço.

Retirando uma gotícula de um armário diferente, ele a deu para Gala.

Ela a colocou debaixo da língua e tentou fazer com que seu corpo se acostumasse a ela, como havia feito da última vez. Só que dessa vez, ela se concentrou em não deixar que isso a consumisse inteiramente, como havia ocorrido antes.

* * *

Ela era uma garota de uma vila, trabalhando em um jardim próximo de um grande campo de relva. O dia estava ensolarado e o campo era lindo, com flores silvestres começando a brotar. Toda essa relva logo se acabaria, dando lugar ao trigo e a outros cereais.

Olhando para baixo, ela dobrou os braços, notando os músculos embaixo de sua pele macia. Ela era uma garota forte, seu corpo era vigoroso por ter trabalhado na fazenda toda a sua vida. Ela gostava daquela parte de sua vida, o inacabável ciclo de plantar e colher. Agora que a primavera havia chegado, sua família logo estaria trabalhando arduamente.

* * *

Gala interrompeu a visão. Era difícil se manter afastada. Por um breve momento, ela *havia sido* aquela garota, e a experiência tinha sido tão desorientadora quanto antes.

— Esta pessoa parece familiar — disse ela a Blaise — Acho que já estive dentro da mente dela antes, no Reino do Feitiço.

Ele sorriu para ela, não mais surpreso por sua saída rápida.

— Sim, eu não estou surpreso que a tenha reconhecido. Eu peguei a maioria de minhas gotículas de Maya e Esther, minhas amigas na vila. Elas têm muitos talentos, inclusive a cura natural e o trabalho de parteira. Em troca de seus serviços, elas solicitam Capturas de Vida das mulheres a quem ajudam. Uma espécie de pagamento, o qual elas passam para mim ... Sua voz parecia se extinguir e havia um olhar preocupado em seu rosto.

— O que foi? — Gala perguntou, intrigada.

— Acabei de me dar conta porque você deve ter assumido essa forma — disse ele, estudando-a como se a visse pela primeira vez.

— Que forma? — Gala lhe deu um olhar interrogador.

— De uma garota.

— Você não gosta? — ela perguntou, se sentindo inexplicavelmente decepcionada.

— Oh, não— ele a tranquilizou — Eu gosto. Acredite-me, eu gosto demais.

Seus olhos ficaram mais escuros, a cor aparecendo mais em suas bochechas, e Gala sorriu, encantada com que ele gostasse de sua aparência. A aparência é importante para as pessoas. Ela também soube disso através de suas leituras.

Ele pigarreou, ainda parecendo pouco à vontade.

— O que eu quis dizer antes foi que você tem a aparência de uma garota porque muitas das Capturas de Vida que lhe enviei foram de mulheres da vila — na verdade, a maioria delas.

Gala assentiu. Aquilo fazia sentido para ela. Provavelmente, seu inconsciente havia escolhido a forma feminina baseado nas visões que ela teve através da Captura de Vida. E já que maioria das Capturas de Vida era de mulheres, era lógico que sua mente decidisse tomar aquela forma.

— Você gostaria de ver mais uma Captura de Vida? — Blaise perguntou — Eu contrabandeei esta da Torre de Feitiçaria.

— Sim, eu adoraria — Gala lhe disse.

* * *

A jovem feiticeira estava sentada em uma das salas de estudo do Torre de Feitiçaria. Pela primeira vez na vida ela estava escrevendo o código de feitiçaria de seu próprio feitiço. Era um marco incrível em sua educação e ela queria deixar Mestre Kelvin orgulhoso de sua realização.

O feitiço era de uma variedade oral das mais difíceis, já que todos os alunos tinham que aprender da forma antiga antes de ter acesso à linguagem de magia mais simples e à Pedra Interpretadora. Para reduzir a possibilidade de erros, ela repassou a lógica do feitiço e verificou que tudo parecia correto. Obviamente, ela sabia que a única maneira de se certificar era recitar alto o feitiço.

Munindo-se de coragem, ela recitou as frases que havia preparado, seguindo-as das palavras secretas do Feitiço Interpretador. Então, ela observou enquanto uma pequena esfera de fogo flutuante aparecia diante dela, exatamente como ela havia codificado. Ela sorriu de empolgação e de regozijo, sentindo como se tivesse acabado de conquistar o mundo.

De repente, houve um lampejo de luz brilhante no local e a esfera explodiu, com cacos de vidro e madeira em chamas chovendo por toda parte.

A explosão derrubou a jovem, mas ela conseguiu permanecer consciente. O aposento, no entanto, ficou praticamente destruído.

Seu feitiço havia falhado.

* * *

Gala interrompeu a Captura de Vida e decidiu não fazer mais nenhuma por enquanto. Era algo perturbador demais para ela. A mente dessa última moça tinha se enchido de tantas emoções profundas negativas de decepção e medo que Gala ainda sentia os efeitos residuais daquilo.

— Você saiu de novo? — Blaise perguntou, assim que os olhos de Gala se abriram.

— Acho que não quero aprender sobre o mundo desse jeito — disse-lhe ela — Eu quero vivenciar tudo eu mesma, não através dos olhos do outro.

— Gala ... — Blaise parecia descontente de novo, com a sobrancelha arqueada em uma ruga — Não é uma boa ideia. Eu já expliquei. Se você sair pelo mundo, todos vão ficar curiosos a seu respeito. A única coisa que vai experimentar será olhares. Vão querer saber de onde veio e quem é.

— Por causa de você — Gala disse, lembrando-se do que ele lhe dissera antes.

— Porque você é um pária.

— Sim, exatamente.

— Está bem — Gala disse, tomando uma decisão — Então, eu vou sozinha. Eu não quero que me observem somente porque estou com você. Eu quero me misturar, viver como as pessoas comuns.

Aquela última parte era importante para ela. Ela era diferente, mas ela não queria *se sentir* diferente.

— Você quer fingir ser um dos camponeses? — Blaise lhe lançou um olhar incrédulo.

— Sim — Gala disse com firmeza — É o que eu quero.

— Não é uma boa ideia.

Blaise recomeçou, mas Gala ergueu a mão, interrompendo-o no meio da frase.

— Sou sua prisioneira? — ela perguntou calmamente, sentindo que começava a ficar aborrecida de novo.

— Claro que não!

— Sou sua propriedade, um objeto mágico seu?

Blaise balançou a cabeça, parecendo frustrado.

— Não, Gala, claro que você não é. Você é um ser pensante.

— Sim, eu sou — Gala estava feliz que ele aceitasse aquele fato — E eu sei o que quero, Blaise. Eu quero sair e ver o mundo, viver como uma pessoa normal.

Ele suspirou e passou a mão sobre seu cabelo castanho.

— Gala...

Ela apenas olhou fixo para ele, sem dizer nada. Ela tinha deixado claro seus desejos. Ela não era um objeto ou um animal de estimação para ser mantida na casa dele — não quando havia tanto para ver e vivenciar ali, no Reino Físico.

— Está bem — finalmente disse ele — Você se lembra de Maya e de Esther, as amigas sobre as quais lhe falei antes? Elas moram na vila, onde eu fui criado. Esther foi minha babá e eu a considero, assim como Maya, como minhas tias, embora não tenhamos parentesco. Eu quero que elas cuidem de você, se não se importa, ajudem orientando você até que esteja mais familiarizada com nosso mundo.

— Acho uma ótima ideia — Gala falou, com todas as emoções negativas desaparecendo em um instante — Eu adoraria conhecer as duas.

Em geral, ela queria conhecer mais pessoas, mas gostou da ideia de conhecer aquelas que eram importantes para Blaise.

— Mas tem uma coisa — Blaise disse, olhando atentamente para ela, — você não pode dizer a ninguém sobre sua origem. Isso pode colocar nós dois em apuros.

Gala assentiu.

— Eu entendo.

Ela faria como Blaise pedira, principalmente já que ela queria que os outros a vissem como um ser humano normal, não como uma curiosidade da natureza.

Seu criador parecia um pouco tranquilizado. — Bom. Então eu a levarei até a vila.

— Aquela vila faz parte de suas propriedades? — Gala perguntou, recordando-se de suas leituras que a maior parte da terra que circundava Turingrad era dividida em territórios — e que cada território pertencia a algum feiticeiro.

— Sim.

Blaise parecia pouco à vontade com esse tópico.

— Faz parte de meu território.

— E as pessoas que moram lá pertencem a você, certo?

Blaise franziu a testa.

— Somente de acordo com a mais estrita lei escrita. É um costume arcaico, um resquício infeliz dos tempos feudais. A Revolução da Feitiçaria devia ter erradicado isso mas falhou, como ocorreu com tantas outras coisas. Apesar do Iluminismo, ainda vivemos na Era das Trevas de alguma maneira. Esse aspecto de nossa sociedade é algo que eu gostaria muito de modificar.

Gala assentiu novamente. Ela havia percebido isso pelo fato de que ele estava tão focado em ajudar as pessoas comuns.

— Eu entendo — disse ela — Então, quando posso ir para lá, para a sua vila?

— Que tal amanhã? — Blaise sugeriu, ainda parecendo pouco satisfeito com a ideia.

— Amanhã seria ótimo.

Gala lhe deu um largo sorriso. E então, incapaz de conter sua empolgação, ela fez algo sobre o que havia somente lido.

Ela foi até ele, envolveu seu braços em torno do pescoço dele e puxou sua cabeça até ela para lhe dar um beijo.

CHAPTER TEN: GALA

Back in Blaise's study, Gala examined the Life Capture Sphere. It looked like a large round diamond, and the rest of the room was reflected in it, as though in a mirror. Gala was mesmerized by the elegant mathematics that warped the image of the laboratory, with its arcane bottles and instruments. There was only a single flaw in the spherical shape—an opening with a couple of clear beads inside it.

"Those are the Life Capture droplets," Blaise explained, walking up to it." They are the physical shape Life Captures take when entering this world."

Taking one of the beads, he put it in her hand. When their hands touched lightly, Gala felt a pleasantly warm sensation in her body—the same strange feeling she experienced every time she was near Blaise. She would have to touch him more when an opportune moment arose, Gala decided, liking the way her body seemed to react to him.

"These appear when the cycle of recording is compete," he said. "To start the cycle, I touched the Sphere with the blood from my finger, and to stop it, I did it again. See that needle there? That's what I used to prick my finger. Droplets show up shortly after."

Gala pricked her finger. The sensation she felt now was most unpleasant. It was pain, she realized. The red substance—blood—started slowly oozing out of the small opening in her finger. She knew that pain was something humans avoided, and she could now understand why.

Reaching out with her bloody finger, she touched the Sphere, waiting for something to happen. When nothing did, she touched it again, wondering what she was doing wrong.

"It's not working for you, is it?" Blaise asked, watching her efforts. "That's not surprising."

"Because I am not human?"

He nodded. "Yes. With time, I suspect you'll be able to create your own droplets or do anything else you wished without the use of the Sphere."

Gala examined herself and saw no evidence to support what he said. If she could create these Life Capture droplets, she did not know how. In the meantime, her pricked finger had already healed.

"Why did Ganir tie pain to this?" she asked.

"I think he wanted a small cost to be associated with this part. Also, it must help functionally with the spell. I suspect something small enters the body through the wound, going to the brain and capturing something important there. When you touch the Sphere again, it leaves your body. Ganir is very secretive about this process, but that's how my brother explained it to me. He was hypothesizing, of course, since only Ganir understands his invention fully."

Gala focused on her body, wanting to try again. She pricked her other finger. The pain was much less unpleasant this time, since she knew what to expect. When she touched the Sphere, now that she knew what to look for, she actually felt something extremely small entering her flesh through her blood. She could also feel how her body immediately attacked the tiny invaders, preventing them from going further in her bloodstream. And her finger healed again, as quickly as before.

"Why don't you try just taking one of the droplets?" Blaise said. "Put it under your tongue and see what happens."

Gala did as he said, and felt like she was being invaded again. It was as though something wanted to take over her brain. This time, she tried to get her body to allow this invasion, but it still didn't work. Sighing, she looked at Blaise and shook her head. "I didn't succeed, but I would like to try again," she said apologetically. "I'm sorry if I'm wasting your precious droplets—"

"It's quite all right. These ones I made myself in order to document the completion of my spell. It doesn't matter if you use them up—I can still recall that time quite clearly and write it all up in my journal, if necessary." He smiled at her reassuringly.

Gala smiled back at him. Knowing that these were Blaise's Life Captures—that they would allow her to view the world through his eyes—was a very powerful incentive. Closing her eyes, she willed her body not to fight the invasion and focused on letting the substance of the droplets travel through her veins. Suddenly, something within her yielded, and she felt the stuff go up to her head and then into her brain. To her annoyance, however, what worked for the human mind didn't seem to work for hers. She felt some hint of foreign emotions, but no visions of any kind.

Frustrated, she opened her eyes. "It failed again, but I think I am close," she told Blaise. "Do you have any less valuable Life Captures?"

"Sure. They're in storage," he said, walking out of his study. Gala followed him, and they went into one of the rooms she remembered seeing on her earlier tour of Blaise's house. Every wall of that room seemed to be covered with wooden furniture—furniture that seemed to consist of dozens of little doors. Cabinets, Gala realized. These were cabinets—miniature closets used for storage purposes.

Bending down, Blaise opened one of the cabinet doors and took out a jar with a few droplets in it. "These are Life Captures of my less important work," he explained, handing her one of the clear beads. "You should feel free to use up as many of these as you want. I document anything particularly important in writing." He waved toward another set of doors, indicating where he kept his written legacy.

Taking one droplet from his hand, Gala put it under her tongue. With all her being, she willed the ability to see what was contained in the Life Capture. She thought of her time back in the Spell Realm and how she was able to get visions. Then she tapped into the part of her mind that was able to do this before. After what felt like hours of concentration, she felt something finally giving and a vision coming on . . .

* * *

Blaise was sitting in his study writing code. At times like these, he didn't mind his self-imposed solitude. Preparing spells required concentration, and distractions could result in significant setbacks. Thankfully, Maya and Esther knew better than to approach his study while he was working. They would simply come, drop off the Life Captures he needed, and quietly leave if he was busy.

He enjoyed coding because it was so exact, so precise. The sorcery code did what you asked it to do. As long as you wrote out the logic of the spell properly, then it was a simple dynamic of 'if variable A is set to such and such value, action B happens.' There was something reassuring about it. A certainty in an uncertain world. His mind liked the predictability of it all.

He frequently re-used certain patterns, and they produced the same outcome each time.

The spell he was working on now was different, much more challenging than usual. It was based on the work of Lenard the Great himself, and Blaise didn't fully understand all of its components—and thus couldn't predict the results. All he knew was that it was his gateway to the Spell Realm—and that it should enable him to send his Life Captures there, shaping the intelligent object he was creating.

Stopping for a second, Blaise wrote down a few things in his journal.

* * *

Gala suddenly became aware that she was Gala and not Blaise. Just a moment ago, she had been him. She had been thinking about sending Life Captures into the Spell Realm to feed the object—the object that was herself. The strangeness of that—of having thoughts about herself prior to her existence—had been jarring. Opening her eyes, Gala looked at Blaise.

"You're out of it already?" He seemed surprised.

"I stopped it," she explained. "I didn't like it. I was not myself. It was the way it had been in the Spell Realm, before I became aware of myself. I felt lost in your mind, and I didn't like that feeling—although I liked your mind quite a bit."

Blaise grinned at her, looking pleased. "Thank you. But just so you know, I've never heard of anybody being able to exit a Life Capture before it ends. I guess there's no point in being surprised with you."

"I *am* different," Gala agreed.

"Life Captures tend to be all-consuming," Blaise said. "That's what most people like about them. Some are even addicted to the experience. When your own life is lacking, being someone else provides a powerful escape. I, like you, don't enjoy the feeling of losing myself, but I embrace the chance to learn more about people by seeing life from their perspective."

"Yes, I could see that. I must admit, I got a chance to learn that you have a beautiful mind," she told him honestly. "So different, yet similar to my own." It had been enlightening to witness his thought processes, and Gala felt like she understood her creator better now.

He gave her a warm smile, his blue eyes crinkling at the corners. "Thank you."

She felt a sudden urge to touch his smiling lips, but she fought the impulse, having gleaned from books that uninvited touches were not socially acceptable. "I would like to see another Life Capture," she said instead. "From someone who is not you." As strange as the experience had been, Blaise was right: it gave her a chance to learn.

Blaise gave her an approving look. "I have some left over from the batch that was meant for your learning while you were in the Spell Realm." Taking out a droplet from a different cabinet, he handed it to Gala.

She put it under her tongue and tried to get her body to use it, like it did the last time. Only this time she focused on not letting it consume her completely, as it did before.

* * *

She was a village girl, working in a garden near a large field of grass. The day was sunny, and the field was beautiful, with wildflowers that were just beginning to bloom. All of this grass would be gone soon, making way for wheat and other grains.

Looking down, she flexed her arms, noticing the play of muscle underneath her smooth skin. She was strong for a girl, her body toned from laboring on the farm her entire life. She enjoyed that part of her life, the endless cycle of planting and harvesting. Now that the spring was here, her family would soon be hard at work—

* * *

Gala stopped the vision. It was difficult to stay detached. For a brief moment, she *had been* that girl, and the experience was as disorienting as before.

"This person seems familiar," she told Blaise. "I think I've been inside her mind before, in the Spell Realm."

He smiled at her, no longer startled by her quick exit. "Yes, I'm not surprised you recognize her. I've gotten most of my droplets from Maya and Esther, my friends in the village. They have many talents, including natural healing and midwifery. And in exchange for their services, they've been requesting Life Captures from women that they help. A payment of sorts, which they've been passing on to me . . ." His voice trailed off, and there was now a thoughtful look on his face.

"What is it?" Gala asked, intrigued.

"It just occurred to me why you might have taken that shape," he said, studying her as though seeing her for the first time.

"What shape?" Gala gave him a questioning look.

"That of a girl."

"You don't like it?" she asked, feeling inexplicably disappointed.

"Oh, no," he reassured her. "I do. Believe me, I like it a little too much." His eyes darkened, color appearing high on his cheekbones, and Gala smiled, delighted that he liked her appearance. Looks were important to people; she knew that also from her readings.

He cleared his throat, still looking a little uncomfortable. "What I meant to say earlier is I think you look like a girl because so many of the Life Captures I sent to you were from the village women—the majority of them, in fact."

Gala nodded. That made sense to her. Her subconscious mind had likely chosen the female form based on the visions she experienced through the Life Captures. And since most of the Life Captures were from women, it was only logical that her mind had decided to take that shape.

"So would you like to see one more Life Capture?" Blaise asked. "I smuggled this one from the Tower of Sorcery."

"Yes, I would love to," Gala told him.

* * *

The young sorceress was sitting in one of the study rooms in the Tower of Sorcery. For the first time ever, she was writing the sorcery code for her own spell. It was a tremendous milestone in her education, and she wanted to make Master Kelvin proud of her achievements.

This spell was of the more difficult verbal variety, since all students had to learn the old-fashioned way before they could get access to the simpler magical language and the Interpreter Stone. To reduce the possibility of errors, she went over the logic of the spell and verified that everything seemed correct. Of course, she knew that the only way to be certain was to say the spell out loud.

Gathering her courage, she spoke the sentences that she'd prepared, following them up with the arcane words of the Interpreter Spell. Then she watched as a small floating fire sphere appeared in front of her, just as she had coded. She laughed with excitement and exhilaration, feeling like she had just conquered the world.

All of a sudden, there was a flash of bright light in the room and the sphere exploded, shards of glass and burning wood raining everywhere.

The explosion knocked the young woman off her feet, but she managed to remain conscious. The room, however, was nearly destroyed.

Her spell had failed.

* * *

Gala stopped the Life Capture and decided not to do any more for the time being. It was just too unsettling for her. This last girl's mind had been filled with such deep negative emotions of disappointment and fear that Gala was still feeling some residual effects of that.

"You're out of it again?" Blaise asked as soon as Gala's eyes opened.

"I don't think I want to learn about the world this way," she told him. "I want to experience everything myself, not through someone else's eyes."

"Gala . . ." Blaise sounded unhappy again, his brow furrowing in a frown. "That's not a good idea. I already explained. If we go out there, everybody is going to be curious about you. The only thing you'll get to experience is their stares. They'll want to know where you come from and who you are—"

"Because of you," Gala said, recalling what he'd told her earlier. "Because you're an outcast."

"Yes, exactly."

"All right," Gala said, coming to a decision. "Then I'll go by myself. I don't want everybody to watch me just because I'm with you. I want to blend in, to live as your regular people." That last part was important to her. She was different, but she didn't want to *feel* different.

"You want to pretend to be one of the peasants?" Blaise gave her an incredulous look.

"Yes," Gala said firmly. "That's what I want."

"That's not a good idea—" Blaise started again, but Gala held up her hand, interrupting him mid-sentence.

"Am I your prisoner?" she asked quietly, feeling herself starting to get upset again.

"Of course not!"

"Am I your property, a magical object that is yours?"

Blaise shook his head, looking frustrated. "No, Gala, of course you're not. You're a thinking being—"

"Yes, I am." Gala was glad he accepted that fact. "And I know what I want, Blaise. I want to go out there and see the world, to live as a normal person."

He sighed and ran his hand through his dark hair. "Gala . . ."

She just stared at him, not saying anything. She had made her wishes clear. She was not an object or a pet to be kept in his house—not when there was so much to see and experience here in the Physical Realm.

"All right," he finally said. "Remember Maya and Esther, the friends I mentioned to you before? They live in the village where I grew up. Esther was my nanny, and I think of her and her friend Maya as my aunts, even though we're not related by blood. I want them to watch over you, if you don't mind, to help guide you until you're more familiar with our world."

"That sounds like a great idea," Gala said, all negative emotions vanishing in an instant. "I would love to meet both of them." In general, she wanted to meet more people, and she liked the idea of getting to know those who were important to Blaise.

"One thing, though," Blaise said, staring at her intently, "you can't tell anybody about your origins. It could get both of us in trouble."

Gala nodded. "I understand." She would do as Blaise asked, especially since she wanted others to see her as a regular human being, not some curiosity of nature.

Her creator looked somewhat reassured. "Good. Then I will take you to the village."

"Is that a village that's part of your holdings?" Gala asked, remembering from her readings that most of the land surrounding Turingrad was divided into territories—and that each territory belonged to some sorcerer.

"Yes." Blaise looked uncomfortable with this topic. "It's part of my territory."

"And the people living there belong to you, right?"

Blaise frowned. "Only by the strictest letter of the law. It's an archaic custom that's an unfortunate leftover from the feudal times. The Sorcery Revolution was supposed to eradicate it, but it failed in that, as it did in so many other things. Despite the Enlightenment, we still live in the Age of Darkness in some ways. This aspect of our society is something that I would very much like to change."

Gala nodded again. She'd gathered that much from the fact that he was so focused on helping the common people. "I understand," she said. "So when can I go there, to your village?"

"How about tomorrow?" Blaise suggested, still looking less than pleased with the idea.

"Tomorrow would be great." Gala gave him a big smile. And then, unable to contain her excitement, she did something she'd only read about.

She came up to him, wrapped her arms around his neck, and pulled his head down to her for a kiss.

CAPÍTULO ONZE: AUGUSTA

Voando bem acima da estrada em sua espreguiçadeira, Augusta observou os olhares de choque nos rostos dos camponeses quando, de repente, cinquenta soldados se materializaram do nada diante deles. Poucos leigos sabiam que existiam feitiços de teletransporte, quanto mais viram os efeitos disso.

Os camponeses da frente pararam abruptamente e as pessoas que os seguiam acabaram por bater neles, fazendo com que alguns caíssem ao chão. Os que caíram se levantaram imediatamente, segurando seus bastões e forcados de forma protetora, mas já era tarde. Eles haviam demonstrado ser os fracos estabanados que eram.

Sabendo o que estava por vir, Augusta sorriu. Eles teriam um choque maior em um instante.

— Quem é o encarregado aqui?

A voz de Barson retumbou entre eles, ferindo momentaneamente a audição aumentada de Augusta. Ela havia usado magia para aumentar o volume da voz de seu amante e pôde ver que o feitiço tinha cumprido o efeito pretendido. Alguns dos rebeldes pareciam agora aterrorizados.

Naquele momento, um homem gigantesco usando um avental de ferreiro saiu da multidão. Em sua mão, ele segurava uma espada de aparência pesada. Um ferreiro, Augusta supôs. A presença dele explicava algumas das armas que os rebeldes portavam.

— Não há nenhum encarregado — o gigante rugiu de volta, tentando igualar o tom profundo de Barson — Somos todos iguais aqui.

Barson ergueu as sobrancelhas.

— Bom, então pode dizer a seus 'iguais' que estamos com um exército aguardando no alto dessa montanha.

Sua voz agora tinha um volume normal. O feitiço de Augusta tinha funcionado somente por um breve período de tempo.

O camponês zombou abertamente.

— E nós temos um exército prestes a marchar por esta montanha.

— Parecem mais um bando de camponeses famintos — interrompeu Barson de forma desdenhosa.

Os lábios do homens se torceram com um resmungo.

— O que você quer?

— É mais o que eu não quero — disse friamente o Capitão da Guarda — Eu não quero uma mortandade desnecessária.

O ferreiro riu, jogando a cabeça para trás.

— Não nos importamos em matar todos vocês, e é bem necessário.

Barson não respondeu, apenas ergueu as sobrancelhas e continuou a olhar para o homem.

— Vocês estão com medo de nós — o camponês zombou de novo — O quê? Acha que um pouco de magia e de ameaças são o bastante para nos fazer voltar?

O amante de Augusta lhe deu um olhar consistente.

— Eu prefiro não torná-lo mártires. Eu entendo que a seca torna as coisas difíceis para todos, mas vocês estão marchando para Turingrad. Mesmo que não os matássemos — e faremos isso, se nos forçarem — um único feiticeiro de lá poderia destruir vocês em um instante.

O homem fez uma carranca.

— É o que veremos.

— Não — Barson disse — não veremos. Eu lhe darei a chance de ver como essa rebelião é fútil. Seus dez melhores lutadores contra um de nós — qualquer um de nós.

— Ah, está bem — urrou o homem — E se vencermos?

— Não vencerá — Barson disse, com confiança tão absoluta que, pela primeira vez, Augusta pôde ver um brilho mortiço de dúvida no rosto do ferreiro.

Um instante depois, no entanto, o camponês recompôs sua compostura.

— Isso não faz sentido — disse ele, fazendo um movimento para voltar.

— Vocês têm medo de nós!

Uma voz escarnecedora — surpreendentemente aguda e jovial — pareceu surgir do nada, fazendo com que o camponês parasse seu movimento. Voltando-se, o enorme plebeu olhou para o jovem soldado que abria seu caminho para frente.

Era Kiam, o rapaz que Augusta tinha curado durante o treino.

Antes que o camponês pudesse responder, Kiam gritou:

— Dez contra um não é o bastante para vocês, covardes — ainda têm medo! Por que não quinze contra um? Ou que tal vinte? Será que ficará com menos medo desse jeito?

O ferreiro visivelmente se inflou de ódio, seu rosto barbado tomando uma cor vermelha escura.

— Cale essa boca, filhote! — urrou ele, sacando de sua espada, apontando-a para Kiam.

Augusta agarrou a lateral de sua espreguiçadeira, tensa de ansiedade, enquanto o jovem esguio desembainhava sua espada se preparando para enfrentar o camponês que se precipitava contra ele como um touro ensandecido.

O ferreiro investiu contra Kiam, que graciosamente se esquivou para o lado, com movimentos suaves e práticos. Rugindo, o plebeu atacou de novo e Kiam ergueu sua espada. Antes mesmo que Augusta pudesse entender o que houve, o camponês ficou paralisado, com uma linha vermelha aparecendo em seu pescoço. E então ele caiu, com seu corpo pesado batendo no solo com tremenda força. Sua cabeça, desmembrada do corpo, rolou pelo solo, indo parar a alguns metros de distância.

A espada afiada de Kiam tinha cortado o pescoço forte com a facilidade de uma faca se movendo em manteiga.

Por um instante, houve apenas um silêncio estupefato. E então, Barson riu.

— Eu disse dez, o menino disse quinze, mas vocês enviaram apenas um homem — gritou ele para os camponeses chocados.

Em resposta, cinco outros homens abriram caminho através da multidão de camponeses. Apesar de nenhum deles ser tão grande quanto o camponês morto, todos pareciam maiores e mais fortes que Kiam. Eles também pareciam bem mais cautelosos do que o ferreiro, aproximando-se do garoto silenciosamente, com um olhar de determinação raivosa em seus rostos endurecidos.

Quando chegaram a ele, o primeiro homem investiu contra o garoto, e Kiam se esquivou, como antes. Dessa vez, no entanto, ele prosseguiu cortando a parte do meio do homem. Dois outros camponeses atacaram ao mesmo tempo, porém, Kiam, como um bailarino, moveu seu corpo para longe dos golpes e ergueu sua espada. Em instantes, outros três homens jaziam no chão. O último homem de pé hesitou por um momento, mas também já era tarde demais para ele. Sem dar ao homem tempo de se decidir, o jovem soldado saltou e o cortou.

E o último atacante não existia mais.

Augusta podia ouvir murmúrios na multidão. Era o momento crítico com o qual Barson contava com essa demonstração. Um garoto bem miúdo contra vários homens grandes — não poderia haver uma declaração mais clara das habilidades de luta dos soldados. Se os camponeses tivessem algum bom senso, eles voltariam agora.

Pelo menos, era o que Barson esperava. Augusta não tinha ficado indecisa sobre esta parte doplano — e agora ela podia ver que estava certa ao duvidar. Os camponeses tinham chegado longe demais para serem detidos tão facilmente e, em vez de se retirarem, eles começaram a sacar suas armas. À medida que se aproximavam dos soldados, eles se espalhavam e começaram a ladear os homens de Barson.

Este era o ponto em que Augusta precisava teletransportar os soldados de volta. Com as mãos tremendo, ela pegou o feitiço pré-escrito e o cartão escorregou de seus dedos, caindo da espreguiçadeira. Ela soltou um gritinho abafado, tentando pegá-lo freneticamente, mas foi em vão. Enquanto o cartão seguia para o chão, Augusta foi assolada por um pânico que ela nunca havia experimentado antes.

Se o feitiço dela falhasse, ela seria responsável pela morte de Barson e de seus homens.

CHAPTER ELEVEN: AUGUSTA

Flying high above the road on her chaise, Augusta observed the shocked looks on peasants' faces as fifty soldiers suddenly materialized out of thin air in front of them. Few laypeople even knew that teleporting spells existed, much less had ever seen the effects of one.

The peasants in the front abruptly stopped, and the people following them stumbled into them, causing a few to tumble to the ground. The fallen immediately got up, holding out their clubs and pitchforks protectively, but it was too late. They'd shown themselves for the clumsy weaklings that they were.

Knowing what was coming, Augusta smiled. They would get a bigger shock in a moment.

"Who is in charge here?" Barson's voice boomed at them, hurting Augusta's enhanced hearing for a moment. She'd used magic to increase the volume of her lover's voice, and she could see that the spell had had its intended effect. Some of the rebels now looked simply terrified.

At that moment, a giant of a man wearing a smith's apron walked out of the crowd. In his hand, he was holding a large, heavy-looking sword. A blacksmith, Augusta guessed. His presence explained some of the weapons the rebels were carrying.

"Nobody is in charge," the giant roared back, trying to match Barson's deep tones. "We're all equals here."

Barson raised his eyebrows. "Well, then, you can tell all your 'equals' that we have an army waiting just up this hill." His voice was at a normal volume now; Augusta's spell only worked for a short period of time.

The peasant openly sneered. "And we have an army about to march up this hill—"

"More like a bunch of hungry peasants," Barson interrupted dismissively.

The man's lip curled in a snarl. "What do you want?"

"It's more about what I don't want," the Captain of the Guard said coolly. "I don't want unnecessary slaughter."

The blacksmith laughed, throwing his head back. "We don't mind killing all of you, and it's quite necessary."

Barson didn't respond, just lifted his eyebrows and continued looking at the man.

"You're afraid of us," the peasant sneered again. "What, you think a little sorcery and threats are enough to make us turn back?"

Augusta's lover gave him an even look. "I would rather not make martyrs out of you. I understand that the drought is making life difficult for everyone, but you are marching on Turingrad. Even if we didn't kill you—and we will, if you force us—a single sorcerer there could destroy you in a moment."

The man scowled. "We'll see about that."

"No," Barson said, "we won't. I will give you a chance to see how futile your rebellion is. Your ten best fighters against one of us—any one of us."

"Oh, right." The man snorted. "And if we win?"

"You won't," Barson said, his confidence so absolute that for the first time, Augusta could see a glimmer of doubt on the blacksmith's face.

A moment later, however, the peasant recovered his composure. "This is pointless," he said, making a move to turn back.

"You're scared of us!" A taunting voice—surprisingly high-pitched and youthful—seemed to come out of nowhere, causing the peasant to stop in his tracks. Turning, the huge commoner stared at the young soldier who was pushing his way to the front.

It was Kiam, the boy Augusta had healed during practice.

Before the peasant could respond, Kiam yelled out, "Ten to one is not enough for you cowards—you're still scared! Why don't you do fifteen to one? Or how about twenty? Think you'd be less scared then?"

The blacksmith visibly swelled with rage, his bearded face turning a dark red color. "Shut your mouth, pup!" he bellowed and, pulling out his sword, charged at Kiam.

Augusta gripped the side of her chaise, tense with anxiety, as the slim youth unsheathed his own sword, preparing to meet the peasant rushing at him like a maddened bull.

The blacksmith lunged at Kiam, and Kiam gracefully dodged to the side, his movements smooth and practiced. Howling, the commoner charged again, and Kiam raised his sword. Before Augusta could even understand what happened, the peasant froze, a red line appearing on his neck. Then he collapsed, his huge bulk hitting the ground with tremendous force. His head, separated from the body, rolled on the ground, coming to a stop a few feet away.

Kiam's sharp sword had sliced through the man's thick neck as easily as a knife moving through butter.

For a moment, there was only stunned silence. Then Barson laughed. "I said ten, the boy said fifteen, but you sent only a single man," he yelled at the shocked peasants.

In response, five other men pushed through the peasant crowd. While none of them were as big as the dead peasant, they all appeared larger and stronger than Kiam. They were also much more cautious than the blacksmith had been, approaching the boy silently, a look of grim determination on their hard faces.

When they reached him, the first man made a lunge for the boy, which Kiam dodged, like before. This time, however, he proceeded to slice at the man's midsection. Another two peasants attacked at the same time, but Kiam, like a dancer, moved his body away from the blows, and swung his sword. Three more men were on the ground in moments. The last man standing hesitated for a moment, but it was too late for him, too. Without giving the man time to make up his mind, the young soldier jumped and sliced.

The last attacker was no more.

Augusta could hear murmuring in the crowd. This was the critical moment, what Barson had been counting on with this demonstration. One fairly small boy against several large men—there could be no clearer statement of the soldiers' fighting abilities. If the peasants had any common sense, they would turn back now.

At least, that's what Barson had been hoping. Augusta had been uncertain about this part of the plan—and she could now see that she'd been right to doubt. The peasants had come too far to be deterred so easily, and instead of retreating, they began to advance, pulling out their weapons. As they got closer to the soldiers, they spread out and started flanking Barson's men.

This was the point at which Augusta needed to teleport the soldiers back. Her hands shaking, she reached for the pre-written spell, and the card slipped from her fingers, falling off the chaise. She gasped, frantically trying to catch it, but it was futile. As the card flew to the ground, Augusta was overcome by a panic unlike anything she had ever experienced.

If her spell failed, she would be responsible for the deaths of Barson and his men.

CAPÍTULO DOZE: BLAISE

Chocado, Blaise deu um passo atrás olhando para Gala. Ela percebia o que estava fazendo, beijando-o daquela forma?

Apesar de sua beleza de tirar o fôlego, ele tinha tentado não pensar nela daquele jeito. Ela tinha acabado de vir para esse mundo e, a seus olhos, ela era tão inocente quanto uma criança. Suas ações, no entanto, desvirtuavam daquela ideia.

Aquilo se tornava complicado. Muito complicado, muito rapidamente.

Engolindo em seco, Blaise pensou no que dizer. Ele ainda sentia seus lábios suaves pressionando seus próprios lábios, seus braços esguios que o abraçavam, o apertavam. Ele não tinha percebido que reagiria com tanta intensidade a ela, que seria necessária toda sua força para se afastar daquele beijo.

Ela deu um passo na direção dele.

— Hum, Blaise?

— Gala, você entende o que significa um beijo? — ele perguntou cuidadosamente, tentando controlar sua reação instintiva à proximidade dela.

— Claro.

Seus olhos azuis grandes e ingênuos, olhando para ele.

— E o que significa para você?

Estaria ela apenas fazendo uma experiência com ele, tentando 'aprender' sobre esse aspecto da vida como ela tentava aprender sobre tudo mais?

— A mesma coisa que significa para todos, eu imagino — disse ela — Eu li a respeito. Há muitas histórias sobre homens e mulheres se beijando, se acham o outro atraente. E você me acha atraente, não acha?

Havia um olhar indagador em seu rosto delicado.

Blaise sabia que teria que pisar no terreno com cuidado. Apesar de sua aptidão para a feitiçaria, ele estava longe de ser um especialista quando se tratava de entender as mulheres. As criaturas encantadoras sempre o deixaram perplexo, e ali estava uma que nem mesmo era humana. Ele podia tê-la criado, mas sua mente era tão misteriosa para ele quanto as profundezas do oceano.

— Gala — disse ele suavemente — Eu já lhe disse que a acho irresistível.

Ela olhou para ele com certo azedume.

— Mas você acabou de resistir a mim.

— Eu tive que fazer isso — Blaise disse pacientemente — Você é tão novata nesse mundo. Eu sou o primeiro homem — o primeiro humano — que você conheceu pessoalmente. Como você pode saber como se sente com relação a mim?

— Ora, os sentimentos não são exatamente isso? Sentimentos? — Ela franziu as sobrancelhas — Está dizendo isso porque eu não conheço o mundo e por isso meus sentimentos são, de alguma forma, menos reais?

— Não, claro que não.

Blaise sentiu que estava cavando um buraco ainda maior para si.

— Não estou dizendo que o que está falando agora não é verdadeiro. Só que pode mudar no futuro próximo, quando sair e conhecer mais o mundo. Conhecer mais homens.

Enquanto ele acrescentava essa última parte, ele sentia um certo calor de ciúmes pela ideia e sufocou isso com esforço, determinado a ser nobre a respeito daquele fato.

Os olhos de Gala se apertaram.

— Está bem. Se esta é a sua preocupação, tudo bem. Eu vou para lá amanhã e vou conhecer outros homens. E depois eu vou voltar e beijar você o quanto eu quiser.

A pulsação de Blaise disparou.

— Então, por que não a levo para a vila agora mesmo? — disse ele, apenas meio que brincando.

Os olhos dela se iluminaram e ela praticamente saltou de entusiasmo.

— Sim, vamos!

CHAPTER TWELVE: BLAISE

Shocked, Blaise took a step back, staring at Gala. Did she realize what she was doing, kissing him like that?

Despite her startling beauty, he had been trying not to think of her this way. She had just come to this world, and in his eyes, she was as innocent as a child. Her actions, however, belied that idea.

This was getting complicated. Very complicated, very quickly.

Swallowing, Blaise thought about what to say. He could still feel her soft lips pressed against his own, her slim arms embracing him, holding him close. He hadn't realized that he would react to her so strongly, that it would take all his strength to step away from that kiss.

She took a step toward him. "Um, Blaise?"

"Gala, do you understand what a kiss means?" he asked carefully, trying to control his instinctive reaction to her nearness.

"Of course." Her blue eyes were large and guileless, looking up at him.

"And what does it mean to you?" Was she just experimenting with him, trying to 'learn' about this aspect of life as she tried to learn about everything else?

"The same thing that it means to everyone, I imagine," she said. "I read about it. There are a lot of stories about men and women kissing if they find each other attractive. And you find me attractive too, right?" There was a questioning look on her delicate face.

Blaise knew he had to tread carefully. Despite his aptitude for sorcery, he was far from an expert when it came to understanding women. The charming creatures had always mystified him, and here was one who was not even human. He might've created her, but her mind was as mysterious to him as the depths of the ocean.

"Gala," he said softly, "I already told you that I find you irresistible—"

She gave him a look that resembled a pout. "But you just resisted me."

"I had to," Blaise said patiently. "You're so new to this world. I'm the first man—the first human—you've ever met in person. How can you possibly know how you feel about me?"

"Well, aren't feelings exactly that? Feelings?" She frowned. "Are you saying that because I haven't seen the world, my feelings are somehow less real?"

"No, of course not." Blaise felt like he was digging himself a deeper hole. "I'm not saying that what you're feeling right now isn't real. It's just that it might change in the very near future, as you go out there and see more of the world . . . meet more men." As he added that last tidbit, he could feel a hot flare of jealousy at the idea, and he squashed it with effort, determined to be noble about this.

Gala's eyes narrowed. "All right. If that's your concern, that's fine. I'll go out there tomorrow, and I'll meet other men. And then I'm going to come back and kiss you as much as I want."

Blaise's pulse leapt. "Why don't I take you to the village right now then?" he said, only half-jokingly.

Her eyes lit up, and she practically jumped with eagerness. "Yes, let's go!"

CAPÍTULO TREZE: AUGUSTA

Abaixo, Augusta podia ver os camponeses realizando seu ataque.

Barson e seus soldados esperavam para ser teletransportados, mas quando isso não aconteceu, eles começaram a lutar com uma determinação feroz. Logo ficaram cercados de corpos. O amante de Augusta parecia especialmente desumano em seu frenesi de combate. Percebendo seu valor estratégico, os rebeldes vinham, um após o outro, e ele os despachava todos com brutais golpes de sua espada.

Vendo que os guardas estavam controlando a situação, Augusta tentou se concentrar. Ela não podia descer voando para pegar o cartão de feitiço — não com uma batalha sangrenta ocorrendo lá embaixo — e, por isso, teria que escrever um novo feitiço.

Concentrando-se, ela pegou um cartão em branco e as partes restantes do feitiço. Tudo que ela precisava fazer agora era recriar, da memória, a parte complicada do código do feitiço que ela havia escrito mais cedo. Felizmente, a memória de Augusta era excelente e precisou de apenas alguns minutos para se lembrar do que havia feito antes.

Ao terminar o feitiço, ela colocou os cartões na Pedra e espiou lá para baixo, com a respiração presa.

Um minuto após, Barson e seus soldados desapareceram do campo de batalha, deixando para trás dezenas de corpos e rebeldes atônitos.

* * *

— Eu sinto muito — disse ela quando se encontrou com Barson e seus homens, de volta no monte.

Felizmente, ninguém se feriu. Na verdade a luta parecia ter elevado o moral de todos. Os soldados riam e batiam nas costas uns dos outros, como se tivessem voltado de um torneio, não de uma batalha sangrenta.

— Nós aguentamos firme — Barson lhe disse, triunfantemente, pegando-a e girando-a.

Sorrindo e arfando, Augusta fez com que ele a pusesse no chão.

— Você teve sorte por eu ter podido substituir aquele cartão tão rapidamente — ela lhe disse — Se eu tivesse perdido outro cartão, teria que me esforçar mais para substituí-lo e vocês teriam que lutar por mais tempo.

— Talvez haja algo que você possa fazer para reparar sua asneira — sugeriu Barson, olhando para ela com um sorriso misteriosamente excitado.

— O quê? — Augusta perguntou cautelosamente.

— Os rebeldes logo estarão aqui — disse ele, com os olhos brilhando — Acha que pode diminuir um pouco o número deles?

Augusta engoliu em seco.

— Você quer que eu faça um feitiço direto contra eles?

— Isso é contra as regras do Conselho?

Não era exatamente, mas era altamente reprovável. Em geral, o Conselho preferia limitar as exibições de magia em torno de plebeus. Era considerado mau gosto do feiticeiro mostrar suas habilidades assim abertamente — e isso poderia ser potencialmente perigoso, se incentivasse os camponeses a tentar aprender a magia por conta própria. Feitiços ofensivos eram especialmente desestimulados. Usar a feitiçaria contra alguém sem aptidão para a magia era o equivalente a matar uma galinha com uma espada.

— Bem, não é, se consideramos estritamente as regras — Augusta falou lentamente — mas não deve ficar óbvio que eu esteja fazendo isso.

Barson pareceu avaliar o problema por um instante.

— E se parecesse ser por causas naturais? — sugeriu ele.

— Pode dar certo.

Augusta pensou em alguns feitiços que pudesse reunir rapidamente. Ela não esperava fazer nada desse tipo, mas ela possuía os componentes certos para esses feitiços. Ela os havia trazido para finalidades diferentes, mas eles a ajudariam agora também.

Procurando em sua bolsa, ela sacou alguns cartões e rapidamente escreveu algumas novas linhas de código. Ao terminar, ela disse a Barson para mandar seus homens sentarem ou deitarem no chão, por alguns minutos.

— Poderá haver . . . um certo abalo aqui — explicou ela.

Os camponeses ainda estavam distantes quando ela começou a colocar os cartões em sua Pedra Interpretadora.

Por um instante, tudo ficou silencioso. Augusta inspirou, esperando para ver se seu feitiço havia funcionado. Ela havia combinado uma simples força de ataque que poderia ter feito uma casa ir pelos ares com uma engenhosa ideia de teletransporte. Ao invés de atingir os camponeses diretamente, o feitiço seria teletransportado para o solo abaixo dos pés do exército atacante. Lá, abaixo do solo, a força quebraria e abalaria rochas, criando a reação em cadeia que ela precisava — ou pelo menos Augusta esperava por isso.

Por alguns poucos minutos enervantes, parecia que nada acontecia. E, então, ela ouviu um estrondo profundo e sonoro, seguido de uma poderosa vibração abaixo de seus pés. A terra tremeu tão violentamente que Augusta teve que se sentar, ou então seria derrubada ao solo. À distância, ela podia ouvir os gritos dos camponeses enquanto o solo se abria sob seus pés, criando um grande vão bem no meio de seu exército. Dezenas de homens caíram na abertura, seguindo para a morte com gritos assustados.

O primeiro passo do plano estava completo.

Augusta carregou seu próximo feitiço. Era um dos feitiços mais fatais que ela conhecia —um feitiço que ia atrás de um tecido pulsante e aplicava uma corrente elétrica poderosa nele. Era feito para paralisar um coração — ou vários corações, devido à profundidade do raio que Augusta havia codificado.

O feitiço começou e Augusta pôde ver os camponeses que ainda estavam de pé, caindo e apertando o peito. Com visão aumentada, ela conseguia ver o olhar de susto e dor em seus rostos e engoliu com dificuldade, tentando não deixar subir a bílis que havia em seu estômago. Ela jamais havia feito isso, nunca matara tantos usando a feitiçaria e não pôde evitar sua reação instintiva.

Quando o feitiço chegou ao fim, a estrada e os campos circunvizinhos, repletos de relva, estavam apinhados de corpos. Menos da metade do exército original dos camponeses havia permanecido viva.

Ainda nauseada, Augusta olhou para os resultados de seu trabalho. Agora eles vão correr, pensou ela, querendo desesperadamente que essa batalha acabe.

Porém, para seu espanto, ao invés de voltarem, os sobreviventes correram para a montanha, agarrando as armas que restaram. Eles não temiam — ou, mais provavelmente, estavam desesperados, percebeu ela.

Aqueles homens sabiam desde o início que a missão deles era perigosa, mas eles haviam escolhido prosseguir assim mesmo. Ela não pôde deixar de admirar aquela determinação, mesmo que a assustasse terrivelmente. Ela imaginou que os rebeldes da Revolução da Feitiçaria — os que haviam derrubado a antiga nobreza tão brutalmente — deviam ter sido determinados assim, a seu próprio modo.

À sua volta, os soldados de Barson se preparavam para o ataque violento, tomando suas posições e sacando suas flechas.

Quando os camponeses se aproximaram do monte, uma chuvarada de flechas foi lançada sobre eles, furando seus corpos sem escudos. Os soldados atingiam seus alvos com a mesma precisão apavorante que Augusta havia visto durante o treino. Cada camponês que chegava ao alcance das flechas era morto em segundos. Mesmo assim, os rebeldes persistiam, continuavam, forçando caminho por entre seus camaradas mortos. Sem qualquer estrutura ou organização, eles simplesmente prosseguiam, seus rostos contorcidos de um ódio amargo e olhos brilhando de raiva. A futilidade de todas as mortes era devastadora para Augusta. Quando os homens de Barson não tinham mais flechas, menos de um terço dos agressores originais havia restado.

Jogando para o lado seus arcos inúteis, os guardas, como se fossem um só, desembainharam as espadas. E aguardaram, com suas expressões endurecidas e impassíveis.

Quando a primeira onda de atacantes chegou ao monte, ela foi despachada em segundos por soldados com armas aprimoradas pela feitiçaria, mais afiadas e mais mortais do que qualquer coisa que os camponeses já haviam visto. De pé, ao lado, Augusta observava enquanto ondas de agressores vinham e caíam em volta da montanha.

Seu amante era a encarnação da morte, imbatível como uma força da natureza. Durante a metade do tempo ele lidava, sozinho, com as hordas de rebeldes, facilmente enfrentando vinte ou trinta homens. Os outros soldados eram quase tão brutais e Augusta podia ver os camponeses se dividindo em grupos cada vez menores, suas fileiras diminuindo a cada minuto transcorrido.

Em uma hora, a batalha se aproximava de sua conclusão mórbida. Olhando para os restos sangrentos no campo, Augusta sabia que seria uma batalha da qual jamais esqueceria.

Não, ela se corrigiu. Não havia sido uma batalha — havia sido uma matança.

CHAPTER THIRTEEN: AUGUSTA

Below, Augusta could see the peasants launching their attack.

Barson and his soldiers were expecting to be teleported, but when it didn't happen, they began fighting with ferocious determination. Soon they were surrounded by corpses. Augusta's lover seemed particularly inhuman in his battle frenzy. Realizing his strategic value, the rebels came at him, one after another, and he dispatched them all with the brutal swings of his sword.

Seeing that the guards were holding their own, Augusta tried to concentrate. She couldn't fly down to retrieve her spell card—not with a bloody battle raging below—so she had to write a new one.

Getting her thoughts together, she took out a blank card and the remaining parts of the spell. All she had to do now was re-create from memory the complicated bit of sorcery code she'd written earlier. Luckily, Augusta's memory was excellent, and it took her only a few minutes to recall what she'd done before.

When the spell was finished, she loaded the cards into the Stone and peered below, holding her breath.

A minute later, Barson and his soldiers disappeared from the battleground, leaving behind dozens of dead bodies and baffled rebels.

* * *

"I am so sorry," she said when she rendezvoused with Barson and his men back on the hill.

Luckily, no one was hurt; if anything, the fighting seemed to have lifted everyone's spirits. The soldiers were laughing and slapping each other on the back, like they had just come back from a tournament instead of a bloody battle.

"We held our ground," Barson told her triumphantly, snatching her up in his strong arms and twirling her around.

Laughing and gasping, Augusta made him put her down. "You're lucky I was able to replace that card so quickly," she told him. "If I'd lost some other card, it would've taken me more effort to replace it, and you'd have been fighting longer."

"Perhaps there is something you can do to make up for that blunder," Barson suggested, looking down at her with a darkly excited smile.

"What?" Augusta asked warily.

"The rebels will be here soon," he said, his eyes gleaming. "Do you think you could thin their numbers a little?"

Augusta swallowed. "You want me to do a direct spell against them?"

"Is that against the Council rules?"

It wasn't, exactly, but it was highly frowned upon. In general, the Council preferred to limit displays of magic around the commoners. It was considered poor taste for sorcerers to show their abilities so openly— and it could be potentially dangerous, if it incentivized the peasants to try to learn magic on their own. Offensive spells were particularly discouraged; using sorcery against someone with no aptitude for magic was the equivalent of butchering a chicken with a sword.

"Well, it's not strictly speaking against the law," Augusta said slowly, "but it shouldn't be obvious that I'm doing this."

Barson appeared to consider the problem for a moment. "What if it looked like natural causes?" he suggested.

"That might work." Augusta thought about a few spells she could quickly pull together. She hadn't expected to do anything like this, but she did have the right components for these spells. She'd brought them for different purposes, but they would help her now too.

Digging in her bag, she pulled out a few cards and rapidly wrote some new lines of code. When she was finished, she told Barson to have his men sit or lie on the ground for a few minutes. "It might get a bit . . . shaky here," she explained.

The peasants were still a distance away when she began feeding the cards into her Interpreter Stone.

For a moment, all was quiet. Augusta held her breath, waiting to see if her spell worked. She'd combined a simple force attack of the kind that might have blown up a house with a clever teleporting idea. Instead of hitting the peasants directly, the spell would be teleported into the ground under the feet of their attacking army. There, beneath the ground, the force would break and shatter rocks, creating the chain reaction she needed—or so Augusta hoped.

For a few nerve-wracking seconds, it seemed like nothing was happening. And then she heard it: a deep, sonorous boom, followed by a powerful vibration under her feet. The earth shook so violently that Augusta had to sit or be knocked to the ground herself. In the distance, she could hear the screams of the peasants as the ground split open under their feet, a deep gash appearing right in the middle of their army. Dozens of men tumbled into the opening, falling to their deaths with frightened yells.

Step one of the plan was complete.

Augusta loaded her next spell. It was one of the deadliest spells she knew—a spell that sought pulsating tissue and applied a powerful electric current to it. It was meant to stop a heart—or multiple hearts, given the width of the radius Augusta had coded.

The spell blasted out, and Augusta could see the peasants who were still on their feet falling, clutching their chests. With her enhanced vision, she could see the looks of shock and pain on their faces, and she swallowed hard, trying to keep down the bile in her stomach. She had never done this before, had never killed so many using sorcery, and she couldn't help her instinctive reaction.

By the time the spell had run its course, the road and the grassy fields nearby were littered with bodies. Less than half of the original peasant army was left alive.

Still feeling sick, Augusta stared at the results of her work. Now they would run, she thought, desperately wanting this battle to be over.

But to her shock, instead of turning back, the survivors rushed toward the hill, clutching their remaining weapons. They were fearless—or, more likely, desperate, she realized. These men had known from the beginning that their mission was dangerous, but they'd chosen to proceed anyway. She couldn't help but admire that kind of determination, even though it scared her to death. She imagined the rebels behind the Sorcery Revolution—the ones who had overthrown the old nobility so brutally— had been just as determined in their own way.

All around her, Barson's soldiers prepared to meet the onslaught, assuming their places and drawing their arrows.

As the peasants got closer to the hill, a hail of arrows rained down, piercing their unshielded bodies. The soldiers hit their targets with the same terrifying precision that Augusta had seen during practice. Every peasant who got within their arrows' range was dead within seconds. Yet the rebels persisted, continuing on, pushing past their fallen comrades. Lacking any kind of structure or organization, they simply kept going, their faces twisted with bitter rage and their eyes shining with hatred. The futility of all the deaths was overwhelming for Augusta. By the time Barson's men ran out of arrows, less than a third of the original aggressors remained.

Tossing aside their useless bows, the guards, as one, unsheathed their swords. And then they waited, their expressions hard and impassive.

When the first wave of attackers reached the hill, they were dispatched within seconds, the soldiers' sorcery-enhanced weapons sharper and deadlier than anything the peasants had ever seen before. Standing off to the side, Augusta watched as waves of attackers came and fell all around the hill.

Her lover was death incarnate, as unstoppable as a force of nature. Half the time, he would singlehandedly tackle the waves of rebels, easily taking on twenty or thirty men. The other soldiers were almost as brutal, and Augusta could see the peasants breaking up into smaller and smaller groups, their ranks diminishing with every minute that passed.

Within an hour, the battle was nearing its morbid conclusion. Staring at the bloody remnants on the field, Augusta knew it was a battle she would never forget.

No, she corrected herself. It was not a battle—it was a slaughter.

CAPÍTULO QUATORZE: GALA

— Isso é espetacular — Gala disse a Blaise, olhando para a cidade abaixo. Eles estavam sentados na espreguiçadeira dele, um objeto mágico que ela achou impressionante. De cor azul claro, lembrava Gala a um sofá estreito e alongado — só que era feito de um material estranho, tipo um diamante que parecia duro mas, na verdade, era bem macio e agradável ao toque. Blaise estava navegando usando feitiços orais.

Gala gostava particularmente do fato de que ela pudesse se sentar tão perto de Blaise. Ela gostava de sua proximidade. Fazia com que ela se lembrasse das sensações cálidas que sentira quando ela o beijou, mais cedo. Pensando naquele beijo, ela afastou o olhar da paisagem abaixo e olhou para Blaise, estudando seu forte perfil.

Ela se incomodava pelo fato de ele duvidar de seus sentimentos. Ela obviamente não tinha a experiência do mundo real, mas havia lido o bastante para entender a mecânica da atração — e o que significava sentir aquilo por alguém. Ela tinha certeza de que conhecer outras pessoas não faria diferença na maneira que considerava Blaise. Essa viagem para a vila serviria a vários propósitos, pensou ela, voltando sua atenção novamente para a cidade abaixo. Permitiria que ela visse o mundo e também reasseguraria Blaise de que ela conhecia sua própria mente. Ela não queria parecer ignorante ou ingênua diante de seu criador.

— Esta é a Praça da Cidade — Blaise disse, interrompendo suas reflexões. Ele apontava para uma ampla área abaixo — Você pode ver todas as barracas de mercadores que a cercam. E está vendo aquela fonte de água no centro?

— Sim — Gala disse, com crescente empolgação. Ela gostava de aprender e era ótimo ver essas coisas pessoalmente, em vez de ver através de uma Captura de Vida ou das páginas de um livro.

— Todos que visitam Turingrad vêm a essa fonte para jogar uma moeda na água — Blaise disse — Rico ou pobre, plebeu ou feiticeiro — todos vêm aqui para fazer um pedido.

— Por quê? É uma forma de feitiçaria?

— Não — Blaise sorriu — Apenas um antigo costume. Existia bem antes de Lenard, o Grande, e a descoberta do Reino do Feitiço. Uma superstição, se quer saber.

— Entendo — Gala disse, embora a ideia a confundisse um pouco. Por que os humanos jogam moedas na fonte? Se as fontes não tinham nada a ver com a feitiçaria então, obviamente não poderiam conceder desejos.

— E ali fica a Torre do Feitiço — disse Blaise, apontando para uma estrutura imponente em cima de uma grande montanha — É onde os feiticeiros mais poderosos moram e trabalham. O Conselho também se reúne ali, e os primeiros andares são ocupados pela Academia do Feitiço, uma instituição de ensino para os jovens. A Guarda de Feiticeiros também fica baseada ali.

Gala assentiu, estudando a Torre com curiosidade. Era um castelo grande e majestoso que se tornava ainda mais impressionante por sua localização na montanha. Quem o construiu claramente queria demonstrar algo. O prédio praticamente gritava 'poder'.

Olhando para ele, Gala se deu conta de que algo naquela montanha a incomodava. Sua forma, o penhasco íngreme de um lado — era diferente demais da paisagem plana circundante.

— A montanha é de verdade? — perguntou ela a Blaise, virando a cabeça para olhar para ele.

— Não — Ele lhe deu um sorriso — Foi construída pelas primeiras famílias de feiticeiros há mais de duzentos anos. Eles queriam que a Torre fosse inacessível e, por isso, fizeram um feitiço para que a terra se erguesse, criando essa montanha. O prédio em si também é fortificado por todo tipo de feitiçaria.

— Por que fizeram isso? Seria porque eles tinham medo das pessoas comuns?

— Sim — Blaise disse — E ainda têm. É uma pena, mas a memória da Revolução da Feitiçaria ainda está recente na mente da maioria das pessoas.

Gala assentiu novamente, lembrando-se do que havia lido em um dos livros de Blaise. Há duzentos e cinquenta anos, a trama da sociedade de Koldun havia sido totalmente desfeita por uma revolução sangrenta. A antiga nobreza tinha se tornado gorda e preguiçosa, desligada do descontentamento que brotava em seus súditos. O rei estava entre os piores transgressores, totalmente abstraído das mudanças que ocorriam em virtude do Iluminismo e da descoberta feita por um homem de algo chamado o Reino do Feitiço.

Lenard, o Grande, como viria a ser conhecido posteriormente — havia sido o brilhante inventor que, dentre outros feitos, conseguira entrar em um estranho local com o poder de alterar a realidade de uma forma que era assustadoramente similar a uma magia de conto de fadas. Não era um conto de fadas, é claro, e o que era conhecido na era moderna como magia não passava de interações complexas e ainda pouco conhecidas entre o Reino do Feitiço e o Reino Físico. Mas sua descoberta alterou tudo, resultando na ascensão de uma nova elite: os feiticeiros.

Começou com pequenos feitiços inofensivos — encantamentos verbais em uma linguagem complexa e misteriosa que somente os indivíduos mais brilhantes com habilidade matemática conseguiam dominar. Alguns dos primeiros feiticeiros eram da nobreza, mas muitos não eram. Qualquer um, não obstante sua linhagem, podia entrar no Reino do Feitiço, e Lenard estimulava todos a aprender matemática e a entender as leis da natureza. Ele chegou a abrir uma escola, um local que mais tarde se tornou conhecido como a Academia de Feitiço, onde muitas das subsequentes descobertas e magias ocorreram.

Em uma década, a feitiçaria e o conhecimento trazidos pelo Iluminismo começaram a permear cada aspecto da vida de Koldun. Os feiticeiros descobriram uma maneira de se manter sem comida, a se mover dos locais em um piscar de olhos, através do teletransporte, e até mesmo a combater usando feitiços. Não demorou muito para que o sistema feudal de séculos de duração da nobreza hereditária começasse a parecer ultrapassado para aqueles que conseguiam alterar a trama da realidade com algumas frases cuidadosamente proferidas. Noções de justiça e progresso, de direitos humanos básicos e de uma sociedade baseada na meritocracia se espalharam rapidamente, pegando os nobres totalmente desprevenidos.

Quando o rei entendeu a ameaça que a nova classe de feiticeiros representava, era tarde demais. Os camponeses, cujos seus senhores não eram mais todo-poderosos como dantes, se tornaram mais exigentes e sublevações surgiram por toda Koldun, com os plebeus buscando melhorar sua qualidade de vida. A maioria dos feiticeiros — embora nem todos — apoiava seus camponeses e aqueles da classe mais baixa, que não tinham aptidão para a magia, se associaram a eles, buscando a proteção dos feiticeiros contra os nobres, que ainda possuíam o exército do rei ao seu lado.

O resultado final foi uma revolução — uma guerra civil sangrenta que durou seis anos. À medida que progredia, cada lado se tornava mais brutal e vingativo, e as atrocidades perpetradas pelos camponeses contra seus antigos amos terminaram por ser tão horripilantes quanto as realizadas pelos bárbaros na Idade das Trevas. Somente depois que cada família de nobres foi assassinada e que o rei perdeu sua cabeça que a revolução chegou ao fim, deixando os sobreviventes para que juntassem os pedaços de suas vidas despedaçadas.

Não era à toa que os feiticeiros temiam os camponeses, pensou Gala, olhando para a Torre. Afinal, os feiticeiros eram agora a nova classe dominante.

* * *

Após várias horas de voo, eles finalmente se aproximaram de seu destino. Gala reconheceu o campo abaixo de uma das Capturas de Vida que ela havia tido antes. Era ainda mais bonito de cima. O trabalho da primavera, desde sua última visão, devia ter sido feito, e altos talos de trigo enchiam agora a paisagem.

Para a lateral havia um conjunto de prédios que Gala imaginou ser a vila. Ao contrário das estruturas ricas e de visual elaborado de Turingrad, as casas aqui eram bem menores. Mais simples, pensou Gala. Ela se lembrou de ter lido que muitas casas de camponeses eram feitas de barro e que ali parecia ser assim também.

Havia uma pequena clareira entre as duas casas maiores. Foi lá que eles desceram.

Assim que sua espreguiçadeira tocou o solo, a porta de uma das casas se abriu e duas mulheres mais velhas surgiram.

Gala olhou para elas, intrigada. Ela havia lido sobre mudanças físicas que ocorriam nos humanos durante a vida e ela imaginou a idade daquelas mulheres. Em sua opinião, elas pareciam ser iguais uma a outra, com cabelos grisalhos e olhos castanhos, embora Gala achasse que uma delas era mais agradável à visão do que a outra.

Ao verem Blaise, elas abriram um largo sorriso e correram para a espreguiçadeira.

— Blaise, meu filho, como você está? — a mais bonita das duas exclamou.

— E quem é essa bela moça com você? — a outra mulher logo falou.

Antes que Blaise tivesse a chance de responder e Gala pudesse registrar completamente que ela tinha sido chamada de 'linda', a mulher que falou primeiro se virou para Gala e disse:

— Eu sou Maya. Quem é você, minha menina?

— E eu sou Esther — disse a outra, sem dar a Gala a chance de responder. Seu rosto era enrugado com um sorriso do qual Gala gostava muito. De uma forma geral, apesar da aparência mais simples da mulher, Gala sentiu que alguma coisa a respeito dela era bem atraente. As duas mulheres possuíam uma cordialidade que agradava a Gala.

— Maya, Esther — Blaise disse, saindo da espreguiçadeira — quero lhes apresentar Gala.

— Gala? Que nome bonito — disse Esther, aproximando-se e dando um abraço em Gala. Maya seguiu seu exemplo e Gala sorriu, satisfeita por ser o centro das atenções. Seus abraços eram agradáveis, mas nada como o que sentira quando tocou em Blaise.

— Blaise, Gala não era também o nome de sua avó? — perguntou Maya.

Blaise assentiu e deu um sorriso cúmplice para Gala.

— Sim. Uma adorável coincidência, não é?

— Bem, entrem, filhos — Esther disse — Eu acabei de fazer um ensopado delicioso.

— Não sei se está delicioso, mas definitivamente um ensopado — Maya disse com um sorriso maldoso e Gala percebeu que ela estava implicando com a outra mulher.

Blaise balançou a cabeça.

— Eu adoraria, mas não posso — disse ele gentilmente para Esther — Infelizmente eu tenho que ir. No entanto, se não se importam, Gala ficará com vocês por alguns dias.

As mulheres pareceram ter sido pegas de surpresa, mas Maya se recuperou rapidamente. — É claro, não tem problema — disse ela — Tudo o que quiser para você e sua adorável jovem amiga.

Esther assentiu entusiasticamente.

— Sim, o que você quiser, Blaise. Como é que vocês se conheceram? — ela perguntou, visivelmente curiosa.

— É uma longa história — Blaise disse, com um tom que não dava margens a mais perguntas sobre o assunto — Maya, você se importaria em levar Gala para visitar a cidade enquanto Esther e eu conversamos por um instante?

Esther franziu a testa.

— Tem certeza de que não quer ficar? Adoraríamos ter você aqui por alguns dias. Você precisa tomar sol e devia comer alguma coisa. Eu aposto que só viveu de magia desde nossa última visita, disse ela, com desaprovação.

— Blaise tem negócios importantes para tratar — Gala disse, apoiando Blaise.

Ela podia ver que ele parecia tenso e ela sentiu que ele não queria estar ali, longe da precisão reconfortante do código do qual ele passou a depender tanto. Da breve visão da mente dele, que ela havia tido naquela Captura de Vida — e pelo que ela havia sabido sobre o irmão dele — ela sabia que seu criador ainda sofria, ainda não estava preparado para enfrentar o mundo exterior.

— Bem, eu não gosto de nada disso — Esther anunciou, fazendo beicinho — Prometa que vai voltar em breve.

— Oh, não se preocupem. Eu não vou deixar Gala sozinha por muito tempo, podem ter certeza disso — disse Blaise, e Gala sentiu o calor de seu olhar enquanto ele olhava para ela.

Gala sorriu e deu um passo em direção a Blaise. Na ponta dos pés, ela envolveu o pescoço dele com seus braços e puxou a cabeça dele para baixo para lhe dar outro beijo. Os lábios dele eram quentes e macios, e Gala ansiosamente saboreou a sensação. Para seu alívio, dessa vez ele não se afastou. Em vez disso, ele a puxou mais para si em seu abraço e a beijou de volta impetuosamente, criando arrepios de calor em sua espinha.

Quando ele a soltou, seu coração batia mais rápido e ela notou os olhares satisfeitos nos rostos de Maya e Esther. Ela havia tinha conseguido reforçar a impressão que as duas mulheres já deviam ter tido — que ela e Blaise eram namorados. Era algo que Gala esperava que se tornasse realidade, em algum momento, mas, enquanto isso, fornecia uma explicação sobre sua relação com Blaise. Não que todos fossem adivinhar que Gala fosse uma criação de Blaise, pensou ela ironicamente. Pelo que ela havia aprendido até ali, ninguém poderia imaginar que uma pessoa pudesse ser originária da forma como Gala havia sido criada.

Agora, na hora de se separar de Blaise, Gala sentiu dúvida pela primeira vez. De repente, vendo o mundo não tão atraente, já que significava que ela teria que ficar longe de Blaise durante os próximos dias. Ela ainda não tinha ido embora e já sentia falta dele — e queria mais do que aqueles beijos. De tudo que ela havia lido, sabia que as pessoas raramente desenvolviam sentimentos fortes umas pelas outras tão rapidamente, mas havia exceções. Era possível também que as regras usuais não se aplicassem a ela, já que ela não era humana.

— Tchau, Gala — Blaise disse, sorrindo para ela, que sorriu de volta, sacudindo o breve momento de fraqueza. A vila acenava para ela. Era sua chance de conhecer a vida ali, entre as pessoas comuns. Ela tinha a forte suspeita de que, se ela desse para trás agora, não poderia convencer Blaise a fazer isso de novo.

— Tchau, Blaise — disse ela, determinada a ser forte a respeito. Voltando-se, ela começou a andar em direção ao belo campo que via nas cercanias. Maya a seguia, também acenando adeus para Blaise.

Quando Gala se aproximou do campo, seu passo se tornou mais rápido até que ela corria o máximo que podia. Ela sentia o vento em seus cabelos e o calor do sol em seu rosto, e ela voltou o rosto para cima, rindo de pura alegria.

Ela estava vivendo e amava cada minuto disso.

CHAPTER FOURTEEN: GALA

"This is spectacular," Gala told Blaise, looking down at the city below. They were sitting on his chaise, a magical object that she found quite impressive. Light blue in color, it reminded Gala of a narrow, elongated sofa—except that it was made of a strange diamond-like material that looked hard, but was actually quite soft and pleasant to the touch. Blaise was navigating it using verbal spells.

Gala especially liked the fact that she could sit so close to Blaise. She enjoyed his nearness; it made her recall the warm sensations she'd experienced when she'd kissed him earlier. Thinking about that kiss, she tore her eyes away from the view below and glanced at Blaise, studying his strong profile.

It bothered her that he doubted her feelings. She obviously lacked real-world experience, but she'd read enough to understand the mechanics of attraction—and what it meant, to feel like that about someone. She was sure that meeting other people wouldn't make a difference in how she regarded Blaise. This trip to the village would serve multiple purposes, she thought, turning her attention back to the city below. It would let her see the world, and it would also reassure Blaise that she knew her own mind. She didn't want to seem ignorant or naive to her creator.

"This is the Town Square," Blaise said, interrupting her musings. He was pointing at a large open area below. "You can see all the merchant stalls surrounding it. And you see that water fountain in the center?"

"Yes," Gala said, her excitement increasing. She liked learning, and it was great to see these things with her own eyes, rather than through a Life Capture or the pages of a book.

"Everybody who visits Turingrad comes to this fountain to throw a coin in the water," Blaise said. "Rich or poor, commoner or sorcerer— they all come here to make a wish."

"Why? Is that a form of sorcery?"

"No." Blaise chuckled. "Just an old custom. It was in place long before Lenard the Great and the discovery of the Spell Realm. A superstition, if you will."

"I see," Gala said, though the concept confused her a little. Why would humans throw their coins into the fountain like that? If the fountain had nothing to do with sorcery, then it obviously couldn't grant wishes.

"And that's the Tower of Sorcery over there," Blaise said, pointing at an imposing structure sitting on top of a large hill. "That's where the most powerful sorcerers live and work. The Council holds meetings there as well, and the first few floors are occupied by the Academy of Sorcery, a learning institution for the young. The Sorcerer Guard is also stationed there."

Gala nodded, studying the Tower with curiosity. It was a large, stately castle, made even more impressive by its location on the mountain. Whoever had built it was clearly making a statement. The building practically screamed 'power.'

Looking at it, Gala realized that something about the mountain bothered her. The shape of it, the steep cliff at one end—it was just too different from the surrounding flat landscape. "Is the mountain real?" she asked Blaise, turning her head to look at him.

"No." He gave her a smile. "It was built by the first sorcerer families over two hundred years ago. They wanted the Tower to be unassailable, so they did a spell to make the earth rise up, creating this hill. The building itself is fortified with all manner of sorcery as well."

"Why did they do this? Was it because they were afraid of the common people?"

"Yes," Blaise said. "And they still are. It's unfortunate, but the memory of the Sorcery Revolution is still fresh in most people's minds."

Gala nodded again, remembering what she'd read in one of Blaise's books. Two hundred and fifty years ago, the entire fabric of Koldun society had been ripped apart by a bloody revolution. The old nobility had gotten fat and lazy, disconnected from the brewing discontent of their subjects. The king had been among the worst of the offenders, completely oblivious to the changes taking place as a result of the Enlightenment and one man's discovery of something called the Spell Realm.

Lenard—or Lenard the Great, as he would later become known—had been a brilliant inventor who, among his other achievements, managed to tap into a strange place that had the power to alter reality in a way that was uncannily similar to fairy-tale magic. It wasn't a fairy tale, of course, and what was known in the modern era as magic was nothing more than complex and still little-understood interactions between the Spell Realm and the Physical Realm. But his discovery changed everything, resulting in the rise of a new elite: the sorcerers.

It started off as harmless little spells—oral incantations in a complex, arcane language that only the brightest, most mathematically inclined individuals could master. Some of the first sorcerers were from the noble class, but many were not. Anyone, regardless of their lineage, could tap into the Spell Realm, and Lenard encouraged everyone to learn mathematics and the language of magic, to understand the laws of nature. He even went so far as to open a school, a place that later became known as the Academy of Sorcery, where many of the subsequent magical and scientific discoveries took place.

Within a decade, sorcery and knowledge brought about by the Enlightenment began to permeate every aspect of life on Koldun. The sorcerers discovered a way to sustain themselves without food, to move from place to place in a blink of an eye via teleportation, and even to do battle using spells. Before long, the centuries-old feudal system of hereditary nobility began to seem outdated to those who could change the fabric of reality with a few carefully chosen sentences. Notions of fairness and progress, of basic human rights and merit-based societal standing, spread like wildfire, catching the nobles completely off-guard.

By the time the king understood the threat posed by the new sorcerer class, it was too late. The peasants, realizing that their lords were no longer as all-powerful as they once were, grew more demanding, and uprisings erupted all over Koldun as commoners sought to better their quality of life. Most of the sorcerers—though not all—supported the peasants, and those of the lower class who lacked the aptitude for magic banded behind them, seeking the sorcerers' protection against the nobles who still had the king's army on their side.

The end result was a revolution—a bloody civil conflict lasting six years. As it progressed, each side grew more brutal and vengeful, and the atrocities perpetuated by the peasants against their former masters ended up being as horrifying as what the barbarians did in the Age of Darkness. It wasn't until almost every noble family was slaughtered and the king lost his head that the revolution came to an end, leaving the survivors to pick up the pieces of their shattered lives.

It was no wonder that the sorcerers feared the peasants, Gala thought, staring at the Tower. After all, sorcerers were now the new ruling class.

* * *

After several hours of flying, they finally approached their destination. Gala recognized the field below from one of the Life Captures she'd consumed earlier; it was even more beautiful from above. The spring work in her vision must've been completed, and tall stalks of wheat populated the landscape.

Off to the side was a cluster of buildings that Gala guessed to be the village. Unlike the rich, elaborate-looking structures in Turingrad, the houses here were much smaller. Simpler, Gala thought. She remembered reading that many peasant homes were made of clay, and it appeared to be the case here as well.

There was a little clearing between two of the bigger houses, and that was where they landed.

As soon as their chaise touched the ground, the door to one of these houses opened, and two older women came out.

Gala stared at them, intrigued. She'd read about the physical changes that occur in humans throughout their lives, and she wondered about these women's ages. To her, they appeared to be similar to each other, with their grey hair and brown eyes, although Gala found one of them to be more pleasant-looking than the other.

Seeing Blaise, they smiled widely and rushed toward the chaise.

"Blaise, my child, how are you?" the prettier one of the two exclaimed.

"And who is this beautiful girl with you?" the other woman jumped in.

Before Blaise had a chance to answer and Gala could fully register the fact that she had just been called 'beautiful,' the woman who spoke first turned toward Gala and announced, "I am Maya. Who might you be, my child?"

"And I am Esther," said the other one without giving Gala a chance to reply. Her face was creased with a smile that Gala liked very much. In general, despite the woman's more homely appearance, Gala decided that something about her was quite appealing. Both women had a warmth to them that Gala found pleasant.

"Maya, Esther," Blaise said, getting off the chaise, "let me introduce Gala to you."

"Gala? What a pretty name," said Esther, stepping forward and giving Gala a hug. Maya followed her example, and Gala grinned, pleased to find herself the center of attention. Their hugs were nice, but nothing like what she felt when she touched Blaise.

"Blaise, wasn't Gala your grandmother's name as well?" asked Maya.

Blaise nodded and gave Gala a conspiratorial smile. "Yes. A lovely coincidence, isn't it?"

"Well, come inside, children," Esther said. "I've just made some delicious stew—"

"I'm not so sure about delicious, but it's definitely stew," Maya said with a wicked grin, and Gala realized that she was teasing the other woman.

Blaise shook his head. "I'd love to, but I can't," he told Esther gently. "Unfortunately, I have to go. However, if you don't mind, Gala will be staying with you for a few days."

The women looked taken aback, but Maya recovered quickly. "Of course, we don't mind," she said. "Anything for you and your lovely young friend."

Esther nodded eagerly. "Yes, anything for you, Blaise. How do you two know each other?" she asked, visibly curious.

"It's a long story," Blaise said, his tone brooking no further questions on this topic. "Maya, would you mind giving Gala a tour of the village while Esther and I catch up for a minute?"

Esther frowned. "Are you sure you won't stay? We'd love to have you for a few days. You need some sun, and you should eat something. I bet you lived on magic since our last visit," she said disapprovingly.

"Blaise has important business to attend to," Gala said, coming to Blaise's rescue. She could see that he looked tense, and she sensed that he didn't want to be here, away from the comforting precision of the code he'd come to depend on so much. From the brief glimpse of his mind she'd gotten in that Life Capture—and from what she'd learned about his brother—she knew that her creator was still hurting, that he wasn't ready to face the outside world yet.

"Well, I don't like it one bit," Esther announced, pursing her lips. "Promise us you'll come back soon."

"Oh, don't worry. I will not leave Gala by herself for long, you can be sure of that," Blaise said, and Gala felt the warmth in his gaze as he looked upon her.

Gala smiled and took a step toward Blaise. Standing up on tiptoes, she wrapped her arms around his neck and pulled his head down for another kiss. His lips were warm and soft, and Gala eagerly savored the sensation. To her relief, this time he didn't step away. Instead, he pulled her deeper into his embrace and kissed her back fiercely, sending shivers of heat down her spine.

When he released her, her heart was beating faster, and she could see the pleased looks on Maya and Esther's faces. She'd succeeded in reinforcing the impression the two women must've already had—that she and Blaise were lovers. It was something that Gala hoped would be a reality at some point, and in the meantime, it provided an explanation for her relationship with Blaise. Not that anyone would ever guess that Gala was Blaise's creation, she thought wryly. From what she'd learned thus far, nobody could imagine that a person could've originated the way Gala did.

Now that it was time for her to part from Blaise, Gala experienced doubt for the first time. All of a sudden, seeing the world was not nearly as appealing, since it meant she would have to be apart from Blaise for the next few days. He hadn't even left yet, and she already missed him—and wanted more of those kisses. From everything she'd read, she knew people rarely developed strong feelings for each other so quickly, but there were always exceptions. It was also possible that the usual rules didn't apply to her, since she wasn't human.

"Bye, Gala," Blaise said, giving her a smile, and she smiled back, shaking off the brief moment of weakness. The village was beckoning her. This was her chance to experience life here, among the common people. She had a strong suspicion that if she backed out now, she would not be able to talk Blaise into doing this again.

"Bye, Blaise," she said, determined to be strong about this. Turning, she started walking toward the beautiful field that she could see nearby. Maya followed her, waving a goodbye to Blaise as well.

As Gala approached the field, her pace picked up until she was running as hard as she could. She could feel the wind in her hair and the warmth of the sun on her face, and she turned her face up, laughing from sheer joy.

She was living, and she loved every moment of it.

CAPÍTULO QUINZE: AUGUSTA

— Tem certeza de que vai ficar bem? — Barson perguntou, olhando para Augusta com preocupação. Ele acabara de levá-la até seus aposentos e estavam de pé diante do escritório dela.

— É claro — Augusta sorriu para o namorado — Vou ficar bem.

Ela não podia negar que ainda se sentia um tanto abalada depois da batalha, mas a melhor cura para aquilo seria voltar logo à sua rotina diária — e isso significava retomar o trabalho de seus projetos em andamento.

— Nesse caso, eu vou deixar que você realize seus feitiços — disse Barson, curvando-se para lhe dar um beijo.

Pelo canto dos olhos, Augusta viu uma jovem feiticeira se aproximando deles e parando de forma respeitosa a alguns metros de distância.

— Hum, com licença, minha senhora . . .

A mulher parecia pouco à vontade, torcendo as mãos nervosamente.

Barson forçou um sorriso, claramente se divertindo com a maneira reverente da moça, e Augusta se virou para ele, com um olhar de soslaio.

— O que foi? — perguntou ela para a menina, irritada por ter sido perturbada.

— O mestre Ganir me enviou para chamar a senhora — explicou logo a feiticeira — Ele solicita a sua presença na sala dele.

Augusta mostrou desagrado, descontente por ter sido convocada como uma coroinha. Será que Ganir já teria sabido sobre a batalha e sobre seu envolvimento nela? Se assim fosse, havia sido rápido, mesmo para ele.

— Talvez ele queira explicar como os trezentos camponeses se tornaram três mil — murmurou Barson, inclinando a cabeça para que a garota não o ouvisse.

Surpresa, Augusta olhou para ele, indo de encontro a seu olhar frio e zombeteiro. Estaria Barson insinuando que Ganir havia dado a informação errada de propósito?

Guardando aquele pensamento para uma análise posterior, ela disse ao amante:

— Vejo você mais tarde — e caminhou de forma decidida pelo corredor, forçando a jovem a sair de seu caminho.

Era melhor acabar rapidamente com aquele aborrecimento.

CHAPTER FIFTEEN: AUGUSTA

"**A**re you sure you're going to be all right?" Barson asked, looking down at Augusta with concern. He had just walked her to her quarters, and they were standing in front of her office.

"Of course." Augusta smiled up at her lover. "I'll be fine." She couldn't deny that she still felt a little shaky after the battle, but the best cure for that was getting right back to her everyday routine—and that meant resuming work on her ongoing projects.

"In that case, I'll let you get to your spells," Barson said, leaning down to give her a kiss.

Out of the corner of her eye, Augusta spotted a young sorceress approaching them and pausing deferentially a few feet away.

"Um, excuse me, my lady . . ." The woman appeared uncomfortable, her hands nervously twisting together.

Barson smirked, clearly amused by the girl's reverent manner, and Augusta turned her head toward him, giving him a narrow-eyed look. "What is it?" she asked the girl, annoyed to be interrupted.

"Master Ganir sent me to look for you," the sorceress quickly explained. "He is requesting your presence in his office."

Augusta frowned, unhappy at being summoned like an acolyte. Had Ganir already heard about the battle and her involvement in it? If so, that was fast, even for him.

"Maybe he wants to explain how three hundred peasants became three thousand," Barson murmured, bending his head so that the girl couldn't hear him.

Startled, Augusta looked up at him, meeting his coolly mocking gaze. Was Barson implying that Ganir had misinformed them on purpose?

Tucking that thought away for further analysis, she told her lover, "I will see you later," and walked decisively down the hall, forcing the young woman to jump out of her way.

It was best to get this unpleasantness over with quickly.

CAPÍTULO DEZESSEIS: BARSON

Assim que Augusta desapareceu de vista, Barson saiu dos aposentos dos feiticeiros e seguiu para as barracas de Guarda na ala oeste da Torre. Ele e Augusta haviam cavalgado na frente dos soldados e ele tinha menos de uma hora para fazer o que era preciso ser feito.

Ao entrar, ele viu o corredor familiar com a fileira de quartos que ele e seus homens habitavam quando de plantão. Seus próprios aposentos eram quase tão luxuosos quanto os dos feiticeiros. Porém, até os seus soldados de menor escalão possuíam acomodações confortáveis. Era algo de que ele se certificara ao assumir o posto de Capitão da Guarda.

Normalmente, após uma viagem dura como aquela, ele teria ido direto para seu quarto para tomar um longo banho, mas não havia tempo a perder. Ele tinha que enfrentar o traidor — e tinha que fazer isso agora, enquanto ainda poderia pegá-lo desprevenido.

Diante do quarto de Siur, ele parou para ouvir os sons que vinham de dentro. Parecia que seu leal tenente estava ocupado em brincar na cama.

Tanto melhor, Barson pensou, um leve sorriso aparecendo em seus lábios. Não havia nada melhor do que pegar seu inimigo de calças arriadas — literalmente.

Sem demora, ele escancarou a porta e entrou no quarto de Siur.

Como ele suspeitava, havia dois corpos nus na cama. Dos gemidos e dos lampejos de cabelo ruivo que ele conseguia ver por baixo do corpo retesado de Siur, a mulher devia ser uma das prostitutas locais que frequentemente visitavam os guardas. Os dois estavam tão ocupados que nem reagiram à entrada de Barson.

Começando a ficar aborrecido, Barson bateu com o punho enluvado contra a parede. Siur e sua parceira de cama saltaram xingando, enquanto Barson observava com uma diversão cruel a mulher saindo da cama e puxando um lençol em volta de seu corpo nu e rechonchudo.

— Capitão! — Siur exclamou espantando, pulando da cama e agilmente puxando para cima suas calças — Eu não o vi aqui . . .

O olhar esgazeado de choque em seu rosto era quase cômico.

— Surpreso em me ver? — Barson perguntou em um tom suave, observando enquanto a prostituta corria para fora do quarto — Ou apenas surpreso por me ver vivo?

— O quê? Não, Capitão! Quero dizer, sim. Siur claramente havia sido pego de surpresa. Seus olhos iam de um lado para outro, lembrando a Barson os de um animal encurralado.

— Por que você não foi junto com a missão? — Barson perguntou, sem dar ao homem tempo de recompor-se — Por que você ficou para trás?

— Bem, eu... — Siur claramente não esperava ser questionado e Barson via que ele tentava desesperadamente encontrar uma resposta plausível. Sua hesitação era incriminante.

— Conte-me tudo — Barson ordenou, olhando para o homem que, um dia, havia considerado como um irmão — Por que você fez isso?

Siur piscou, afastando-se.

— Eu não sei do que está falando.

— Não minta para mim. Pelo menos me tenha esse respeito.

— Capitão, Barson, eu...

O soldado continuava a caminhar para trás e Barson viu o que ele procurava no segundo em que a mão do homem se fechou no cabo de sua espada.

Barson desembainhou sua própria espada. — Conte-me a verdade — disse ele friamente — e você morrerá sem dor e rapidamente.

Ele estava satisfeito que o traidor estivesse mostrando sua verdadeira identidade. Até aquele momento, ele não estava totalmente certo da culpa do homem.

Com um grito enraivecido, Siur atacou. Seu ímpeto o levou através do quarto, brandindo a espada.

Barson enfrentou seu destemido ataque, desviando-se de cada golpe cuidadosamente e em busca de uma abertura para desarmar o oponente. Normalmente, Siur já estaria morto, mas Barson não queria matá-lo ainda. Ele precisava de informações e o traidor era o único capaz de fornecê-las.

Siur lutava como um guerreiro nórdico. Diante da perspectiva de um interrogatório, o homem aparentemente tentava obter uma morte rápida e gloriosa — algo que Barson não tinha intenção de permitir. Eles lutaram pelo que pareceu ser uma eternidade. Se Barson não estivesse tão cansado de sua provação anterior, teria sido mais fácil. Naquela situação, ele precisava impedir a si mesmo de matar Siur a cada dois minutos, enquanto evitava, simultaneamente, os golpes fatais vindo do soldado para seu corpo.

Seu momento finalmente chegou quando Siur investiu violentamente no ombro de Barson. Com um empurrão de sua espada, Barson feriu a lateral esquerda do adversário, tirando o primeiro sangue. Siur saltou para trás com um silvo de dor e atacou Barson com mais desespero. O soldado sabia que ficaria mais fraco a cada minuto e Barson encontrou ainda mais dificuldade em se conter para dar um golpe fatal no traidor.

— Não pode me obrigar a falar, faça o que fizer — Siur falou arfando, executando um triplo ataque simulado.

Barson se defendeu facilmente. Ele pessoalmente havia ensinado essa manobra a Siur e o homem nunca havia sido especialmente hábil nela. O fato de Siur usar isso agora era sinal de que ele não estava mais pensando direito.

Silenciosamente e aproveitando-se de sua chance, Barson rasgou o ombro direito do homem, cortando sua pele nua com facilidade. Era uma sorte que o soldado não estivesse usando a armadura, senão a tarefa de Barson teria sido ainda mais difícil. Siur tropeçou, soltando um grito de dor, mas prosseguiu, com seus olhos ardendo em ódio e desespero.

Um pingo de suor correu pelas costas de Barson, intensificando seu desejo por um banho. Decidindo levar a luta a sua conclusão inevitável, ele fingiu proteger seu lado direito, deixando seu lado esquerdo exposto por um breve momento. Siur imediatamente mordeu a isca, procurando um golpe fatal no coração.

No último momento, Barson virou o corpo, deixando que a espada afiada do homem arranhasse a lateral de sua armadura, cortando-a e deixando um leve arranhão em sua pele. Ao mesmo tempo, o punho enluvado de Barson pegou o seu braço direito com tamanha força que fez com que a espada do traidor voasse através do quarto.

— Agora vamos falar — Barson murmurou, dando um soco no rosto de   Siur   e   derrubando-o.

CHAPTER SIXTEEN: BARSON

As soon as Augusta was out of sight, Barson left the sorcerers' quarters and headed toward the Guard barracks in the west wing of the Tower. He and Augusta had ridden ahead of his soldiers, and he had less than an hour to do what needed to get done.

Walking in, he saw the familiar hallway with the row of rooms where he and his men lived when they were on duty. His own quarters were nearly as lavish as those of the sorcerers, but even his lowest-ranked soldiers had comfortable accommodations. It was something he'd made sure of when he'd taken over as Captain of the Guard.

Normally, after a hard trip like this one, he would've gone straight to his room to take a long bath, but there was no time to waste. He had to confront the traitor—and he had to do it now, while he could still catch him unaware.

Stopping in front of Siur's room, he paused to listen to the sounds coming from within. It seemed that his trusted lieutenant was engaged in a bit of bed play.

All the better, Barson thought, a thin smile appearing on his lips. There was nothing better than catching your enemy with his pants down—literally.

Without further ado, he pushed open the door and entered Siur's bedroom.

As he had suspected, there were two naked bodies on the bed. From the moans and the flashes of red hair he could see under Siur's straining bulk, the woman had to be one of the local whores that frequently visited the guards. The two of them were so occupied with each other, they didn't even react to Barson's entry.

Starting to get annoyed, Barson banged his gauntleted fist against the wall. Siur and his bedmate jumped, cursing, and Barson watched with cruel amusement as the woman scrambled out of bed, pulling a sheet around her plump naked body.

"Captain!" Siur gasped, hopping out of bed and swiftly pulling on his britches. "I didn't see you there . . ." The wide-eyed look of shock on his face was almost comical.

"Surprised to see me?" Barson asked in a silky tone, watching as the whore ran out of the room. "Or just surprised to see me alive?"

"What? No, Captain! I mean, yes—" Siur was clearly caught off-guard. His eyes were shifting from side to side, reminding Barson of a trapped animal.

"Why were you unable to join this mission?" Barson demanded, not giving the man a chance to regain his composure. "Why did you stay behind?"

"Well, I—" Siur clearly wasn't expecting to be questioned, and Barson could see him frantically trying to come up with a plausible answer. His hesitation was damning.

"Tell me everything," Barson ordered, looking at the man he'd once regarded as a brother. "Why did you do this?"

Siur blinked, backing away. "I don't know what you're talking about—"

"Don't lie to me. At least show me that much respect."

"Captain, Barson, I—" The soldier kept moving backward, and Barson saw what he was after the very second the man's hand closed around his sword.

Barson unsheathed his own sword. "Tell me the truth," he said coldly, "and you will die quickly and painlessly." He was glad the traitor was showing his true colors; up until that moment, he hadn't been completely sure of the man's guilt.

With an enraged cry, Siur attacked. His momentum carried him across the room, his sword swinging.

Barson met his fierce attack, parrying every blow and watching carefully for an opening to disarm his opponent. Normally, Siur would've already been dead, but Barson didn't want to kill him yet. He needed information, and the traitor was the only one who could provide it.

Siur fought like a berserker. Faced with the prospect of interrogation, the man was apparently trying to go for a quick, glorious death—

something that Barson had no intention of allowing. They fought for what seemed like forever. If Barson hadn't been so tired from his earlier ordeal, this would've been easier. As it was, he had to restrain himself from killing Siur every couple of minutes, while simultaneously preventing the soldier's deadly blows from reaching his body.

His moment finally came when Siur made a violent thrust at Barson's shoulder. With one flick of his sword, Barson grazed his opponent's left side, drawing the first blood. Siur jumped back with a pained hiss, then attacked Barson with even more desperation. The soldier knew he would now grow weaker with every minute that passed, and Barson found it more difficult to restrain himself from dealing the traitor a killing blow.

"You can't make me talk, no matter what you do," Siur panted, executing a triple feint attack. Barson easily defended himself; he'd personally taught this maneuver to Siur, and the man had never particularly excelled at it. That Siur used it now was a sign that he was no longer thinking straight.

Silently taking advantage of this opening, Barson slashed the man's right shoulder, slicing through his naked flesh with ease. It was fortunate the soldier wasn't wearing armor; otherwise, Barson's task would've been even more difficult. Siur stumbled, letting out a pained cry, but pressed on, his eyes glittering with rage and desperation.

A trickle of sweat ran down Barson's back, intensifying his longing for a bath. Deciding to bring the fight to its inevitable conclusion, he pretended to favor his right side, leaving his left exposed for a brief moment. Siur immediately took the bait, going for a killing blow to the heart.

At the last moment, Barson twisted his body, letting the man's sharp sword scrape the side of his armor, cutting through it and leaving a shallow scratch on his skin. At the same time, Barson's gauntleted fist landed on Siur's right arm with massive force, causing the traitor's sword to fly across the room.

"Now we talk," Barson muttered, punching Siur in the face and knocking him out.

CAPÍTULO DEZESSETE: AUGUSTA

O velho enrugado trabalhava atrás de sua mesa quando Augusta entrou em seu suntuoso estúdio. Seu local de trabalho era praticamente do tamanho de todo o aposento que ela habitava na Torre. Ser chefe do Conselho certamente tinha seus privilégios.

— Augusta.

Ele ergueu a cabeça, olhando para ela com um olhar azul pálido. Embora o rosto de Ganir fosse enrugado e gasto, seu cabelo branco ainda era vasto e caía por seus ombros estreitos, em um estilo que havia sido popular há sete décadas.

— Mestre Ganir — ela respondeu, inclinando ligeiramente a cabeça. Apesar de não gostar dele, ela não podia deixar de sentir certo respeito rancoroso pelo Líder do Conselho. Ganir era um dos mais velhos e mais poderosos feiticeiros existentes, assim como o inventor da Esfera de Captura de Vida.

— Não precisa ser tão formal comigo, filha — disse ele, surpreendendo-a com seu tom cálido.

— Como queira, Ganir — Augusta disse cautelosamente.

Por que ele estaria sendo gentil com ela? Ele não era assim. Ela sempre teve a impressão de que o velho feiticeiro não gostava dela. Blaise tinha deixado escapar uma vez que Ganir achava que eles não eram feitos um para o outro — um óbvio insulto a Augusta, já que o velho havia tratado Blaise e o irmão com uma consideração quase paternal.

Em resposta à sua pergunta não dita, Ganir se inclinou para trás na cadeira, dando-lhe um olhar impenetrável.

— Eu tenho um assunto delicado para discutir com você — disse ele, batendo suavemente com os dedos na mesa.

Augusta ergueu as sobrancelhas, esperando que ele prosseguisse. Ela não achava que sua interferência junto aos rebeldes fosse um assunto particularmente delicado, e ela não sabia por que ele apenas não levaria suas ações para a próxima reunião do Conselho. É claro, era possível que ele quisesse algo dela — uma possibilidade que a deixava pouco à vontade.

— Como você sabe, quando você estava com Blaise, eu nem sempre agi com aprovação — Ganir iniciou, chocando-a pelo eco de seus pensamentos anteriores — Desde então, me arrependo daquela atitude.

Pausando, ele deixou que ela digerisse suas palavras.

Pega inteiramente desprevenida, Augusta pôde apenas olhar para ele. Ela não fazia ideia porque ele estaria trazendo à baila aquela história antiga agora, mas não lhe pareceu um bom sinal.

— Eu queria ter apoiado você. Então, quando você e Blaise estavam juntos — prosseguiu o Líder do Conselho, e a tristeza de sua voz era tão incomum quanto surpreendente — Ele era um dos nossos astros mais brilhantes...

— Sim, ele era — Augusta disse, franzindo a testa. Os dois sabiam o que havia por trás do autoexílio de Blaise. Havia sido a própria invenção de Ganir que causara aquela situação desastrosa com Louie — e fizera com que Augusta perdesse o homem que amava.

Então, em um repentino sobressalto de intuição, ela soube. A convocação de Ganir não tinha nada a ver com a batalha da qual ela acabara de retornar... e tudo a ver com o homem que ela tentava esquecer nos últimos dois anos.

— O que houve com Blaise? — ela perguntou intensamente, com uma frieza doentia se espalhando em suas veias. Mesmo agora, apesar de seus sentimentos crescentes por Barson, o mero pensamento de Blaise em perigo era o bastante para deixá-la em pânico.

O olhar desbotado de Ganir demonstrava tristeza.

— Eu temo que sua depressão o tenha levado a uma nova crise — disse ele calmamente — Augusta, eu acho que Blaise se tornou um viciado em Capturas de Vida.

— O quê?

Isso não era absolutamente o que ela esperava ouvir. Ela não tinha certeza do que esperar, mas definitivamente não era isso — Um viciado em Capturas de Vida?

Ela olhou descrente para Ganir.

— Blaise não é desse tipo. Ele consideraria uma fraqueza mergulhar nas memórias de outra pessoa. Em seu trabalho, sim, mas não na mente de outras pessoas.

— Eu tive dificuldade em acreditar nisso também. A única coisa em que posso pensar, talvez, seja que o isolamento diminuiu seu moral . . .

Ele encolheu os ombros com tristeza.

— Não, eu não acho que isso possa ser verdade — Augusta disse firmemente — No mínimo, ele jamais abandonaria sua pesquisa. O que o faz achar que ele é um viciado?

— Eu tenho alguém que me dá relatórios lá da vila dele — Ganir explicou — De acordo com a minha fonte, Blaise tem pegado grandes quantidades de gotas de Captura de Vida. O bastante para ficar em um mundo onírico durante suas horas de vigília.

Os olhos de Augusta se apertaram.

— O senhor o espiona? — ela perguntou, incapaz de retirar o tom acusador de sua voz. Ela odiava a maneira como o ancião parecia ter seus tentáculos em tudo hoje em dia.

— Não estou espionando o rapaz — negou o Líder do Conselho, com as sobrancelhas brancas unindo-se — Eu apenas quero ter certeza de que ele esteja saudável e bem. Você sabe que ele não fala comigo, não sabe?

Augusta assentiu. Ela sabia disso. Por mais que não gostasse de Ganir, ela conseguia perceber que ele também sofria. Ele havia sido próximo dos filhos de Dasbraw e a frieza de Blaise deveria ser perturbadora para ele como o era para a própria Augusta.

— Tudo bem — disse ela em um tom mais conciliador — Então, a sua fonte lhe disse que Blaise adquiriu muitas Capturas de Vida?

— Muitas seria uma mitigação. O que ele obteve vale uma fortuna no mercado negro.

Ganir tinha razão. Isso não soava bem. Por que Blaise precisaria de tanto assim se ele não estivesse viciado? Augusta sempre achou que a Captura de Vida era perigosa e ela mesma tinha muita cautela em usar as gotículas. Ela até havia alertado sobre os riscos da invenção de Ganir, no início — e suspeitava que tal fato tivesse algo a ver com a antipatia do feiticeiro por ela.

— Por que tem tanta certeza de que ele as obteve para si? — ela pensou alto.

— Não é algo definitivo, claro — admitiu Ganir — No entanto, ninguém o vê há meses. Ele nem tem aparecido em sua vila.

Augusta não achava que isso fosse tão incomum mas, combinado à grande quantidade de gotículas, não criava um quadro dos melhores.

— Por que está me contando isso? — ela perguntou, apesar de estar começando a ter uma vaga ideia das intenções do Líder do Conselho.

— Quero que fale com Blaise — Ganir disse — Ele ouvirá você. Eu não me surpreenderia se ele ainda amá-la. Talvez seja por isso que esteja sofrendo tanto.

— Blaise *me* deixou, não foi o contrário — Augusta disse de forma aguda. Como ousava Ganir implicar que a separação deles seria culpada pelo estado atual de Blaise? Todos sabiam que fora a perda de seu irmão que levara Blaise a ficar fora do Conselho — uma tragédia pela qual todos eles tinham diferentes graus de responsabilidade.

Por que ela não votara de maneira diferente? Augusta se perguntou amargamente pela centésima vez. Por que não pelo menos um voto de um membro do Conselho? Sempre que ela pensava naquele evento desastroso, era consumida pelo arrependimento. Se ela soubesse que seu voto não importaria — que todo o Conselho, com exceção de Blaise, votaria para punir Louie — ela teria ido de encontro a suas convicções e votado a favor de poupar o irmão de Blaise. Mas ela não fez isso. O que Louie havia feito — dado um objeto mágico para os plebeus — fora um dos piores crimes que Augusta poderia imaginar, e ela votou de acordo com sua própria consciência.

Foi aquele voto que lhe custou o homem que amava. De alguma forma, Blaise ficou sabendo sobre a discriminação dos votos e que Augusta tinha sido um dos membros do Conselho que votou condenando Louie à morte. Havia apenas um voto contra a punição: o do próprio Blaise.

Ou pelo menos foi o que Blaise lhe disse quando ele gritou com ela mandando-a sair de sua casa e não voltar mais. Ela jamais esqueceria aquele dia em toda a sua vida — a dor e a raiva o tinham transformado em alguém que nem ela reconhecia. Seu amante, normalmente de temperamento brando, fora verdadeiramente assustador. E ela soube naquele instante que tudo estava acabado entre eles, que oito anos juntos não tinham significado tanto para Blaise quanto para ela.

Não era a primeira vez que Augusta tentava descobrir como Blaise tinha sabido a contagem exata de votos. O processo de votação fora criado para ser totalmente justo e anônimo. Cada Conselheiro possuía uma pedra de voto que ele ou ela teletransportava para uma das urnas de votos — a caixa vermelha para o *Sim* e a caixa azul para o *Não*. As urnas ficavam nas Balanças da Justiça, no meio da Câmara do Conselho. Ninguém devia saber quantas pedras havia em cada urna. As balanças simplesmente se inclinavam para o lado do voto. Não deveria haver como Blaise ter sabido quantas pedras haviam na urna vermelha naquele dia fatídico.

— Sinto muito — Ganir disse, interrompendo os pensamentos sombrios dela — Eu não quis dizer que você tenha sido culpada. Eu apenas acho que Blaise ainda sofre. Eu falaria com ele mas, como você provavelmente sabe, ele disse que me mataria na hora, se eu me aproximasse dele novamente.

— Acha que ele não faria o mesmo comigo? — Augusta perguntou, lembrando-se da fúria obscura no rosto de Blaise quando ele pôs para fora da casa dele.

— Não — Ganir disse com convicção. — Ele não lhe faria mal, não da forma como a amou um dia. Apenas fale com ele, faça com que ele raciocine. Talvez ele queira voltar para nossa classe — ele já está afastado da Torre por tempo suficiente.

Augusta ergueu as sobrancelhas.

— O senhor o quer de volta ao Conselho?

— Por que não? — O Líder do Conselho olhou para ela — Como você, ele é um dos melhores e mais brilhantes. É uma pena que seu talento se perca.

— E Gina? Ela assumiu o lugar dele, o que vai acontecer com ela se ele voltar?

— Teremos quatorze Conselheiros — Ganir disse — Eu não gostaria de substituir Gina. Ela é valiosa.

Augusta olhou para ele.

— Sempre foram treze desde que o Conselho foi criado. Você sabe disso.

Ganir não parecia particularmente preocupado.

— É, mas isso não quer dizer que as coisas não possam mudar. Por ora, não vamos nos preocupar com isso. Vamos tratar disso quando chegar a hora.

— Acha mesmo que os outros o aceitariam de volta? — Augusta perguntou com dúvidas.

— Ele jamais foi forçado a sair. Blaise saiu por vontade própria. Além do mais, se você e eu nos unirmos, todos terão que acompanhar.

Augusta lhe deu um olhar incrédulo. Ela e Ganir, se unirem? Era uma ideia com a qual teria que se acostumar.

— Tudo que posso prometer é falar com ele — disse ela ao sair do estúdio do velho feiticeiro.

CHAPTER SEVENTEEN: AUGUSTA

The wizened old man was working behind his desk when Augusta entered his lavish study. His workspace was nearly the size of her entire quarters in the Tower. Being the head of the Council certainly had its privileges.

"Augusta." He raised his head, regarding her with a pale blue gaze. Although Ganir's face was wrinkled and weathered, his white hair was still thick, flowing down to his narrow shoulders in a style that had been popular seven decades ago.

"Master Ganir," she responded, slightly bowing her head. Despite her dislike of him, she couldn't help feeling a certain grudging respect for the Council Leader. Ganir was among the oldest and most powerful sorcerers in existence, as well as the inventor of the Life Capture Sphere.

"You need not be so formal with me, child," he said, surprising her with his warm tone.

"As you wish, Ganir," Augusta said warily. Why was he being kind to her? This was very much unlike him. She had always gotten the impression that the old sorcerer didn't care for her. Blaise had once let slip that Ganir thought they didn't suit each other—an obvious insult to Augusta, since the old man had treated Blaise and his brother with an almost fatherly regard.

In response to her unspoken question, Ganir leaned back in his chair, regarding her with an inscrutable gaze. "I have a delicate matter to discuss with you," he said, lightly drumming his fingers on his desk.

Augusta raised her eyebrows, waiting for him to continue. She wouldn't have thought her interference with the rebels was a particularly delicate matter, and she didn't know why he didn't just bring up her actions at the next Council meeting. Of course, it was possible he wanted something from her—a possibility that made her uneasy.

"As you know, when you were with Blaise, I did not always act approvingly," Ganir began, shocking her by echoing her earlier thoughts. "I have since come to regret that attitude." Pausing, he let her digest his words.

Caught completely off-guard, all Augusta could do was stare at him. She had no idea why he was bringing up ancient history now, but it didn't seem like a good sign to her.

"I wish I had supported you then, back when you and Blaise were together," the Council Leader continued, and the sadness in his voice was as unusual as it was surprising. "He was one of our brightest stars . . ."

"Yes, he was," Augusta said, frowning. They both knew what lay behind Blaise's self-exile. It was Ganir's own invention that had led to that disastrous situation with Louie—and to Augusta losing the man she had loved.

Then, with a sudden leap of intuition, she knew. Ganir's summons had nothing to do with the battle she'd just returned from . . . and everything to do with the man she'd been trying to forget for the past two years.

"What happened to Blaise?" she asked sharply, a sickening coldness spreading through her veins. Even now, despite her growing feelings for Barson, the mere thought of Blaise in danger was enough to send her into panic.

Ganir's faded gaze held sorrow. "I'm afraid his depression has led him to a new low," he said quietly. "Augusta, I think Blaise has become a Life Capture addict."

"What?" This was not at all what she had expected to hear. She wasn't sure what she did expect, but this was definitely not it. "A Life Capture addict?" She stared at Ganir in disbelief. "That doesn't sound like Blaise at all. He would consider it a weakness to drown himself in someone else's memories. In his work, yes, but not in other people's minds—"

"I had trouble believing this at first as well. The only thing I can think of is perhaps the isolation has broken his spirit . . ." He shrugged sadly.

"No, I don't see how this could be true," Augusta said firmly. "If nothing else, he would never abandon his research. What made you decide that he's an addict?"

"I have someone reporting to me from his village," Ganir explained. "According to my source, Blaise has been getting enormous amounts of

Life Capture droplets. Enough to stay in a dream world all waking hours."

Augusta's eyes narrowed. "Are you spying on him?" she asked, unable to keep the accusatory note out of her voice. She hated the way the old man seemed to have his tentacles in everything these days.

"I'm not spying on the boy," the Council Leader denied, his white eyebrows coming together. "I just want to make sure he's healthy and well. You know he doesn't talk to me either, right?"

Augusta nodded. She knew that. As much as she disliked Ganir, she could see that he was hurting, too. He had been close to Dasbraw's sons, and Blaise's coldness had to be as upsetting to him as it was to Augusta herself. "All right," she said in a more conciliatory tone, "so your source is telling you that Blaise acquired a lot of Life Captures?"

"A lot is an understatement. What he got is worth a fortune on the black market."

Ganir was right; this didn't sound good. Why would Blaise need so much of that stuff if he was not addicted? Augusta had always considered Life Captures to be dangerous, and she was extremely cautious in how she used the droplets herself. She had even spoken up about the risks of Ganir's invention in the beginning—a fact that she suspected had something to do with the old sorcerer's dislike of her.

"What makes you so sure he got them for himself?" she wondered out loud.

"It's not definitive, of course," Ganir admitted. "However, no one has seen him for months. He hasn't even shown up in his village."

Augusta did not think this was that unusual, but combined with the large quantity of droplets, it did not paint a pretty picture. "Why are you telling me this?" she asked, even though she was beginning to get an inkling of the Council Leader's intentions.

"I want you to talk to Blaise," Ganir said. "He will hear you out. I wouldn't be surprised if he still loves you. Maybe that's why he's suffering so much—"

"Blaise left *me*, not the other way around," Augusta said sharply. How dare Ganir imply that their parting was to blame for Blaise's current state? Everyone knew it was the loss of his brother that drove Blaise out of the Council—a tragedy for which they all bore varying degrees of responsibility.

Why hadn't she voted differently? Augusta wondered bitterly for a thousandth time. Why hadn't at least one other member of the Council? Every time she thought of that disastrous event, she felt consumed with regret. If she had known that her vote wouldn't matter—that the entire Council, with the exception of Blaise, would vote to punish Louie—she would've gone against her convictions and voted to spare Blaise's brother. But she hadn't. What Louie had done—giving a magical object to the commoners—was one of the worst crimes Augusta could imagine, and she'd voted according to her conscience.

It was that vote that had cost her the man she loved. Somehow, Blaise had found out about the breakdown of the votes and learned that Augusta had been one of the Councilors who'd sentenced Louie to death. There had been only one vote against the punishment: that of Blaise himself.

Or so Blaise had told her when he'd yelled at her to get out of his house and never return. She would never forget that day for as long as she lived—the pain and rage had transformed him into someone she couldn't even recognize. Her normally mild-tempered lover had been truly frightening, and she'd known then that it was over between them, that eight years together had not meant nearly as much to Blaise as they had to her.

Not for the first time, Augusta tried to figure out how Blaise had learned the exact vote count. The voting process was designed to be completely fair and anonymous. Each Councilor possessed a voting stone that he or she would teleport into one of the voting boxes—red box for *Yes*, blue box for *No*. The boxes stood on the Scales of Justice in the middle of the Council Chamber. Nobody was supposed to know how many stones were in each box; the scales would simply tip whichever way the vote was leaning. There should have been no way Blaise had known how many stones were in the red box on that fateful day.

"I'm sorry," Ganir said, interrupting her dark thoughts. "I didn't mean to imply that you're to blame. I just think Blaise is still in pain. I would go speak to him myself, but as you probably know, he said he would kill me on sight if I ever approached him again."

"You don't think he'd do the same thing to me?" Augusta asked, remembering the black fury on Blaise's face as he threw her out of his house.

"No," Ganir said with conviction. "He wouldn't harm you, not with the way he felt about you once. Just talk to him, make him see reason. Maybe he would like to rejoin our ranks again—he's been away from the Tower long enough."

Augusta raised her eyebrows. "You want him back on the Council?"

"Why not?" The Council Leader looked at her. "Like you, he's one of our best and brightest. It's a shame that his talents are going to waste."

"What about Gina? She took his place, so what's going to happen to her if he comes back?"

"We'll have fourteen Councilors," Ganir said. "I wouldn't want to replace Gina. She's an asset."

Augusta stared at him. "It's been thirteen ever since the Council began. You know that."

Ganir didn't look particularly concerned. "Yes. But that doesn't mean things can't change. For now, let's not worry about this. We'll cross that bridge when we get to it."

"Do you really think the others would welcome him back?" Augusta asked dubiously.

"He was never forced out. Blaise left on his own. Besides, if you and I team up, everyone will have to follow."

Augusta gave him an incredulous look. She and Ganir, team up? That was an idea she'd have to get used to.

"All I can promise is to speak with him," she said, and then walked out of the old sorcerer's study.

CAPÍTULO DEZOITO: BLAISE

— Então, quem é essa garota? — Esther perguntou assim que ela e Blaise ficaram a sós. — Como se conheceram? Há quanto tempo se conhecem?

Ainda se recuperando do beijo de Gala, Blaise balançou a cabeça diante da enxurrada de perguntas.

— Não era assim que eu queria falar com você, Esther — disse ele — Eu quero lhe pedir um favor.

— Claro, o que quiser — a ex-babá respondeu imediatamente, embora Blaise soubesse que ela esperava saber mais sobre Gala e estava decepcionada com a falta de mexericos.

— Quero que tome conta de Gala — disse ele, dando a Esther um olhar grave — Eu não quero que ela atraia atenção desnecessária para si — e é melhor que sua ligação comigo seja mantida em segredo.

— Por quê? — A velha mulher parecia confusa — Ela é uma fugitiva?

Blaise balançou a cabeça.

— Não. Ela é apenas... diferente.

Esther franziu a testa para ele.

— Ela parece muito jovem e inocente. Você a envolveu em algo que não devia?

— De uma certa maneira — Blaise disse vagamente. Ele não sabia como Maya e Esther reagiriam se soubessem a verdade sobre a origem de Gala. Até mesmo os outros feiticeiros ficariam chocados em saber o que ele havia feito. Como alguém com uma compreensão muito mais rudimentar sobre magia se sentiria? Mesmo nessa era de Iluminismo, a maioria dos camponeses era supersticiosa e muitos ainda acreditavam nas velhas histórias de monstros, zumbis e fantasmas. Se soubessem que Gala não era realmente humana, ela jamais poderia ser capaz de vivenciar o mundo como uma pessoa comum.

Esther continuava a olhar para ele e Blaise suspirou, não querendo mentir para a mulher que o havia criado após a morte de sua mãe.

— Ester — disse ele com cuidado — Gala tem um poder que o Conselho poderá achar . . . ameaçador.

Sua ex-babá olhou para ele, sua expressão se endurecendo lentamente. Ela odiava o Conselho mais do que ele, culpando-o pela morte de Louie. Ela também havia criado seu irmão, desde a infância, e a perda dele a afetara profundamente. — Eu vou cuidar dela — prometeu ela fechando o semblante.

— Bom — Blaise disse, aliviado — E também tenha em mente que ela é, de alguma forma, protegida.

Ele havia decidido por uma meia verdade.

Agora, Esther parecia confusa.

— Uma jovem protegida que é uma ameaça para o Conselho? Como foi que você se deparou com ela?

Então, ela ergueu as mãos.

— Deixa para lá. Eu sei que você não vai me contar.

Blaise sorriu para ela.

— Você é o máximo, Nana Esther.

— Hum, hum — ela respondeu, com um olhar apertado — E não se esqueça.

— Não vou esquecer — Blaise disse, se inclinando para lhe dar um beijo carinhoso na bochecha. Endireitando-se, ele colocou a mão no bolso. Tirando uma bolsa com cordão com moedas, ele pressionou a mão de Esther.

— Tome uma coisinha pela estada de Gala.

— Blaise, isso é uma pequena fortuna! — Ela olhou para ele chocada — Dá para comprar uma casa com esse dinheiro. É muito para alimentar uma garota magrinha.

Blaise ia brincar com Esther por sempre querer alimentar todos, mas ele se deu conta de uma coisa. Ele jamais havia perguntado a Gala se ela queria comida. Na verdade, ele nem sabia se ela precisava comer como uma pessoa normal ou se, como ele, ela podia manter os níveis de energia do corpo com magia. Ele mentalmente se puniu por ter sido tão desatencioso. É claro, pensou ele com alívio, se ela não precisasse comer, ele tinha certeza de que ela não morreria de fome agora — não com Maya e Esther por perto.

O pensamento em comida lhe lembrou da situação desafiadora pela qual os camponeses passavam.

— Como está a colheita? — ele perguntou, mudando de assunto. A seca que havia começado há uns dois anos era a pior de uma geração, afetando toda a terra de Koldun de um lado do oceano ao outro, dizimando as plantações na maior parte dos territórios.

Esther lhe deu um sorriso.

— Seu trabalho realmente fez diferença, filho. Estamos bem melhor aqui do que as pessoas em outros lugares.

Blaise assentiu, satisfeito. Quando a seca começou, ele tinha tido a louca ideia de fazer um feitiço para fortalecer as sementes, imbuindo-as de resistência a certas pestes e necessidade reduzida de água. A melhoria resultante, como ele planejara, foi hereditária, permitindo que seus súditos plantassem e colhessem safras saudáveis mesmo durante aqueles tempos difíceis.

— Fico feliz — disse ele — Os outros da cidade não sabem, não é?

— Não — Esther balançou a cabeça — Sabem que estão se saindo melhor do que as outras regiões e que você é um bom amo, mas acho que não percebem a extensão total de sua ajuda.

Blaise suspirou. Ele com frequência achava que não fazia o suficiente para ajudar seu povo — e certamente não o bastante para os outros plebeus de Koldun. Isso era parte da razão pela qual ele criara Gala, embora as coisas não tivessem saído exatamente como ele havia planejado.

— Logo virei ver como ela está — disse ele, preparando-se para partir — Tenho certeza de que tudo ficará bem mas, por favor, fique de olho nela.

A velha mulher bufou.

— Se eu pude manter você e seu irmão longe de problemas quando eram meninos, eu tenho certeza de poder cuidar daquela sua jovem amiga.

Blaise sorriu. Era verdade. Se não fosse por Esther, ele tinha certeza de que um deles teria perdido um braço ou um olho bem antes de chegarem à idade adulta. Ele e Louie tinham sido bastante aventureiros quando crianças.

— Até logo, Esther — ele lhe disse.

E com um olhar final para o campo por onde Gala corria, ele andou para sua espreguiçadeira.

CHAPTER EIGHTEEN: BLAISE

"So who is this girl?" Esther asked as soon as she and Blaise were alone. "How did you meet? How long have you two known each other?"

Still reeling from Gala's kiss, Blaise shook his head at the barrage of questions. "This is not why I wanted to speak to you, Esther," he said. "I have a favor to ask."

"Of course, anything," his former nanny said immediately, though Blaise knew she had been hoping to learn more about Gala and was likely disappointed at the lack of gossip coming her way.

"I want you to look after Gala," he said, giving Esther a serious look. "I don't want her to draw any needless attention to herself—and it's best if her connection to me is kept secret."

"Why?" The old woman looked puzzled. "Is she a fugitive?"

Blaise shook his head. "No. She's just . . . different."

Esther frowned at him. "She seems very young and innocent. Did you involve her in something you shouldn't have?"

"In a manner of speaking," Blaise said vaguely. He wasn't certain how Maya and Esther would react if they knew the truth about Gala's origins. Even other sorcerers would be shocked to learn what he had done; how would someone with much more rudimentary understanding of magic feel? Even in this enlightened age, most peasants were superstitious, and many still believed the old tales of undead monsters and ghosts. If they knew Gala was not really human, she would never be able to experience the world as a regular person.

Esther continued looking at him, and he sighed, not wanting to lie to the woman who'd raised him after his mother's death. "Esther," he said carefully, "Gala has a power that the Council might find . . . threatening."

His former nanny stared at him, her expression slowly hardening. She hated the Council even more than he did, blaming them for Louie's death. She'd raised his brother too, nursing him from infancy, and his loss had affected her deeply. "I will watch her," she promised grimly.

"Good," Blaise said, relieved. "Also, keep in mind, she's been somewhat sheltered." He decided to settle for a half-truth here.

Now Esther seemed confused. "A sheltered young girl who's a threat to the Council? How did you come across her?" Then she held up her hands. "Never mind. I know you're not going to tell me."

Blaise grinned at her. "You're the best, Nana Esther."

"Uh-huh," she responded, giving him a narrow-eyed look. "And don't you forget it."

"I won't," Blaise said, leaning down to give her an affectionate kiss on the cheek. Straightening, he reached into his pocket. Pulling out a drawstring purse filled with coin, he pressed it into Esther's hand. "Here is a little something for Gala's room and board—"

"Blaise, that's a small fortune!" She stared at him in shock. "You could buy a house with that money. It's too much for just feeding one skinny girl."

Blaise was about to tease Esther for always trying to feed everyone, but then he realized something. He'd never asked Gala if she wanted food. In fact, he didn't even know if she needed to eat like a regular person, or if, like him, she could sustain her body's energy levels with sorcery. He mentally kicked himself for being so inconsiderate. Of course, he thought with relief, if she did need to eat, he was certain that she wouldn't starve now—not with Maya and Esther around.

Thinking about food reminded him of the challenging situation the peasants were facing. "How are the crops?" he asked, switching topics. The drought that had begun a couple of years ago was the worst in a generation, affecting the entire land of Koldun from one end of the ocean to another and decimating crops in most territories.

Esther gave him a smile. "Your work really made a difference, child. We're doing much better here than people elsewhere."

Blaise nodded, satisfied. When the drought first started, he'd had the crazy idea of doing a spell to strengthen the seeds, imbuing them with resistance to certain pests and reduced need for water. The resulting improvements, as he'd planned, were hereditary, enabling his subjects to grow and harvest healthy crops even during these difficult times. "I'm glad," he said. "The others in the village don't know, do they?"

"No." Esther shook her head. "They know we're faring better than other regions, and that you're a good master, but I don't think they realize the full extent of your help."

Blaise sighed. He often felt like he wasn't doing enough to help his people—and certainly not enough for other commoners on Koldun. That was part of the reason he had created Gala, though that hadn't exactly worked out as planned.

"I will check on her soon," he said, getting ready to take his leave. "I'm sure everything will be fine, but please, just keep an eye on her."

The old woman snorted. "If I could keep you and your brother out of trouble when you were boys, I'm sure I'll be able to manage with that young companion of yours."

Blaise chuckled. It was true; if it weren't for Esther, he was sure one of them would've lost an arm or an eye long before they reached maturity. He and Louie had been quite adventurous as children. "Goodbye, Esther," he told her.

And with one final look at the field where Gala was running, he walked toward his chaise.

CAPÍTULO DEZENOVE: GALA

O trigo chegava ao peito de Gala enquanto ela corria pelo campo. Ela sentia as hastes fazendo cócegas na pele das partes expostas de seu corpo e adorava a sensação. Ela adorava *todas* as sensações.

Ela continuou a correr, até que sentiu os músculos de sua perna ficando cansados. Então ela se deitou na relva, abrigando os olhos com a palma da mão enquanto olhava para o céu claro e azul. O sol estava brilhante e as nuvens tinham tantos formatos diferentes... Gala sentiu como se pudesse olhar para elas para sempre.

Ela percebeu que realmente amava o Reino Físico, e era genuinamente agradecida a Blaise por sua existência. Existir era, obviamente, muito superior ao limbo. Tendo lido todos aqueles livros, ela sabia que os seres humanos tinham apenas um breve ciclo de tempo durante o qual eles teriam existência. Isso lhe parecia errado e triste, mas as coisas eram assim. Ela se perguntou se as mesmas regras se aplicariam a ela. De alguma maneira, ela duvidava disso. Sem saber de onde vinha essa convicção, ela sentiu como se tivesse total controle do tempo durante o qual ela poderia existir. E se essa sensação fosse correta, ela pretendia jamais deixar de existir.

Após um tempo, ela se cansou de ficar deitada e se levantou, caminhando de volta para onde ela havia deixado Maya.

A mulher mais velha estava lá de pé com uma expressão de total horror no rosto.

— Alguma coisa errada? — Gala perguntou, imaginando que fosse a reação apropriada. Ela estava determinada a se harmonizar com a sociedade humana o melhor que pudesse. Os livros e a Captura de Vida haviam lhe dado uma base teórica do comportamento normal, mas não havia substituto para a vivência no mundo real.

— Oh, a senhora está estragando esse belo vestido — Maya disse, apertando as mãos.

Gala piscou. Aquilo parecia estar realmente aborrecendo Maya. Analisando rapidamente a situação, ela chegou à conclusão de que a reação de Maya e sua maneira de reagir faziam sentido. O vestido que Blaise havia lhe dado devia ser excepcionalmente bonito e caro. Pelo que ela sabia, os humanos se dividiam em classes sociais — uma hierarquia complexa desnecessária que Gala não achava que tivesse qualquer argumento razoável. Por causa do vestido — e porque Maya e Esther haviam visto Gala em companhia de Blaise —elas presumiram que ela fosse uma feiticeira e, portanto, membro da classe superior.

Não era isso que Gala queria.

— Será que todos na cidade vão me chamar de senhora? — ela perguntou a Maya, franzindo a testa.

A velha mulher lhe deu um olhar reprovador. — Por ora, com esse vestido, chamarão. Se rolar no capim mais algumas vezes poderão achar que é uma garota órfã sem lar.

Ela pareceu irritada com aquela última possibilidade.

— Muito bem — Gala disse — Eu quero ser vista como uma das mulheres da vila. Segundo os livros, ela achava que as pessoas comuns não se comportariam com naturalidade diante de uma feiticeira. Ela queria se harmonizar e não chamar atenção.

Maya pareceu surpresa, mas se recuperou rapidamente.

— Neste caso — disse ela — vamos falar com Esther e ver o que podemos fazer.

Elas caminharam juntas em direção a outra mulher, que já havia terminado sua conversa com Blaise.

— Ela quer brincar de ser uma plebeia — Maya disse a Esther, gesticulando em direção a Gala.

— Como sabe que ela não é? — perguntou Esther, olhando para o vestido de Gala.

Maya bufou.

— O mestre Blaise não aceitaria ninguém que não fosse uma feiticeira. Sabe como ele é inteligente. Ele não teria nada a falar com uma garota comum.

Esther olhou a amiga de uma forma que deixou Gala confusa.

— O que houve entre você e o pai dele não é o que é comum entre casos de amor entre feiticeiros e plebeus — ela murmurou para Maya de forma bem baixa.

— Você é mãe de Blaise? — Gala perguntou a Maya, intrigada pela conversa. Embora a mulher mais velha não parecesse com Blaise, havia uma simetria agradável em suas feições, e isso também era algo que o criador de Gala possuía.

— Não, menina — Esther disse, sorrindo.

— Ela foi a vadia do pai dele depois que a mãe dele morreu.

— Eu fui amante dele! — Maya se aprumou até obter toda sua estatura, seus olhos brilhando de raiva.

— Vadia é a mesma coisa que prostituta? — Gala perguntou curiosamente — E se for, qual a diferença entre uma vadia e uma amante?

Em suas leituras, ela somente tinha se deparado com a palavra prostituta. Aparentemente, era uma profissão na qual a mulher vendia serviços sexuais para os homens. Era algo mal visto na sociedade Koldun, embora Gala realmente não entendesse o porquê. Baseado no que ela havia aprendido sobre sexo, parecia que a prostituição poderia ser uma forma agradável — e divertida — de ganhar a vida.

A intimidade física, em geral, era algo de profundo interesse para Gala. Ela sabia que a forma como os corpos dela e de Blaise reagiam quando se beijaram era de natureza sexual. A sensação estava dentre as sensações mais fascinantes que ela tinha vivenciado até agora e ela queria aprender o máximo que pudesse a respeito.

Em resposta à pergunta direta de Gala, Esther riu e Maya enrubesceu de um vermelho profundo antes de reagir em voz alta.

— Oh, não... o que foi que eu disse? — Gala perguntou a Esther, envergonhada por seu óbvio lapso — Eu não quis ofender . . .

Ela realmente precisava aprender como interagir adequadamente com as pessoas.

— Não se preocupe com isso, filha — Esther disse, ainda sorrindo — Maya é sensível demais a respeito desse assunto. Eu apenas impliquei um pouco com ela e você não fez nada de errado. Você apenas ficou curiosa.

— Então o pai de Blaise tinha relações sexuais com Maya? — Gala insistiu, querendo entender — E ele pagava por isso?

Esther encolheu os ombros, sorrindo.

— Bem, sim, minha menina, ele pagava. Porém acho que, mais tarde, Dasbraw realmente a amou. No início, ele só precisava de alguma coisa para distraí-lo da morte da esposa. Ele cuidou de Maya, claro, mas ela não dormia com ele pelo dinheiro ou pelos presentes. Apesar disso, eles não se casaram, obviamente, e ela se sente insegura por causa disso. Eu gosto de implicar com ela, de vez em quando, fazer com que se zangue. Um dia desses ela provavelmente vai me estrangular enquanto durmo.

A velha mulher sorriu, aparentemente encantada com a perspectiva de um destino tão medonho — reação que Gala achou desconcertante.

— Pode me contar mais sobre os pais de Blaise? — Gala perguntou — Disse que a mãe dele morreu?

— Sim — Esther confirmou — Ela foi morta em um acidente de feitiço quando Blaise ainda era menino. O pai morreu bem depois. Blaise puxou a beleza de sua mãe, mas herdou a inteligência de ambos os pais. Tanto Dasbraw quanto Samantha eram do Conselho de Feiticeiros.

Havia um orgulho na voz dela e Gala percebeu que Esther sentia como os feitos dos pais de Blaise fossem seus. Provavelmente, teria algo a ver com a estrutura social predominante e como cada feiticeiro tinha seu povo, concluiu Gala.

— Louie, o irmão, havia nascido pouco antes de Samantha morrer. Eu cuidei do pequeno sozinha — prosseguiu Esther, com os olhos rasos d'água.

Gala olhou para ela, percebendo que o assunto perturbava emocionalmente a mulher. Ela tinha conseguido, de alguma forma perturbar as duas únicas mulheres humanas que ela havia conhecido.

— Sinto muito, menina — disse a velha mulher, enxugando as lágrimas — Eu fiquei muito apegada aos meninos. Quando Louie morreu, foi como se parte de mim morresse com ele.

Gala assentiu, sem saber o que dizer naquele caso. Ela se sentiu mal por a mulher estar sofrendo.

Como se sentisse seu incômodo, Esther lhe deu um sorriso vacilante e tentou mudar de assunto.

— Então, por que Blaise não lhe contou isso?

— Blaise e eu nos conhecemos recentemente — Gala explicou, esperando que a mulher não se intrometesse mais.

Esther não perguntou mais. Em vez disso, ela olhou calidamente para Gala.

— Eu notei que ele gosta de você — disse ela gentilmente — e tenho certeza de que vocês logo se conhecerão melhor.

Gala sorriu. Ouvir o que Esther disse fez com que ela se sentisse melhor. Embora fosse improvável que Blaise gostasse tanto dela assim, ainda era uma bela fantasia. Pelo que ela sabia sobre as emoções humanas, era preciso haver uma espécie de período de namoro, durante o qual os humanos geralmente se engajavam em relações sexuais — algo que ainda não havia ocorrido entre ela e Blaise, para decepção de Gala. É claro, ela também não era humana, e por isso ela não sabia se Blaise viria a gostar dela. Ela sabia que ele havia achado atraente a forma que ela assumira, mas não tinha certeza se seus sentimentos poderiam se expandir além de uma simples atração física.

— Que tal irmos até a casa para que você troque de roupa? — Esther sugeriu, interrompendo os pensamentos de Gala.

Assim que eles entraram na casa, Maya as saudou com um vestido nas mãos.

— Eu sinto muito — disse Gala, ainda preocupada com seu erro de conduta anterior — Eu não quis ofender.

— Tudo bem — disse Maya, dando a Esther um olhar malvado — Diferentemente dela, você não quis me ofender, por isso não precisa se desculpar. Você está entrando na idade adulta e provavelmente não conhece bem o mundo. Quantos anos você tem? Dezoito, dezenove?

Gala pensou por um instante.

— Tenho vinte e três — disse ela, inventando um número. Ela achou que não seria prudente contar para elas há quanto tempo ela realmente existia.

— Oh, claro — Maya não pareceu surpresa — As feiticeiras sempre parecem mais novas do que sua verdadeira idade. Nosso Blaise não parece ter mais de vinte e cinco, embora já esteja com trinta e poucos.

Gala sorriu, feliz por aprender mais um pouquinho sobre seu criador. Então, pegando o vestido que Maya lhe entregara, ela o analisou de forma crítica.

— Acham que fará com que eu pareça comum? — ela perguntou, esperando que aquele tecido fizesse com que ela andasse pela cidade sem ser notada.

Esther sorriu.

— Fazer com que você pareça comum é algo que requer alta magia, menina.

— Não fará com que você pareça comum — Maya entrou na conversa — mas fará com que você pareça menos uma dama, principalmente já que estará em companhia de duas encarquilhadas como nós.

— Se alguém perguntar, você é uma aprendiz — instruiu Esther — Nós somos as chamadas curandeiras da vila portanto, fazemos as vezes de parteiras, cuidados de ferimentos leves e, ocasionalmente, tomamos conta de crianças.

Gala fez que sim com a cabeça, pensativamente. Ela se lembrava de Blaise ter mencionado que ele tinha obtido a Captura de Vida de Maya e Esther. Sua profissão explicava como elas eram capazes de obter tantas gotas — e porque elas seriam principalmente de mulheres.

Pensar na Captura de Vida a fez lembrar de seu propósito ao ter vindo ali.

— Eu gostaria de conhecer a vila — disse ela, ávida por iniciar seu plano de conhecer o mundo.

Esther franziu o cenho.

— Vamos com calma. Quando foi a última vez que comeu? Você está parecendo um graveto — disse ela de forma desaprovadora.

Gala se sentiu insultada. Um graveto? Aquilo não soou bem. Ela havia visto gravetos. Eles os tinha achado finos, mas ela não achava que fosse um elogio chamar um ser humano disso. — Eu não estou com fome — disse ela, tentando não demonstrar a nota de mágoa em sua voz.

— Ah, então ela é uma feiticeira — disse Maya astutamente — Elas vivem de sol, como as árvores.

Esther resmungou.

— Oh, mesmo assim podem comer. Até mesmo Blaise come, às vezes. Quem sabe um pouco de comida de verdade coloque um pouco de carne nesses ossos dela.

E, sem esperar que Gala falasse alguma coisa, ela caminhou determinada para a cozinha.

— Será que pareço mesmo um pedaço de pau morto? — Gala perguntou a Maya, ainda remoendo o comentário sobre o graveto.

— O quê? — Maya parecia chocada — Não, claro que não, senhorita! Você é linda. Esther quer que todos comam — imagine, ela acha que estou magra demais!

Gala imediatamente se sentiu melhor. Maya era muito mais gorducha do que Gala, embora ela não possuísse as curvas abundantes de Esther.

— Coma algo, senhorita — Maya encorajou, sorrindo — Isso fará feliz aquela velha senhora.

— Claro, eu adoraria comer alguma coisa — Gala disse francamente. Era algo de novo para ela experimentar.

Alguns minutos depois, as três se sentaram à mesa da cozinha.

Gala rapidamente descobriu que a sensação de comer era agradável. Ela não havia tido uma única experiência de Captura de Vida com aquilo e, portanto, não fazia ideia do que esperar. Comer era, provavelmente, a segunda coisa mais agradável que ela havia experimentado, concluiu — sendo a primeira os beijos trocados com Blaise.

— Veja como ela devora o ensopado — Esther disse com satisfação — Não estava com fome uma ova. Aquele sustento de magia não é comida, saiba disso.

— Você devia ensinar nossa jovem aprendiz a cozinhar, para que ela faça ensopado para Blaise — Maya falou para Esther, mal contendo o riso e piscando para Gala.

— Acho que farei isso — Esther disse gravemente, franzindo o cenho para Maya — E vou mostrar a ela como assar pão. A mãe dele costumava cozinhar para Blaise, de vez em quando, e eu o via comendo.

Gala notou que as duas mulheres, paradoxalmente, gostavam e não gostavam uma da outra. Era muito estranho.

— Se vai ensinar a moça a cozinhar para Blaise, deve ensiná-la a preparar algo mais refinado do que essa lavagem —disse Maya com zombaria, aparentemente continuando com a implicância.

— Oh, eu não me importo em aprender a fazer esse ensopado maravilhoso — protestou Gala. Ela adorou o sabor gostoso do caldo em sua língua.

As duas mulheres começaram a rir.

— Eu acho que ela falou de verdade — Maya disse entre ondas de gargalhadas.

Gala ficou enormemente confusa.

— Eu gostaria de aprender a fazer isso — ela insistiu.

Maya sorriu para ela.

— Basta pegar cebola, alho, repolho, batatas e frango e colocar tudo numa panela por umas duas horas. Oh, e não esqueça de colocar sal suficiente e mexer adequadamente.

— Olha, pelo menos a minha comida é melhor que a sua, sua velha encarquilhada — disse Esther, e as duas mulheres riram novamente, reforçando a impressão de Gala sobre a estranheza da relação entre elas.

CHAPTER NINTEEN: GALA

The wheat was up to Gala's chest as she ran through the field. She could feel the stalks tickling the skin on the exposed parts of her body, and she loved the sensation. She loved *all* sensations.

She kept running until she could feel the muscles in her legs getting tired, and then she lay down on the ground, shielding her eyes with her palm as she looked up at the clear blue sky. The sun was bright, and the clouds had so many different shapes . . . Gala felt like she could look at them forever.

She truly loved the Physical Realm, she realized, and was genuinely grateful to Blaise for her existence. Existing was obviously far superior to oblivion. Having read all those books, she knew that humans had only a short span of time during which they could be in existence. It seemed wrong to her, and sad, but that was the way things were. She wondered if the same rules applied to her. Somehow she doubted it; without knowing where the conviction came from, she felt like she might have complete control over how long she could exist. And if that feeling was correct, she intended to never stop existing.

After a while, she got tired of lying there and got up, walking back to where she'd left Maya.

The older woman was standing there with a completely horrified expression on her face.

"Is something wrong?" Gala asked, figuring that was the appropriate response. She was determined to blend into the human society as well as she could. The books and the Life Captures had given her some theoretical foundation for normal behavior, but there was no substitute for real-world experience.

"Oh, my lady, you are ruining that beautiful dress," Maya said, wringing her hands.

Gala blinked. This seemed to be actually worrying Maya. Quickly analyzing the situation, she came to the conclusion that Maya's reaction and her form of address made sense. The dress that Blaise had given her had to be unusually nice and expensive. From what she knew, humans divided themselves into social classes—a needlessly complex hierarchy that Gala didn't think had any good rationale. Because of this dress—and because Maya and Esther had seen Gala in Blaise's company—they likely assumed she was a sorceress and thus a member of the upper class.

That was not what Gala wanted. "Will everyone in the village call me a lady?" she asked Maya, frowning.

The old woman gave her a reproving look. "For now, in that dress, they will. If you roll on the grass a few more times, they might think you are an orphan homeless girl." She sounded disgruntled about that last possibility.

"That's fine," Gala said. "I wish to be seen as one of the village women." Going by what the books said, she didn't think the common people would behave naturally in front of a sorceress. She wanted to fit in, not stand out.

Maya appeared taken aback, but recovered quickly. "In that case," she said, "let's go talk to Esther and see what we can do."

They walked together toward the other woman, who had already finished her conversation with Blaise.

"She wants to play at being a commoner," Maya said to Esther, gesturing toward Gala.

"How do you know she's not one?" asked Esther, eying Gala's dress.

Maya snorted. "Master Blaise would not settle for anything less than a sorceress. You know how smart he is. He would have nothing to talk about with a common girl."

Esther gave her friend a look that puzzled Gala. "What happened to you and his father is not the lot of every sorcerer-commoner love affair," she muttered to Maya under her breath.

"Are you Blaise's mother?" Gala asked Maya, intrigued by this conversation. Although the older woman didn't look like Blaise, there was a pleasing symmetry to her features that Gala's creator also possessed.

"No, child," Esther said, chuckling. "She was his father's floozy after his mother died."

"I was his mistress!" Maya straightened to her full height, her eyes flashing with anger.

"Is floozy the same thing as a prostitute?" Gala asked curiously. "And if so, what is the difference between a floozy and a mistress?" In her readings, she had only come across the word 'prostitute.' Apparently, it was a profession in which a woman sold sexual services to men. It was frowned upon in Koldun society, although Gala didn't really understand why. Based on what she'd learned about sex, it seemed like prostitution might be a pleasant—and fun—way to earn a living.

Physical intimacy, in general, was something that was of deep interest to Gala. She knew that the way her and Blaise's bodies reacted to each other when they kissed was sexual in nature. The feeling was among the more fascinating sensations she had experienced thus far, and she wanted to learn as much as she could about it.

In response to Gala's blunt question, Esther laughed and Maya flushed a deep red before storming off.

"Oh, no . . . what did I say?" Gala asked Esther, embarrassed at her obvious faux pas. "I didn't mean to offend . . ." She really needed to learn how to interact with people properly.

"Don't worry about it, child," Esther said, still chuckling. "Maya is far too sensitive about the subject. I was just teasing her a bit, and you didn't do anything wrong. You were just curious."

"So did Blaise's father enter into sexual relations with Maya?" Gala persisted, wanting to understand. "And did he pay her for it?"

Esther shrugged, smiling. "Well, yes, my child, he did. But I think old Dasbraw really did love Maya later on. At first, he just needed something to distract him from his wife's death. He took care of Maya, sure, but she was not sleeping with him for the money or even for his gifts. Still, they didn't get married, obviously, and the girl is insecure about that. I like to tease her sometimes, get her mad. One of these days she'll probably strangle me in my sleep." The old woman grinned, apparently delighted at the prospect of such a dire fate—a reaction that Gala found confusing.

"Can you tell me more about Blaise's parents?" Gala asked. "You said his mother died?"

"Yes," Esther confirmed. "She was killed in a sorcery accident when Blaise was a little boy. His father passed away much later. His mother is where Blaise gets his handsome looks, but he inherited his smarts from both of his parents. Both Dasbraw and Samantha were on the Sorcerer

Council." There was a note of pride in her voice, and Gala realized that Esther felt like Blaise's parents' accomplishments were her own. It likely had something to do with the prevailing social structure and how each sorcerer had 'their people,' Gala decided.

"Louie, his brother, was born right before Samantha died. I took care of the little one all by myself," Esther continued, her eyes filling up with moisture.

Gala stared at her, realizing that the subject had disturbed the woman emotionally. She had somehow managed to upset the only two human women she'd met.

"I am sorry, child," said the old woman, wiping away her tears. "I was much attached to those boys. When Louie died, it was as though part of myself died with him."

Gala nodded, not sure what to say to that. She felt bad that the woman was hurting.

As though sensing her discomfort, Esther gave her a shaky smile and tried to change the topic. "So why hasn't Blaise told you some of this himself?"

"Blaise and I met quite recently," Gala explained, hoping that the woman wouldn't pry further.

Esther didn't. Instead, she just gave Gala a warm look. "I could tell he cares about you," she said kindly, "and I'm sure you'll get to know each other better soon."

Gala smiled. Hearing what Esther said made her feel good. While it was unlikely that Blaise cared for her all that much, it was still a nice fantasy. From what she knew about human emotions, there needed to be some kind of courtship period, during which humans generally participated in sexual relations—something that hadn't occurred between herself and Blaise yet, to Gala's disappointment. Of course, she was also not human, so she didn't know if Blaise could grow to care about her. She knew he found the form she had assumed appealing, but she was uncertain if his feelings could extend beyond simple physical attraction.

"Why don't we go into the house, so you can change?" Esther suggested, bringing Gala out of her thoughts.

As soon as they entered the house, Maya greeted them with a dress in her hands.

"I am so sorry," said Gala, still worried over her earlier misstep. "I didn't mean any insult—"

"That's all right," Maya said, flashing Esther a mean look. "Unlike this one, you didn't mean to offend me, so you don't need to apologize. You are just entering adulthood, and you probably haven't seen much of the world. How old are you, anyway? Eighteen, nineteen?"

Gala considered that question for a second. "I'm twenty-three," she said, making up a number. She didn't think telling them how long she had really been in existence would be prudent.

"Oh, of course." Maya didn't seem surprised. "Sorcerers always look younger than their true age. Our Blaise doesn't look a day older than twenty-five, although he's already in his thirties."

Gala smiled, glad to learn yet another tidbit about her creator. Then, taking the dress Maya was holding out to her, she studied it critically. "Do you think it will make me look plain?" she asked, hoping that the piece of clothing would enable her to walk around unnoticed.

Esther chuckled. "Making you look plain is something that would require high sorcery, child."

"It won't make you look plain," Maya chimed in, "but it will make you look less like a lady, especially since you'll be in the company of two old crones like ourselves."

"If anyone asks, you're our apprentice," instructed Esther. "We're what you'd call village healers, so we do a bit of midwifery, take care of minor injuries, and occasionally look after young ones."

Gala nodded thoughtfully. She remembered Blaise mentioning that he got his Life Captures from Maya and Esther. Their profession explained how they were able to get so many droplets—and why those had been primarily from women.

Thinking about the Life Captures reminded her of her purpose for coming here. "I would like to go explore the village," she told them, eager to get started on her plan to see the world.

Esther frowned. "Not so fast. When was the last time you ate? You look like a stick," she said disapprovingly.

Gala felt insulted. A stick? That didn't sound good. She had seen sticks; they looked fine to her, but she didn't think it was a compliment to call a human being that. "I am not hungry," she said, trying to keep the hurt note out of her voice.

"Ah, so she is a sorceress," said Maya knowingly. "They can live on the sun, like the trees."

Esther snorted. "Oh, they can still eat. Even Blaise eats sometimes. Maybe real food will put some meat on those bones of hers." And without waiting for Gala to say something, she walked determinedly toward the kitchen.

"Do I really resemble a dead piece of wood?" Gala asked Maya, still thinking about the 'stick' comment.

"What?" Maya looked shocked. "No, of course not, my lady! You're beautiful. Esther wants to feed everyone—hell, she thinks I'm too skinny!"

Gala immediately felt better. Maya was much rounder than Gala herself, although she also didn't have Esther's plush curves.

"Eat something, my lady," Maya urged, smiling. "It'll make that old woman happy."

"Of course, I would love to eat something," Gala said honestly. It was yet another new thing for her to try.

A few minutes later, the three of them sat down at the kitchen table.

Gala quickly discovered that the sensation of eating was highly enjoyable. She hadn't had a single Life Capture experience of it and thus had no idea what to expect. Eating was probably the second most pleasurable thing she'd experienced, Gala decided—the first being those kisses with Blaise.

"Look at her wolfing down that stew," Esther said with satisfaction. "Not hungry, my foot. That magical sustenance is not food, I tell you."

"You should teach our young apprentice how to cook, so she can make this stew for Blaise," Maya told Esther, barely containing her laughter, and winked at Gala.

"I just might do that," Esther said seriously, giving Maya a frown. "And I'll show her how to bake bread. His mother used to make food for Blaise sometimes, and I have seen him eat it."

Gala noticed that the two women paradoxically liked and disliked one another. It was very strange.

"If you are going to teach the lady to cook for Blaise, you should teach her something fancier than this slop," Maya said derisively, apparently continuing their bickering.

"Oh, I don't mind learning how to make this wonderful stew," Gala protested. She loved the rich flavor of the soup on her tongue.

Both women started laughing.

"I think she really means it," Maya said between bouts of laughter.

Gala was utterly confused. "I would like to learn how to make it," she insisted.

Maya grinned at her. "Just take onions, garlic, cabbage, potatoes, and some chicken, and put it all in a pot for a couple hours. Oh, and be sure to forget to put enough salt and be too busy to stir it properly—"

"Hey, at least my cooking is better than yours, you old crone," Esther said, and the two women laughed again, reinforcing Gala's impression of the strangeness of their relationship.

CAPÍTULO VINTE: BARSON

Derramando uma jarra de água fria no rosto de Siur, Barson observou calmamente enquanto o traidor recobrava a consciência, tossindo e cuspindo.

— Bem-vindo de volta — disse ele, observando divertidamente enquanto o homem percebia que estava no quarto de Barson, amarrado de forma segura à coluna de madeira que sustentava o teto elevado e convexo.

— Vai me torturar agora? — Siur parecia amargo — É o que pretende?

Barson lentamente sacudiu a cabeça.

— Não, eu não preciso fazer nada tão bárbaro assim — disse ele, fazendo um gesto para a grande esfera em forma de diamante que ficava no meio do aposento.

Os olhos de Siur se arregalaram.

— Onde conseguiu aquilo?

— Estou vendo que sabe o que é. Isso é bom — Barson disse, sorrindo de modo frio para o homem.

Levantando-se, ele pegou a Esfera de Captura de Vida e esfregou no ombro de Siur, que ainda sangrava, antes de colocá-la de volta.

— Agora, todo pensamento — cada memória que vier à sua mente — será de meu conhecimento.

Siur olhou pare ele com o rosto praticamente sem sangue.

— As pessoas falam qualquer coisa mediante tortura — Barson explicou calmamente — Eu descobri que essa é uma maneira muito melhor de conseguir respostas verdadeiras. Você pode falar, saiba disso.

Se eu tiver que extrair informações de sua mente, eu farei tudo para que todos saibam que você é um rato traidor.

— E se eu falar?

Havia um pequeno raio de esperança no rosto largo de Siur.

— Então, eu direi que morreu em combate, como deveria um soldado honrado.

Siur engoliu em seco, parecendo levemente mais aliviado. Ele obviamente sabia que esta seria a melhor opção a essa altura. Morrer em combate significaria que sua família seria amparada e que seu nome seria respeitado.

— O que o senhor quer saber? — perguntou ele, erguendo o olhar ao encontro do olhar de Barson.

Barson reprimiu um sorriso satisfeito. Havia um motivo para ele ter estudado a guerra psicológica tão a fundo. Agora a difícil tarefa terminaria rapidamente.

— Quem comprou informações de você? — perguntou ele observando cuidadosamente o homem. Ele já sabia a resposta, mas mesmo assim queria ouvi-la em voz alta.

— Ganir — Siur respondeu sem hesitação.

— Ótimo — Barson suspeitava que o velho feiticeiro estava por trás dos desaparecimentos. A ironia de usar a própria invenção de Ganir contra seu espião não passou despercebida a Barson.

— E há quanto tempo você o informa?

— Não faz muito tempo — Siur respondeu — Somente nos últimos meses.

O olhar de Barson se apertou.

— E quem o informava antes de você?

— Jule.

Fazia sentido. Barson se lembrou que o jovem guarda havia sido morto em combate há menos de seis meses. Era bastante compreensível que Jule ficasse tentado pelo dinheiro de Ganir. Para um soldado de graduação inferior, isso poderia ser bem atraente. A traição de Siur era bem pior. Ele fazia parte do grupo fechado de Barson e poderia ter causado um verdadeiro dano como espião.

— O que disse a Ganir?

Siur encolheu os ombros.

— Eu contei o que sabia. Que você tinha se encontrado com aqueles dois feiticeiros.

— Dois? — Barson expirou, tentando esconder seu alívio. Quando dois dos cinco feiticeiros com os quais havia falado desapareceram, ele ficou profundamente alarmado, esperando o pior. Ele também percebera que era necessário que houvesse um espião entre eles — alguém próximo dele que poderia ter visto ou sabido de alguma coisa.

O fato de Siur não saber dos outros visitantes havia sido um incrível golpe de sorte, assim como o fato de que nenhum dos feiticeiros soubesse de muita coisa de valor. Eles haviam apenas iniciado discussões preliminares, e Barson tinha tido o cuidado de não mostrar todos seus trunfos. Se Ganir tivesse êxito em interrogá-los, ele não teria sabido de nada especialmente incriminador. De fato, perder dois potenciais aliados era um preço pequeno a pagar por descobrir a traição de Siur.

— Ganir os matou? — Barson perguntou suavemente.

— Eu não sei — Siur admitiu — Eu só sei que eles desapareceram.

Barson riu brevemente.

— Sim, eu notei isso. Foram explorar tempestades oceânicas — Ganir disse — Agora me diga, Siur, por que não foi nessa missão?

— Ganir me disse para não ir.

— Então você sabia sobre os três mil homens, ao invés de trezentos?

— O quê? — Siur parecia genuinamente chocado — Não, eu não sabia. Havia três mil camponeses?

— Sim — Barson disse, sem saber se devia confiar no homem.

— Eu não sabia — Siur disse — Capitão, eu não sabia, eu juro! Eu teria lhe avisado, se soubesse.

Barson olhou para ele. Talvez tivesse feito isso. Havia uma grande diferença entre vender informação e enviar todos seus colegas para a morte.

Siur manteve o olhar, o rosto pálido e suando.

— Vai me matar agora? Eu lhe contei tudo que sabia.

Barson não respondeu. Andando até a Esfera, ele a trouxe de volta e a pressionou novamente contra o ferimento de Siur, concluindo a gravação. Ele teria que ficar atento agora, para ter a certeza de que os pensamentos de Siur se encaixavam com suas palavras. Pegando a gota que havia se formado dentro do entalhe da Esfera, ele cuidadosamente a colocou embaixo da língua e deixou que ela tomasse conta de sua mente.

Quando Barson voltou a ser ele mesmo, ele deu um olhar sombrio a Siur.

— Você contou a verdade. Como sou um homem de palavra, seu bom nome está a salvo.

— Obrigado.

Tremendo visivelmente, Siur fechou os olhos, apertando-os.

Um zunido da espada de Barson e o traidor deixou de existir.

* * *

Limpando o sangue de sua espada, Barson caminhou para os aposentos de Augusta. Ele tinha achado suspeito que Ganir quisesse falar com ela. Ele duvidava que o velho feiticeiro pudesse ter sabido do envolvimento de Augusta na batalha tão rapidamente, o que deixou apenas duas possibilidades.

Ganir ou a usava para espionar Barson também — ou suspeitava dela, como havia acontecido com os dois feiticeiros que tinham ido 'explorar tempestades'.

Barson considerou a primeira possibilidade — um pensamento que havia ocorrido a ele no passado. Porém, de alguma forma ele não conseguia ver Augusta como uma espiã. Ela era bastante evidente com relação a não gostar de Ganir e era orgulhosa demais para se deixar ser usada daquela maneira. Se pensasse bem, ela poderia ser a que tramava alguma coisa, em vez de ser o peão de alguém.

Isso deixava a outra opção — que Ganir soubesse que Augusta era amante de Barson e que quisesse agir contra ela. Mas isso também parecia improvável. Ela era membro do Conselho e, na verdade, bem poderosa. Fazer com que ela desaparecesse seria um grande desafio. De fato, se Ganir tentasse se impor com Augusta havia a chance de que ela fizesse com que o problema de Ganir desaparecesse.

Então, o que Ganir queria com Augusta? Para sua frustração, Barson não estava perto de descobrir isso.

Ao entrar no quarto de Augusta, ele ficou aliviado ao vê-la ali, trocando de roupa. E, para surpresa dele, viu que uma pequena parte dele *tinha se* preocupado com a segurança dela. Racionalmente, ele sabia que ela era mais do que capaz de se cuidar, mas o lado primitivo dele não pode deixar de pensar nela como uma mulher delicada que precisava de proteção.

— Vai a algum lugar? — ele perguntou, notando que ela estava colocando um de seus vestidos para ocasiões especiais. Feito de uma seda de vermelho profundo, fazia com que sua pele dourada brilhasse.

— Eu preciso resolver uma coisa — disse ela — um tanto evasiva, pensou ele.

Barson reprimiu uma explosão de raiva. Ele não era tolo. Da última vez que ele a vira usar um vestido assim fora em uma das festas de primavera. Será que ela estava se vestindo para algo — ou para alguém? Será que isso teria a ver com a conversa que ela teve mais cedo?

Só havia um jeito de descobrir.

Chegando-se até ela, Barson colocou os braços em torno de sua cintura fina e abaixou a cabeça para esfregar seu nariz em seu rosto macio.

— O que Ganir queria?, ele murmurou, beijando o lóbulo externo da orelha dela.

— Não tenho tempo para falar disso agora — disse ela, livrando-se do abraço dele de uma maneira incomum, com rejeição — Vejo você quando eu voltar.

E em um rodopio de saias de seda e de perfume de jasmim ela saiu do aposento, deixando Barson zangado e confuso.

CHAPTER TWENTY: BARSON

Pouring a pitcher of cold water on Siur's face, Barson watched calmly as the traitor regained consciousness, coughing and sputtering.

"Welcome back," he said, observing with amusement as the man realized that he was in Barson's room, securely tied to the wooden column that supported the tall, domed ceiling.

"Are you going to torture me now?" Siur sounded bitter. "Is that your plan?"

Barson slowly shook his head. "No, I don't have to do anything as barbaric as that," he said, gesturing toward the large, diamond-like sphere sitting in the middle of the chamber.

Siur's eyes went wide. "Where did you get that?"

"I see you know what it is. That's good," Barson said, giving the man a cold smile. Getting up, he took the Life Capture Sphere and rubbed it against Siur's still-bleeding shoulder before placing it back. "Now every thought—every memory that comes to your mind—will be mine to know."

Siur stared at him, his face nearly bloodless.

"People will say anything under torture," Barson explained calmly. "I've found this to be a much better way to get real answers. You might as well talk, you know. If I have to pry the information out of your mind, I will make sure you're known to everyone as the treacherous rat that you are."

"So if I talk—?" There was a tiny ray of hope on Siur's broad face.

"Then I will say you died in battle, as an honorable soldier should."

Siur swallowed, looking mildly relieved. He obviously knew this was the best he could hope for at this point. Dying in battle meant that his family would be taken care of and his name respected. "What do you want to know?" he asked, lifting his eyes to meet Barson's gaze.

Barson suppressed a satisfied smile. There was a reason he'd studied psychological warfare so thoroughly; now this ordeal would be over with quickly. "Who bought the information from you?" he asked, watching the man carefully. He already knew the answer, but he still wanted to hear it said out loud.

"Ganir," Siur replied without hesitation.

"Good." Barson had suspected the old sorcerer was the one behind the disappearances. The irony of using Ganir's own invention against his spy didn't escape Barson. "And how long have you been reporting to him?"

"Not long," Siur answered. "Only for the past few months."

Barson's eyes narrowed. "And who reported to him before you?"

"Jule."

That made sense. Barson remembered the young guard who had been killed in battle less than six months ago. It was far more understandable for Jule to get tempted by Ganir's coin; to a low-ranking soldier, the money must've seemed quite attractive. Siur's betrayal was much worse; he had been in Barson's inner circle and thus could've done some real damage with his spying.

"How much did you tell Ganir?"

Siur shrugged. "I told him what I knew. That you'd met with those two sorcerers."

Two? Barson exhaled, trying to conceal his relief. When two of the five sorcerers he'd spoken with disappeared, he had been deeply alarmed, expecting the worst. He had also realized then that there had to be a spy in their midst—someone close to him who could've seen or known something.

The fact that Siur didn't know about the other visitors was a tremendous stroke of luck, as was the fact that none of these sorcerers knew much of value. They had just held preliminary discussions, and Barson had been careful not to show his hand fully. If Ganir succeeded in questioning them, he wouldn't have come across anything particularly damning. In fact, losing two potential allies was a small price to pay for discovering Siur's treachery.

"Did Ganir kill them?" Barson asked softly.

"I don't know," Siur admitted. "I just know they disappeared."

Barson gave a short laugh. "Yes, I noticed that much. Went to explore the ocean storms, Ganir said. So tell me, Siur, why did you stay behind on this mission?"

"Ganir told me to."

"So you knew about the three thousand men instead of three hundred?"

"What?" Siur appeared genuinely shocked. "No, I didn't. There were three thousand peasants?"

"Yes," Barson said, unsure if he believed the man.

"I didn't know," Siur said. "Captain, I didn't know, I swear it! I would've warned you if I knew."

Barson looked at him. Perhaps he would have; there was a big difference between selling information and sending all your comrades to their deaths.

Siur held his gaze, his face pale and sweating. "Are you going to kill me now? I told you everything I know."

Barson didn't respond. Walking over the Sphere, he brought it back and pressed it against Siur's wound again, concluding the recording. He had to watch it now, to make sure Siur's thoughts matched his words. Picking up the droplet that had formed inside the Sphere's indentation, he gingerly put it under his tongue and let it take over his mind.

When Barson regained his sense of self, he gave Siur a somber look. "You told the truth. Since I'm a man of my word, your good name is safe."

"Thank you." Visibly shaking, Siur squeezed his eyes shut.

A swish of Barson's sword, and the traitor was no more.

* * *

Wiping the blood off his sword, Barson walked toward Augusta's quarters. He'd found it suspicious that Ganir wanted to talk to her. He doubted the old sorcerer could've learned about Augusta's involvement in the battle so quickly, which left only two possibilities.

Ganir was either using her to spy on Barson as well—or he was suspicious of her, just as he had been of the two sorcerers who'd gone 'exploring the storms.'

Barson considered the first possibility—a thought that had occurred to him in the past. But somehow he couldn't see Augusta being a spy. She was fairly open in her dislike for Ganir, and she had far too much pride to let herself be used in such manner. If it came down to it, she'd be the one plotting something, instead of being someone's pawn.

That left the other option—that of Ganir learning that Augusta was Barson's lover and taking action against her. Even this seemed unlikely. She was a member of the Council and quite powerful in her own right. Making her disappear would be a significant challenge. In fact, if Ganir did try to take on Augusta, there was a chance that she would make the problem of Ganir disappear instead.

So what had Ganir wanted with Augusta? To his frustration, Barson was no closer to figuring that out.

Entering Augusta's room, he was relieved to find her there, changing her clothes. And to his surprise, he realized that a small part of him *had been* worried for her safety. Rationally, he knew she was more than capable of taking care of herself, but the primitive side of him couldn't help thinking of her as a delicate woman who needed his protection.

"Are you going somewhere?" he asked, noticing that she was putting on one of her special-occasion dresses. Made of a deep red silk, it made her golden complexion glow.

"I just need to run an errand," she said—somewhat evasively, he thought.

Barson suppressed a flare of anger. He wasn't stupid; the last time he'd seen her wear a dress like this was at one of the spring celebrations. Was she dressing up for something—or someone? And did this have anything to do with her earlier conversation?

There was only one way to find out.

Coming up to her, Barson wrapped his arms around her narrow waist and bent his head to nuzzle her soft cheek. "What did Ganir want?" he murmured, kissing the outer shell of her ear.

"I don't have time to discuss it now," she said, slipping out of his embrace in an uncharacteristic gesture of rejection. "I'll see you when I get back."

And in a whirl of silk skirts and jasmine perfume, she walked out of the room, leaving Barson angry and confused.

CAPÍTULO VINTE E UM: AUGUSTA

Saindo da Torre, Augusta subiu em sua espreguiçadeira e seguiu para a casa de Blaise, se fortificando mentalmente para o futuro encontro. Ela sentia que seu coração batia mais rápido e que as palmas das mãos estavam suadas, só de pensar em rever Blaise — o homem que a rejeitara, o homem que ela ainda não conseguira esquecer. Mesmo agora que ela tinha encontrado algum tipo de felicidade com Barson, as lembranças de seu tempo com Blaise eram uma ferida que não havia curado totalmente — doendo com a menor provocação.

Fechando os olhos, ela deixou que o vento soprasse em seus longos cabelos escuros. Ela adorava a sensação de voar, de estar no alto, no ar, acima das preocupações mundanas e das simplórias vidas das pessoas no solo. De todos os objetos mágicos, a espreguiçadeira era sua favorita porque nenhum plebeu podia manejá-la. Voar requeria saber magia oral básica e os não feiticeiros não conseguiriam mais do que flutuar vagarosamente seguindo até a morte.

Ao passar pela Praça da Cidade, ela tomou a decisão impulsiva de descer diante de uma das lojas de mercadores. Lá, entre o barulho e a agitação do mercado, naquele dia lindo de fim de primavera, era difícil ficar negativo. Talvez houvesse uma boa explicação para a obsessão de Blaise com as gotículas de Captura de Vida pensou ela, com esperança. Talvez ele estivesse realizando algum tipo de experiência. Afinal, ela sabia que ele sempre se interessara por questões da mente humana.

Caminhando até uma das barracas a céu aberto, ela comprou algumas tâmaras bem gorduchas. Eram o petisco preferido de Blaise, quando ele se permitia estimular seu paladar com algo doce. Seria uma boa oferenda de paz, presumindo que Blaise concordasse em recebê-la. Feliz com a compra — e totalmente ciente da inutilidade disso — ela retomou seu voo.

A casa do ex-noivo não era longe, na verdade, ficava a uma distância a pé da Praça da Cidade. Blaise era um dos poucos feiticeiros que haviam mantido uma residência separada em Turingrad, em vez de passar todo o tempo na Torre. Ele havia herdado a casa de seus pais e achava tranquilizante ir para lá à noite, em vez de ficar na Torre para um contato social com os outros. Quando ela e Blaise estavam juntos, ela também passava muito tempo na casa dele — tanto que, na verdade, ela até possuía um quarto para si, na casa.

Pensar novamente na casa lhe trouxe recordações agridoces. Eles costumavam caminhar ocasionalmente juntos da casa até a Praça da Cidade e ela se lembrava como sempre falavam de seus mais recentes projetos, discutindo-os entre si, em todos os detalhes. Era uma das coisas das quais ela mais sentia falta atualmente — aquelas conversas intelectuais, a troca de ideias de lá e de cá. Embora Barson fosse uma pessoa interessante, ele jamais seria capaz de lhe dar isso. Somente outro feiticeiro do calibre de Blaise poderia fazer isso — e não havia nenhum, pelo menos que Augusta soubesse.

Finalmente ela chegou lá, diante da casa de Blaise. Apesar de sua localização no centro de Turingrad, parecia uma casa de campo — uma mansão majestosa de pedra cor de marfim cercada por lindos jardins.

Aproximando-se cautelosamente, Augusta subiu alguns degraus e bateu à porta. Então, ela respirou fundo, aguardando uma resposta.

Ele não veio.

Ela bateu com mais força.

Sem efeito.

Com ansiedade crescente, Augusta esperou alguns minutos, imaginando que Blaise estivesse no andar de cima e não tivesse ouvido suas batidas.

Mesmo assim, nada. Era hora de medidas mais drásticas.

Lembrando-se um feitiço oral que ela tinha à mão, Augusta começou a recitar as palavras, substituindo algumas variáveis para evitar assustar toda a cidade. Esse feitiço, em especial, era feito para criar um som extremamente alto — só que, com as alterações que ela havia feito, ele seria ouvido apenas dentro da casa de Blaise. Felizmente, o código para fazer o ar vibrar ao acaso em uma amplitude correta era relativamente fácil. Seguindo a simples cadeia lógica com a ladainha da Interpretadora, ela colocou as mãos contra os ouvidos para bloquear o barulho que vinha de dentro do prédio.

O som era tão forte que ela praticamente sentia as paredes da casa vibrando. Não havia como Blaise ignorar isso. Ele, com certeza, ficaria quase morto com aquele feitiço — e bem furioso. Provavelmente não seria a melhor forma de começarem sua conversa, mas era a única forma na qual ela conseguia pensar para chamar a atenção dele. Ela preferia lidar com um Blaise furioso do que com o viciado que ela começava a achar que iria encontrar.

O fato de ele não reagir ao barulho significava muito. Somente alguém absorvido em uma Captura de Vida teria ficado imune ao feitiço que ela acabara de lançar. A alternativa — de que ele finalmente tivesse saído de casa depois de meses vivendo como um eremita — era uma possibilidade improvável, embora Augusta não pudesse deixar de se agarrar à essa pequena esperança.

O assustador de uma Captura de Vida era o fato de que as pessoas viciadas nelas, às vezes, morriam. Elas ficavam tão absortas em viver a vida de outros que negligenciavam a própria saúde, esquecendo-se de comer, de dormir e até mesmo de beber. Embora os feiticeiros pudessem manter seus corpos com magia, eles precisavam fazer feitiços para manter seus níveis energéticos. Um feiticeiro viciado em Captura de Vida ficaria quase tão vulnerável quanto uma pessoa comum, se ele ou ela se esquecesse de realizar o feitiço adequado.

Ali, de pé, diante da porta, Augusta percebeu que ela tinha que tomar uma decisão. Ela ou poderia informar a falta de resposta a Ganir, ou poderia se arriscar a entrar.

Se fosse a casa de um plebeu, seria fácil. No entanto, a maioria dos feiticeiros possuía defesas mágicas colocadas contra entradas não autorizadas. Na Torre, eles frequentemente realizavam feitiços para evitar que suas trancas fossem adulteradas. No entanto, pelo que ela lembrava, Blaise raramente se dava ao trabalho de fazer isso. Tentar destrancar sua porta com o uso da feitiçaria era, provavelmente, sua melhor opção.

Logo após um feitiço rápido, ela entrou pelo corredor, vendo a mobília e os quadros conhecidos nas paredes.

Em busca do próprio Blaise ou de provas de seu vício, Augusta caminhou lentamente através da casa vazia, com o coração doendo pela enxurrada de memórias. Como isso podia ter acontecido com eles? Ela devia ter lutado mais por Blaise. Ela devia ter tentado explicar, fazer com que ele entendesse. Talvez ela devesse ter até engolido seu orgulho e se humilhado — uma ideia que pareceu impensável naquela época.

Começando pelo andar de baixo, Augusta foi até o depósito, onde ela lembrava que ele guardava importantes suprimentos de magia. Abrindo gavetas, ela encontrou vários vidros com gotículas de Captura de Vida, mas não havia nada de extraordinário nisso. A maioria dos feiticeiros — até a própria Augusta, em algum grau — usava a Captura de Vida para registrar eventos importantes de suas vidas ou de seu trabalho.

Um armário chamou sua atenção. Nele, ela viu mais vidros que não pareciam estar relacionados com a feitiçaria. Blaise sempre etiquetava tudo, por isso, ela se aproximou, tentando ver o que estava escrito neles.

Para sua surpresa, ela viu que em todos os vidros havia uma palavra: Louie. Provavelmente eram as memórias de Blaise de seu irmão, pensou ela. O fato de que ele ainda as mantivesse — que não as tivesse consumido como um viciado teria feito — lhe deu uma pequena esperança. Um dos vidros parecia especialmente intrigante. Havia um símbolo de uma caveira e de um osso nele, como os curandeiros costumavam usar para marcar poções fatais. Ela não fazia ideia do que pudesse ser.

No canto da sala, ela viu alguns vidros quebrados no chão. Dentre pedaços de vidro, havia mais gotículas, jogadas lá, como se fossem lixo. Curiosa, Augusta se aproximou do canto.

Para seu espanto, em alguns dos vidros ela viu etiquetas com o nome dela neles. As memórias de Blaise a respeito dela... Ele deve tê-las jogado fora em um ataque de raiva. Fechando os olhos, ela respirou de forma profunda e arrepiante, tentando evitar que caíssem as lágrimas que ardiam em seus olhos. Ela não tinha imaginado que essa visita fosse ser tão dolorosa, as recordações tão vivas.

Abaixando-se, ela guardou uma das gotículas, fazendo o possível para evitar cortar a mão nos cacos de vidro que jaziam em volta. E então, tentando se reequilibrar, ela saiu do aposento e seguiu para cima.

À sua volta, ela via peitoris empoeirados e mobília parecendo mofada. Qualquer que fosse o estado mental de Blaise, ele obviamente não cuidava da casa. Pelo que lhe constava, isso não era um bom sinal...

Indo de aposento em aposento, ela percebeu que Blaise não estava em casa. Aliviada, Augusta ficou ciente de que ele, finalmente, havia saído de casa. Isso *era* um bom sinal, já que os viciados raramente saíam desnecessariamente. A não ser que ficassem sem Captura de Vida — o que não ocorrera a Blaise, a julgar pelos vidros que havia na parte de baixo da casa. Será que Ganir estava errado de novo? Afinal de contas, aparentemente seus espiões haviam lhe informado mal sobre o tamanho do exército de camponeses que o exército de Barson enfrentaria. Por que não aqui também? Mas estivessem enganados, o que então Blaise queria com todas as Capturas de Vida que obtinha?

Consumida pela curiosidade, ela entrou mais uma vez no estúdio de Blaise e o local familiar fez com que seu peito se apertasse. Eles haviam passado tanto tempo ali, juntos, explorando novas metodologias de códigos. Era ali que haviam inventado a Pedra Interpretadora e a linguagem secreta simplificada que a acompanhava — uma descoberta que havia transformado todo o campo da feitiçaria.

Talvez ela devesse sair dali agora. Era óbvio que Blaise não estava em casa e Augusta não se sentia mais à vontade invadindo a privacidade dele dessa forma.

Voltando-se, ela começou a sair do aposento quando um conjunto de pergaminhos abertos chamou sua atenção. Eram antigos e intrincados, lembrando-lhe o tipo de escrituras que ela havia visto na biblioteca de Dania, outro membro do Conselho. Como se seus pés tivessem vontade própria, Augusta se viu perto dos pergaminhos e pegando-os.

Para seu espanto, ela viu que haviam sido escritos por Lenard, o Grande, em pessoa — só que ela jamais havia visto aquelas notas antes. Ela e Blaise tinham estudado tudo que o grande feiticeiro havia feito. Sem a base de conhecimento deixada por Lenard e seus alunos, eles jamais teriam sido capazes de criar a Pedra Interpretadora e a linguagem de magia que a acompanhava. Ela deveria ter visto esses pergaminhos antes, e o fato de ela os estar vendo agora pela primeira vez era inacreditável.

Lendo-os às pressas, incrédula, Augusta tomou ciência da extensão do conhecimento rico que Blaise escondia do mundo. Esses antigos pergaminhos continham as teorias nas quais Lenard, o Grande, havia baseado seus feitiços orais — teorias que haviam fornecido um vislumbre do próprio Reino da Feitiçaria.

Por que Blaise não contou a todos sobre eles? Agora, ainda mais curiosa, ela pegou outro grupo de anotações que estavam na mesa.

Era um diário, notou ela imediatamente — o registro de Blaise sobre seu próprio trabalho.

Fascinada, Augusta folheou os papéis e começou a ler.

E enquanto lia, ela sentia a fina penugem atrás de seu pescoço se erguer. O que as anotações continham era tão horripilante que ela mal podia crer em seus olhos.

Deixando de lado o diário, ela deu um olhar desesperado pelo estúdio, querendo se convencer de que isso não podia ser real — que tudo eram divagações de um louco. Seu olhar parou na Esfera de Captura de Vida e ela viu uma única gota brilhando em seu interior.

Chegando até a ela com mãos trêmulas, ela a colocou na boca, deixando que a experiência a consumisse.

* * *

Sentado em seu estúdio, Blaise não conseguia parar de pensar em Gala — sobre sua fantástica e bela criação. Fechando os olhos, ele a viu em sua mente — os traços perfeitos de seu rosto, a profunda inteligência brilhando em seus olhos misteriosos. Ele imagina o que seria dela. Agora, ela era como uma criança, nova para tudo, mas ele já vislumbrava o potencial de seu intelecto e a capacidade de ir além de qualquer coisa que o mundo já tivesse visto.

Sua atração por ela era tão assustadora quanto preocupante. Ela era criação dele. Como ele podia se sentir assim a respeito dela? Mesmo com Augusta, ele não havia experimentado esse tipo de ligação imediata.

Tentando reprimir aqueles pensamentos, ele voltou sua atenção para o assunto fascinante de sua origem. A forma como ela havia descrito o Reino do Feitiço era fascinante. Ele daria tudo para testemunhar suas maravilhas pessoalmente.

Talvez houvesse uma maneira. Afinal, a mente de Gala era bastante parecida com a humana e ela havia sobrevivido lá . . .

* * *

Resfolegando, Augusta voltou a ser ela mesma. Respirando pesadamente, ela olhou em volta do estúdio, voltando como em um filme o que ela acabara de ver. O que Blaise havia feito? Que tipo de monstruosidade ele havia criado?

Era um desastre de proporções épicas. Se Augusta entendera corretamente, Blaise havia feito uma inteligência não humana. Uma mente artificial que ninguém — nem mesmo o próprio Blaise — podia entender. O que essa criatura queria? Do que ela seria capaz?

Espontaneamente, um velho mito sobre um feiticeiro que havia tentando criar a vida surgiu na mente de Augusta, fazendo com que seu estômago se contorcesse. Era o tipo de história em que os camponeses e as crianças acreditavam e, logicamente, Augusta sabia que não havia verdade nisso. Mas mesmo assim ela não podia deixar de pensar nisso, lembrando-se da primeira vez em que lera a história de terror, quando criança — e como ela se assustara então, acordando aos gritos por pesadelos de uma criatura aterrorizante que matara seu criador e a vila inteira. Mais tarde, Augusta ficara sabendo da verdade — que o feiticeiro em questão havia experimentado de fato um cruzamento de várias espécies de animais e que uma de suas criações (um híbrido de lobo e urso) havia escapado e criado o terror na cidade vizinha. Mesmo assim, já era tarde. A história havia deixado uma impressão indelével na mente jovem de Augusta e mesmo adulta, a ideia de uma vida não natural a aterrorizava.

A criação de Blaise, no entanto, não era mito. Ela — *aquilo* — era um monstro artificialmente criado com poderes potencialmente ilimitados. Pelo que se sabia, poderia destruir o mundo e todos os seres humanos que o habitavam.

E Blaise se sentia atraído por ela. Esse pensamento deixava Augusta tão mal que ela poderia até vomitar.

Não. Ela não podia deixar que isso acontecesse. Ela tinha que fazer alguma coisa. Pegando os pergaminhos de Lenard, Augusta os colocou em sua bolsa. Então, consumida pela raiva e pelo medo, ela direcionou suas emoções para um feitiço de limpeza com fogo — e o liberou pelo aposento.

CHAPTER TWENTY-ONE: AUGUSTA

Exiting the Tower, Augusta got on her chaise and headed toward Blaise's house, mentally steeling herself for the upcoming encounter. She could feel her heart beating faster and her palms sweating at the thought of seeing Blaise again—the man who had rejected her, the man whom she still couldn't forget. Even now that she had found some measure of happiness with Barson, memories of her time with Blaise were like a poorly healed wound—hurting at the least provocation.

Closing her eyes, she let the wind blow through her long dark hair. She loved the sensation of flying, of being high up in the air, above the mundane concerns and small lives of people on the ground. Of all the magic objects, the chaise was her favorite because no commoner could ever operate it. Flying required knowing some basic verbal magic, and non-sorcerers would not be able to do more than slowly float away to their deaths.

Passing by the Town Square, she made an impulsive decision to land in front of one of the merchant shops. Out here among the noise and bustle of the marketplace, on this beautiful day in late spring, it was hard to remain negative. Perhaps there was a good explanation for Blaise's obsession with Life Capture droplets, she thought hopefully. Perhaps he was running an experiment of some kind. After all, she knew he had always been interested in matters of the human mind.

Walking over to one of the open-air stalls, she bought some plump-looking dates. They were Blaise's favorite snack, when he deigned to stimulate his taste buds with some sweets. They would make a good peace offering, assuming that Blaise would agree to see her at all. Happy with her purchase—and fully cognizant of the futility of it all—she got back into the air.

Her former fiancé's house was not far, a walkable distance from the Town Square, in fact. Blaise was one of the few sorcerers who had always maintained a separate residence in Turingrad, as opposed to spending all of his time in the Tower. He had inherited that house from his parents and found it soothing to go there in the evenings instead of remaining in the Tower to socialize with the others. When she and Blaise had been together, she'd spent a lot of time at his house as well—so much, in fact, that she'd even had a room of her own there.

Thinking about his house again brought back those bittersweet memories. They'd taken occasional walks together from his house to this very Town Square, and she remembered how they'd always talked about their latest projects, discussing them with each other in great detail. It was one of the things she missed the most these days—those intellectual conversations, the back-and-forth exchange of ideas. Though Barson was an interesting person in his own right, he would never be able to give her that. Only another sorcerer of Blaise's caliber could do that—and there were none, as far as Augusta was concerned.

Finally, she was there, in front of Blaise's house. Despite its location in the center of Turingrad, it looked like a country house—a stately ivory stone mansion surrounded by beautiful gardens.

Approaching cautiously, Augusta came up the steps and politely knocked on the door. Then she held her breath, waiting for a response.

There was none.

She knocked louder.

Still no effect.

Her anxiety starting to grow, Augusta waited another couple of minutes, hoping that Blaise was simply on the top floor and unable to hear her knock.

Still nothing. It was time for more drastic measures.

Recalling a verbal spell she had handy, Augusta began to recite the words, substituting a few variables to avoid scaring the entire town. This particular spell was designed to produce an extremely loud sound—except, with the changes she introduced, it would only be heard inside Blaise's house. Thankfully, the code for vibrating the air randomly at the right amplitude was relatively easy. Following the simple logic chains with the Interpreter litany, she put her hands against her ears to block out the noise coming from inside the building.

The sound was so powerful, she could practically feel the walls of the house vibrating. There was no way Blaise could ignore this. In fact, if he was anywhere in the house, he would likely be half-deaf from that spell—and quite furious. It was probably not the best way to start their conversation, but it was the only way she could think of to get his attention. She would much rather deal with furious Blaise than the addict she was beginning to be afraid she would find.

The fact that he didn't respond to the noise spoke volumes. Only someone absorbed in a Life Capture would have been immune to the spell she'd just cast. The alternative—that he'd finally left his house after months of being a hermit—was an unlikely possibility, though Augusta couldn't help but cling to that small hope.

The scary thing about Life Captures was that people addicted to them sometimes died. They would get so absorbed in living the lives of others, they would neglect their health, forgetting to eat, sleep, and even drink. Although sorcerers could sustain their bodies with magic, they had to do spells in order to keep up their energy levels. A sorcerer Life Capture addict would be nearly as vulnerable as a regular person if he or she forgot to do the appropriate spell.

Standing there in front of the door, Augusta realized that she had a decision to make. She could either report this lack of response to Ganir or she could risk going in.

If this had been a commoner's house, it would've been easy. However, most sorcerers had magical defenses in place against unauthorized entry. In the Tower, they frequently did spells to prevent their locks from being tampered with. From what she could recall, however, Blaise rarely bothered to do that. Trying to unlock his door using sorcery was likely her best bet.

A quick spell later, she was entering the hallway, seeing the familiar furnishings and paintings on the walls.

Looking for either Blaise himself or the evidence of his addiction, Augusta slowly walked through the empty house, her heart aching at the flood of memories. How could this have happened to them? She should've fought harder for Blaise; she should've tried to explain, to make him understand. Perhaps she should've even swallowed her pride and groveled—an idea that had seemed unthinkable at the time.

Starting with the downstairs, Augusta went into the storage area, where she remembered him keeping important magical supplies. Opening the cabinets, she found several jars with Life Capture droplets, but there was nothing extraordinary about that. Most sorcerers—even

Augusta herself, to some degree—used the Life Captures to record important events in their lives or their work.

One cupboard drew her attention. In there, she saw more jars that didn't seem to be sorcery-related. Blaise always labeled everything, so she came closer, trying to see what was written on them.

To her surprise, she saw that all the jars had one word on them: Louie. These were likely Blaise's memories of his brother, she realized. The fact that he still had them—that he hadn't consumed them as a hardened addict would—gave her some small measure of hope. One of those jars looked particularly intriguing; it had a skull-and-bone symbol on it, as healers would sometimes put on deadly poisons. She had no idea what it could be.

In the corner of the room, she saw some broken jars on the floor. Amidst pieces of glass, there were more droplets, lying there as though they were trash. Curious, Augusta approached the corner.

To her shock, on a few of the jars, she saw labels with her name on them. Blaise's memories of her . . . He must've thrown them away in a fit of rage. Closing her eyes, she drew in a deep, shuddering breath, trying to keep the tears that were burning her eyes from escaping. She hadn't expected this visit to be so painful, the memories to be so fresh.

Reaching down, she pocketed one of the droplets, doing her best to avoid cutting her hand on the shards of glass lying all around it. Then, trying to regain her equilibrium, she exited the room and headed upstairs.

All around her, she could see dust-covered windowsills and musty-looking furnishings. Whatever Blaise's mental state, he clearly wasn't taking care of his house. Not a good sign, as far as she was concerned.

Going from room to room, she determined that Blaise wasn't there after all. Relieved, Augusta realized that he must've left the house after all. That *was* a good sign, as addicts rarely came out unnecessarily. Unless they ran out of Life Captures—which Blaise hadn't, judging by the jars downstairs. Could it be that Ganir was wrong again? After all, his spies had apparently misinformed him about the size of the peasant army Barson's men would be facing. Why not this also? But if they weren't wrong, then what did Blaise want with all those Life Captures he'd been getting?

Consumed with curiosity, she entered Blaise's study again, the familiar surroundings making her chest tighten. They'd spent so much time here together, exploring new spells and coming up with new coding methodologies. This was where they'd invented the Interpreter Stone and the simplified arcane language to go with it—a discovery that had transformed the entire field of sorcery.

Perhaps she should leave now. It was obvious that Blaise wasn't home, and Augusta no longer felt comfortable invading his privacy in this way.

Turning, she started walking out of the room when an open set of scrolls caught her attention. They were ancient and intricate, reminding her of the type of writings she'd seen in the library of Dania, another Council member. As though her feet had a mind of their own, Augusta found herself approaching the scrolls and picking them up.

To her shock, she saw that they had been written by Lenard the Great himself—except she'd never seen these notes before. She and Blaise had studied everything the great sorcerer had done; without the base of knowledge laid by Lenard and his students, they would've never been able to create the Interpreter Stone and the accompanying magical language. She should've come across these scrolls before, and the fact that she was seeing them now for the first time was incredible.

Skimming them in disbelief, Augusta comprehended the extent of the wealth of knowledge Blaise had been concealing from the world. These old scrolls contained the theories on which Lenard the Great had based his oral spells—the theories that provided a glimpse into the nature of the Spell Realm itself.

Why had Blaise not told anyone about them? Now even more curious, she reached for another set of notes lying on the desk.

It was a journal, she saw immediately—Blaise's recording of his work.

Fascinated, Augusta riffled through the papers and began reading.

And as she read, she felt the fine hair on the back of her neck rising. What was contained in these notes was so horrifying she could hardly believe her eyes.

Putting down the journal, she cast a frantic glance around the study, wanting to convince herself that this couldn't possibly be real—that it was all the ramblings of a madman. Her gaze fell upon the Life Capture Sphere, and she saw a single droplet glittering inside.

Reaching for it with a trembling hand, she put it in her mouth, letting the experience consume her.

* * *

Sitting there in his study, Blaise couldn't stop thinking about Gala— about his wondrous, beautiful creation. Closing his eyes, he pictured her in his mind—the perfect features of her face, the deep intelligence gleaming in her mysterious blue eyes. He wondered what she would become. Right now, she was like a child, new to everything, but he could already see the potential for her intellect and abilities to surpass anything the world had ever seen.

His attraction to her was as startling as it was worrisome. She was his creation. How could he feel this way about her? Even with Augusta, he hadn't experienced this kind of immediate connection.

Trying to suppress those thoughts, he turned his attention to the fascinating matter of her origin. The way she'd described the Spell Realm was intriguing; he would've given anything to witness its wonders himself.

Perhaps there was a way. After all, Gala's mind was quite human-like, and she had survived there . . .

* * *

Gasping, Augusta regained her sense of self. Breathing heavily, she stared around the study, reeling from what she'd just seen. What had Blaise done? What kind of monstrosity had he created?

This was a disaster of epic proportions. If Augusta understood correctly, Blaise had made an inhuman intelligence. An unnatural mind that nobody—not even Blaise himself—could comprehend. What would this creature want? What would it be capable of?

Unbidden, an old myth about a sorcerer who had tried to create life entered Augusta's mind, making her stomach roil. It was the kind of tale that peasants and children believed, and logically, Augusta knew there was no truth to it. But she still couldn't help thinking about it, remembering the first time she'd read the horror story as a child—and how frightened she had been then, waking up screaming from nightmares of a ghoulish creature that killed its creator and his entire village. Later on, Augusta had learned the truth—that the sorcerer in question had actually been experimenting with cross-breeding various animal species and that one of his creations (a wolf-bear hybrid) had escaped and wreaked havoc on the neighboring town. Still, by then it was too late. The story had left an indelible impression on Augusta's young mind, and even as an adult, the idea of unnatural life terrified her.

Blaise's creation, however, was not a myth. She—*it*—was an artificially created monster with potentially unlimited powers. For all they knew, it could destroy the world and every human being in it.

And Blaise was attracted to it. The thought made Augusta so sick she thought she might throw up.

No. She couldn't allow this to happen. She had to do something. Grabbing Lenard's scrolls, Augusta tucked them in her bag. Then, consumed by rage and fear, she channeled her emotions into a cleansing fire spell—and let it loose in the room.

CAPÍTULO VINTE E DOIS: BLAISE

Voando de volta para casa, Blaise tentou se convencer de que ele havia feito a coisa correta — que Gala precisava ver o mundo por si, vivenciar tudo que ela quisesse. O fato de que ele já sentisse falta dela não era bom motivo para limitar a liberdade de Gala.

Sua viagem de volta foi bem mais rápida do que seu voo para a vila. Ele, propositalmente, havia ido mais devagar, dando a Gala a chance de ver Turingrad. Mas, agora, não havia motivo para se demorar. Ele conhecia a cidade como a palma de sua mão e havia memórias desagradáveis demais associadas a essa visão — principalmente aquela da silhueta sombria da Torre.

Passando pela Praça da Cidade, ele se lembrou de como Esther brigava com ele por mergulhar na fonte, quando criança. Quando menino, ele gostava de mergulhar em busca de moedas e ela sempre o repreendia, dizendo que era inadequado para um filho de feiticeiro nadar na água suja da fonte.

Pensando em Esther e vendo as pessoas abaixo, ele refletiu sobre o que elas tinham tentado fazer por ele. Ele havia querido lhes dar o poder de fazer magia, melhorar suas vidas. E, ao invés disso, ele terminou criando algo milagroso — uma mulher linda e inteligente que estava mais longe de ser um objeto inanimado do que qualquer outra coisa que ele pudesse imaginar. Ele podia ter falhado em sua tarefa original, mas ele não podia se arrepender de Gala estar ali. Conhecê-la já havia clareado imensamente sua vida. Pela primeira vez, desde a morte de Louie, Blaise sentiu algum tipo de empolgação — até mesmo de felicidade.

Ficar sem ela nos próximos dias seria um desafio. Precisava encontrar algo para fazer, para ocupar sua mente, decidiu Blaise.

Uma coisa que lhe ocorreu foi o desafio de descobrir porque Gala não conseguia fazer magia. Afinal de contas, ela era uma inteligência nascida no Reino do Feitiço, ela devia ter a habilidade de fazer magia diretamente, sem ter que contar com todos os feitiços e convenções que os feiticeiros usavam. Devia ser tão natural para ela como respirar — e mesmo assim não parecia ser, pelo menos por ora.

O que aconteceria se uma mente humana comum fosse parar no Reino do Feitiço? Uma ideia louca surpreendeu Blaise por sua simplicidade. Aquela mente morreria imediatamente — ou ela seria capaz de voltar para o Reino Físico, talvez imbuída de novos poderes e habilidades?

Quanto mais ele pensava nisso, mais empolgante parecia a ideia. A forma como Gala havia descrito o Reino do Feitiço tinha sido maravilhosa, e seria incrível se uma pessoa—talvez ele mesmo — pudesse vê-lo (ou experimentá-lo usando qualquer sentido que fosse usado como visão naquele lugar).

Seria insano por parte dele tentar ir até lá? Entrar no Reino do Feitiço ele mesmo? A maioria das pessoas acharia que sim, ele sabia disso, mas a maioria das pessoas não tinha uma visão verdadeira, raramente assumindo riscos daquele tipo, que levam à verdadeira grandiosidade.

O que aconteceria se ele conseguisse entrar no Reino do Feitiço? Será que teria os mesmos poderes que ele suspeitava que Gala possuía? Se assim fosse, ele seria imbatível — o feiticeiro mais poderoso que já existira. Ele seria páreo para Gala e, caso ela ainda não dominasse a magia então, ele poderia até ensiná-la a aproveitar suas habilidades inerentes. Ele poderia fazer o que somente havia sonhado até agora: implantar uma mudança real, uma melhora verdadeira no mundo.

Ele seria uma lenda, como Lenard, o Grande.

Respirando fundo, Blaise disse a si mesmo para se acalmar. Tudo isso era ótimo na teoria, mas ele não fazia ideia se isso era possível ou seguro, na prática. Ele teria que ser prático e metódico em sua abordagem.

Afinal, agora ele tinha algo — ou melhor, alguém — muito importante por quem viver.

* * *

Aterrissando perto de sua casa, Blaise olhou, em choque, para a espreguiçadeira vermelha diante de sua porta.

Uma espreguiçadeira muito conhecida — uma que já fora o protótipo para todas.

A espreguiçadeira de Augusta.

E ela estava diante da casa.

O que sua ex-noiva estaria fazendo ali? Blaise sentiu seu coração acelerar por um misto de raiva e ansiedade. Por que ela teria vindo ali logo hoje?

Segurando-se mentalmente, ele abriu a porta e entrou na casa.

Ela descia as escadas quando ele entrou no amplo saguão de entrada. Ao vê-la, Blaise sentiu a dor aguda familiar. Ela era tão deslumbrante quanto ele se lembrava, seu cabelo castanho escuro macio e arrumado no alto da cabeça, seus olhos cor de âmbar como moedas antigas. Ele não pôde evitar comparar sua aparência sensual e morena com a beleza pálida e sobrenatural de Gala. Quando Augusta sorria, ela frequentemente parecia travessa, mas a expressão em seu rosto agora era de espanto e medo.

— O que você fez? — sussurrou ela, olhando para ele — Blaise, o que você fez?

Blaise sentiu que seu sangue congelava. De todas as pessoas, Augusta era uma das poucas que poderia ter entendido as anotações dele tão rapidamente.

— O que você está fazendo aqui? — ele perguntou, tentando ganhar tempo. Talvez estivesse enganado. Talvez ela não soubesse de tudo.

— Eu passei para ver como você estava —Sua voz estava um pouco abalada — Queria ver se você estava bem. Mas você não está, está? Você enlouqueceu completamente.

— Do que está falando? — Blaise interrompeu.

— Eu estou sabendo da abominação que você criou.

Os olhos dela brilhavam muito.

— Eu sei sobre essa coisa que você colocou à solta no mundo.

— Augusta, por favor, acalme-se . . ..

Blaise tentou injetar um tom calmante em sua voz.

— Vamos conversar sobre isso. De que exatamente está me acusando?

O rosto dela se inflamou subitamente com uma cor.

— Estou acusando você de criar uma criatura terrível através da magia e que pode pensar por si mesma — ela silvou, fechando os punhos — Um horror que, para sua própria surpresa, assumiu a forma humana!

Então ela sabia de tudo. Isso era ruim. Muito ruim. Blaise não podia deixar que ela fosse até o Conselho com aquela informação, mas como ele poderia impedi-la?

— Veja, Augusta — disse ele, falando de forma adequada — acho que você entendeu mal a situação. É verdade que eu criei um objeto inteligente, mas eu falhei. Eu não tive êxito.

— Não minta para mim! — gritou ela, e ele foi atingido pela incomum perda de compostura por parte dela.

Ele jamais a vira nesse estado antes. Em todos os anos em que a conhecia, ela havia erguido a voz somente pouquíssimas vezes.

— Eu sei que tem as anotações de Lenard, que você escondeu de todos — disse ela, furiosa.

— Você é o suprassumo da hipocrisia. Você, que sempre disse que o conhecimento devia ser compartilhado, mesmo entre os plebeus. Ah, e antes de me insultar com mais mentiras, você deve saber que eu usei a gotícula em sua Esfera. Eu sei que você criou e que essa coisa tomou forma humana — e eu vi sua reação pervertida a ela. Se o olhar matasse, a expressão no rosto dela teria feito dele uma pilha de pó.

— Está enganada — Blaise disse acaloradamente, pensando que não tinha mais nada a perder.

— Ela viveu por um tempo, mas voltou para o Reino do Feitiço logo depois de eu ter feito aquele registro. Sua manifestação no Reino Físico não era estável. Você viu as anotações. Sabe que deixei sua forma física inconclusa.

Ela olhou para ele, seus olhos brilhantes de emoção.

— Mentiroso. Não acredito em uma única palavra que disse. Você nem sabe o que fez. Essa coisa pode levar à extinção de toda a nossa raça.

— O quê? — Blaise falou de forma incrédula. — Como poderia levar à extinção de nossa raça? Mesmo que fosse estável, isso não faz sentido.

— Não é humano! — Augusta estava claramente descontrolada — É uma criatura artificial com poderes inimagináveis. Você não sabe do que ela é capaz. Sabe-se lá se é capaz de nos varrer todos com um piscar de seus belos olhos azuis!

— Augusta, ouça aqui — Blaise tentou raciocinar com ela — *Ela* é inteligente—altamente inteligente. Ela não teria motivos para fazer algo tão cruel. Com a inteligência vem a benevolência. Eu sempre acreditei nisso.

— Só porque você acredita, não quer dizer que seja verdade — disse ela, com a voz tremendo de raiva.

— E, mesmo que esteja certo, mesmo que essa coisa não pretenda nos fazer mal agora, sua mera existência nos coloca em risco. Se ela tem sua própria inteligência — uma inteligência artificial que foi criada, não nasceu — ela pode gerar mais criaturas como ela, talvez até mesmo mais espertas e mais poderosas. E então, essas novas abominações criarão algo ainda mais assustador, e esse ciclo poderá prosseguir até que não sejamos mais que formigas para esses seres. Eles vão nos pisar como se fôssemos baratas. Guarde minhas palavras, isso será o início do fim.

Blaise olhou chocado para Augusta, assolado pela ideia de que Gala estivesse criando outros como ela. Ele não havia considerado essa possibilidade antes, mas fazia sentido, de uma forma estranha. Só que ele não via isso como uma coisa ruim, como Augusta via. Na verdade, ele pensava nisso com empolgação, isso poderia ser o desenvolvimento que, finalmente, mudaria o mundo para melhor. Ele visualizava seres altamente inteligentes, que sabiam tudo, todo-poderosos que veriam a humanidade como sua raça genitora... e a visão era tremendamente atraente.

E, então, lhe ocorreu outra possibilidade. Se ele tivesse sucesso em ir para o Reino do Feitiço e obter poderes, então a linha entre os seres que ele acabara de visualizar e os humanos se tornaria indistinta. Mesmo se os medos de Augusta tivessem fundamento na realidade — o que ele fortemente duvidava — os seres humanos poderiam acabar sendo iguais a essas maravilhosas criaturas.

É claro, compartilhar esses pensamentos com Augusta não seria o passo mais sábio a essa altura.

— Olha, Augusta, mesmo que você esteja certa — disse ele — esses seres não iam querer nos fazer mal. Eles seriam muito parecidos conosco. Com uma inteligência maior, eles certamente possuíram uma ética que estaria acima da nossa. Não temos nada a temer.

— Você é um tolo. A expressão de Augusta estava cheia de escárnio. — Será que essa moralidade o impede de esmagar um incômodo inseto?

— Se eu soubesse que o pequeno importuno tivesse ciência de sua existência, eu não o mataria — Blaise estava firmemente convencido daquele fato — E, se eu soubesse que era meu criador, certamente não faria isso,

— Você está cego pela volúpia — ela silvou, seus traços belos se transformando em algo feio — Não é humano! Essa sua criatura não é real. Ela não vai amar você, como você deseja. Você a projetou sendo capaz de ter emoções? De amar?

E sem dar chance de resposta a Blaise, ela falou com sarcasmo:

— Não, claro que não. Você nem sabia que ia parecer uma mulher.

Blaise sentiu um lampejo crescente de raiva e o reprimiu com esforço.

— Você não faz ideia do que está falando — disse ele, de forma equilibrada — Você não a conhece.

—Oh, e você conhece?

Seus olhos se estreitaram formando uma linha.

— Está com ciúme? — Blaise perguntou incrédulo — É isto? Você e eu já acabou. Acabou desde que você votou a favor do assassinato de meu irmão!

— Ciúme? — Ela parecia lívida — Por que eu ficaria com ciúme dessa, dessa... *coisa*? Não passa de algumas tiras de código e experiências de alguns camponeses nojentos. Eu tenho um homem agora — um homem de verdade, e não um eremita que se esconde de seus livros e teorias!

— Está bem — Blaise falou rapidamente, segurando sua moderação por um fio — Então não vai interferir em minha vida novamente.

— Oh, não se preocupe, não farei isso — disse ela, com voz baixa e furiosa — Não estará lidando comigo — será com o Conselho. E ela começou a descer as escadas, em direção a Blaise.

— Você não vai levar isso para aqueles covardes!

Blaise sentiu sua própria raiva começando a sair do controle. Ele *não* deixaria o Conselho matar outra pessoa de quem ele gostava.

— Eu vou fazer o que bem entender — disse ela de forma contundente — E você vai encarar as consequências de suas ações, como Louie fez.

Na menção de seu irmão, Blaise sentiu que algo se rompeu.

— Você não vai a lugar algum — disse ele, impetuosamente, bloqueando fisicamente as escadas.

— Saia. Do. Meu. Caminho.

Os olhos dela ardiam como fogo. Sua mão disparou para ele, dando-lhe um tapa no rosto, antes que ele se desse conta do que ela iria fazer.

Com o rosto ardendo e a mente em desordem, Blaise pegou o pulso dela antes que ela lhe batesse de novo. Ela gritou de raiva, arrancando o braço de seu agarrão e dando alguns passos para trás. E, antes que Blaise pudesse fazer alguma coisa, ele a ouviu começando a recitar as palavras de um feitiço mortal conhecido.

O sangue de Blaise fervia em suas veias. Ele jamais havia lutado contra outra feiticeira, assim, mas ele reconheceu o que ela estava fazendo. Ela estava prestes a atingi-lo com uma rajada de pura energia de calor — um feitiço que o incineraria ali mesmo.

Com a mente estranhamente clara, apesar de o coração estar aos pulos em seu peito, ele começou a recitar seu próprio feitiço. Era o que ele usava para se proteger durante experimentos especialmente perigosos. Após algumas frases chave e uma litania Interpretadora, ele foi cercado por uma estrutura de poder mágico que embutiu o nada em suas paredes. E assim que ele terminou e viu o brilho revelador no ar, o feitiço de Augusta começou.

Era como se o sol tivesse descido para a casa dele. Mesmo através de seu escudo, Blaise sentiu o calor insuportável. Em segundos, ele ficou coberto de suor. Em volta dele, as paredes e a mobília se incendiaram e uma fumaça densa e ácida encheu a escada.

— Augusta! — gritou ele, aterrorizado por ela. Sem um feitiço protetor para si, ela seria torrada viva.

Logo depois, no entanto, a fumaça começou a se dissipar e Blaise a viu de pé no alto da escada, e bem viva. A onda de alívio que ele sentiu foi forte e imediata. Apesar do que ela havia feito, ele não conseguia desejar que sua ex-amante morresse — nem mesmo se significasse que Gala ficaria a salvo.

É claro que agora ele precisava salvar a própria casa. Pensando freneticamente, Blaise se lembrou de um feitiço oral que ele usava na juventude — um feitiço que lavaria suas mãos em questão de segundos. Ele só precisava aumentar sua potência.

Ao começar a dizer as palavras, ele ouviu Augusta começando seu próprio esforço de usar o código. Isso o distraiu por um instante, e ele percebeu que ela realizava um feitiço de teletransporte para si mesma. Se seu feitiço falhasse, Blaise seria o único a ser queimado.

Calando a própria voz, ele se concentrou no código, alterando alguns parâmetros para fazer com que a água ensaboada se multiplicasse mil vezes. A espuma começou a sair de suas mãos, cobrindo o fogo abrasador à sua volta, em questão de segundos. Agora, ele podia prestar atenção em Augusta — só que era tarde demais.

Quando ele começou a subir as escadas, ela terminou o seu feitiço e desapareceu do nada.

Ela não poderia ter ido longe — o teletransporte de longa distância era difícil diante das melhores circunstâncias e requeria cálculos bem mais precisos dos que ela teria tempo para fazer — mas ela apenas precisava sair pela porta e chegar à sua espreguiçadeira. Mesmo assim, sabendo da inutilidade de suas ações, Blaise desceu as escadas correndo e saiu da casa.

E, à distância, ele viu uma espreguiçadeira vermelha em voo, indo embora rapidamente. Uma perseguição naquele momento seria sem sentido e perigosa.

Ainda tremendo de raiva após o confronto, Blaise entrou, determinado a salvar o máximo que podia de sua casa. Ao entrar, viu que a espuma havia contido o fogo no corredor e na escada. Somente ao subir que ele notou a extensão do ódio de Augusta.

Todo seu estúdio — todas as anotações que ele havia feito, todos os seus diários, tudo do ano passado — tudo estava destruído.

De alguma forma, ela havia conseguido queimar tudo.

CHAPTER TWENTY-TWO: BLAISE

Flying back home, Blaise tried to convince himself that he'd done the right thing—that Gala needed to see the world on her own, to experience everything she wanted. The fact that he already missed her was not a good reason to limit her freedom.

His trip back was much faster than his flight to the village. He'd purposefully gone slower before, giving Gala a chance to see Turingrad, but now there was no reason to linger. He knew this town like the back of his hand, and there were far too many unpleasant memories associated with this view—especially that of the gloomy silhouette of the Tower.

Passing by the Town Square, he remembered how Esther would yell at him for swimming in the fountain as a child. As a boy, he had enjoyed diving for the coins, and she had always scolded him, saying that it was inappropriate for a sorcerer's son to be swimming in the dirty fountain water.

Thinking of Esther and watching the people below, he reflected on what he had tried to do for them. He had wanted to give them the power to do magic, to improve their lives. And instead, he'd ended up creating something miraculous—a beautiful, intelligent woman who was as far removed from an inanimate object as anything he could imagine. He might have failed in his original task, but he couldn't regret having Gala here. Knowing her had already brightened his life immeasurably. For the first time since Louie's death, Blaise felt some measure of excitement— happiness, even.

Being without her for the next few days would be a challenge. He needed to find something to do to occupy his mind, Blaise decided.

One thing that occurred to him was the challenge of figuring out why Gala couldn't do magic. By all rights, as an intelligence born in the Spell Realm, she should have the ability to do magic directly, without relying on all the spells and conventions that sorcerers used. It should be as natural to her as breathing—and yet it didn't seem to be, for now at least.

What would happen if a regular human mind ended up in the Spell Realm? The crazy idea startled Blaise with its simplicity. Would that mind die immediately—or would it be able to return to the Physical Realm, perhaps imbued with new powers and abilities?

The more he thought about it, the more exciting the idea seemed. The way Gala had described the Spell Realm had been wonderful, and it would be amazing if a person—if he himself—could see it (or experience it using whatever sense passed for sight in that place).

Would it be insane for him to try to go there? To enter the Spell Realm himself? Most people would think so, he knew, but most people lacked real vision, rarely taking the kind of risks that led to true greatness.

What would happen if he did succeed in entering the Spell Realm? Would he gain the kind of powers he suspected Gala might have? If so, he would be unstoppable—the most powerful sorcerer who ever lived. He would be Gala's equal, and if she still didn't master magic by then, he could even teach her how to harness her inherent abilities. He would be able to do what he'd only dreamed of so far: implement real change, real improvement in the world.

He would be a legend, like Lenard the Great.

Taking a deep breath, Blaise told himself to calm down. This was all great in theory, but he had no idea if this would be feasible or safe in practice. He would have to be careful and methodical in his approach.

After all, he now had something—or rather, someone—very important to live for.

* * *

Landing next to his house, Blaise stared in shock at the red chaise sitting in front of his door.

A very familiar chaise—one that had been the prototype for them all.

Augusta's chaise.

And it was in front of his house.

What was his former fiancée doing here? Blaise felt his heartbeat quickening and his chest tightening with a mixture of anger and anxiety. Why did she come here today of all days?

Mentally bracing himself, he opened the door and entered the house.

She was walking down the stairs as he entered the large entrance hall. At the sight of her, Blaise felt the familiar sharp ache. She was as stunning as he remembered, her dark brown hair smooth and piled on top of her head, her amber-colored eyes like ancient coins. He couldn't help comparing her darkly sensual looks to Gala's pale, otherworldly beauty. When Augusta smiled, she often looked mischievous, but the expression on her face now was that of shock and fear.

"What have you done?" she whispered, staring at him. "Blaise, what have you done?"

Blaise felt his blood turning to ice. Of all the people out there, Augusta was one of the few who could've made sense of his notes so quickly. "What are you doing here?" he asked, stalling for time. Perhaps he was wrong; perhaps she didn't know everything.

"I came by to check on you." Her voice shook slightly. "I wanted to see if you were all right. But you're not, are you? You've gone completely insane—"

"What are you talking about?" Blaise interrupted.

"I know about the abomination you created." Her eyes glittered brightly. "I know about this thing you've unleashed on the world."

"Augusta, please, calm down . . ." Blaise tried to inject a soothing note into his voice. "Let's talk about this. What exactly are you accusing me of?"

Her face flamed with sudden color. "I am accusing you of creating a terrible creature of magic that can think for itself," she hissed, her hands clenching into fists. "A horror that, to your own surprise, took on a human shape!"

So she knew everything. This was bad. Really bad. Blaise couldn't let her go to the Council with this information, but how was he supposed to stop her? "Look, Augusta," he said, thinking on his feet, "I think you misunderstood the situation. It's true that I tried to create an intelligent object, but I failed. I didn't succeed—"

"Don't lie to me!" she yelled, and he was struck by her uncharacteristic loss of composure. He had never seen her in this kind of state before; in all the years that he'd known her, she'd raised her voice only a handful of times.

"I know you had Lenard's notes, which you hid from everyone," she said furiously. "You are the ultimate hypocrite. You, who always said knowledge should be shared, even with the common people. Oh, and before you insult me with any more lies, you should know that I used that droplet in your Sphere. I know that you created it and that it took human shape—and I saw your perverted reaction to it." If looks could kill, the expression on her face would have left him in a pile of dust.

"You're wrong," Blaise said heatedly, figuring he had nothing left to lose. "It lived for a while, but it went back to the Spell Realm shortly after I made that recording. Its Physical Realm manifestation was not stable. You saw the notes; you know I left its physical form open-ended."

She stared at him, her eyes bright with emotion. "Liar. I don't believe a single word you're saying. You don't even know what you've done. This thing could lead to the extinction of our entire race—"

"What?" Blaise said incredulously. "How could it lead to the extinction of our race? Even if it was stable, that doesn't make sense—"

"It's not human!" Augusta was clearly beside herself. "It's an unnatural creature with unimaginable powers. You don't know what it's capable of; for all you know, it could wipe us out with one blink of its pretty blue eyes!"

"Augusta, listen to me," Blaise tried to reason with her. "*She* is intelligent—highly intelligent. She would have no reason to do something so cruel. With intelligence comes benevolence. I have always believed that—"

"Just because you believe it, doesn't mean it's true," she said, her voice shaking with anger. "And even if you're right, even if this thing doesn't intend us any harm now, its mere existence puts us all in jeopardy. If it has its own intelligence—an unnatural intelligence that was created, not born—it can spawn more creatures like itself, perhaps even smarter and more powerful. Then those new abominations will create something even more frightening, and this cycle can go on until we are nothing but ants to these beings. They will stomp on us, like we're nothing more than cockroaches. Mark my words, this will be the beginning of the end."

Blaise stared at Augusta in shock, struck by the idea of Gala creating others like herself. He hadn't considered this possibility before, but it made sense in a strange way. Except he didn't see it as a bad thing, the way Augusta did. In fact, he thought with excitement, this could be the development that would finally change their world for the better. He pictured highly intelligent, all-knowing, all-powerful beings that would view humanity as their parent race . . . and the vision was tremendously appealing.

Then another possibility occurred to him. If he succeeded in his goal of getting to the Spell Realm and gaining powers, then the line between the beings he just envisioned and humans would become blurred anyway. Even if Augusta's fears had some basis in reality—which he strongly doubted—humans could end up being equals of these marvelous creatures.

Of course, sharing these thoughts with Augusta would not be the smartest move at this point. "Look, Augusta, even if you're right," he said instead, "these beings would not want to harm us. They would be too much like us. With higher intelligence, they will surely possess a morality that will be above ours. We don't have anything to fear—"

"You're a fool." Augusta's expression was full of scorn. "Does morality stop you from squashing a pesky insect?"

"If I knew the little critter was self-aware, I would not kill it." Blaise was firmly convinced of that fact. "And if I knew it was my creator, I certainly would not."

"You're just blinded by lust," she hissed, her beautiful features twisting into something ugly. "It's not human! This creature of yours is not real. It's not going to love you, like you want it to. Did you design it to be capable of emotions? Of love?" And without giving Blaise a chance to respond, she said snidely, "No, of course you didn't. You didn't even know it would look like a woman."

Blaise felt an answering flare of anger, and he suppressed it with effort. "You have no idea what you're talking about," he said evenly. "You don't know her—"

"Oh, and you do?" Her eyes narrowed into slits.

"Are you jealous?" Blaise asked in disbelief. "Is that what this is? You and I are over. We've been over ever since you voted to murder my brother!"

"Jealous?" She looked livid now. "Why would I be jealous of this, this . . . *thing*? It's nothing more than a few strings of code and life experiences of some dirty peasants. I have a man now—a real man, not some hermit hiding among his books and theories!"

"Good," Blaise snapped, hanging on to his temper by a thread. "Then you won't interfere in my life again—"

"Oh, don't worry, I won't," she said, her voice low and furious. "It's not me you'll be dealing with—it's the Council." And she began walking down the stairs, toward Blaise.

"You will not go to those cowards with this!" Blaise felt his own anger starting to spiral out of control. He would *not* let the Council kill another person he cared about.

"I'm going to do whatever I want," she said sharply. "And you're going to face the consequences of your actions, just like Louie did—"

At the mention of his brother, Blaise felt something snap. "You're not going anywhere," he said fiercely, physically blocking the stairs.

"Get. Out. Of. My. Way." Her eyes were blazing like fire. Her hand flashed toward him, slapping him across the face before he realized what she was about to do.

His face stinging and his mind in turmoil, Blaise caught her wrist before she could strike him again. She screamed with rage, yanking her arm out of his grasp and stumbling back a few steps. And before Blaise could do anything, he heard her starting to recite the words of a familiar deadly spell.

Blaise's blood boiled in his veins. He'd never done battle with another sorcerer like this, but he recognized what she was doing. She was about to hit him with a blast of pure heat energy—a spell that would incinerate him on the spot.

His mind oddly clear despite his heart racing in his chest, he started chanting his own spell. It was what he used to protect himself during particularly dangerous experiments. A few key phrases and an Interpreter litany later, he was surrounded by a magical force structure that embedded nothingness in its walls. And just as he finished and saw the telltale shimmer in the air, Augusta's spell hit.

It was like the sun had descended into his house. Even through his shield, Blaise felt the unbearable heat. Within seconds, he was covered with sweat. All around him, the walls and furniture were on fire, and thick, acrid smoke filled the staircase.

"Augusta!" he yelled, terrified for her. Without a protective spell of her own, she would be burned to a crisp.

A moment later, however, the smoke began to clear, and Blaise saw her standing on the top of the staircase, still very much alive. The wave of relief that washed over him was strong and immediate; no matter what she'd done, he couldn't wish his former lover dead—not even if it meant that Gala would be safe.

Of course, right now he had to save his house. Thinking frantically, Blaise recalled a verbal spell he'd used in his youth—a spell that would wash his hands in a matter of seconds. All he needed to do was enhance its potency.

As he began saying the words, he could hear Augusta starting her own verbal coding effort. It distracted him for a second, and he realized that she was working on a teleporting spell for herself. If his own spell failed, Blaise would be the only one to burn.

Shutting out her voice, he focused on his code, changing some parameters to have the soapy water multiplied a thousand fold. Foam started streaming from his hands, covering the blazing fire all around him in a matter of seconds. Now he could pay attention to Augusta— only it was too late.

Just as he started up the stairs, she finished her own spell and disappeared into thin air.

She couldn't have gotten far—long-distance teleportation was difficult under the best circumstances and required far more precise calculations than what she would've had time to do—but all she needed was to get out the door and to her chaise. Still, even knowing the futility of his actions, Blaise rushed down the stairs and out of the house.

And in the distance, he saw a red chaise flying rapidly away. Pursuit at this stage would be pointless and dangerous.

Still shaking with anger in the aftermath of the confrontation, Blaise went back into his house, determined to salvage as much of it as he could. When he entered, he saw that the foam had contained the fire in the hallway and on the stairs. It was only when he went upstairs that he learned the full extent of Augusta's wrath.

His entire study—all the notes he'd made, all his journals, everything from the past year—was gone.

Somehow she had managed to burn everything.

CAPÍTULO VINTE E TRÊS: GALA

Após a refeição, a troca de roupa e de várias instruções sobre como parecer mais plebeia, Gala finalmente seguiu para ver o resto da vila.

Caminhando pelas ruas, ela analisava as casas pequenas e com aparência agradável e observava os camponeses que passavam — que olhavam de volta para ela.

— Por que eles me olham? — sussurrou ela para Maya depois que dois homens quase caíram do cavalo tentando olhar para ela.

— É porque eu pareço estranha e diferente?

— Oh, você é diferente sim.

Maya sorriu.

— Mesmo com esse vestido simples, você provavelmente é a mulher mais bonita que eles já viram. Se não quiser ser olhada com admiração, deve colocar um saco de batatas na cabeça.

— Acho que eu não gostaria disso — Gala disse distraidamente, notando uma aglomeração à frente. Parando, ela apontou para a multidão.

— O que é aquilo?

— Parece que o tribunal se reuniu para um julgamento — disse a velha mulher, franzindo o cenho. Ela estava para se virar e andar em outra direção, mas Gala seguiu para a aglomeração e as duas mulheres não tiveram escolha a não ser segui-la.

— Hum, Gala, eu não acho que seja o melhor lugar para você — Esther falou, soprando e bufando para acompanhar o ritmo de Gala.

Gala lhe deu um olhar com um pedido de desculpas.

— Desculpe, Esther, mas eu quero muito ver isso.

Ela havia lido um pouco sobre leis e justiça e não tinha intenção de abrir mão daquela oportunidade.

Antes que suas acompanhantes tivessem tempo para objetar novamente, Gala andou diretamente para a aglomeração, que parecia estar ocorrendo em uma versão miniatura da Praça da Cidade que ela havia visto em Turingrad.

Havia uma plataforma no meio da praça e algumas pessoas de pé nela. Dois homens mais fortes seguravam um mais franzino, que pareceu bem jovem para o olhar inexperiente de Gala. O jovem parecia querer fugir, com uma expressão de medo e agonia em seu rosto redondo. Perto da plataforma, Gala podia ver um grupo de pessoas parecidas — uma família ela supôs. Eles pareciam zangados, por algum motivo.

Um homem mais velho, de cabelos brancos, que estava de pé, na plataforma, começou a falar:

— Você é acusado de roubar um cavalo — disse ele, se dirigindo ao rapaz, e Gala ouviu um murmúrio de desaprovação na multidão. Até mesmo Maya e Esther balançaram a cabeça reprovando o jovem ladrão de cavalo.

— O que você tem a dizer sobre essa acusação? — prosseguiu o homem de cabeça branca, com os olhos escuros proeminentes em seu rosto enrugado.

— Sinto muito — disse o jovem, com a voz trêmula — Eu nunca farei isso de novo, eu juro. Eu não fiz por mal — eu apenas queria me divertir...

O homem de cabeça branca suspirou.

— Sabe o que fazem com ladrões de cavalos nos outros territórios? — ele perguntou.

O rapaz balançou a cabeça.

— No norte, são enforcados, e cortam suas cabeças, no leste — falou o velho, olhando para o jovem com austeridade.

O ladrão de cavalos empalideceu visivelmente.

— Sinto muito! Eu realmente não fiz por mal.

— Você tem sorte porque agimos de forma diferente aqui — interrompeu o velho, impedindo que o jovem implorasse — O Mestre Blaise não acredita nesse tipo de punição. Como você admitiu sua culpa e porque o cavalo foi devolvido a seus donos, sua punição será trabalhar na fazenda das pessoas de quem roubou, pelos próximos seis meses. Durante esse tempo, você os ajudará de todas as maneiras. Limpará seus estábulos, consertará a casa deles, lhes trará água do poço e realizará quaisquer outras tarefas que seja capaz de fazer.

Um homem de meia idade, da família que Gala havia notado, deu um passo à frente para se dirigir ao homem de cabeça branca.

— Prefeito, com o devido respeito, nossos filhos teriam morrido de fome sem aquele cavalo, com toda essa estiagem e tudo.

O prefeito ergueu a mão, interrompendo a crítica do homem.

— De fato. No entanto, felizmente para o senhor e para o acusado, o senhor recebeu o cavalo de volta são e salvo, não é verdade?

— Sim, Sr. Prefeito— admitiu o homem medrosamente.

— Nesse caso, o ladrão vai pagar por seu crime ajudando na fazenda. Espera-se que isso o ensine o valor do trabalho duro.

O homem de meia idade ainda parecia infeliz, mas era óbvio que ele não tinha escolha. Esta era a punição para roubo de cavalo e ele tinha que aceitar isso.

— E com isso — anunciou o prefeito — a sessão do tribunal está encerrada por hoje. Todos podem se espalhar e desfrutar da feira.

— Feira? — Gala perguntou, curiosa a respeito da súbita onda de empolgação na multidão.

— Ah é — uma jovem respondeu à sua direita. Você não soube? Temos a feira da primavera começando hoje. Fica do outro lado da cidade. E com isso, ela saiu agitada, aparentemente ansiosa para ir para o evento.

Gala deu uma risada. O entusiasmo da garota era contagiante.

— Vamos — disse ela para Maya e Esther, começando a andar em direção para onde viu que a maioria das pessoas seguia.

— Como? Espere, Gala, vamos conversar sobre isso . . .

Maya correu atrás dela, parecendo ansiosa.

— O que há para conversar? — Gala continuou a andar sentindo que iria explodir de emoção. — Não ouviram o que a moça disse? Eu vou para a feira!

— Não é uma boa ideia — Esther resmungou entre dentes — Eu tenho certeza de que não é o que Blaise quis dizer quando ele disse para nos certificarmos de que ela não chame atenção para si. Na feira, ela vai chamar atenção à beça!

— Sim, mas como pretende impedi-la? — Maya resmungou de volta, e Gala sorriu em troca.

Ela gostava de ter a liberdade de fazer o que queria e pretendia ver e experimentar o máximo que pudesse da vila.

* * *

A feira era impressionante como Gala pensou que fosse. Havia mercadores por toda parte, suas barracas coloridas exibindo várias mercadorias e produtos com aparência interessante. Ao lado deles havia jogos e atrações e Gala ouvia risos, vozes altas e música por toda parte. No centro da feira, havia uma grande plataforma, onde ela via jovens dançando.

Gala se aproximou do mercador mais próximo dela. — O que está vendendo? — perguntou.

— Eu tenho as melhores frutas secas da feira, para você, sua mãe e sua tia — Ele sorriu, oferecendo a Gala a mão cheia de passas.

Ela pegou algumas e as colocou na boca, desfrutando do gosto doce em sua língua. Esther pegou uma pequena moeda e deu ao mercador, agradecendo a ele, e seguiram em frente.

— Cerveja para as senhoras? — gritou um homem de uma das barracas. Havia enormes barris empilhados ao lado dele e Gala imaginou que continham essa cerveja que ele oferecia.

— Eu quero — disse ela, curiosa para experimentar a bebida sobre a qual havia lido.

— Não, não pode — Esther disse imediatamente, franzindo o cenho — Eu não quero que fique bêbada logo no seu primeiro dia conosco.

— Ora, vamos, deixe a mocinha se divertir — o vendedor de cerveja tentou persuadi-las — Ela não sentirá mais do que um pouco de zunido se beber apenas uma caneca.

— Está bom, tudo bem — Maya murmurou, dando uma moeda para o homem — Apenas uma caneca.

Gala sorriu. Ela experimentaria a tal cerveja de qualquer jeito, mas ficou contente de não ter que discutir com as duas mulheres.

Parecendo satisfeito, o mercador pegou uma caneca, andou até a pilha de barris e começou a encher a caneca de um deles. Gala notou a forma como os barris balançavam com o movimento do homem, como se oscilassem ao vento.

— Depressa — soou uma voz masculina atrás de Gala. Virando-se, ela viu um homem jovem, bem apessoado de pé. Assim que ele viu o rosto de Gala, seus olhos se arregalaram e suas bochechas ficaram vermelhas. Ele murmurou desculpas, com o olhar caminhando desde o topo da cabeça até os pés dela.

Gala lhe deu um pequeno sorriso e se virou para olhar novamente para o mercador. Ela estava ficando acostumada a esses olhares.

O mercador lhe entregou a caneca e ela tomou um gole, bochechando com a bebida na boca para prová-la. Não era tão deliciosa quanto as passas, mas enviou uma sensação cálida pelo seu corpo. Gostando da sensação, Gala bebeu com vários grandes goles e ouviu risos dos homens que estavam na fila, atrás dela.

— Você deve ir devagar — Maya advertiu, e Esther novamente franziu o cenho para Gala.

— Eu nunca bebi cerveja antes — Gala tentou explicar, querendo evitar que as duas mulheres se preocupassem — Eu acho que gosto mais disso do que do seu ensopado. Virando-se para o mercador, ela perguntou: — Pode me dar outra?

Nesse momento, Maya agarrou a mão de Gala e a afastou do espantado vendedor de cerveja e de seus clientes. Gala se deixou levar até a próxima barraca e depois fincou os pés no chão de modo firme.

— Você é muito forte para alguém tão pequena — disse Maya, olhando impressionada para Gala quando ela resistiu ao ser levada — Ë como se ela tivesse criado raízes — disse ela para Esther — Não consigo que ela se mova nem um centímetro.

— É apenas uma barraca de palhaço — Esther falou para Gala, parecendo exasperada. — Não há nada para você ver aqui.

Gala não concordou. Para ela, a barraca era fascinante, cercada por dezenas de crianças. Crianças — esses humanos-miniatura — eram um enigma para Gala. Ela jamais tinha sido criança, a não ser se contasse seu breve estágio de desenvolvimento no Reino do Feitiço. Então, ela raciocinou, talvez ela fosse como uma criança agora, comparada à pessoa em que se tornaria.

Outra coisa que a interessava era o homem com o rosto pintado. Ele usava roupas de aparência estranha e fazia o que parecia ser magia para as crianças — retirando moedas da orelha e depois fazendo com que essa moedas desaparecessem. Ele também parecia fazer isso sem qualquer tipo de feitiço oral ou escrito. Ao voltar sua atenção para as mãos dele, no entanto, ela viu que, na verdade, ele escondia as moedas na palma da mão. Um falso feiticeiro, pensou ela, observando sua farsa com deleite.

Repentinamente, houve três gritos altos. Espantada, Gala olhou para trás, para a barraca do vendedor de cerveja, de onde ela ouviu que vinham os gritos.

O que ela viu a fez congelar no lugar.

Uma das crianças mais velhas havia empurrado uma garota jovem para cima dos barris na barraca do mercador de cerveja. Os grandes barris balançaram perigosamente e Gala pôde ver o barril de cima começando a cair.

O tempo pareceu se arrastar. Na mente de Gala, ela viu a cadeia de eventos exatamente como ocorreriam. O barril cairia em cima da menina, esmagando seu frágil corpo humano. Gala podia até calcular o peso preciso e a força do objeto em queda — e a chance de sobrevivência da menina.

A menina deixaria de existir antes mesmo de ter a chance de curtir a vida.

Não. Gala não conseguia assistir aquilo. Seu corpo todo se retesou e, sem um pensamento consciente, ela ergueu as mãos no ar, apontando-as para o barril. Sua mente fez os cálculos necessários com velocidade de um raio, calculando a quantidade exata de força reversa para segurar o objeto em seu lugar.

O barril parou de cair, flutuando no ar algumas polegadas acima da cabeça da menina.

O silêncio foi ensurdecedor. Em volta de Gala, os frequentadores da feira ficaram como que congelados, olhando para o quase acidente com fascinação mórbida. O mercador de cerveja se recuperou primeiro, correndo para a menina assustada para puxá-la de debaixo do barril.

Assim que a menina não corria mais perigo, Gala sentiu que seu foco se modificava e o barril caiu, partindo-se em pequenos pedaços de madeira que se espalharam por toda parte.

A menina salva começou a chorar, seu pequeno corpo tremendo com os soluços, enquanto os espectadores pareciam soltar um suspiro coletivo de alívio. Muitos deles olhavam para Gala com expressões de espanto nos rostos e uma mulher se adiantou até ela, falando com uma voz trêmula:

— A senhora é feiticeira?

— Ela não teve nada a ver com aquilo. Foi o palhaço — disse Maya para a mulher, mentindo de forma não convincente.

Esther agarrou a mão de Gala.

— Vamos — disse ela com pressa, arrastando Gala para longe da multidão.

Gala não resistiu, seguindo a velha mulher com docilidade. Sua mente estava em desordem. Ela havia feito. Ela havia feito magia direta, conforme Blaise havia projetado para ela. Não havia sido um feitiço — ela, certamente não havia dito ou escrito nada. Em vez disso, era como se algo em seu profundo interior soubesse exatamente o que fazer, como deixar que uma parte secreta de sua mente assumisse. Tudo que sabia era que não queria que a criança se machucasse e o resto pareceu apenas . . . acontecer.

Quando já estavam suficientemente afastadas das pessoas, ela parou, se recusando a ir adiante.

— Espere — ela falou para Maya e Esther, abaixando-se para pegar uma pedrinha no chão.

— O que está fazendo? — Esther sibilou — Você acabou de atrair atenção para si!

— Esperem, por favor.

Aquilo era importante demais para Gala. Jogando a pedra no ar, ela se concentrou nela, tentando repetir as ações anteriores. *Não caia, não caia, não caia,* ela recitou mentalmente, olhando para a pedra.

A pedrinha não reagiu de qualquer forma, caindo ao chão em uma maneira totalmente normal.

— O que está fazendo? — Maya observava suas ações, incrédula — Está jogando pedras?

Gala balançou a cabeça, decepcionada. Por que não tinha funcionado de novo? Ela tinha impedido aquele barril, por que não a pedra?

Esther se aproximou dela, colocando o braço em volta de seus ombros.

— Venha, vamos para casa, filha — disse ela, de forma suave.

— Vamos lhe dar mais um pouco de ensopado.

— Não, obrigada, eu não quero ensopado agora — Gala disse, se afastando — Lamento ter chamado atenção para mim, mas eu não me arrependo de a menininha estar ilesa.

— Claro — Maya olhou para Esther — Você fez a coisa certa. Eu não faço ideia de como você fez, mas foi a coisa certa a ser feita.

Gala sorriu, aliviada por não ter se complicado demais. Olhando de volta em direção às barracas, ela notou a música novamente, uma melodia animada tocando à distância. Ela a atraía, instigando-a com a promessa de beleza e de novas sensações.

— Eu ainda não quero ir para casa — disse para Esther — Eu quero ver mais a feira.

Agora, até Esther parecia alarmada.

— Senhorita... Gala, eu acho que não deve voltar agora para a feira.

— Eu quero dançar — Gala disse, olhando as silhuetas à distância — Eu quero dançar com aquela música.

E, sem esperar pela resposta de suas acompanhantes, ela se apressou em direção à música.

CHAPTER TWENTY-THREE: GALA

After the meal, a change of clothing, and numerous instructions on how to appear more like a commoner, Gala was finally on her way to see the rest of the village.

Walking through the streets, she studied the small, cheerful-looking houses and stared at the peasants passing by—who stared right back at her. "Why are they looking at me?" she whispered to Maya after two men almost fell off a horse trying to get a good look at her. "Is it because I look strange and different?"

"Oh, you look different, all right." Maya chuckled. "Even in that plain dress, you're probably the prettiest woman they have ever seen. If you didn't want to be gawked at, we should've put a potato sack over your head."

"I don't think I would like that," Gala said absentmindedly, noticing a large gathering up ahead. Stopping, she pointed at the crowd. "What is that?"

"Looks like the court is meeting for judgment," said the old woman, frowning. She was about to turn away and walk in another direction, but Gala headed toward the gathering and the two women had no choice but to tag along.

"Um, Gala, I don't think that's the best place for you," Esther said, huffing and puffing to keep up with Gala's brisk pace.

Gala shot her an apologetic look. "I'm sorry, Esther, but I really want to see this." She had read a little bit about laws and justice, and she had no intention of passing up this opportunity.

Before her escorts had a chance to voice another objection, Gala walked straight into the gathering, which seemed to be taking place in a miniature version of the Town Square she'd seen in Turingrad.

There was a platform in the middle of the square, and a few people were standing on it. Two bigger men were holding a smaller one, who appeared quite young to Gala's inexperienced eye. The youngster looked like he wanted to run away, the expression on his round-cheeked face that of fear and distress. Near the platform, Gala could see a group of similar-looking people—a family, she guessed. They looked angry for some reason.

A white-haired older man, who was standing on the platform, began to speak. "You are accused of horse theft," he said, addressing the lad, and Gala could hear the disapproving murmuring in the crowd. Even Maya and Esther shook their heads, as though chiding the young horse thief. "What have you to say to this charge?" the white-haired man continued, his dark eyes prominent in his weathered face.

"I am sorry," the young man said, his voice shaking. "I will never to do it again, I promise. I didn't mean any harm—I just wanted to have some fun . . ."

The white-haired man sighed. "Do you know what they do to horse thieves in other territories?" he asked.

The lad shook his head.

"They hang them in the north, and they chop their heads off in the east," the old man said, giving the youngster a stern look.

The horse thief visibly paled. "I'm sorry! I truly didn't mean it—"

"Luckily for you, we do things differently here," the old man interrupted, cutting off the lad's pleas. "Master Blaise does not believe in that kind of punishment. Because you admitted your guilt and because the horse was returned to its rightful owners, your punishment is to work on the farm of the people you stole from for the next six months. During that time, you will help them in any way you can. You will clean their stables, repair their house, bring them water from the well, and perform whatever other tasks you are capable of doing."

A middle-aged man from the family Gala had noticed before stepped forward, addressing the white-haired man. "Mayor, with all due respect, our children would have starved without that horse, with the drought and all—"

The mayor held up his hand, stopping the man's diatribe. "Indeed. However, fortunately for you and for the accused, you got your horse back safe and sound, didn't you?"

"Yes, Mayor," the man admitted sheepishly.

"In that case, the thief will make up for his crime by helping out at your farm. Hopefully, this will teach him the value of hard work."

The middle-aged man still looked unhappy, but it was obvious that he had no choice. This was the punishment for the horse thief, and he had to accept it.

"And with that," the mayor announced, "the court is over for today. You can all go forth and enjoy the fair."

"The fair?" Gala asked, curious about the sudden wave of excitement in the crowd.

"Oh yes," a young woman to her right replied. "Didn't you hear? We've got the spring fair starting today. It's right on the other side of the village." And with that, she flounced off, apparently eager to get to this event.

Gala grinned. The girl's enthusiasm was contagious. "Let's go," she told Maya and Esther, starting to walk in the direction where she saw most people heading.

"What? Wait, Gala, let's discuss this . . ." Maya hurried after her, looking anxious.

"What is there to discuss?" Gala continued walking, feeling like she would burst from excitement. "Didn't you hear what that woman said? I'm going to this fair!"

"This is not a good idea," Esther muttered under her breath. "I'm pretty sure this is not what Blaise meant when he said to make sure she doesn't draw any attention to herself. Her at the fair—she's going to get attention galore!"

"Yes, well, how do you intend to stop her?" Maya muttered back, and Gala smiled at their exchange. She liked having the freedom to do what she wanted, and she intended to see and experience as much of this village as she could.

* * *

The fair was as amazing as Gala had thought it might be. There were merchants all over the place, their colorful stalls displaying various goods and interesting-looking food products. Right beside them, there were games and attractions, and Gala could hear laughter, loud voices, and music everywhere. In the center of the fair, there was a big platform where she could see young people dancing.

Gala approached a merchant closest to her. "What are you selling?" she asked him.

"I have the best dried fruit at the fair, for you or your mother and aunt." He smiled widely, offering Gala a handful of raisins.

She took a couple and put them in her mouth, enjoying the burst of sweet flavor on her tongue. Esther took out a small coin and gave it to the merchant, thanking him, and they continued on their way.

"Ale for the ladies?" a man yelled out from one of the stalls. There were huge barrels stacked on each side of him, and Gala wondered if they contained this ale he was offering.

"I will get some," she said, curious to try the drink she'd read about.

"No, you won't," Esther said immediately, frowning. "I don't want you drunk on your very first day with us."

"Oh, come on, let the lass have some fun," the ale merchant cajoled. "She won't feel more than a little buzz from just one drink."

"All right, fine," Maya grumbled, handing a coin to the man. "Just one drink."

Gala grinned. She would've tried this ale regardless, but she was glad she didn't have to argue with the two women.

Looking satisfied, the merchant took a mug, walked over to the pile of barrels, and started pouring from one of them into the mug. Gala noticed the way the barrels shook with the man's movements, as though swaying in the wind.

"Hurry up," a male voice said behind Gala. Turning around, she saw a young, well-built man standing there. As soon as he saw Gala's face, his eyes widened, and his cheeks turned red. He mumbled an apology, his gaze traveling from the top of her head all the way down to her toes.

Gala gave him a small smile and turned around to look at the merchant again. She was getting used to these stares.

The merchant handed her the mug, and she took a sip, swirling the drink around her mouth to better taste it. It wasn't nearly as delicious as the raisins, but it did send a warm feeling down her body. Liking the sensation, Gala downed the mug in several large gulps and heard chuckles from the men standing in line behind her.

"You should pace yourself," Maya admonished, and Esther gave Gala another frown.

"I've never had ale before," Gala tried to explain, not wanting the two women to worry. "I think I like it even better than your stew." Turning to the merchant, she asked, "Can I have another one?"

At this, Maya grabbed Gala's hand and dragged her away from the confused ale merchant and his customers. Gala let herself be led only as far as the next stall and then stood her ground firmly.

"You are strong for one so small," Maya said, looking impressed when Gala resisted her tugging. "It's as though she grew roots," she told Esther. "I can't make her move another inch."

"This is just a clown stall," Esther told Gala, sounding exasperated. "There is nothing for you to see here."

Gala didn't agree. To her, the stall was fascinating, surrounded as it was by dozens of children. Children—these miniature humans—were an enigma to Gala. She had never been a child herself, unless one counted her brief stage of development in the Spell Realm. Then again, she reasoned, perhaps she was like a child now compared to the person she would become.

Another thing that interested her was the man with the painted face. He was wearing strange-looking clothing and doing what seemed like sorcery for the children—pulling out coins from their ears and then making those coins disappear. He also seemed to be doing it without any kind of verbal or written spells. When she focused on his hands, however, she saw that he was actually hiding the coins in his palm. A fake sorcerer, she thought, watching his antics with amusement.

Suddenly, there was a loud shout. Startled, Gala looked back toward the ale merchant's stall, where she heard the sound coming from.

What she saw made her freeze in place.

One of the older children had pushed a younger girl into the stack of barrels at the ale merchant's stall. The large barrels swayed perilously, and Gala could see the top barrel beginning to fall.

Time seemed to slow to a crawl. In Gala's mind, she saw the chain of events exactly as they would play out. The barrel would fall on top of the girl, crushing her frail human body. Gala could even calculate the precise weight and force of the falling object—and the child's odds of survival.

The young girl would cease to exist before she'd had a chance to enjoy living.

No. Gala couldn't stand to see that. Her entire body tensed, and without conscious thought, she raised her hands in the air, pointing them at the barrel. Her mind ran through the necessary calculations with lightning speed, figuring out the exact amount of reverse force necessary to hold the falling object in place.

The barrel stopped falling, floating in the air a few inches above the girl's head.

The silence was deafening. All around Gala, the fairgoers stood as though frozen in place, staring at the near-accident in morbid fascination. The ale merchant recovered first, jumping toward the shocked child to pull her away from under the barrel.

As soon as the girl was not in danger, Gala felt her focus slipping, and the barrel fell, breaking into little bits of wood and splashing ale all over the place.

The rescued child began to cry, her small frame shaking with sobs, while the spectators seemed to breathe a collective sigh of relief. Many of them were staring at Gala with awed expressions on their faces, and one woman took a step toward her, addressing her in a quivering voice, "Are you a sorceress, my lady?"

"She had nothing to do with that; it was the clown," Maya told the woman, lying unconvincingly.

Esther grabbed Gala's hand. "Let's go," she said urgently, dragging Gala away from the crowd.

Gala did not resist, following the old woman docilely. Her mind was in turmoil. She had done it. She had done direct magic, as Blaise had designed her to do. It hadn't been a spell—certainly she hadn't said or written anything. Instead, it was as though something deep inside her knew exactly what to do, how to let some hidden part of her mind take over. All she'd known was that she didn't want the child hurt, and the rest had seemed to just . . . happen.

When they were sufficiently far away from the crowd, she stopped, refusing to go any further. "Wait," she told Maya and Esther, bending down to pick up a small pebble lying on the ground.

"What are you doing?" Esther hissed. "You just drew a lot of attention to yourself!"

"Just wait, please." This was too important to Gala. Throwing the pebble in the air, she focused on it, trying to replicate her actions from before. *Don't fall, don't fall, don't fall,* she mentally chanted, staring at the pebble.

The little rock didn't react in any way, falling to the ground in a completely normal fashion.

"What are you doing?" Maya was watching her actions with disbelief. "Are you throwing rocks?"

Gala shook her head, disappointed. Why didn't it work for her again? She'd stopped that barrel, so why not this rock?

Esther approached her, putting an arm around her shoulders. "Come, let's go home, child," she said soothingly. "We'll give you some more stew—"

"No, thanks, I don't want any stew right now," Gala said, stepping away. "I'm sorry I drew attention to myself, but I don't regret that the little girl is unharmed."

"Of course." Maya glared at Esther. "You did the right thing. I have no idea how you did it, but it was the right thing to do."

Gala smiled, relieved that she hadn't messed up too much. Looking back toward the stalls, she noticed the music again, a lively melody playing in the distance. It called to her, tempting her with the promise of beauty and new sensations. "I'm not ready to go home yet," she told Esther. "I want to see more of the fair."

Now even Maya looked alarmed. "My lady . . . Gala, I don't think you should go back to that fair now—"

"I want to dance," Gala said, watching the figures in the distance. "I want to dance to that music."

And without waiting for her chaperones' reply, she hurried toward the music.

CAPÍTULO VINTE E QUATRO: AUGUSTA

— Blaise fez o quê? — A expressão no rosto de Ganir era impagável, sentado atrás de sua mesa. Se Augusta não estivesse tão aflita, ela teria apreciado mais a reação de Ganir. Como estava, ela ainda tremia em consequência da batalha de feitiços — e ao saber do terror que Blaise havia lançado sobre Koldun.

— Ele havia criado um ser artificial — uma coisa criada no Reino do Feitiço — Augusta repetia, caminhando pelo aposento — E então ele me agrediu quando tentei raciocinar com ele. Ele tinha enlouquecido completamente. Teria sido bem melhor se tivesse se tornado um viciado.

Ganir franziu a testa.

— Espere, eu ainda não entendi bem isso. Você está me dizendo que ele criou uma inteligência? Como ele conseguiu fazer isso?

— Eu sei exatamente como ele fez — Augusta disse, lembrando-se das anotações que havia encontrado — Ele simulou a estrutura de uma mente humana no Reino do Feitiço, e então a desenvolveu usando uma Captura de Vida — a mesma Captura de Vida que você achou que ele estava obtendo para ele.

Os olhos de Ganir se arregalaram.

— Ele deve ter usado algo de minha pesquisa sobre o cérebro humano — ele falou arfando, com a voz grossa de empolgação — Mas ele deve ter ido além do que eu descobri no processo de criar a Esfera de Captura de Vida.

— Ele também obtete ajuda dos escritos de Lenard — Augusta lhe disse, parando diante da mesa dele — Ele tinha um estoque deles escondidos, os quais nunca compartilhou com ninguém.

— Escritos de Lenard?

Os olhos de Ganir se iluminaram.

— O rapaz os têm? Eu ouvi um boato que Dasbraw tinha algo assim, mas aquele bastardo astuto sempre negou o fato.

— Ele não era seu amigo? — Augusta perguntou zombeteiramente — Eu achei que vocês dois eram unha e carne na juventude.

— Éramos.

O rosto enrugado de Ganir fez um vinco parecido com um sorriso.

— Mas Dasbraw sempre gostava de ter segredos quando se tratava de feitiçaria. Eu acho que ele se ressentia do fato de ter começado como meu aprendiz...

Por um momento houve um olhar longínquo nos olhos dele, mas daí ele balançou a cabeça, voltando ao presente.

— Então está me dizendo que Blaise os têm? Os escritos?

— Ele não tem mais — Augusta disse com uma satisfação mal disfarçada — Eu tive que usar um feitiço de fogo quando ele tentou me deter.

Ela não disse que, naquele momento, os preciosos escritos estavam dentro da bolsa dela, sãos e salvos. Na Torre, era sempre bom ter alguma vantagem.

— Você queimou a casa de Blaise? — Ganir falou boquiaberto pelo choque.

— Não tive escolha — Augusta disse categoricamente, irritada com a reação do Líder do Conselho — Você não estava lá. Ele se recusou a raciocinar. Não sabe o que ele se tornou, como está obcecado pela criatura. Ele está totalmente sob controle dela.

A expressão no rosto de Blaise quando ele bloqueou sua passagem passou pela mente dela. Ele estava determinado a impedir que ela fosse até o Conselho, ela tinha certeza disso. Será que ele a teria matado para proteger aquela abominação? Houve uma época em que Augusta acharia isso impossível, mas não mais — não depois que ela pegou aquela gota e vivenciou a profundeza dos sentimentos dele por sua criação horripilante.

Ganir parecia pasmo.

— Isso nem parece o Blaise — disse ele com dubiedade — Disse que ele tentou agredir você?

— Ele quis me impedir de contar ao Conselho — Augusta falou, com um pouco menos de certeza, agora. Blaise não a agredira exatamente, mas ela se sentira ameaçada, mesmo assim.

— Ele até tentou mentir dizendo que a forma da criatura era instável e que não existia mais.

— Então, *vai* relatar para o Conselho? — Ganir interrompeu, encarando-a.

— Devo relatar, não devo?

O olhar de Augusta encontrou o do velho feiticeiro.

— É preciso que saibam sobre isso. É perigoso e precisa ser eliminado.

— O que acha que acontecerá a Blaise se descobrirem o que ele fez? Não vão apenas se livrar da criatura e deixá-lo vivo.

Augusta engoliu em seco. Agora, que pensava com mais clareza, ela percebeu que Ganir estava certo — que contar ao Conselho destruiria Blaise assim como a abominação que ele havia criado. E ela não podia deixar que isso acontecesse, por mais que ela estivesse aborrecida com ele. O pensamento de Blaise morto, acabado, era insuportável como a ideia de ele estar atraído por aquela monstruosidade. — Qual seria a alternativa? — ela perguntou.

O velho gostava de Blaise e ela duvidava de que ele quisesse vê-lo brutalmente punido, tanto como ela não desejava isso.

Ganir se inclinou para trás em sua cadeira, seu rosto assumindo uma expressão pensativa. — Bem — disse ele lentamente — antes de tudo, há uma pequena chance de ele não ter mentido para você. Se ele se surpreendeu por esse ser ter assumido a forma que assumiu então, ele provavelmente não o entende plenamente. É muito provável que ela — *isso* — tenha ficado instável e já tenha ido embora.

Augusta bufou com desprezo.

— Eu não apostaria nessa possibilidade — ele estava desesperado para salvar a criatura. Você acha que não sei, depois de tantos anos de convivência, se ele está mentindo ou dizendo a verdade?

— Está bem — Ganir aquiesceu — suponhamos que você esteja certa. Mesmo assim não estou convencido que essa inteligência seja uma ameaça tão grande quanto você imagina.

Augusta agarrou a ponta da mesa dele.

— Você não está convencido?

Ela ouvia sua voz se erguer enquanto o velho pesadelo de infância parecia surgir de modo assustador.

— Eu peguei aquela gota — eu estive na cabeça de Blaise — e ele mesmo não sabe do que essa criatura é capaz! Pode ter poderes acima de tudo que possamos imaginar. E se ela se voltar contra nós? E se resolver acabar com todos nós?

Ganir piscou.

— Que tipo de poderes ela tem? O que pode fazer?

— Eu não sei — Augusta admitiu, dando um passo para trás e inspirando de forma trêmula — E nem Blaise sabe. Este é o problema. Só porque ainda não fez nada, não significa que estejamos a salvo. Só existe há pouco tempo.

O velho olhou para ela.

— Sendo assim, por que não a deixamos assim? Nunca vimos nada igual antes — uma inteligência que foi criada, não nasceu, um ser do Reino do Feitiço.

— Não — Augusta balançou a cabeça, rejeitando a ideia com todo vigor — Não podemos nos arriscar. Aquela coisa precisa ser destruída *agora*, antes que tenha a chance de nos destruir. Pelo que se sabe, pode estar ficando mais poderosa a cada instante de sua existência. Esta é nossa chance de conter essa situação. Se não a impedirmos agora, poderemos nunca mais poder fazer isso no futuro. Pense nisso, Ganir. E se acabar criando mais abominações como ela própria?

O velho feiticeiro parecia abismado. Ele obviamente não havia pensado por esse ângulo. Augusta notou que ele hesitava e aproveitou sua vantagem.

— Já imaginou o poder de todo um exército de criaturas do Reino do Feitiço?

Ganir arregalou seus olhos, como se um novo pensamento houvesse surgido em sua mente.

— Você disse que assumiu a forma de uma mulher, correto? — disse ele lentamente — E disse que Blaise está atraído por ela?

Augusta assentiu, olhando horrorizada para ele. Será que ele quis dizer o que ela estava pensando?

— Ganir, o que você está sugerindo?

— Que ela e Blaise podem reproduzir? — disse ao erguer as sobrancelhas — Eu não faço a menor ideia, mas pode ser curioso descobrir...

Augusta sentiu ânsias de vômito. Curioso? Se o monstro consegue procriar? Será que o velho estaria ficando demente?

O Líder do Conselho pareceu inexplicavelmente entretido.

— Se Blaise se sente atraído por ela, não deve ser tão monstruosa assim.

Augusta reprimiu a vontade de lançar sobre ele outro feitiço de fogo.

— Você não está entendendo — disse ela friamente — Não estamos falando de alguma experiência de feitiçaria. Blaise criou essa coisa para fornecer magia para os plebeus. Suas ações — e suas intenções — são perigosas e traiçoeiras. Ele precisa ser impedido. Se você não vai me ajudar com isso, eu não terei outra escolha a não ser ir até o Conselho — e ambos sabemos o que isso representará para Blaise. Augusta estava praticamente blefando, mas o ancião não sabia disso.

Os olhos de Ganir se apertaram.

— Está bem — disse ele, olhando para ela — Nós vamos conter essa situação, conforme você sugeriu. Onde está essa criatura agora?

— Eu não sei. Eu não encontrei qualquer vestígio dela na casa de Blaise.

— Sendo assim, vou enviar alguns de meus homens à procura dela. Eles receberão instruções para relatar qualquer coisa estranha. Se a criatura for tão poderosa quanto você acha, saberemos disso, eventualmente.

Ele parou por um momento.

— E, se não soubermos de qualquer atividade de feitiçaria fora do comum, então Blaise ou estava dizendo a verdade, ou o ser não é uma ameaça, pelo que me consta.

Augusta não concordou com essa última parte, mas agora não era momento para discutir.

— E quando for encontrada?

— Então ela será presa e trazida para cá, para a Torre, onde podemos interrogá-la e determinar se realmente representa um perigo para nós.

Desta vez ela não pôde se conter.

— Ganir, ela precisa ser destruída.

O Líder do Conselho se inclinou.

— E será, se for tão perigosa quanto você diz — disse ele, com um tom perigosamente suave. —Mas antes de fazermos algo apressado, precisamos descobrir mais sobre isso. Eu vou estudá-la, e depois, se necessário, eu mesmo a destruo.

Veremos, Augusta pensou, mas guardou suas palavras. Agora, era preciso que os espiões de Ganir localizassem a tal coisa.

CHAPTER TWENTY-FOUR: AUGUSTA

"Blaise did what?" The expression on Ganir's face as he sat behind his desk was priceless. If Augusta hadn't been so distressed herself, she would've enjoyed Ganir's reaction more. As it was, she was still shaking from the aftereffects of the magical battle—and from learning about the horror that Blaise had unleashed on Koldun.

"He created an unnatural being—a thing forged in the Spell Realm," Augusta repeated, pacing around the room. "And then he attacked me when I tried to reason with him. He's gone completely insane. It would've been far better if he had been an addict—"

Ganir frowned. "Wait, I'm still not clear on this. You're saying he created an intelligence? How could he have done this?"

"I know exactly how he did it," Augusta said, remembering the notes she'd found. "He simulated the structure of the human mind in the Spell Realm, and then developed it using Life Captures—the same Life Captures that you thought he was getting for himself."

Ganir's eyes widened. "He must've used some of my research on the human brain," he breathed, his voice thick with excitement. "But he had to have gone leaps and bounds beyond what I had discovered in the process of creating the Life Capture Sphere—"

"He also had some help from Lenard's writings," Augusta told him, stopping in front of his desk. "He had a secret stash of them that he had never shared with anyone."

"Lenard's writings?" Ganir's eyes lit up. "The boy has them? I heard a rumor once that Dasbraw had something like that, but that wily bastard always denied it."

"Wasn't he your good friend?" Augusta asked scornfully. "I thought the two of you were thick as thieves in your youth."

"We were." Ganir's wrinkled face creased into something resembling a smile. "But Dasbraw always liked his secrets when it came to sorcery. I think he resented the fact that he started off as my apprentice . . ." For a moment, there was a faraway look in his eyes, but then he shook his head, bringing himself back to the present. "So you're saying that Blaise has them? Those writings?"

"He doesn't have them anymore," Augusta said with poorly concealed satisfaction. "I had to use a fire spell when he tried to detain me." She didn't mention that, at this very moment, the precious writings were sitting inside her bag, safe and sound. In the Tower, it always paid to have some leverage.

"You burned Blaise's house?" Ganir gaped at her, his mouth falling open in shock.

"I had no choice," Augusta said sharply, annoyed at the Council Leader's reaction. "You weren't there. He refused to listen to reason. You don't know what he's become, how obsessed he is with that creature. He's completely under its control now." The expression on Blaise's face as he blocked her way flashed through her mind. He had been determined to keep her from going to the Council, she was sure of that. Would he have killed her to protect that abomination? Once, Augusta would've thought such a thing impossible, but not anymore—not after she took that droplet and experienced the depth of his feelings for his horrifying creation.

Ganir looked taken aback. "That doesn't sound like Blaise," he said dubiously. "You said he tried to attack you?"

"He wanted to stop me from telling the Council," Augusta said, a little less certain now. Blaise hadn't attacked her, exactly, but she had felt threatened nonetheless. "He even tried to lie to me that the creature's form was unstable, and it was no longer in existence—"

"So, *are* you going to tell the Council?" Ganir interrupted, staring at her.

"I should, shouldn't I?" Augusta met the old sorcerer's gaze. "They need to know about this thing. It's dangerous, and it needs to be eliminated."

"What do you think would happen to Blaise if they found out what he had done? They won't just get rid of his creation and let him be."

Augusta swallowed. Now that she was thinking more clearly, she realized that Ganir was right—that telling the Council would doom

Blaise as well as the abomination he'd created. And she couldn't let that happen, no matter how upset she was with him. The thought of Blaise dead, gone, was as unbearable as the idea of him being attracted to that monstrosity. "What would be the alternative?" she asked. The old man cared about Blaise, and she doubted he wanted to see him brutally punished any more than she did.

Ganir leaned back in his chair, his face assuming a thoughtful expression. "Well," he said slowly, "first of all, there is a small chance he didn't lie to you. If he was surprised that this being took the shape that it did, then he probably doesn't understand it fully. It's very possible that she—*it*—is indeed unstable and gone by now."

Augusta snorted dismissively. "I wouldn't hold my breath for that possibility—he was just desperate to save the creature. You think I don't know after all those years together whether he's lying or telling the truth?"

"All right," Ganir conceded, "let's suppose you're right. I'm still not convinced, though, that this intelligence is as big of a threat as you think—"

Augusta gripped the edge of his desk. "You're not convinced?" She could hear her voice rising as the old childhood nightmare reared its ugly head. "I took that droplet—I was in Blaise's head—and he himself doesn't know what this creature is capable of! It could have powers that are beyond anything we can imagine. What if it turns against us? What if it decides to wipe us all out?"

Ganir blinked. "What kind of powers does it have? What can it do?"

"I don't know," Augusta admitted, taking a step back and drawing in a shaky breath. "And neither does Blaise. That's the problem. Just because it hasn't done anything yet, doesn't mean we're safe. It's only been in existence for a short time."

The old man looked at her. "In that case, why don't we just let it be? We have never seen anything like it before—an intelligence that was created, not born, a being from the Spell Realm—"

"No." Augusta shook her head, everything inside her rejecting that idea. "We can't take that kind of risk. The thing needs to be destroyed *now*, before it has a chance to destroy us. For all we know, it might be growing more powerful with every moment it's in existence. This is our chance to contain this situation. If we don't stop it now, we might never be able to do so in the future. Think about it, Ganir. What if it ends up creating more abominations like itself?"

The old sorcerer looked stunned. He obviously hadn't considered that angle. Augusta could see him wavering, and she pressed her advantage. "Can you imagine how powerful an entire army of creatures from the Spell Realm might be?"

Ganir's eyes widened, as though some new thought occurred to him. "You said it took a female shape, right?" he said slowly. "And you said Blaise is attracted to it?"

Augusta nodded, staring at him in horror. Was he implying what she thought he was implying? "Ganir, are you suggesting—?"

"That she and Blaise could reproduce?" He raised his eyebrows. "I have no idea, but I would be curious to find out . . ."

Augusta felt like throwing up. "Curious? About whether the monster could spawn?" Was the old man sick in the head?

The Council Leader appeared inexplicably amused. "If Blaise is attracted to it, it can't be all that monstrous."

Augusta squelched the urge to lash out at him with another fire spell. "You're missing the point," she said coldly instead. "This is not some sorcery experiment we're talking about. Blaise created this thing in order to give magic to the commoners. His actions—and his intentions—are dangerous and treasonous. He needs to be stopped. If you're not going to help me with this, I will have no choice but to go to the Council—and we both know how that would likely end for Blaise." Augusta was mostly bluffing, but the old man didn't need to know that.

Ganir's eyes narrowed. "All right," he said, staring at her. "We'll contain the situation ourselves, as you suggested. Where is this creature now?"

"I don't know. I didn't find any traces of it in Blaise's house."

"In that case, I will send some of my men to look for her. They will be given instructions to report anything strange. If the creature is as powerful as you think, we are bound to learn about it eventually." He paused for a moment. "And if we don't hear about any unusual sorcery activity, then Blaise was either telling the truth or the being is not a threat, as far as I'm concerned."

Augusta didn't agree with that last bit, but now was not the time to argue. "And when it's found?"

"Then I will have it captured and brought here, to the Tower, where we can interrogate it and determine if it truly represents a danger to us."

This time she couldn't contain herself. "Ganir, it needs to be destroyed—"

The Council Leader leaned forward. "And it will be, if it's as dangerous as you say," he said, his tone dangerously soft. "But before we do anything rash, we need to find out more about it. I will study it, and then, if need be, I will destroy it myself."

We'll see, Augusta thought, but held her tongue. Right now, they needed Ganir's spies to locate the thing.

CAPÍTULO VINTE E CINCO: GALA

A pista de dança estava cheia de pessoas de todas as idades, rindo, conversando e se contorcendo com a música. Pausando na beira da pista, Gala olhou em volta, com a cabeça girando um pouco. Seus pés sapateavam ao ritmo e ela queria rir também — pelo menos até que se sentisse um tanto desorientada.

A sensação era diferente e Gala percebeu que estava vivenciando algo estranho. De repente, ela se deu conta: a cerveja. Era a isso que as pessoas se referiam como ficar bêbado.

Franzindo o cenho, Gala pensou na situação. De acordo com o que ela havia lido, pessoas bêbadas faziam coisas tolas e não agiam como de costume. Ela não gostava da ideia de isso acontecer a ela.

Fechando os olhos, ela se concentrou em seu corpo, examinando conscientemente os efeitos da bebida. Instantaneamente, ela sentiu uma reação similar àquela que havia interferido em sua imersão na Captura de Vida anteriormente. Era como se alguma parte de seu corpo estivesse agindo para se livrar todos os vestígios do álcool. Alguns segundos depois, ela estava com a cabeça totalmente clara.

— Posso convidar você para dançar? — uma voz masculina familiar falou e Gala abriu os olhos, surpresa ao ver o homem de pé a apenas meio metro dela.

Era o jovem que ela havia visto na barraca do vendedor de cerveja.

Ele abriu um sorriso brilhante para ela e Gala percebeu que ele, provavelmente, não havia visto o incidente com a criança. Senão, ele estaria agindo de forma cautelosa com ela, como algumas pessoas faziam.

Contente por ser tratada como uma pessoa comum, Gala lhe sorriu de volta. — Claro — disse ela — Mas você terá que me ensinar.

— Será uma honra — disse ele, oferecendo-lhe sua mão. Ela a pegou cuidadosamente. A palma estava quente e um pouco úmida, e Gala rapidamente sentiu que não gostava daquele toque. Mesmo assim, ela não viu problema em dançar com ele, à distância, como ela viu outros casais fazendo.

Caminhando para a pista de dança, Gala ouviu de mais perto o ritmo da música que tocava. Ela adorava o aspecto estruturado da batida rápida, a precisão matemática inteligente e precisa dos sons. Isso agradava incrivelmente seus ouvidos.

Observando as outras mulheres com o canto dos olhos, Gala fazia o possível para imitar seus movimentos, tentando seguir o ritmo da música.

— Você tem o dom para isso — disse o jovem, e havia um tom de admiração em sua voz — Acho que não preciso ensinar a você.

Ele movia seu corpo com a música, mas não parecia que ouvia a mesma melodia que Gala, porque sua versão de dança era mais desajeitada, quase estranha.

A melodia mudou, se tornou mais rápida e Gala sentiu o aumento correspondente em seu batimento cardíaco.

— Quem compôs essa música linda? — ela perguntou, maravilhada por estar tão tocada por um simples som.

O jovem sorriu para ela.

— Foi o Mestre Blaise, é claro — disse ele — Ele é um compositor prolífico. Nunca ouviu as músicas dele antes?

Gala balançou a cabeça, seu coração batendo ainda mais rápido com a menção de Blaise. Ela queria que ele estivesse ali, com ela, em vez desse homem de quem não gostava muito. O fato de Blaise fazer com que ela sentisse coisas, mesmo sem estar lá, era impressionante. Agora que ela sabia que ele havia composto aquela melodia, ficou surpresa que não tivesse percebido isso. Compor música requeria o mesmo tipo de mente com inclinação matemática que serve para a feitiçaria. É claro, deveria ter que haver algo mais para ter essa genialidade, e ela duvidava que todos os feiticeiros fossem capazes de criar tal primor. De certa forma, ela e esta música eram parecidos, ambos sendo criações de Blaise.

Enquanto ela pensava nisso, o homem com quem dançava se aproximou mais dela.

— Qual o seu nome? — perguntou ele, inclinando-se na direção dela. Ela sentia o odor de cerveja em seu hálito e um toque de algo que lembrava o ensopado de Esther.

— Sou Gala — ela falou, se afastando um pouquinho.

Ele lhe deu um largo sorriso.

— Muito prazer em conhecê-la, Gala. Sou Colin.

Gala continuou seguindo os movimentos de quem dançava, melhorando cada vez mais a cada passo. Ao mesmo tempo, seu parceiro errava e dava passos desencontrados. Isso não importava para ela, que mesmo assim, achava a dança uma coisa muito divertida.

— Você é incrível nisso — Colin exclamou quando ela fez um movimento especialmente complicado sem perder o ritmo e ela sorriu, satisfeita com o elogio.

A música parou.

— Pode me conceder a próxima dança? — Colin perguntou.

Gala balançou a cabeça consentindo. A música que começou era ainda mais linda do que a primeira, mais lenta e mais melodiosa. No entanto, antes que ela começasse a se mover com a música, seu par se aproximou mais. Do canto dos olhos, ela podia ver que os outros pares faziam o mesmo, os homens se chegando até às mulheres e colocando suas mãos na parte lateral e nos ombros delas.

Gala franziu a testa, dando um pequeno passo para trás. Ela não queria Colin tão perto dela. Algo naquilo parecia extremamente errado. Havia apenas uma pessoa cujas mãos ela queria em seu corpo, e ele estava em Turingrad.

— Eu mudei de ideia — ela disse a Colin, se afastando ainda mais.

— Ora, vamos, é só uma dança — disse ele, sorrindo e se chegando a ela. Seus dedos envolveram sua cintura e ela sentiu um calor úmido emanando da pele dele. Isso fez com que ela ficasse enjoada.

— Tire as mãos de mim — Gala ordenou, tentando puxar inutilmente seu pulso. Ele era fisicamente mais forte, e ela começava a se sentir ansiosa com a excitação sombria visível nos olhos dele.

— Oh, vamos, não seja assim...

Ele ainda estava sorrindo, mas a expressão não parecia mais amigável.

— Solte — disse ela um pouco mais alto, e viu que as pessoas olhavam para eles. Seu coração batia como se fosse saltar do peito e ela sentiu que sua pele se arrepiava ao toque dele.

— Não seja tão mal humorada — murmurou ele, puxando-a mais para perto — É apenas uma dança.

Com sua recusa em soltá-la, a mistura volátil de emoções no interior de Gala pareceram explodir e sua visão ficou borrada por um instante. Era como se algo dentro dela partisse para cima de Colin e ela o viu, aos tropeços, indo para trás, com um olhar chocado no rosto. Um odor desprezível começou a permear o local e o rosto de Colin se torceu com algo que parecia vergonha e medo.

Soltando finalmente o pulso, Gala sentiu uma vontade irresistível de não estar ali. E, quando Colin deu um passo confuso em direção a ela, ela se viu de pé, fora da pista de dança, atrás de Maya e Esther.

— Vamos embora — disse ela, ainda enjoada pelo encontro — e tremendo por saber que ela, inadvertidamente, havia feito feitiçaria de novo, teletransportando-se diante de todos os que dançavam.

Esther se voltou para ela, parecendo abismada.

— Como está aqui? Você estava lá, dançando com aquele rapaz.

— Eu quero ir embora — Gala lhe disse, esfregando o pulso, onde ainda havia a sensação repulsiva do toque de Colin.

— Eu não queria ficar próxima dele, mas ele me agarrou.

— Ele agarrou você? — Maya falou ofegante — Ora, aquele nojento... Você devia ter lhe dado um chute nos colhões!

— Parece que ela fez *algo* a ele — Esther disse, olhando para a pista de dança com o cenho de preocupação.

Dando uma rápida olhada naquela direção, Gala viu Colin saindo e caminhando com um andar estranho.

— Vamos — disse ela, puxando a manga de Esther — Eu quero ir. Ele pode estar vindo para cá.

Ela se sentia pouco à vontade e perturbada e queria sair daquele local o mais depressa possível.

— É claro — Maya disse, voltando o olhar para o rapaz — Vamos para casa para que você possa descansar.

Gala assentiu, querendo apenas experimentar a atividade de dormir novamente. Pelo que havia sentido antes, não era diferente de algumas das experiências que ela havia tido no Reino do Feitiço.

CHAPTER TWENTY-FIVE: GALA

The dance floor was filled with people of all ages, laughing, chatting, and twirling to the music. Pausing on the edge of the floor, Gala took in the sight, her head spinning a little. Her foot tapped to the rhythmic notes, and she wanted to laugh too—at least until she felt mildly disoriented.

The sensation was just different enough that Gala realized she was experiencing something strange. Suddenly it hit her: the ale. This was what people referred to as being drunk.

Frowning, Gala considered the situation. According to what she'd read, drunk people did stupid things and did not act like themselves. She didn't like the idea of that happening to her.

Closing her eyes, she focused on her body, consciously examining the effects of the drink. Instantly, she felt a reaction similar to the one that had been interfering with her Life Capture immersion earlier; it was as if some part of her body was working to dispose of all traces of alcohol. A few seconds later, she was completely clear-headed.

"May I ask you to dance?" a familiar male voice said, and Gala opened her eyes, surprised to find a man standing no more than two feet away from her.

It was the young man she'd seen at the ale merchant's stall.

He beamed a bright smile at her, and Gala realized that he probably hadn't seen the incident with the child. Otherwise, he might act cautiously around her, as some people now appeared to be doing.

Happy to be treated like a regular person, Gala gave him a smile in return. "Sure," she said. "But you'll have to teach me how to do it."

"It will be my honor," he said, offering her his hand. She took it cautiously. His palm was warm and a little damp, and Gala quickly decided that she didn't enjoy his touch. Nonetheless, she saw no harm in dancing with him at a distance, as she saw other couples doing.

Walking onto the dance floor, Gala listened closer to the patterns in the music that was playing. She loved the structured aspect of the fast beat, the clever mathematical precision of the sounds. They pleased her ears tremendously.

Watching the other women out of the corner of her eye, Gala did her best to mimic their movements, trying to follow the rhythm of the tune.

"You're a natural," the young man said, and there was a note of admiration in his voice. "I don't think you need any instruction from me." He was moving his body to the music, but it didn't seem like he was hearing the same melody as Gala because his version of dancing was much clumsier, almost awkward.

The melody changed, became quicker, and Gala could feel the corresponding increase in her heart rate. "Who wrote this beautiful music?" she asked, marveling that she could be so moved by simple sound.

The young man grinned at her. "It was Master Blaise, of course," he said. "He's a prolific composer. You haven't heard his music before?"

Gala shook her head, her heart beating even faster at the mention of Blaise. She wanted him here with her, instead of this man whom she didn't like very much. The fact that Blaise could make her feel things without even being there was amazing. Now that she knew he'd composed this melody, she was surprised she hadn't realized it herself. Writing music likely required the same mathematically inclined mind that would be good at sorcery. Of course, there had to be more to such genius than that, and she doubted that every sorcerer was capable of creating such beauty. In a way, she and this music were alike, both being Blaise's creations.

While she was pondering this matter, the man she was dancing with stepped closer to her. "What is your name?" he asked, leaning toward her. She could smell ale on his breath and a hint of something that reminded her of Esther's stew.

"I am Gala," she told him, moving away just a little.

He gave her a wide smile. "Very nice to meet you, Gala. I am Colin."

Gala kept following the dancers' movements, getting better and better with every step. In the meantime, her dancing partner kept fumbling and missing steps. It didn't matter to her, though; she still found dancing to be a lot of fun. "You're amazing at this," Colin exclaimed when she executed a particularly complex move without missing a beat, and she grinned, pleased at the praise.

The song ended.

"Can I have the next dance?" Colin asked.

Gala nodded her head in agreement. The song that was starting next was even nicer than the first, slower and more melodious. However, before she could start moving to the music, her dancing partner stepped closer to her. Out of the corner of her eye, she could see the other dancers doing the same, the men coming up to the women and putting their hands on the women's sides and shoulders.

Gala frowned, taking a small step back. She didn't want Colin that close to her. Something about this felt extremely wrong. There was only one person whose hands she wanted on her body, and he was back in Turingrad. "I changed my mind," she told Colin politely, backing away further.

"Oh, come on, it's just a dance," he said, smiling and reaching for her. His fingers wrapped around her wrist, and she could feel the moist heat emanating from his skin. It made her stomach turn.

"Get your hand off me," Gala ordered, tugging futilely at her wrist. He was physically stronger than her, and she was starting to feel anxious at the dark excitement visible in his eyes.

"Oh, come on, don't be like that . . ." He was still smiling, but the expression didn't seem the least bit friendly anymore.

"Let go," she said a bit louder, and saw some people look their way. Her heart was pounding like it was about to jump out of her chest, and she felt like her skin was crawling from his touch.

"Don't be such a grouch," he muttered, pulling her closer. "It's just a dance—"

At his refusal to let go, the volatile brew of emotions inside Gala seemed to explode, her vision blurring for a second. It was as though something inside her lashed out at Colin, and she could see him stumbling back with a look of shock on his face. A vile smell began to permeate the room, and Colin's face twisted with something resembling shame and fear.

Her wrist finally free, Gala felt an overwhelming urge to not be there. And as Colin took a confused step toward her, she found herself standing just outside the dance floor, behind Maya and Esther.

"We should go," she said, still feeling sick from the encounter—and shaking from the knowledge that she'd inadvertently done sorcery again, teleporting herself in full sight of all the dancers.

Esther turned toward her, looking startled. "Where did you come from? You were just there, dancing with that lad—"

"I want to leave," Gala told her, rubbing her wrist where she could still feel the disgusting sensation of Colin's touch. "I didn't want to get close to him, but he grabbed me—"

"He grabbed you?" Maya gasped. "Why, that bastard . . . You should've kicked him in the nuts!"

"It looks like she did *something* to him," Esther said, staring at the dance floor with a worried frown.

Casting a quick glance in that direction, Gala saw Colin walking off with a strange gait. "Let's go," she said, tugging at Esther's sleeve. "I want to leave. He might be coming this way." She felt unsettled and disturbed, and she wanted to get away from this place as quickly as possible.

"Of course," Maya said, throwing a glare at the young man. "Let's go home, so you can get some rest."

Gala nodded, wanting nothing more than to experience the sleeping activity again. From what she'd felt before, it was not unlike some of the experiences she'd gone through in the Spell Realm.

CAPÍTULO VINTE E SEIS: BARSON

Ouvindo uma batida, Barson se levantou da cadeira onde estava sentado lendo e foi abrir a porta. Era uma daqueles raros momentos em que ele relaxava nos seus aposentos e não ficou feliz com a interrupção.

Sua disposição não melhorou quando ele viu Larn de pé, do lado de fora. A expressão no rosto de seu futuro cunhado era bastante peculiar.

— Entre — Barson disse bruscamente. Dava para notar que algo não estava bem.

Larn entrou no quarto de Barson e fechou a porta atrás dele.

— Então? — Barson tomou a dianteira, quando Larn não pareceu inclinado a falar — O que soube?

— Até agora, Ganir não saiu da Torre — Larn disse — Ele ficou a maior parte do tempo em seu escritório, e várias pessoas entraram e saíram.

— Isso não é novidade — Barson franziu o cenho para seu melhor amigo — É sempre assim com o velho.

— Pois é — Larn falou, com um tom anormalmente hesitante — Mas uma das visitas da tarde foi, hum, Augusta.

De novo? Barson sentia que seu cenho franzia mais. Por que ela iria ver Ganir duas vezes em um dia? Ele sabia que não havia um grande amor entre eles.

— E tem mais uma coisa.

Larn parecia ainda menos à vontade.

— O que foi?

— Você não vai gostar disso . . .

— Apenas fale logo — Barson disse, estreitando os olhos — O que foi?

Larn engoliu em seco.

— Lembre-se que sou apenas o mensageiro.

Barson deu um passo em direção a ele.

— Apenas fale ele falou com os dentes cerrados. Devia ser algo ruim, se o amigo estava com tanto medo de lhe contar.

— Como você pediu, eu pedi a alguns de nossos homens para ficar de olho em Augusta hoje, depois de seu primeiro encontro com Ganir — Larn disse lentamente — e assim aconteceu, alguns deles estavam no mercado quando a espreguiçadeira dela aterrissou lá.

— E?

— E a seguiram quando ela alçou voo de novo. Ela voou alguns quarteirões e aterrissou diante de uma casa.

— Que casa?

Pelo que Barson sabia, havia poucas casas localizadas tão perto do centro de Turingrad. Era um local extremamente ambicionado, e as casas daquela área eram mais mansões, pertencentes às famílias dos feiticeiros mais poderosos. Um feiticeiro em especial lhe veio em mente.

— Pertence a Blaise, o homem com quem ia se casar — Larn falou, confirmando o palpite de Barson. Ela aterrissou na frente da casa e entrou.

— Sei — Barson disse calmamente. Seu interior fervia, mas ele não deixava que nada transparecesse em seu rosto.

— Mais alguma coisa?

— Não.

Larn parecia aliviado com a falta de reação de Barson.

— Os homens não puderam permanecer muito tempo por lá. Eles tinham que montar guarda na Torre e estavam no Mercado apenas para pegar algumas coisas. No entanto, eu pedi a um de nossos novos amigos para ficar de olho em Blaise, por precaução.

Barson assentiu, mantendo ainda sua expressão impassível.

— Você fez bem — disse ele de forma uniforme — Obrigado pelo o que fez.

— De nada — Larn se virou para sair, mas se voltou para olhar para Barson.

— Devem continuar a segui-la também?

— Sim — Barson disse calmamente — Devem.

Seu controle durou o suficiente para que Larn saísse do quarto. Assim que a porta se cerrou atrás dele, Barson seguiu para o canto, onde um saco de batatas cheio de areia estava pendurado no teto. Suas mãos se fecharam em punho, com um ciúme rubro preenchendo cada centímetro de seu corpo. Incapaz de se conter mais, ele se lançou, socando o saco repetidamente até que suas juntas ficassem feridas e o suor corresse por suas costas. Pausando, ele arrancou fora sua túnica e continuou, liberando sua raiva com golpes furiosos.

* * *

Um cheiro suave de jasmim chegou às narinas de Barson, trazendo-o de volta de seu estado maquinal. O saco diante dele estava lentamente esvaziando, com a areia saindo através de um rasgo feito por um golpe particularmente forte.

Virando-se, ele viu Augusta sentada na cama e observando-o. Ela devia ter acabado de entrar no aposento.

— Augusta, que surpresa agradável.

Ele se forçou a sorrir, apesar da raiva ainda correndo em suas veias.

Ela sorriu de volta, mas a expressão no rosto dela parecia estranhamente distraída. Estaria ela pensando *nele*, naquele feiticeiro nojento de quem havia sido noiva? Barson puxou uma respiração calmante, lembrando que devia agir com cautela. Augusta era altamente independente e ela não aceitaria bem o fato de ser espionada ou interrogada como uma criança fugidia.

Sem notar seu ânimo sombrio, ela olhava em torno do quarto, estudando-o como se o estivesse vendo pela primeira vez.

— Uma leitura leve antes do exercício? — ela perguntou, fazendo um gesto em direção ao livro que ele havia deixado na cadeira.

— Sim — Barson conseguiu responder de forma uniforme — Encontrei uma nova maravilha nos arquivos da biblioteca. É sobre as explorações militares do Rei Rolun, o antigo conquistador que uniu Koldun.

Ele estava gostando da conversa fútil, já que isso o permitia deixar de lado sua fúria ciumenta e pensar. O fato de Augusta estar no quarto dele conversando sobre livros era um bom sinal. Se ela tivesse voltado com Blaise, ele duvidava que tivesse voltado até ali de forma tão casual. Ela não parecia estar pouco à vontade nem culpada. Barson se considerava um bom conhecedor de pessoas e ele não sentia quaisquer vibrações dúbias vindas dela. Ela estava distraída sim, mas parecia mais que ela estivesse com a mente repleta de pensamentos.

Como se confirmando seus pensamentos, ela se voltou para ele com um sorriso cálido

— Você gosta dessas histórias antigas, não gosta? Eu não imaginava que você fosse um estudioso.

— Gosto de aprender sobre antigas táticas militares — falou Barson, observando-a atentamente. Ele ainda não via qualquer sinal de culpa ou de arrependimento no rosto dela. Ou ela era uma atriz extraordinária ou a visita dela ao ex-amante tinha sido puramente platônica.

O sorriso de Augusta se alargou.

— Você sabia que tenho o sangue do Rei Rolun em minhas veias? — ela perguntou — A maioria da antiga nobreza descende dele.

— Não — Barson mentiu — Eu não sabia disso.

O sangue de Rolun também corria nas veias dele — mas ninguém ligava muito para isso hoje em dia. Barson conhecia a linhagem de Augusta desde o início. Ela era uma das poucas feiticeiras cuja família tinha origem nobre e ele via vestígios de sua herança nas maçãs do rosto salientes e em sua postura régia. Era um dos motivos pelo qual ela a atraíra tanto.

— Você também descende dele, não? — Augusta disse, surpreendendo-o — Sua mãe não era da família Solitin?

Barson olhou para Augusta, perguntando-se como ela sabia disso. Não era grande segredo, mas ele não imaginava que ela se interessasse tanto por ele ao ponto de estudar seus antecedentes.

— Sim — disse ele, observando a reação dela. Isso mesmo. Nos tempos antigos, seríamos o par perfeito.

Os olhos dela brilharam ainda mais.

— De fato, oh, meu nobre lorde — ela murmurou — seríamos um excelente par... E mantendo o olhar, ela lhe deu um sorriso cativante.

O sangue de Barson se aqueceu de novo, mas dessa vez, por um motivo diferente. Ele não sabia o que havia acontecido durante a visita dela a Blaise, mas não parece que o feiticeiro houvesse satisfeito os desejos dela.

Seria um prazer para Barson resolver aquilo prontamente.

Antes que ele tivesse chance de fazer alguma coisa, no entanto, Augusta se ergueu graciosamente.

— Eu tive um dia horrível — disse ela suavemente, soltando seu cabelo castanho e brilhante e deixando que caísse até a cintura. — Eu acho que preciso de suas habilidades sem par, guerreiro.

Ela não precisou pedir duas vezes. Dando alguns passos em direção a ela, Barson fechou os punhos em volta do corpo de seu vestido vermelho, puxando-a para perto dele. A frágil seda se rasgou com sua pegada, mas nenhum dos dois notou isso, enquanto Barson canalizava os resquícios de sua fúria em um longo e faminto beijo.

CHAPTER TWENTY-SIX: BARSON

Hearing a knock, Barson got up from the chair where he was reading and went to open the door. It was one of the rare times when he got to relax in his quarters, and he was not happy about the interruption.

His mood didn't improve when he saw Larn standing outside. The expression on his future brother-in-law's face was rather peculiar.

"Come inside," Barson said curtly. He could already tell that something was amiss.

Larn stepped into Barson's room and closed the door behind him.

"Well?" Barson prodded when Larn didn't seem inclined to speak. "What did you learn?"

"So far, Ganir has not left the Tower," Larn said. "He's been mostly in his office, and there have been a number of people going in and out."

"That's not really news." Barson frowned at his best friend. "It's always that way with the old man."

"Well, yes," Larn said, his tone uncharacteristically hesitant. "But one of his visitors this afternoon was, um, Augusta."

Again? Barson could feel his frown deepening. Why would she see Ganir twice in one day? He knew there was no love lost between them.

"There's one more thing." Larn looked increasingly uncomfortable.

"What is it?"

"You won't like this one . . ."

"Just spit it out," Barson said, his eyes narrowing. "What is it?"

Larn swallowed. "Remember, I'm just the messenger—"

Barson took a step toward him. "Just say it," he gritted out between clenched teeth. It had to be something bad if his friend was so afraid to tell him.

"As you requested, I asked a few of our men to keep an eye on Augusta today, after her first meeting with Ganir," Larn said slowly, "and as it so happened, a couple of them were at the market when her chaise landed there."

"And?"

"And they were able to follow her when she took off again. She only flew a few blocks and then landed in front of a house."

"What house?" As far as Barson knew, there were very few houses located so close to the center of Turingrad. It was a highly desirable location, and every house in that area was more like a mansion, owned by the most powerful sorcerer families. One sorcerer in particular came to mind—

"It belongs to Blaise, the man she was supposed to marry," Larn said, confirming Barson's hunch. "She landed in front of it and went inside."

"I see," Barson said calmly. His insides were boiling, but he didn't let anything show on his face. "Anything else?"

"No." Larn looked relieved at Barson's lack of reaction. "The men couldn't stay there for long; they had guard duty at the Tower and were only at the Market to pick up a few things. However, I asked one of our new friends to keep an eye on Blaise, just in case."

Barson nodded, still keeping his expression impassive. "You did well," he said evenly. "Thank you for that."

"Of course." Larn turned to walk out, then looked back at Barson. "Should they continue to follow her as well?"

"Yes," Barson said quietly. "They should."

His control lasted long enough for Larn to exit the room. As soon as the door closed behind him, Barson headed to the corner where a sand-filled potato sack was hanging from the ceiling. His hands clenched into massive fists, red-hot jealousy filling every inch of his body. Unable to contain himself any longer, he lashed out, punching the bag over and over again, until his knuckles were sore and sweat ran down his back. Pausing, he ripped off his tunic, and then continued, venting his rage with furious blows.

* * *

A light jasmine scent reached Barson's nostrils, bringing him out of his mindless state. The bag in front of him was slowly deflating, the sand trickling out through a tear made by one particularly hard strike.

Turning, he saw Augusta sitting on his bed and watching him. She must've just entered his room.

"Augusta, what a pleasant surprise." He forced himself to smile despite the anger still flowing through his veins.

She smiled back, but the expression on her face was strangely distracted. Was she thinking of *him*, that sorcerer bastard she had been engaged to? Barson drew in a calming breath, reminding himself to tread lightly. Augusta was fiercely independent, and she wouldn't take kindly to being spied upon or questioned like an errant child.

Oblivious to his dark mood, she was looking around the room now, studying it like she was seeing it for the first time. "Some light reading before exercise?" she asked, gesturing toward the book he'd left lying on the chair.

"Yes," Barson managed to answer evenly. "I found a new gem in the library archives. It's about the military exploits of King Rolun, the ancient conqueror who united Koldun." He was glad for the small talk, as it was enabling him to push aside his jealous fury and think. The fact that Augusta was in his room chatting about books was a good sign. If she had gotten back with Blaise, he doubted she would come here so casually. She didn't look uncomfortable or guilty, either. Barson considered himself a good judge of people, and he couldn't feel any duplicitous vibes coming from her. She was distracted, yes, but it was more like she had a lot on her mind.

As though to confirm his thoughts, she turned toward him with a warm smile. "You like those old stories, don't you? I never pegged you for a scholar before."

"I like learning about old military tactics," Barson said, watching her closely. He still couldn't see any sign of guilt or regret on her face. She was either an amazing actress or her visit to her former lover had been purely platonic.

Augusta's smile broadened. "Did you know that King Rolun's blood flows through my veins?" she asked. "Most of the old nobility is descended from him."

"No," Barson lied. "I didn't know that." Rolun's blood flowed through his veins, too—not that anyone cared about it these days. Barson had known about Augusta's lineage from the very beginning; she was one of the few sorcerers whose family was of noble origin, and he could see traces of her heritage in her high cheekbones and regal posture. It was one of the reasons he had been so attracted to her in the first place.

"You're descended from him, too, aren't you?" Augusta said, surprising him. "Wasn't your mother from the Solitin family?"

Barson stared at Augusta, wondering how she had known that. It wasn't a big secret, but he hadn't realized she was sufficiently interested in him to study his background. "Yes," he said, watching her reaction. "That's right. Back in the day, we would have been a perfect match."

Her eyes gleamed brighter. "Indeed, oh my noble lord," she murmured, "we would have been an excellent match . . ." And holding his gaze, she gave him a slow, bewitching smile.

Barson's blood heated up again, but this time for a different reason. He didn't know what took place during her visit to Blaise, but it didn't seem like the sorcerer had satisfied her needs.

It would be Barson's pleasure to fix that promptly.

Before he had a chance to do anything, however, Augusta rose gracefully to her feet. "I had a horrible day," she said softly, untying her shiny brown hair and letting it fall to her waist. "I think I may require your unique skills, warrior."

He didn't have to be asked twice. Taking a few steps toward her, Barson closed his fist around the bodice of her red dress, pulling her toward him. The fragile silk ripped in his grasp, but neither one of them noticed as Barson channeled the remnants of his fury into a deep, hungry kiss.

CAPÍTULO VINTE E SETE: BLAISE

Blaise olhou para a devastação de seu estúdio, em choque e descrença, seu coração ainda batendo forte por seu encontro com Augusta. Ela havia descoberto sobre Gala — ela, que sempre fora contra tudo que não entendesse com facilidade, contra tudo que pudesse atrapalhar seu modo de vida. Pensando no passado, ele não devia se surpreender que Augusta tivesse votado pela punição de Louie. Como o resto do Conselho, ela se sentira ameaçada pelas ações do irmão dele — e não havia dúvida de que hoje ela tivesse ficado aterrorizada pela ideia da Gala.

O chão e as paredes estavam negros pela fuligem e a mesa de Blaise não era mais do que uma pilha de cinzas, testemunha da ira de Augusta. Mas o pior não havia sido o que ela fizera ao estúdio — era o que ele temia que ela faria com Gala. Se o Conselho acreditasse na história de Augusta, em questão de horas sairia em busca de Gala.

Blaise sentiu uma vontade forte de bater em alguma coisa — preferivelmente em si mesmo, por ter deixado Gala sair sozinha. Ele jamais deveria tê-la deixado sozinha na vila, por mais que ela quisesse ver o mundo como uma pessoa comum. Agora, ela estava lá, desprotegida, com apenas duas mulheres mais velhas como companhia.

Ele precisava estar lá com ela.

Dando uma olhada pelo estúdio, Blaise viu que a Pedra Interpretadora tinha sobrevivido ao incêndio causado por Augusta. Pegando a pedra ainda quente, ele correu para baixo, para sua sala de arquivo onde mantinha seus cartões de feitiço pré-escritos. Era uma sorte que Augusta tivesse destruído somente seu trabalho mais recente e o grosso do que ele precisava ainda estivesse disponível.

Pegando tantos componentes de feitiços potencialmente úteis quanto pôde, Blaise saiu da casa e subiu em sua espreguiçadeira. Sua mente tinha apenas um pensamento: retirar Gala de lá antes que fosse tarde demais. Agora mesmo Augusta poderia estar falando com o Conselho, convencendo-o da ideia ridícula de que Gala seria perigosa, por isso não havia tempo a perder.

Ele já voava há meia hora quando notou algo estranho atrás dele. À distância, havia um pequeno ponto no horizonte — quase como um pássaro, só que era grande demais para ser uma ave. Blaise xingou entre dentes. Estaria ele sendo seguido?

Só havia um jeito de saber. Pegando alguns de seus cartões de feitiço, ele preparou uma magia para aumento da visão e colocou os cartões na Pedra Interpretadora. Quando sua visão ficou clara, tudo estava mais aguçado. Era como se ele fosse uma águia, capaz de vislumbrar até mesmo um pequeno inseto rastejando no solo, à distância. Voltando a cabeça, Blaise olhou para longe.

O que ele viu vez seu sangue esfriar nas veias.

Havia outra cadeira voando atrás dele — um sinal certeiro de que ele estava sendo perseguido por outro feiticeiro, já que mais ninguém podia voar naquelas coisas. No entanto, não era Augusta, como ele suspeitara inicialmente. Essa cadeira em especial era cinza e o homem sentado nela era alguém que Blaise não reconhecia, o que significava que não poderia ser um feiticeiro notável. Não que a aptidão do homem para a feitiçaria importasse nesse caso. Se ele podia voar, então, provavelmente, ele podia manejar um feitiço de Contato — e o Conselho podia agora mesmo estar ciente de para onde Blaise estava indo.

Voltando o olhar, Blaise olhou para frente, buscando uma solução, furiosamente, em sua mente. Ele queria proteger Gala, não levar o Conselho direto a ela. Ele não podia deixar que o seguissem. Não podia deixar que o seguissem até a vila — o que significava que ele teria que fazê-los pensar que a viagem era sobre outra coisa.

Ajustando sutilmente seu plano de voo, Blaise direcionou sua espreguiçadeira para uma famosa carpintaria localizada nos arredores de Turingrad. Já que muitos de seus móveis tinham sido destruídos e uma nova mesa alguns outros itens poderiam ser particularmente úteis. E, se Augusta havia contado ao Conselho sobre o feitiço do fogo, encomendar nova mobília provavelmente pareceria alguma coisa normal a ser feita por Blaise.

* * *

Chegando na casa da carpintaria, Blaise começou a caminhar, tentando pensar no que fazer em seguida. De certa forma, era bom que Gala estivesse longe dali. O primeiro lugar no qual o Conselho procuraria seria a casa dele. Infelizmente, o segundo lugar seriam as vilas em seu território — exatamente onde ela estava agora.

A louca ideia de se teletransportar para a vila surgiu em sua mente, mas ele logo a descartou. Escrever um feitiço era muito complexo e levaria muito tempo, além de ser extremamente perigoso. Se ele calculasse mal mesmo um pouquinho, ele poderia facilmente terminar se materializando dentro do solo ou dentro de uma árvore — e então Gala ficaria sem alguém para protegê-la.

Não, era preciso escolher outra coisa a fazer.

Para começar, Blaise decidiu que precisava avisá-la, assim como a suas guardiães, sobre o potencial perigo. Era preciso que saíssem da vila e fossem a algum lugar onde o Conselho não pensasse em procurar por elas, enquanto ele daria um jeito de poder se encontrar com elas.

Indo para a sala do arquivo, ele pegou seus cartões e começou a trabalhar em um feitiço de Contato — uma maneira de enviar uma mensagem mental para alguém longe. Era um feitiço bem complicado, algo difícil de ser feito oralmente. Agora, no entanto, com a forma de feitiço escrito, ele levaria apenas alguns minutos para escrever uma mensagem e os detalhes da pessoa com a qual ele queria entrar em contato.

Sentado diante de uma mesa antiga, ele criou uma mensagem para Esther:

"Esther, não se alarme. Aqui é o Blaise e eu estou usando o feitiço de Contato sobre o qual lhe falei uma vez. Para provar minha identidade, conforme combinado naquela ocasião, estou mencionando a vez em que me flagrou espionando meu pai. Agora, me ouça com atenção. Eu tenho motivos para temer pela segurança de Gala. O perigo seria por parte do Conselho. Por favor, leve-a para o território de Kelvin. Eu sei da reputação dele, mas é precisamente por isso que Neumanngrad pode ser o último lugar onde imaginem que ela esteja. Por favor, utilize o dinheiro que for preciso — eu pagarei por tudo. Fiquem na estalagem ou na região sudoeste de Neumanngrad ao chegarem, e tentem ser o mais discretas possível. Eu espero poder me unir a vocês em breve".

Em seguida ele criou uma mensagem para Gala. Ele não tinha certeza se o feitiço de Contato funcionaria com ela, mas mesmo assim pretendia tentar. Sua mensagem para ela era mais curta:

"Gala, é o Blaise. Estou pensando em você. Por favor, concorde com Esther quando ela lhe pedir para ir para uma região diferente e tente ser discreta. Seu, Blaise".

Satisfeito com as duas mensagens, Blaise colocou os cartões na pedra Interpretadora. Combinar feitiços assim era eficiente, já que alguns dos códigos para as duas mensagens seriam compartilhados.

Levantando-se, Blaise estava para sair do aposento quando sentiu algo incomum — algo que ele não sentia há dois anos.

Era a sensação levemente invasiva de outro feiticeiro enviando-lhe um feitiço de Contato.

Apesar de surpreso, Blaise relaxou e deixou que a mensagem chegasse até ele, curioso para saber quem queria se comunicar com ele.

Para seu choque, era Gala.

"Blaise, foi ótimo receber notícias suas". Como todos os feitiços de Contato, suas palavras chegaram na forma de uma voz na mente dele — uma voz que na verdade era a voz interior dele mas que, de alguma forma, assumia um tom diferente. *"Eu não posso crer que você esteja falando em minha mente. Eu sinto sua falta e espero ver você em breve. Tenho muita coisa para conversar com você. Sua, Gala".*

Blaise ouviu a mensagem dela com espanto. Como ela tinha conseguido fazer isso? Quando ele a vira pela última vez, suas habilidades de magia eram praticamente inexistentes e agora ela era capaz de realizar um feitiço complexo em menos tempo do que levaria para escrever um feitiço básico. Isso só podia significar uma coisa: ela estava começando a fazer magia diretamente, como ele esperava que ela fosse capaz de fazer.

Empolgado, ele se sentou para criar uma resposta para Gala. Foram necessários vários minutos para preparar o feitiço. Ele escreveu:

"Gala, estou tão empolgado que você tenha conseguido dominar essa forma de comunicação. Eu sinto saudade. Como está sua estada na vila até agora? Esther explicou a você sobre a viagem para Neumanngrad?"

Não houve resposta. Decepcionado, Blaise esperou vários minutos antes de admitir que não chegaria nenhuma resposta.

Levantando-se, ele resolveu se ocupar em arrumar sua casa enquanto pensava no que fazer em seguida.

Ele não deixaria que Augusta e o Conselho destruíssem sua vida de novo, não se ele pudesse evitar.

CHAPTER TWENTY-SEVEN: BLAISE

Blaise stared at the devastation in his study in shock and disbelief, his heart still pounding from his encounter with Augusta. She had found out about Gala—she, who had always been against anything she couldn't easily comprehend, against anything that could upset her way of life. In hindsight, he shouldn't have been surprised that Augusta had voted for Louie's punishment. Like the rest of the Council, she had felt threatened by his brother's actions—and there was no doubt that today she had been terrified by the very idea of Gala.

The floor and walls were black with soot, and Blaise's desk was nothing more than a pile of ashes, testifying to Augusta's wrath. But the worst thing about this was not what she had done to his study—it was what he feared she would do to Gala. If the Council believed Augusta's story, they would be looking for Gala in a matter of hours.

Blaise felt a strong urge to hit something—preferably himself, for letting Gala go off on her own. He should've never left her alone at the village, no matter how much she wanted to see the world as an ordinary person. Now she was there unprotected, with only two old women for company.

He needed to be there with her.

Casting a glance around the study, Blaise saw that his Interpreter Stone had survived Augusta's fire. Picking up the still-warm rock, he rushed downstairs to his archive room, where he kept most of his pre-written spell cards. It was lucky that Augusta had only destroyed his most recent work and the bulk of what he needed was still available.

Taking as many potentially useful spell components as he could, Blaise left the house and got on his chaise. His mind was filled with one thought: getting to Gala before it was too late. Even now Augusta could be talking to the Council, convincing them of the ridiculous idea that Gala was dangerous, and there was no time to waste.

He was flying for a half hour when he noticed something strange behind him. In the far distance, there was a small dot on the horizon—almost like a bird, except it was too large to be one. Blaise cursed under his breath. Was he being followed?

There was only one way to tell. Taking out a few spell cards, he prepared an eyesight-enhancing spell and fed the cards into the Interpreter Stone. When his vision cleared, everything was sharper; it was as though he was an eagle, able to spot even a tiny insect crawling on the ground far away. Turning his head, Blaise peered into the distance.

What he saw made his blood run cold.

There was another chaise flying behind him—a sure sign that he was being pursued by another sorcerer, since no one else could fly these things. However, it wasn't Augusta, as he'd initially suspected. This particular chaise was grey, and the man sitting in it was someone Blaise didn't recognize, which meant he couldn't have been a sorcerer of note. Not that the man's aptitude for sorcery mattered in this case; if he could fly, then he could also likely handle a Contact spell—and the Council might even now be aware of where Blaise was heading.

Looking away, Blaise stared straight ahead, his mind furiously searching for a solution. He wanted to protect Gala, not lead the Council straight to her. He couldn't let them follow him to the village—which meant he had to make them think this trip was about something else.

Subtly adjusting his flight path, Blaise directed his chaise toward a famous carpentry shop located on the outskirts of Turingrad. Since a lot of his furniture got destroyed, a new desk and some other items might actually be useful. And if Augusta had told the Council about her fire spell, then ordering new furnishings should hopefully seem like a normal thing for Blaise to do.

* * *

Getting home after the carpentry store, Blaise began to pace, trying to think of what to do next. In a way, it was good that Gala was away from here; the first place the Council would look for her would be his house.

Unfortunately, the second place would be the villages in his territory—exactly where she was right now.

The crazy idea of teleporting himself to the village came to mind, but he immediately dismissed it. Writing a spell as complex as that would take a long time, and would be extremely dangerous. If he miscalculated even a tiny bit, he could easily end up materializing in the ground or inside a tree—and then Gala would be left without anyone to protect her.

No, there had to be something else he could do.

To start off, Blaise decided, he needed to warn her and her guardians of the potential danger. They had to leave the village and go some place where the Council would not think to look for them, while he figured out a way to join them there.

Going to the archive room, he pulled out his cards and began working on a Contact spell—a way to send a mental message to someone far away. It was a fairly complicated spell, one that would have been a pain to do verbally. Now, however, with written spell-casting, it should only take him a few minutes to pen a message and the details of the person he wanted to contact.

Sitting down at an old desk, he composed a message to Esther:

"Esther, do not be alarmed. This is Blaise and I am using the Contact spell I told you about once. To prove my identity, as we agreed on that occasion, I am mentioning the time you caught me spying on my father. Now listen to me carefully. I have reason to fear for Gala's safety. She is in danger from the Council, and I need your help. Please take her to Kelvin's territory. I know about his reputation, but that's precisely why Neumanngrad might be the last place they would expect her to be. Please use whatever money you need—I will pay for everything. Stay at the inn on the southwest side of Neumanngrad when you get there, and try to be as inconspicuous as possible. I will hopefully join you soon."

The next thing he did was compose a message to Gala. He wasn't sure if the Contact spell would work with her, but he still intended to try. His message to her was shorter:

"Gala, this is Blaise. I am thinking of you. Please listen to Esther when she asks you to go to a different area and try to be discreet.

Yours, Blaise."

Thus happy with both notes, Blaise fed the cards into the Interpreter Stone. Combining spells like this was efficient, since some of the code for both messages would be shared.

Getting up, he was about to leave the room when he felt something unusual—something he hadn't experienced in two years.

It was the mildly invasive sensation of another sorcerer sending him a Contact spell.

Surprised, Blaise nonetheless relaxed and let the message come to him, curious to learn who could be reaching out to him.

To his shock, it was Gala.

"Blaise, it's great to hear from you." Like all Contact spells, her words came in the form of a voice in his head—a voice that was really his inner voice, but that somehow took on a different tone. *"I can't believe you are speaking in my mind. I miss you, and I hope to see you soon. I have so much I want to talk to you about.*

Yours, Gala."

Blaise listened to her message with awe. How had she managed to do this? When he saw her last, her magical abilities had been virtually nonexistent, and now she was able to do a complex bit of sorcery in less time than it would take to write a basic spell. It could only mean one thing: she was starting to do magic directly, as he'd hoped she would be able to do.

Excited, he sat down to compose a response to Gala. It took him several minutes to prepare the spell. He wrote:

"Gala, I'm so excited you've mastered this form of communication. I miss you. How is your time in the village so far? Did Esther explain to you about the trip to Neumanngrad?"

There was no response back. Disappointed, Blaise waited several minutes before admitting to himself that none was coming.

Getting up, he decided to occupy himself by putting his house to rights while he figured out what to do next.

He would not let Augusta and the Council wreck his life again, not if he could help it.

CAPÍTULO VINTE E OITO: GALA

Gala estava quase de volta à casa de Esther e Maya quando ouviu uma voz estranha em sua mente. Era como se ela estivesse falando consigo mesma, de uma forma estranha. Ao ouvir, no entanto, ela percebeu que era uma mensagem de Blaise.

Após ter ouvido tudo, ela sorriu animada. Blaise queria que ela viajasse e conhecesse mais o mundo. E a melhor parte era que ele estava pensando nela! Cheia de satisfação, Gala sentiu uma vontade impressionante de falar com ele, de se aproximar dele da mesma forma como ele havia entrado em contato com ela. E, de repente, ela se viu respondendo, mesmo que ela não entendesse como ela estava fazendo aquilo.

"Blaise, foi ótimo ter notícias suas", ela começou, com sua empolgação transparecendo na mensagem mental.

Para sua decepção, ele não respondeu imediatamente. Mas ela notou Esther olhando intensamente para ela.

— Ele também entrou em contato com você? — perguntou a mulher mais velha.

— Se está se referindo a Blaise, sim — Gala disse, sorrindo.

— Bom — Esther disse — Então eu espero não ter que convencer você de que temos que ir.

— Oh, não precisa me convencer — Gala falou sinceramente — Eu vou adorar conhecer mais o mundo.

E, enquanto Esther explicava para onde iam, Blaise enviou sua resposta para Gala.

Sorrindo, ela começou a pensar nas respostas para as perguntas dele, mas aquilo que a ajudara a fazer isso antes não estava mais presente. Ela não conseguia entrar na parte de sua mente que tornara a comunicação mental tão fácil e sem esforço, antes. Após várias tentativas infrutíferas, Gala desistiu, frustrada.

— Venha, nos ajude a arrumar as malas, filha — falou Esther, levando Gala para dentro de casa — Temos que ir imediatamente.

* * *

A viagem para o território de Kelvin levou alguns dias, e Gala gostou de cada minuto da viagem — diferentemente de Esther e Maya, que reclamavam sobre como era inconfortável estar em uma carroça por tanto tempo. As duas mulheres reclamavam sobre a comida de beira e estrada (que Gala adorou), sobre a paisagem (que Gala achou fascinante), do frio da noite (que Gala achou refrescante), e do calor do sol durante o dia (que Gala achou agradável em sua pele). Mais do que tudo, no entanto, elas reclamavam da energia infinita de Gala e de seu entusiasmo pelas mais simples das coisas — algo que elas nem podiam começar a entender e muito menos compartilhar.

Ao contrário do primeiro dia, cheio de acontecimentos na vila, a viagem transcorreu sem quaisquer incidentes. Maya e Esther fizeram o possível para manter Gala sem ser vista por passantes e Gala fez o que pôde para se ocupar em observar o mundo a seu redor — e em tentativas clandestinas de fazer magia.

Para sua grande decepção, ela não conseguia repetir nada do que havia feito antes. Ela não conseguia nem entrar em contato com Blaise. Ela havia entrado em contato com ele mais umas duas vezes, dizendo o quanto sentia sua falta, mas ela não tinha conseguido responder — uma forma de mudez que ela achava extremamente desagradável. A falta de controle de suas habilidades de magia a deixavam louca, mas não havia nada que pudesse fazer a respeito agora. Ela esperava, no entanto, que seu criador fosse capaz de lhe ensinar como entrar naquela parte escondida de si. Quando estivesse novamente com Blaise, ela não o deixaria ir embora sem que ela tivesse aprendido a fazer feitiços quando quisesse.

Quando saíram do território de Blaise e entraram no de Kelvin, Gala começou a notar várias diferenças entre as vilas e cidades pertencentes aos dois feiticeiros. As casas pelas quais passavam agora eram menores e mais desgastadas, com sinais de desleixo por toda parte. As pessoas eram mais magras e menos amigáveis. Mesmo as plantas e os animais pareciam mais fracos e, de alguma forma, mais castigados pelo clima.

Quando passaram por um campo grande e aberto com tristes resquícios de trigo, Gala perguntou a Esther sobre as diferenças nas regiões.

— Mestre Blaise melhorou nossas plantações — Esther explicou — para que não sofrêssemos tanto com a estiagem. Ele é um ótimo feiticeiro e gosta de ajudar seu povo — ao contrário de Kelvin, que não dá a mínima para isso. O último comentário foi acrescentado com um tom de óbvio desgosto.

Gala franziu a testa, confusa.

— Por que todos os feiticeiros não fazem isso por seu povo? Melhorar a plantação?

Esther bufou.

— Pois é, porque não.

— Eles não ligam — Maya disse com amargura — Eles estão tão distantes de seu povo que nem entendem a ideia de fome. Provavelmente, acham que podemos viver de feitiços e de ar, como eles o fazem.

— E também — Esther disse — eu não entendo muito de feitiçaria, mas acho que o Mestre Blaise criou feitiços muito complicados para fazer isso por nós. Eu não sei se todos os feiticeiros poderiam repetir isso, mesmo que quisessem tentar.

— Blaise não poderia ensinar a eles? — Gala perguntou.

— Provavelmente poderia, se os tolos lhe dessem atenção. As narinas de Esther se alargavam de raiva — Mas eles o baniram da mesma forma como fizeram com o irmão dele, e ele agora tem uma situação delicada na Torre. Melhorar as plantações poderia potencialmente ser interpretado como fornecer magia ao povo, e essa é a última coisa que o Conselho quer.

— Mas é tão injusto — Gala olhou consternada para Esther e Maya.

— As pessoas têm fome. Podem morrer por causa disso, não?

Maya olhou para ela com estranheza. — Sim, as pessoas com certeza podem morrer de fome — que é algo de que todos os feiticeiros precisam se dar conta.

Gala piscou, pega de surpresa. Estaria Maya agregando-a aos outros feiticeiros? Também não parecia que ela tinha dito aquilo como um elogio.

Esther olhou para Maya.

— Pare. Você sabe que a menina se importa — ela só esteve resguardada, só isso.

— Parece mais que nasceu ontem — Maya murmurou, e Esther pisou de propósito no pé dela, fazendo surgir um gemido aborrecido da outra mulher.

— De qualquer modo, menina — Esther falou, se dirigindo agora para Gala — Blaise tem um plano com relação a fazer chegar sua safra para outros territórios. Ele nos deixa trocar sementes por outras necessidades. Ele sabe que essas sementes levarão e fornecerão boas plantações para os outros, como as nossas, já que a melhoria foi criada para ser hereditária.

Saindo do campo de trigo quase moribundo, finalmente chegaram à estalagem onde Blaise disse que deviam ficar. Antes de entrarem, Maya fez Gala cobrir a cabeça com um xale grosso de lã.

— Para não sermos atacadas por algum rufião amoroso durante a noite — explicou ela — Quanto menos pessoas souberem que uma garota bonita está hospedada aqui, mais seguro será para nós.

O prédio marrom da estalagem era pequeno e desgastado, como as casas pelas quais passaram pelo caminho. Era difícil imaginar que pudesse hospedar mais de uma dúzia de viajantes. O quarto delas, na parte de cima, era sujo, entulhado, quente e nojento — pelo menos segundo Maya. De acordo com Esther, o preço também era um assalto.

Gala não ligou, ela estava empolgada em estar em um lugar novo. Quando desceram para o jantar, ela perguntou ao estalajadeiro sobre as atrações locais, com cuidado para manter o xale envolto em sua cabeça.

— Oh, tem sorte — disse o homem corpulento — No final da semana teremos jogos no Coliseu. Você já ouviu falar de nosso Coliseu, não?

Gala assentiu, para não parecer ignorante. Nos últimos dias, ela havia aprendido que era melhor não fazer a estranhos perguntas que pudessem ser feitas a Maya e a Esther.

Ele emitiu um som de satisfação.

— Foi o que pensei. Se quiserem fazer alguma coisa hoje, o mercado ainda deve estar aberto.

Seus olhos se dirigiram para os grandes seios de Maya e ele acrescentou:

— Coloquem o dinheiro em lugares de difícil acesso. Tem muitos ladrões por aí, hoje em dia.

— Obrigada — Maya disse com ironia, desviando-se do olhar infiel do estalajadeiro. Esther bufou com desdém, olhando de forma mortífera para ele antes de pegar o braço de Gala para retirá-la dali.

Assim que estavam fora do alcance dos ouvidos do estalajadeiro, Esther se virou para ela e disse de maneira firme

— Não.

— Nem pensar — Maya acrescentou, cruzando os braços sobre o peito.

Gala olhou confusa para elas.

— Mas eu ainda nem perguntei.

— Podemos ir ao Coliseu? — Esther falou com uma voz estridente, imitando o tom tipicamente entusiasmado de Gala.

— Sim, podemos, por favor? — Maya zombou, com uma tentativa de imitação ainda melhor do que a de Esther.

Gala caiu na risada. Ela sabia que provavelmente teria que tomar isso como ofensa mas, ao contrário, ela tinha achado aquilo engraçado. As mulheres mais velhas a observavam com expressões estoicas no rosto e ela finalmente conseguiu parar de rir e disse:

— Por que não falamos sobre isso amanhã?

— A resposta será a mesma amanhã — Esther disse, olhando para Gala com os olhos bem apertados.

Gala sorriu para ela, quase sem poder conter sua empolgação ao pensar no evento vindouro. — Não se preocupe com isso, Esther — vamos esperar para ver. Agora, vamos apenas até o mercado.

E, sem esperar pela reação delas, ela saiu da estalagem, seguindo pela estrada de onde via um amontoado de construções que, de forma característica, significavam um centro urbano.

CHAPTER TWENTY-EIGHT: GALA

Gala was almost back at Esther and Maya's house when she heard a strange voice in her head. It was as though she was speaking to herself in some strange way. As she listened, however, she realized it was a message from Blaise.

After she heard everything, she grinned in excitement. Blaise wanted her to travel and see more of the world. And the best part was that he was thinking of her! Filled with delight, Gala felt an overwhelming urge to talk to him, to reach out to him in the same way he had just contacted her. And suddenly, she felt herself responding, even though she didn't understand how she was doing it.

"Blaise, it is great to hear from you," she began, her excitement spilling out into the mental message.

To her disappointment, he didn't respond right away. But she noticed Esther staring at her intently. "Did he get in touch with you too?" the older woman asked.

"If you mean Blaise, then yes," Gala said, smiling.

"Good," Esther said. "Then I hopefully don't need to convince you that we must go."

"Oh, you don't have to convince me," Gala told her earnestly. "I would love to see more of the world."

And by the time Esther explained to them where they were going, Blaise came back to Gala with his response.

Smiling, she began to think of the answers to his questions, but whatever it was that helped her do this before was no longer there. She couldn't seem to tap into the part of her mind that made mental communication so easy and effortless before. After several fruitless attempts, Gala gave up in frustration.

"Come, help us pack, child," Esther said, leading Gala into the house. "We need to get going right away."

* * *

The trip to Kelvin's territory took a couple of days, with Gala enjoying every moment of their travels—unlike Esther and Maya, who grumbled about how uncomfortable it was to be stuck on a buggy for such a long time. The two women complained about roadside food (which Gala loved), the scenery (which Gala found most fascinating), the chill at night (which Gala found refreshing), and the heat of the sun during the day (which Gala found pleasant on her skin). Most of all, however, they complained about Gala's boundless energy and enthusiasm for the simplest things—something they could not even begin to understand, much less relate to.

Unlike her first eventful day at the village, the trip passed without any further incidents. Maya and Esther did their best to keep Gala out of sight of the passersby, and Gala did her best to occupy herself with observing the world around her—and with surreptitious attempts to do magic.

To her great disappointment, she couldn't replicate anything she'd done before. She couldn't even get in touch with Blaise. He had contacted her a couple more times, saying how much he missed her, but she had been unable to respond—a form of muteness she found extremely unpleasant. The lack of control over her magical abilities drove her crazy, but there was nothing she could do about it now. She was hoping, however, that her creator would ultimately be able to teach her how to tap into that hidden part of herself. When she saw Blaise again, she was not about to let him out of her sight until she learned to do sorcery at will.

As they left Blaise's territory and entered Kelvin's, Gala began to notice a number of differences between the villages and towns belonging to the two sorcerers. The houses they passed now were smaller and shabbier, with signs of neglect everywhere, and the people were leaner and less friendly. Even the plants and animals seemed weaker and more weathered somehow.

When they rode by a large open field with sad-looking remnants of wheat, Gala asked Esther about the differences in their surroundings.

"Master Blaise has enhanced our crops," Esther explained, "so that we wouldn't suffer as much in this drought. He's a great sorcerer, and he cares about helping his people—unlike Kelvin, who doesn't give a rat's ass." That last bit was added in a tone of obvious disgust.

Gala frowned in confusion. "Why don't all sorcerers do this for their people? Enhance their crops, I mean?"

Esther snorted. "Why not, indeed."

"They just don't care enough," Maya said bitterly. "They're so out of touch with their people, they might not even understand the concept of hunger. They probably think we can just subsist on spells and air, the way they do."

"Also," Esther said, "I don't know much about sorcery, but I think Master Blaise came up with some very complicated spells to do this for us. I don't know if every sorcerer could replicate them, even if they were inclined to try."

"Couldn't Blaise teach them?" Gala asked.

"He probably could, if those fools would listen to him." Esther's nostrils flared with anger. "But they've tarred him with the same brush as his brother, and he's already on thin ice in the Tower. Enhancing crops could be potentially interpreted as giving magic to the people, and that's the last thing the Council wants."

"But that's so unfair." Gala looked at Esther and Maya in dismay. "People are hungry. They can die from that, right?"

Maya gave her a strange look. "Yes, people can definitely die from hunger—which is something all sorcerers need to realize."

Gala blinked, taken aback. Was Maya lumping her in with the other sorcerers? It didn't sound like she meant the word as a compliment, either.

Esther glared at Maya. "Stop it. You know the girl cares—she's just been sheltered, that's all."

"More like born yesterday," Maya muttered, and Esther purposefully stepped on her foot, eliciting an annoyed grunt from the other woman.

"In any case, child," Esther said, addressing Gala this time, "Blaise has a plan when it comes to getting his crops to the other territories. He's letting us trade the seeds in exchange for other necessities. He knows these seeds will take and will provide others with good crops just like our own, since the improvements he made are hereditary."

Leaving the dying wheat field behind them, they finally reached the inn where Blaise told them to stay. Before they went in, Maya made Gala cover her head with a thick woolen shawl. "So we don't get attacked by some amorous ruffians at night," she explained. "The fewer people who know a pretty girl is staying here, the safer it'll be for us."

The brown inn building was small and rundown, just like the houses they'd passed on the way. It was difficult to believe it could house more than a dozen travelers. Their room upstairs was dirty, cramped, hot, and disgusting—at least according to Maya. According to Esther, they were also being robbed blind.

Gala didn't care; she was just excited to be some place new. When they went downstairs for dinner, she asked the innkeeper about the local attractions, being careful to keep the shawl wrapped around her head.

"Oh, you're lucky," the burly man told her. "Later this week, we have games at the Coliseum. You've heard of our Coliseum, right?"

Gala nodded, not wanting to seem ignorant. In the last couple of days, she'd learned it was best not to ask strangers any questions that could be posed to Maya and Esther instead.

He gave a satisfied grunt. "That's what I thought. If you want to do something today, the market should still be open." His eyes went to Maya's large bosom, and he added, "Be sure to keep your money in hard-to-reach places. Lots of thieves around these days."

"Thanks," Maya said caustically, turning away from the innkeeper's roving gaze. Esther huffed in disdain, shooting him a deadly glare before grabbing Gala's arm and towing her away.

As soon as they were out of the innkeeper's earshot, Esther turned to her and said firmly, "No."

"No way," Maya added, crossing her arms in front of her chest.

Gala stared at them in confusion. "But I didn't ask the question yet—"

"Can we go to the Coliseum?" Esther said in a higher-pitched voice, mimicking Gala's typically enthusiastic tones.

"Yes, can we, please?" Maya mocked, her imitation attempt even better than Esther's.

Gala burst out laughing. She knew she should probably take offense, but she found the whole thing funny instead. The older women were watching her with stoic expressions on their faces, and she finally managed to stop laughing long enough to say, "Why don't we talk about it tomorrow?"

"The answer is going to be the same tomorrow," Esther said, giving Gala a narrow-eyed look.

Gala grinned at her, barely able to contain her excitement at the thought of the upcoming event. "Don't worry about it, Esther—we'll just wait and see. For now, let's go to the market."

And without waiting for their response, she walked out of the inn, going up the road to where she saw a cluster of buildings that typically signified a town center.

CAPÍTULO VINTE E NOVE: BLAISE

Depois de consertar a casa, Blaise se sentiu oscilante, alternando entre estar furioso com Augusta e se preocupar com Gala. Mas agora, o Conselho certamente já sabia sobre Gala e provavelmente estava tomando as medidas para encontrá-la. Segundo ele imaginava, o território de Kelvin seria o último lugar onde procurariam — presumindo que Gala tivesse feito como ele havia pedido e mantido a discrição.

Porém, essa não era uma situação passível de ser mantida. Blaise precisava fazer algo para protegê-la de forma mais permanente e isso tinha que ser logo, antes que os tolos assustados se mobilizassem plenamente. O fato de Gala não estar respondendo suas mensagens de Contato o preocupava um pouco, embora ele imaginasse que ela ainda não tivesse total controle de suas habilidades de magia — algo que o reassegurava um pouco, já que isso minimizava as chances de ela se expor ao mundo. Mesmo assim, ele sentia falta dela com uma intensidade tão grande que isso o deixava profundamente perturbado. Era como se uma luz brilhante houvesse saído de sua vida quando ele a deixou na vila.

Uma ideia perturbadora permanecia insistentemente em sua mente — a de dominar a rota para o Reino do Feitiço. Era possível que ele estivesse obcecado por isso como uma forma de manter seus pensamentos ocupados, ele admitiu para si mesmo. De certa forma, era o que ele havia feito depois da morte de Louie. Ele havia se concentrado no trabalho — criando o objeto inteligente que terminou por ser Gala — para se manter ocupado. Ao mesmo tempo, no entanto, ele imaginava que entender melhor o Reino do Feitiço poderia levar a avanços inimagináveis em feitiçaria, permitindo que, em potencial, ele se tornasse poderoso o bastante para proteger Gala de todo o Conselho.

Cansado de pensar nisso, ele começou a planejar. Embora Augusta tivesse queimado muitas de suas anotações, Blaise não se sentiu especialmente desestimulado. Ele havia usado a Captura de Vida frequentemente no último ano para registrar muitos de seus experimentos particularmente úteis, e ainda possuía muitas dessas gotículas. E o mais importante: parecia que sua mente trabalhava na questão de chegar ao Reino do Feitiço desde que Gala o havia descrito para ele e ele tinha algumas ideias que gostaria de experimentar.

Era hora de agir.

Ele decidiu começar com um pequeno objeto inanimado. Se ele conseguisse enviar aquilo para o Reino do Feitiço e fazê-lo voltar, seria um passo importante para enviar uma pessoa de verdade até lá.

Motivado por isso, Blaise seguiu para seu estúdio, ávido para enfrentar o novo desafio.

* * *

Finalmente os feitiços estavam prontos.

Blaise tinha escolhido uma agulha como o objeto que ele enviaria para o Reino do Feitiço. O feitiço examinaria a agulha até seu nível mais profundo e a dividiria nas partes mais elementares. Isso destruiria a agulha física, fazendo com que desaparecesse, mas as partes se tornariam informação, uma mensagem que iria para o Reino do Feitiço e voltaria para modificar algo no Reino Físico, como os feitiços faziam. Nesse caso, em especial, se Blaise obtivesse êxito, a manifestação no Reino Físico deveria ser idêntica ao objeto original.

Conhecedor do perigo de feitiços novos, ainda não testados e sem querer sofrer a sorte de sua mãe, Blaise tomou precauções. Ele usou o mesmo feitiço que o protegera durante o ataque de Augusta — o feitiço que o envolvia em uma bolha cintilante. A proteção garantida pela bolha não duraria muito tempo, mas deveria ser o suficiente para protegê-lo como um escudo de qualquer devastação que o experimento pudesse causar.

Inspirando calma e profundamente ele carregou os cartões em sua Pedra Interpretadora e observou a agulha desaparecer, como esperado.

Então ele aguardou.

No início, nada aconteceu. Ele via o brilho conhecido do feitiço protetor, mas não havia sinal de a agulha voltar. Frustrado, Blaise tentou descobrir se ele havia cometido um erro. A parte do retorno era a mais complicada do feitiço. Ele imaginou que a agulha voltaria para seu local de origem, mas o local permanecia vazio.

De repente, ele ouviu um barulho alto vindo da parte de baixo. Parecia que vinha do quarto de guardados.

Blaise correu até lá, quase tropeçando na escada, tamanha sua empolgação.

E, quando entrou no quarto, ele congelou, olhando incrédulo para a visão diante dele.

A agulha havia voltado . . . de certa forma. Havia voltado, não para o local onde estava, em seu laboratório, mas para a caixa onde originalmente estava guardada. Esse local de retorno, na verdade, fazia sentido, diferentemente do objeto para o qual ele olhava.

Entre pedaços quebrados da caixa e agulhas espalhadas pelo chão, ele viu o que presumiu que fosse a agulha original — só que agora era mais como uma espada. Uma espada estranha e grossa feita do mesmo tipo de material cristalino, emitindo um brilho verde esmaecido. Em vez de punho, aquela espada possuía um buraco em cima.

Blaise pegou cuidadosamente a coisa que havia sido uma agulha, colocando sua mão no buraco do topo. Era confortável segurá-la daquela forma. Apesar do tamanho, o objeto parecido com uma espada era incrivelmente leve, não mais pesada do que a agulha original. Ao erguê-la, Blaise tentou girá-la pelo aposento e descobriu que era tanto afiada quanto forte. Ele conseguiu cortar seu velho sofá com extrema facilidade e a espada-agulha não se quebrou quando ele bateu com ela contra o chão de pedra.

Satisfeito e desestimulado, Blaise decidiu colocar a agulha como decoração em seu corredor de baixo. Combinaria bem com os novos móveis que ele havia comprado depois do incêndio, assim como com outros objetos que ele expunha no local.

Voltando para seu estúdio, Blaise se perguntou o que ele havia realmente aprendido com aquilo. Por um lado, ele havia sido capaz de fazer algo com a agulha — algo que obviamente envolvia o Reino do Feitiço. No entanto, a agulha não havia voltado como o mesmo objeto. Havia mudado drasticamente. Será que aconteceria o mesmo se uma pessoa fosse até lá? A pessoa voltaria como uma espécie de monstruosidade, presumindo que ela sobrevivesse ao feitiço?

Parecia óbvio que Blaise havia cometido um erro no feitiço. Ele tinha mais trabalho a fazer.

CHAPTER TWENTY-NINE: BLAISE

Once his house was restored, Blaise found himself at loose ends, alternating between being furious with Augusta and worrying about Gala. By now, the Council undoubtedly knew about Gala, and they were probably taking measures to find her. Hopefully, Kelvin's territory would be the last place they would look—assuming Gala did as he asked and kept a low profile.

Still, this was not a sustainable situation. Blaise had to do something to protect her in a more permanent way, and he had to do it soon, before those scared fools mobilized fully. The fact that Gala was not answering his Contact messages worried him a bit, although he guessed that she was not fully in control of her magical abilities yet—something he found mildly reassuring, since it minimized her chances of exposing herself to the world. Nonetheless, he missed her with an intensity he found deeply unsettling. It was as if a bright light had left his life when he dropped her off at the village.

A persistent idea kept nagging at the back of his mind—that of mastering the route to the Spell Realm. It was possible he was obsessing about it as a way to keep his thoughts occupied, he admitted to himself. In a way, that's what he had done after Louie's death: he'd focused on his work—on creating the intelligent object that turned out to be Gala—in order to keep himself busy. At the same time, however, he suspected that understanding the Spell Realm better could lead to unimaginable advances in sorcery, potentially enabling him to become powerful enough to protect Gala from the entire Council.

Tired of thinking about it, he began planning. Although Augusta had burned many of his notes, Blaise didn't feel particularly discouraged. He had frequently used Life Captures over the past year to record many of his particularly useful experiments, and he still had a lot of those droplets. More importantly, however, it seemed as if his mind had been working on the problem of getting to the Spell Realm ever since Gala had first described it to him, and he had some ideas he wanted to try out.

It was time for action.

He decided to start with a small, inanimate object. If he succeeded in sending that to the Spell Realm and having it come back, it would be an important step toward sending an actual person there.

Thus motivated, Blaise headed to his study, eager to take on a new challenge.

* * *

The spells were finally ready.

Blaise had chosen a needle as the object he would send to the Spell Realm. The spell would examine the needle at its deepest level and break it into its most elemental parts. That would destroy the physical needle, causing it to disappear, but those parts would become information, a message that would go to the Spell Realm and come back to change something in the Physical Realm, like all spells did. In this particular case, however, if Blaise succeeded, the manifestation in the Physical Realm should be identical to the original object.

Cognizant of the danger of new, untested spells and not wishing to suffer his mother's fate, Blaise took precautions. He used the same spell that had protected him during Augusta's attack—the spell that wrapped him in a shimmering bubble. The protection it granted would not last long, but it should be long enough to shield him from whatever havoc the experiment might cause.

Taking a slow, calming breath, he loaded the cards into his Interpreter Stone and watched the needle disappear, as it was supposed to.

Then he waited.

At first nothing happened. He could see the familiar shimmer of the protection spell, but there was no sign of the needle coming back. Frustrated, Blaise tried to figure out if he had made a mistake. The coming-back part of the spell was the trickiest. He assumed the needle would come back to its original location, but the spot remained empty.

All of a sudden, he heard a loud noise downstairs. It seemed to be coming from the storage room.

Blaise ran there, nearly tripping on the stairs in excitement.

And when he entered the room, he froze, staring at the sight in front of him in disbelief.

The needle had come back . . . in a way. It had returned not to the spot where it lay in his lab, but to the box where he had kept it originally. This return location actually made some sense, unlike the object he was staring at.

Among the shattered pieces of the box and scattered needles on the floor, he saw what he assumed was the original needle—except that now it was more like a sword. A strange, thick sword made of some kind of crystalline material that emitted a faint green glow. Instead of a hilt, this particular sword had a hole at the top.

Blaise carefully picked up the thing that used to be the needle, putting his hand through the hole at the top. It was actually comfortable to hold that way. Despite its size, the sword-like object was impossibly light, no heavier than the original needle. Lifting it, Blaise tried swinging it around the room and discovered that it was both sharp and strong. He was able to cut through his old sofa with ridiculous ease, and the sword-needle didn't break when he banged it on the stone floor.

Both amused and discouraged, Blaise decided to place the needle as a decoration in his hall downstairs. It would work well with the new furniture he had gotten after the fire, as well as some other trinkets he had on display there.

Heading back to his study, Blaise wondered what he had actually learned from this. On the one hand, he'd been able to do something to the needle—something that had obviously involved the Spell Realm. However, the needle had not come back as the same object. It had changed quite drastically. Would the same thing happen if a person went there? Would the person come back as some kind of a monstrosity, assuming he even survived the spell?

It seemed obvious Blaise had made an error in the spell. He had more work to do.

CAPÍTULO TRINTA: AUGUSTA

— Augusta, este é Colin. Ele é um aprendiz de ferreiro do território de Blaise — Ganir lhe disse, fazendo um gesto em direção ao jovem no meio do aposento.

O homem era um camponês. Isso era óbvio tanto por sua aparência quanto pela forma respeitosa como ele se portava.

Augusta ergueu as sobrancelhas, surpresa. O que aquele plebeu fazia nos aposentos de Ganir? Quando o Chefe do Conselho a chamou naquela manhã ela tinha ido até lá avidamente, sabendo que, provavelmente, ele teria novidades sobre a criação de Blaise.

— Diga a ela o que me falou — disse Ganir para o jovem. Como sempre, o Líder do Conselho estava atrás de sua mesa, observando tudo com seu olhar aguçado.

— Eu dançava com ela, como eu disse ao senhor lorde — falou o homem obedientemente, olhando para Augusta com espanto e admiração — Então, ela desapareceu do nada.

— O 'ela' em questão parece exatamente com a que procuramos — Ganir disse a Augusta — Fisicamente, ela é como você a descreveu — loira, olhos azuis, e extremamente bonita. Não é assim, Colin?

O camponês assentiu.

— Ah é, muito bonita.

A forma como ele disse essa última palavra atiçou a raiva de Augusta — além do fato de ele aparentemente cobiçar a criatura.

Os olhos de Augusta se apertaram. Como ela suspeitava, Blaise havia mentido sobre a criatura ficar instável no Reino Físico.

— Explique o que quis dizer com desapareceu — ordenou ela, olhando para o plebeu.

— Num certo instante ela estava se afastando — disse o homem com incerteza, como se tivesse ficado envergonhado de alguma coisa — então, ela fez com que eu me sentisse péssimo e, depois, ela não estava mais lá.

Seu rosto corou de forma inconveniente.

— Conte para Augusta exatamente o que aconteceu — Ganir mandou, com um sorriso levemente cruel surgindo em seu rosto.

— Ela não queria dançar comigo e eu tentava me aproximar dela — Colin admitiu, com o rosto ainda mais rubro.

— E o que aconteceu em seguida? — Ganir retrucou — Se eu for forçado a repetir essa pergunta mais uma vez, você poderá passar a conhecer a masmorra desta Torre.

O camponês empalideceu com a ameaça.

— Eu me sujei, minha senhora — admitiu ele, parecendo querer desaparecer para dentro do chão — Ela fez com que eu ficasse com medo e confuso e todos os meus músculos se relaxaram ao mesmo tempo. E ela desapareceu do nada, como se nunca tivesse estado lá.

Augusta franziu o nariz com nojo. *Camponeses.*

— Pode ir, Colin — Ganir disse, finalmente com pena do homem — Quando sair, mande entrar o palhaço.

Ainda visivelmente envergonhado, o camponês se apressou em sair do aposento.

— Então, definitivamente é uma *ela* — Ganir disse pensativamente quando já estavam a sós de novo.

— É uma *coisa*.

Augusta não gostava de como Ganir estava lidando com aquilo.

— Já sabíamos que tinha assumido uma forma feminina.

— Uma coisa é assumir uma forma feminina — disse o velho feiticeiro, com uma expressão curiosa no rosto — mas é bem diferente quando essa forma é tal que os jovens queiram dançar com ela. E ainda é outra coisa quando essa forma começa a agir como uma moça e recusa a atenção de algum idiota.

Augusta lhe deu um olhar fuzilante. O que ele falava era a coisa que a deixara inconfortável. A criação horripilante de Blaise agia como se fosse humana, como se fosse uma delas.

— Isso é, em parte, o que torna essa coisa tão perigosa — ela falou para Ganir — Isso manipula as pessoas por sua aparência e as pessoas não veem o horror que isso é.

A situação toda era repugnante, segundo Augusta.

O Líder do Conselho encolheu os ombros.

— Talvez o fato de ela ser tão linda a torne mais passível de ser notada — e mais fácil de rastrear. Meus homens só precisaram perguntar sobre uma bela loira que possa ou não ter feito algo estranho.

— Isso é um plus — Augusta concordou, embora seu estômago se encolhesse com desgosto e por algo que parecia inveja. Ela odiava a ideia de que essa criatura estivesse lá, seduzindo outros homens como já havia seduzido Blaise.

— Com certeza — Ganir sorriu, parecendo inexplicavelmente satisfeito.

Augusta pensou naquilo que o jovem havia lhes contado, juntando as sobrancelhas em um leve franzir de cenho.

— Então, parece que a coisa se teletransportou espontaneamente depois de deixar o camponês mal — disse ela, intrigada. — Ele não falou nada sobre usar uma Pedra Interpretadora ou de ter feito algum feitiço oral.

— Sim.

Ganir parecia impressionado.

— Parece que ela não precisa de nossas ferramentas para se conectar com o Reino do Feitiço. Isso faz sentido, devido às origens dela.

Naquele momento, houve uma batida na porta e outro homem entrou. Este era um pouco mais velho, com aparência cansada e com cabelo ralo e se tornando grisalho.

— Meu senhor, o senhor me chamou? — Sua voz tremeu levemente. Ficou claro que o plebeu estava aterrorizado por estar na Torre.

— Diga a ela o que aconteceu, palhaço — disse Ganir, fazendo um gesto em direção para Augusta.

Augusta deu ao visitante um pequeno sorriso encorajador. O homem parecia assustado demais e a última coisa que queriam era que ele se sujasse.

Sua tática funcionou. O homem visivelmente pareceu mais relaxado.

— Eu estava na feira, entretendo as crianças e fazendo truques para elas — começou ele, e Augusta percebeu que o homem era literalmente um palhaço.

— Uma menininha foi empurrada contra uma pilha de barris na barraca do mercador próxima da minha. Um barril começou a cair sobre ela e uma bela feiticeira salvou a menina impedindo a queda do barril. Ela fez com que ele flutuasse no ar, minha senhora . . .

Seu tom parecia quase reverente.

Augusta sentiu arrepios na espinha. A coisa conseguia fazer objetos levitar, assim como teletransportá-los por capricho. Em certas condições, a maioria dos feiticeiros podiam fazer um feitiço verbal relativamente simples e fazer com que um barril flutuasse, mas ninguém seria capaz de fazer isso com uma velocidade suficiente para salvar a criança de um objeto em queda.

— Ela proferiu alguma palavra? — ela perguntou, olhando para o palhaço — Ela estava com alguma coisa nas mãos?

— Não — O homem balançou a cabeça.

— Eu acho que ela não proferiu uma só palavra, e eu não a vi segurando nada. Tudo aconteceu rápido demais.

— Ela estava só? — Augusta perguntou.

— Havia duas mulheres mais velhas com ela.

— Por favor, descreva-as para mim — Augusta solicitou, embora ela já começasse a ter um palpite sobre a identidade delas.

— São Maya e Esther, como era de se suspeitar— Ganir interrompeu. Olhando para o homem, ele acenou em direção à porta.

— Pode ir agora, palhaço.

— Tem certeza de que são aquelas encarquilhadas? — Augusta perguntou quando o homem saiu do aposento. Ela lembrava bem delas. As duas velhas se intrometiam constantemente na vida de seu ex-noivo, aparecendo na casa dele sem avisar e se metendo nas coisas dele. Blaise tolerava a paparicação delas com bom humor, mas Augusta achava aquilo desagradável.

— Tenho certeza — Ganir confirmou — Eu fiz com que as duas testemunhas usassem uma Captura de Vida e lembrassem do ocorrido.

— E agora? — Augusta perguntou, dando alguns passos para a mesa dele — Sabemos onde a criatura está, correto?

— Não, na verdade não — Ganir se inclinou para a frente, olhando atentamente para ela:

— Parece que a casa de Esther e Maya está abandonada. Ninguém próximo delas foi capaz de dizer para onde as mulheres foram. Parece que teremos que aguardar mais para localizar a criatura — ou podemos tentar falar com Blaise novamente.

Augusta franziu a testa. Falar com Blaise de novo lhe parecia uma ideia horrível. Ela certamente não estava disposta a enfrentá-lo sozinha.

— Acha que ele falaria com *você*? — ela perguntou, com dúvidas.

Ganir pensou por um momento.

— Eu não sei — disse ele — Se eu achasse que ele falaria comigo, não teria envolvido você nisso. Mas acho que vale a pena, a essa altura.

— Ele não jurou que o mataria se o visse?, Augusta perguntou, lembrando-se da fúria de Blaise contra o homem que um dia havia considerado como um segundo pai.

— Realmente fez isso.

O rosto de Ganir se obscureceu com algo que parecia tristeza.

— Mas precisamos chegar a ele de alguma forma para conter a situação antes que o resto do Conselho fique sabendo.

— Sim — Augusta percebia o ponto de vista de Ganir — Algo deve ser feito e rapidamente, antes que essa criatura tenha chance de criar mais complicações.

O Líder do Conselho concordou, mas havia uma expressão pensativa em seu rosto.

— Você percebeu que ela salvou uma criança? — disse ele lentamente, virando a cabeça de lado — Esta criação de Blaise pode não ser tão monstruosa quanto você imagina.

— O quê? — Augusta olhou descrente para ele — Não. Isso não significa nada. Um ato de compaixão — se é que foi isso — não elimina a ameaça que essa coisa representa. Você sabe disso tão bem quanto eu.

— Na verdade, eu não sei se concordo — Ganir disse calmamente — Acho que precisamos estudá-la antes de tomarmos quaisquer decisões apressadas.

— Está dizendo que não está mais querendo destruí-la?

— Eu nunca disse que a destruiríamos. Eu preciso saber mais sobre ela antes de fazer algo tão definitivo.

— Você quer apenas usá-la — Augusta disse de forma incrédula, com a verdade começando a tomar conta dela — É o que você quer, não é? Você quer usar a criatura para obter mais poder.

A expressão de Ganir endureceu, seus olhos brilhando de raiva.

— Você está *me* acusando de querer poder? Eu já sou o chefe do Conselho. Por que não se preocupa mais com seus próprios assuntos?

Confusa, Augusta deu um passo para trás. Ela não fazia ideia sobre o que o homem estaria falando.

— Agora, me deixe — disse ele, gesticulando de forma desdenhosa em direção à porta — Eu lhe darei notícias quando souber de alguma coisa.

CHAPTER THIRTY: AUGUSTA

"Augusta, this is Colin. He is a blacksmith's apprentice from Blaise's territory," Ganir told her, gesturing toward the young man standing in the middle of the room. The man was a peasant; it was obvious both from his appearance and from the deferential way he held himself.

Augusta raised her eyebrows in surprise. What was this commoner doing in Ganir's chambers? When the Council Leader summoned her this morning, she had gone eagerly, knowing he likely had news about Blaise's creation.

"Tell her what you told me," said Ganir to the young man. As usual, the Council Leader was sitting behind his desk, observing everything with his sharp gaze.

"I was dancing with her, as I told his lordship," the man said obediently, staring at Augusta with awe and admiration. "Then she just disappeared."

"The 'she' in question sounds like the one we're looking for," Ganir told Augusta. "Physically, she's just as you described—blond, blue-eyed, and quite beautiful. Isn't that right, Colin?"

The peasant nodded. "Oh yes, quite beautiful." There was something about how he said the last word that rubbed Augusta the wrong way— aside from the fact that he apparently lusted after the creature.

Augusta's eyes narrowed. As she had suspected, Blaise had lied about the creature being unstable in the Physical Realm. "Explain what you meant by 'disappeared'," she ordered, looking at the commoner.

"One moment she was backing away," the man said uncertainly, as though embarrassed about something, "then she made me feel awful, and then she was not standing where she was." His face flushed unbecomingly.

"Tell Augusta exactly what happened," Ganir commanded, a slightly cruel smile appearing on his face.

"She didn't want to dance with me, and I was trying to get close to her," Colin admitted, his face reddening further.

"And what happened next?" Ganir prompted. "If I am forced to repeat this question one more time, you might visit the dungeon of this Tower."

The peasant paled at the threat. "I soiled myself, my lady," he admitted, looking like he wanted to disappear through the floor. "She made me feel scared and confused at the same time, and all my muscles involuntarily relaxed. And she just vanished, like she wasn't even there."

Augusta wrinkled her nose in disgust. *Peasants.*

"You are free to go, Colin," Ganir said, finally taking pity on the man. "When you come out, send in the clown."

Still visibly embarrassed, the peasant hurried out of the room.

"So it is definitely a *she*," Ganir said thoughtfully once they were alone again.

"It is an *it*." Augusta didn't like where Ganir was going with this. "We already knew that it had assumed a feminine shape."

"It's one thing to have a feminine shape," the old sorcerer said, a curious expression appearing on his face, "but it's quite different when that shape is one that young men want to dance with. And it's yet another thing altogether when the shape starts acting like a girl and refusing some idiot's attentions."

Augusta gave him a sharp look. What he was talking about was the very thing that made her so uneasy. Blaise's horrible creation was acting human, like it was one of them. "That's partially what makes this thing so dangerous," she told Ganir. "It manipulates people with its appearance, and they don't see it for the horror that it is." The whole situation was sickening, as far as Augusta was concerned.

The Council Leader shrugged. "Perhaps. The fact that she's so beautiful does make her more noticeable—and easier to track. All my men had to do was ask about a pretty blond who may or may not have done some strange things."

"That is a plus," Augusta agreed, though her stomach clenched with disgust and something resembling jealousy. She hated the idea of this creature out there, seducing other men like she had already seduced Blaise.

"Indeed." Ganir smiled, looking inexplicably amused.

Augusta thought back to what the young man just told them, her eyebrows coming together in a slight frown. "So it sounds like the thing spontaneously teleported itself after making that peasant sick," she said, puzzled. "He didn't say anything about it using an Interperter Stone or doing any verbal spells."

"Yes." Ganir looked impressed. "It seems like she doesn't need any of our tools to connect to the Spell Realm. It makes sense, given her origins."

At that moment, there was a knock on the door, and another man came in. This one was a bit older, with tired-looking features and thin, greying hair.

"My lord, you summoned me?" His voice shook slightly. It was clear the commoner was terrified to be at the Tower.

"Tell her what happened, clown," said Ganir, gesturing toward Augusta.

Augusta gave the visitor a small, encouraging smile. The man looked far too frightened; the last thing they needed was for another peasant to soil himself.

Her ploy worked; the man visibly relaxed. "I was at the fair, entertaining children and doing tricks for them," he began, and Augusta realized that the man was quite literally a clown. "A little girl got pushed into a stack of barrels at the ale merchant's stall next to mine. A barrel started falling on her, and a beautiful sorceress saved the girl by stopping the barrel. She made it float in mid-air, my lady . . ." His tone was almost reverent.

Augusta got chills down her back. The thing could levitate objects, as well as teleport on a whim. Granted, most sorcerers could do a relatively simple verbal spell and make a barrel float, but no one would've been able to do it fast enough to save the child from the falling object.

"Did she utter any words?" she asked, staring at the clown. "Was there anything in her hands?"

"No." The man shook his head. "I don't think she uttered a single word, and I didn't see her holding anything. It all happened so fast."

"Was she alone?" Augusta asked.

"There were two older women with her."

"Please describe them for me," Augusta requested, although she was beginning to guess at their identities.

"It is Maya and Esther, as you would suspect," Ganir interrupted. Looking at the man, he waved toward the door. "You can go now, clown."

"Are you sure it's those old crones?" Augusta asked when the man left the room. She remembered them well. The two old women had constantly meddled in her former fiancé's life, showing up at his house unannounced and generally fussing over him. Blaise tolerated their attentions with good humor, but Augusta had found them annoying.

"Quite sure," Ganir confirmed. "I had both witnesses use a Life Capture and recall the event."

"So what's next?" Augusta asked, taking a few steps toward his desk. "We now know where the creature is, right?"

"No, actually, we don't." Ganir leaned forward, looking at her intently. "Apparently, Esther and Maya's house is abandoned. No one close to them was able to say where the women went. It seems like we'll have to wait longer to locate the creature—or we could try reasoning with Blaise again."

Augusta frowned. Talking to Blaise again sounded like a terrible idea to her. She certainly wasn't about to confront him by herself. "Do you think he would talk to *you*?" she asked doubtfully.

Ganir considered that for a moment. "I don't know," he admitted. "If I thought he'd talk to me, I would not have gotten you involved in this. But it might be worth a try at this point."

"Didn't he vow to kill you on sight?" Augusta asked, recalling Blaise's fury with the man he'd once regarded as a second father.

"He did indeed." Ganir's face darkened with something resembling sorrow. "But we have to get through to him somehow, to contain the situation before the rest of the Council hears about it."

"Yes." Augusta could see Ganir's point. "Something must be done and swiftly, before this creature has a chance to wreak further havoc."

The Council Leader nodded, but there was a thoughtful expression on his face. "Have you noticed that she saved a child?" he said slowly, cocking his head to the side. "This creation of Blaise's might not be as monstrous as you imagine."

"What?" Augusta stared at him in disbelief. "No. That doesn't mean anything. One act of compassion—if that's what it was—does not eliminate the threat that this thing poses. You know that as well as I do."

"Actually, I'm not sure I agree," Ganir said quietly. "I think we need to study her before we make any rash decisions."

"Are you saying you no longer wish to destroy it?"

"I never said we would destroy it. I need to know more about her before I do something so irrevocable."

"You just want to use it," Augusta said incredulously, the truth beginning to dawn on her. "That's what this is all about, isn't it? You just want to use the creature to gain more power—"

Ganir's expression hardened, his eyes flashing with anger. "You're accusing *me* of grabbing for power? I'm already the head of the Council. Why don't you take a closer look at your own affairs instead?"

Confused, Augusta took a step back. She had no idea what the old man was talking about.

"Leave me now," he said, gesturing dismissively toward the door. "I will send word when I hear more."

CAPÍTULO TRINTA E UM: GALA

O mercado foi uma decepção. Gala havia esperado algo mais parecido com a feira que ela havia visto no outro dia, mas aquilo não era nada parecido. Havia menos produtos sendo exibidos e até mesmo as bugigangas e as joias pareciam pouco atraentes e de pior qualidade das que ela havia visto na vila de Blaise. Havia também menos pessoas realmente comprando produtos. A maioria parecia simplesmente estar vasculhando, olhando para os produtos com um desejo desesperado em seus rostos emaciados. Mesmo assim, Gala estava feliz em ter saído da estalagem. Retirando o xale, ela o colocou em volta da cintura, desfrutando da brisa fresca em seus cabelos.

À medida que entrava mais no mercado, Gala via algumas barracas com produtos alimentícios, inclusive uma variedade de pães, queijos e frutas secas. Era a área mais popular do mercado. A maioria dos moradores da vila parecia estar reunida naquele setor. Esther comprou para cada uma delas um doce recheado de algo gostoso e doce, e Gala comia avidamente a deliciosa guloseima quando ouviu gritos atrás dela.

O barulho vinha da direção de uma das barracas de pão. Curiosa, Gala se virou para ver o que estava havendo e viu um vulto correndo por entre as barracas. Havia gritos do mercador e um homem alto, vestido de negro, que começou a correr atrás da pessoa que corria.

Lembrando-se do julgamento que ela havia visto na vila de Blaise, Gala se perguntou se a pessoa que corria seria um ladrão. Ela ouvia os gritos do mercador dizendo que havia sido roubado, e ela deu alguns passos na direção para onde o vulto correra. Os outros visitantes do mercado pareceram ter a mesma ideia e Gala logo se viu sendo levada pela multidão, todos empurrando e se acotovelando para chegar ao espetáculo que parecia estar ocorrendo à frente. Olhando de soslaio para trás, Gala viu Esther e Maya correndo atrás da multidão com olhares ansiosos em seus rostos.

Desesperada para descobrir o que estava acontecendo, Gala se concentrou no seu sentido da audição e, repentinamente, conseguiu filtrar o ruído irrelevante. Agora, ela ouvia os sons da pessoa que corria à distância, assim como os passos mais pesados que iam em sua perseguição.

— Não! Por favor, me deixe! — O grito estridente sem dúvida era feminino e Gala percebeu que a pessoa que corria era uma jovem mulher — uma jovem que acabara de ser pega, a julgar por suas súplicas histéricas.

Enquanto a multidão seguia em frente, Gala podia ouvir uma voz áspera, masculina falando sobre justiça e ela conseguindo se soltar, correu agora para o meio do mercado, de onde vinham os gritos.

Já havia espectadores reunidos lá, cercando uma pequena figura no chão. O homem de veste preta estava de pé, ao lado dela, segurando seu braço de forma a não deixá-la escapar. Olhando em volta, Gala pôde ver o medo e a piedade refletida em muitos dos rostos, assim como uma expectativa de felicidade em outras poucas. Ela não sabia o que iria acontecer, mas algum tipo de intuição lhe transmitiu uma sensação penetrante na boca do estômago. Ela queria que Esther e Maya estivessem ali, para que ela pudesse lhes perguntar a respeito daquilo mas, a essa altura, elas estavam muito lá para trás.

Olhando para a garota, notou que ela era magra — bem mais magra do que a própria Gala — e que suas roupas eram esfarrapadas. Seu cabelo castanho estava embaraçado e a expressão em seu rosto pálido era de puro pavor.

Outro homem, este vestido de modo mais rico, com roupas mais elaboradas, abriu caminho entre a multidão, juntando-se à jovem e a seu apreensor. Havia uma espada em uma bainha de couro pendurada em seu quadril esquerdo e um sorriso cruel brincava em seus lábios.

— Você tem a honra, ladra — disse ele, dirigindo-se à garota assustada.

— Sou Davish, o fiscal dessas terras.

A ladra visivelmente se acovardou, mudando a expressão de seu rosto para sumo desespero. Era como se ela tivesse perdido todas as esperanças, pensou Gala, paralisada pela cena diante dela.

— Você está sendo acusada de roubo — continuou o fiscal — Sabe qual a punição para roubo?

A jovem assentiu, com lágrimas rolando pela face.

— Meu senhor, por favor, poupe minha vida. Eu peguei um pão para alimentar os dois filhos que me restam. Meu mais novo já morreu de fome. Por favor, senhor, não faça isso.

O fiscal pareceu se divertir.

— Você tem sorte — disse ele — Em honra dos próximos jogos no Coliseu, eu estou de bom humor e inclinado a ser piedoso.

Gala suspirou, soltando o ar que ela não havia percebido que prendia. Ela estava feliz porque a mulher seria poupada. Será que realmente pensavam em matá-la por roubar uma bisnaga de pão? A garota só havia feito alquilo para salvar a vida dos filhos e parecia incrivelmente cruel puni-la por isso.

A ladra soluçou aliviada. — Estou eternamente grata, meu senhor.

— Guarda, leve-a para a pedra de execução. O fiscal deu a ordem para o homem de roupa negra. Olhando para a multidão, ele disse: — Por eu ser misericordioso, a vida dela será poupada. Como punição, ela simplesmente perderá a mão direita, para que lembre de nunca mais roubar.

E, antes que Gala pudesse registrar o significado pleno das palavras do homem, ele a arrastou, chutando e gritando, para uma pedra no meio da praça. Ignorando sua luta, ele pressionou seu antebraço contra a superfície da pedra, fazendo com que ela soltasse a pequena bisnaga de pão que agarrava com o punho fechado. A prova do crime caiu no chão, rolando na terra.

Gala instintivamente seguiu para frente, tentando passar pela multidão, mas as pessoas à sua volta eram tantas que ela mal conseguia se mover. Com a ansiedade aumentando, Gala apertou os olhos, fechando-os e tentou se lembrar como ela havia feito o teletransporte da outra vez. Nada lhe veio à mente. Ela simplesmente não conseguia fazer aquilo.

Abrindo os olhos, ela olhou com horror impotente para a cena que acontecia diante dela.

A garota ainda gritava, a voz rouca de pavor, e Gala via Davish desembainhando a espada e se aproximando da garota.

Não, Gala pensou, em desespero, *isso não pode acontecer.*

Fazendo uma última tentativa heroica, ela começou a abrir caminho pela multidão, aos trancos, cotoveladas e chutando, para chegar à frente. As pessoas a empurravam de volta, gritando, mas ela não se importava.

Ela precisava chegar à garota antes que fosse tarde demais. Na frente, Davish ergueu a espada no ar.

Gala dobrou seus esforços, despreocupada que se machucasse.

A espada desceu com força mortal e o grito de agonia da ladra cortou o ar. Sangue vermelho vivo respingou por toda parte, cobrindo a plataforma de pedra e atingindo a roupa elaborada do fiscal. O guarda soltou o braço da moça, dando um passo para trás.

Pasma, Gala viu a mão cortada da garota cair no chão, próxima ao pão — e sentiu algo dentro dela se romper novamente.

— Não!.

Gala sentiu que cada pedacinho de sua indignação se somou em um grito ensurdecedor. À sua volta, a multidão parecia pasma, a maioria dela caindo de joelhos, com as mãos na cabeça. De repente, Gala se viu livre para se mover e correu para a pedra ensanguentada onde a garota estava agachada, gemendo e chorando.

Parecia haver sangue por toda parte, com um cheiro metálico permeando o ar. *Como podia haver tanto sangue?* Então, Gala viu que a garota não era a única que sangrava. Todos em volta dela seguravam suas orelhas tentando conter o líquido vermelho que saía.

E Gala percebeu com horror que era culpa dela — que seu grito, de alguma forma, havia causado aquele terrível evento.

Em estado de torpor, ela se aproximou da ladra, que, a essa altura, estava praticamente banhada em sangue, e segurava desesperadamente deu cotoco de pulso. Levada por um instinto desconhecido, Gala colocou os braços em torno da moça, abraçando-a suavemente. E, naquele instante, foi como seus corpos se tornassem um.

Com cada fibra de seu ser, Gala transmitiu amor e generosidade para a vítima daquela injustiça indizível. Ela sentia a energia cálida lentamente fluindo de seu corpo para o da garota. Tudo no interior de Gala se concentrava em um objetivo e somente um objetivo — desfazer o dano que o carrasco havia causado. Ela sentia a dor da garota e tomou isso para si, liberando a jovem daquela carga. O sentimento era agonizante e iluminador ao mesmo tempo. Até então, Gala havia tido apenas um entendimento rudimentar, aprendido nos livros, sobre a dor e o sofrimento. Agora, no entanto, era real para ela, que fez um voto silencioso de fazer com que houvesse menos disso no mundo.

O que acontecia agora estava sendo realizado pela parte da mente de Gala sobre a qual ela não tinha controle. Ela estava vagamente ciente disso. Mas não importava, porque Gala podia sentir que estava dando certo, que a dor da garota lentamente se dissolvia e estava passando.

Quando não havia mais dor, Gala soltou a garota e deu um passo para trás.

A jovem estava lá com o rosto sujo, sereno e alegre, sem demonstrar sinais de dor ou medo. O cotoco ensanguentado de seu braço não sangrava mais; em vez disso, conforme Gala observava a mão lentamente parecia renascer, cada osso, músculo e tendão se esticando e se tornando mais espesso. Logo, os dedos apareceram e a mão estava como era antes, esguia e feminina — e totalmente cheia de vida.

Quando Gala olhou para a multidão, ela viu que todos estavam de joelhos, com expressões de extrema felicidade nos rostos. Havia sangue em suas roupas, mas ninguém mais parecia estar sangrando ou com dor. Gala percebeu, aliviada, que ela não tinha apenas acabado com a dor da garota, mas também dos outros em volta, desfazendo o mal que ela mesma havia, inadvertidamente, causado.

À distância, ela podia ver Esther e Maya se aproximando no final da multidão, mas Gala sabia que ela ainda não havia terminado. O guarda e o fiscal estavam ao lado dela, ajoelhados na mesma posição que o resto da multidão e olhando de forma estática para ela. Ela chegou até eles, sabendo o que tinha que fazer.

Ela começou pelo fiscal, colocando as mãos nas têmporas dele. Ela precisava entender porque ele havia feito algo tão terrível. *"Como pôde?"*, ela pensou, deixando que a pergunta reverberasse em sua mente, repetidamente, enquanto ela se perdia no que sentiu que fosse como uma série de Capturas de Vida.

Ele era filho de pais ricos — um filho que nada parecia com o pai, uma criança que desejava diariamente ter nascido em uma família diferente. A criança revivia as muitas crueldades que havia sofrido, as infinitas surras e palavras humilhantes. O tempo passou rápido e a criança agora era um jovem que a cada dia agia mais como o pai — um jovem que precisava descontar nos outros para suportar a dor que restava dentro de si. À medida que o jovem amadurecia, ele se viu como alguém que ansiava por poder, que precisava controlar os outros para que ninguém pudesse magoá-lo de novo.

Agora Gala entendia. O homem cruel era também alguém que sofria à sua própria maneira como a infeliz garota a quem tentou fazer mal. A sensação cálida e de compartilhamento de antes tomou conta de Gala novamente e ela se chegou à mente sofredora do homem, tentando fazer com que ela sarasse como ela havia sarado a mão da garota. A mente resistiu e Gala entendeu que, ao fazer isso, estaria modificando fundamentalmente o homem, fazendo com que ele se tornasse outro. Lá dentro, ela sabia que não tinha o direito de fazer isso, mas o instinto de cura era forte demais. Ela precisava fazer isso para que ele não magoasse mais ninguém no futuro. Juntando suas forças, ela tentou entrar mais na mente do fiscal e sentiu que finalmente a mente dele permitia isso.

— Gala! Gala, você está me ouvindo? — A voz de Maya penetrou no atordoamento que a cercava, trazendo Gala de volta de seu estado de torpor.

Piscando, ela olhou para Maya e Esther, pela primeira vez ciente da exaustão profunda que tomava conta de seu corpo.

— Venha — Esther falou, se aproximando de Gala. Ela parecia ansiosa e Gala deixou-se guiar saindo dali, cansada demais para resistir enquanto as duas mulheres a tiravam da praça. Em torno delas, ela via que os espectadores lentamente saíam daquele estado estranho de felicidade e começavam a olhar em torno, confusos. Maya rapidamente envolveu a cabeça de Gala com o xale, cobrindo-a com o tecido grosso e áspero.

E ao voltarem para a estalagem, Gala caiu na cama e adormeceu assim que pôs a cabeça no travesseiro.

CHAPTER THIRTY-ONE: GALA

The market was disappointing. Gala had been expecting something along the lines of the fair she'd seen the other day, but this was nothing like that. There were fewer products on display, and even the trinkets and jewelry seemed drab and of worse quality than what she'd seen in Blaise's village. There were also fewer people actually buying the goods; the majority seemed to be simply browsing, often looking at the products with desperate longing on their emaciated faces. Still, Gala was glad to be out of the inn. Yanking off the shawl, she tied it around her waist, enjoying the cooling breeze on her hair.

As they ventured deeper into the market, Gala saw a number of stalls with foodstuffs, including a variety of breads, cheeses, and dried fruit. It was a more popular area of the market; most villagers seemed to be gathered in this section. Esther bought each of them a pastry filled with something rich and sweet, and Gala was greedily consuming the delicious treat when she heard some yelling behind her.

The noise came from the direction of one of the bread stalls. Curious, Gala turned to see what was going on and saw a figure running through the stalls. There were shouts from the merchant, and a tall man dressed in black started chasing after the runner.

Remembering the trial she'd seen at Blaise's village, Gala wondered if the running person was a thief. She could hear the merchant screaming that he'd been robbed, and she took a few steps in the direction where the figure had been heading. The other market visitors seemed to have the same idea, and Gala quickly found herself swept up by the crowd, everyone pushing and shoving to get to whatever spectacle seemed to be ahead. Casting a glance behind her, Gala saw Esther and Maya hurrying after the crowd with anxious looks on their faces.

Desperate to figure out what was going on, Gala focused on her sense of hearing, and suddenly she could filter out extraneous noise. Now she could hear the sounds of the person running in the distance, as well as the heavier footsteps chasing after it.

"No! Please, let me go!" The high-pitched scream was undoubtedly feminine, and Gala realized that the runner was a young woman—a young woman who had just gotten caught, judging by her hysterical pleas.

As the crowd carried her forward, Gala could hear a harsh male voice speaking of justice, and she managed to break free, now running toward the middle of the market where the screams were coming from.

There were already spectators gathered there, surrounding a small figure huddling on the ground. The black-garbed man was standing over her, holding her arm in an inescapable grip. Looking around, Gala could see fear and pity reflected on many of the faces, as well as gleeful anticipation on a few. She didn't know what was about to happen, but some kind of intuition gave her a sinking feeling in the pit of her stomach. She wished Esther and Maya were here, so she could ask them about this, but they were far behind her at this point.

Staring at the girl, she noticed that she was thin—far thinner than Gala herself—and that her clothing was in rags. Her long brown hair was tangled, and the expression on her pale face was that of sheer terror.

Another man, this one dressed in richer, more elaborate clothing, pushed his way through the crowd, joining the young woman and her captor. There was a sword in a leather scabbard hanging on his left hip and a cruel smile playing on his lips. "You are going to be honored, thief," he said, addressing the frightened girl. "I am Davish, the overseer of these lands."

The thief visibly flinched, the expression on her face changing to that of utter despair. It was as if she had given up all hope, Gala thought, transfixed by the scene in front of her.

"You are being accused of stealing," the overseer continued. "Do you know the punishment for thievery?"

The young woman nodded, tears running down her face. "My lord, please spare my life . . . I took a loaf of bread to feed my two remaining children. My youngest already passed away from starvation. Please, my lord, don't do this—"

The overseer looked amused. "You are in luck," he said. "In honor of the upcoming games at the Coliseum, I am in a good mood and inclined to be merciful."

Gala exhaled, letting out a breath she hadn't realized she'd been holding. She was glad the woman would be spared. Had they been seriously considering killing her for stealing a loaf of bread? The girl had only done it to save the lives of her children, and it seemed incredibly cruel to punish her for that.

The thief sobbed with relief. "I am forever in your debt, my lord—"

"Guard, take her to the execution stone." The overseer issued the order to the black-clothed man. Looking up at the crowd, he announced, "Because I am merciful, her life will be spared. As punishment, she will simply lose her right hand, so she remembers never to steal again."

And before Gala could register the full meaning of the man's words, the guard took action. Holding the girl by her arm, he dragged her, kicking and screaming, toward a slab in the center of the square. Ignoring her struggles, he pressed her forearm against the stone surface, causing her to release the small loaf of bread that she had been clutching in her fist. The evidence of her crime fell to the ground, rolling in the dirt.

Gala instinctively started forward, trying to get through the crowd, but the people around her were packed so tightly that she could hardly move. Her anxiety spiking, Gala squeezed her eyes shut and tried to recall how she had teleported that one time. Nothing came to mind; she simply couldn't make it work.

Opening her eyes, she stared in helpless horror at the scene unfolding in front of her.

The girl was still screaming, her voice hoarse with terror, and Gala could see Davish unsheathing his sword and approaching the girl.

No, Gala thought in desperation, *this could not be happening.*

Making one last heroic attempt, she started shoving her way through the crowd, elbowing and kicking to make her way to the front. People were pushing back at her, yelling, but she didn't care. She needed to get to this girl before it was too late. Up ahead, Davish lifted the sword into the air.

Gala doubled her efforts, heedless of any injury to herself.

The sword swung down with deadly force, and the thief's agonized scream pierced the air. Bright red blood sprayed everywhere, covering the stone platform and splattering on the overseer's elaborate clothing. The guard released his hold on the girl's arm, taking a step back.

Stunned, Gala saw the girl's severed hand fall to the ground next to the bread—and felt something inside her snap again.

"No!" Every bit of her outrage poured out of Gala in an ear-splitting shout. All around her, the crowd seemed to stumble, most spectators falling to their knees and clutching their heads. All of a sudden, Gala found herself free to move, and she ran toward the bloody slab of rock where the girl was huddled, moaning and crying.

It seemed like there was blood everywhere, the metallic scent permeating the air. *How could there be so much blood?* Then Gala saw that the girl was not the only one bleeding. Everyone around them was holding their ears, trying to contain the red liquid trickling out.

And Gala realized with sick horror it was her fault—that her shout had somehow caused this awful occurrence.

Dazed, she approached the thief, who was practically bathing in blood at this point and clutching desperately at her stump of a wrist. Driven by some unknown instinct, Gala put her arms around the girl, hugging her gently. And in that moment, it was as though their bodies became one.

With every fiber of her being, Gala reached out with love and kindness to the victim of this unspeakable injustice. She could feel warm energy slowly flowing from her body into the girl's. Everything inside Gala was focused on one goal and one goal only—to undo the damage that the executioner had caused. She could feel the girl's pain, and she took it into herself, freeing the young woman of that burden. The feeling was agonizing and illuminating at the same time; until then, Gala had had only a rudimentary, book-learned understanding of pain and suffering. Now, however, it was real to her, and she vowed silently to make it so that there would be less of it in the world.

What was happening now was being done by the part of Gala's mind that she had no control over; she was vaguely aware of that. But it didn't matter, because Gala could sense that it was working, that the girl's pain was slowly dissolving and ebbing away. When there was no more pain left, Gala let go of the girl and stepped back.

The young woman stood there, her dirt-streaked face serene and joyful, showing no trace of pain or fear. The bloody stump of her arm was no longer gushing; instead, as Gala watched, the hand slowly re-grew itself, each bone, muscle, and tendon gradually lengthening and thickening. Soon, the fingers appeared, and the hand was as it had been before, slim and feminine—and very much alive.

When Gala looked back at the crowd, she saw that everybody was kneeling, the expressions on their faces strangely blissful. There was blood on their clothing, but nobody seemed to be bleeding or in pain anymore. She had done this too, Gala realized with relief. She had not only taken away the girl's pain, but also that of others in the vicinity, undoing the harm she herself had inadvertently caused.

In the distance, she could see Esther and Maya approaching the edge of the crowd, but Gala knew she was not done yet. The guard and the overseer were next to the girl, kneeling in the same position as the rest of the crowd and rapturously staring at Gala. She came up to them, knowing what she had to do.

She started with the overseer, putting her hands on his temples. She needed to understand why he had done something so horrible. "How could you?" she thought, letting the question reverberate in her head, over and over, as she lost herself in what felt like a series of Life Captures.

He was a small child of rich parents—a child who looked nothing like his father, a child who wished daily that he had been born to a different family. The child relived the many cruelties he had suffered, the endless beatings and demeaning words. Time sped forward, and the child was a young man who acted more like his father with every passing day—a young man who needed to lash out at others to cope with the pain left inside. As the young man matured, he found himself becoming someone who craved power, someone who needed to control others so nobody could hurt him again.

Now Gala understood. The cruel man was as damaged in his own way as the unfortunate girl he'd tried to hurt. The warm, sharing feeling from before came over Gala again, and she reached out to the man's broken mind, trying to mend it as she had healed the girl's hand. The mind resisted, and Gala understood that by doing this, she would be changing the man fundamentally, making him become someone else. Deep inside, she knew she might not have the right to do this, but the instinct to heal was too strong. She needed to do this so he would not hurt anyone else in the future. Gathering her strength, she pushed harder into the overseer's mind and felt it finally letting her in.

"Gala! Gala, are you listening to me?" Maya's voice penetrated the haze surrounding her, bringing Gala out of her mindless state.

Blinking, she stared at Maya and Esther, becoming aware for the first time of the deep exhaustion overtaking her body.

"Come," Esther said, reaching for Gala. She looked anxious, and Gala let her guide her away, too weary to resist as the two women led her out of the square. All around them, she could see the spectators slowly coming out of their strange bliss-like state and starting to look around with confusion. Maya quickly wrapped the shawl around Gala's head again, covering her with the thick scratchy material.

When they got back to the inn, Gala collapsed on her bed and was asleep as soon as her head hit the pillow.

CAPÍTULO TRINTA E DOIS: BLAISE

Blaise analisava seu último feitiço quando ouviu uma batida na porta. Seu coração saltou e um fio de fúria serpenteou em sua espinha. Seria o Conselho agindo?

Correndo para o depósito, ele rapidamente pegou um monte de cartões que havia escrito para esse confronto após a morte de seu irmão. Era uma mistura de feitiços ofensivos e defensivos, cada um deles otimizado para pontos fortes e fracos particulares dos membros do Conselho.

Enquanto isso, as batidas continuavam.

Pensando de forma muito rápida, Blaise pegou um feitiço geral de defesa e colocou na Pedra Interpretadora. Ele lhe forneceria alguma proteção tanto contra ataques físicos ou mentais, com a esperança de lhe fazer ganhar algum tempo. Ao se aproximar da entrada, ele perguntou:

— Quem é?

— Blaise, sou eu, Ganir.

A raiva de Blaise duplicou. Como o velho ousava aparecer depois do que ele havia feito a Louie? A traição de Ganir era, de certa forma, pior do que a de Augusta. O velho feiticeiro tinha sempre tratado Louie como a um filho e ninguém havia ficado mais chocado do que Blaise ao saber do voto de Ganir a favor da punição de seu irmão.

Cheio de fúria, Blaise começou a falar, instintivamente recorrendo a um feitiço criado para paralisar o oponente. Ele não pensou, apenas agiu. Se o feitiço desse certo, ele não tinha ideia do que faria com o corpo inerte do Líder do Conselho, mas ele não ligou para aquilo naquele momento, totalmente consumido pela raiva e sem conseguir pensar racionalmente.

Ao terminar, Blaise respirou fundo, tentando recobrar o controle de suas emoções. Ele não sabia se o feitiço tinha dado certo, mas havia uma chance de ele ter surpreendido Ganir. Em batalhas, os golpes não esperados eram os melhores e era improvável que o velho feiticeiro esperasse que ele usasse um feitiço simples.

Blaise ficou mais calmo e com a mente mais clara. Calmo demais.

Calmo demais, Blaise se deu conta. Ganir tinha usado um feitiço pacificador contra ele — um efeito que havia parcialmente penetrado nas defesas mentais de Blaise.

O pensamento de estar sendo manipulado enfureceu Blaise de novo e ele sentiu a calma artificial se dissipar, trazendo de volta algumas das emoções voláteis que ele havia sentido antes. No entanto, o feitiço de Ganir devia ter sido pelo menos eficaz de certa forma, já que ele não se sentia mais tão sanguinário contra o Líder do Conselho — algo que deixava o ressentimento de Blaise amargo, porém calmo.

Naquele instante ele ouviu a voz de Ganir intensificada pelo feitiço. Era alta e clara, como se o velho estivesse de pé a seu lado e gritando:

— Blaise, estou extremamente decepcionado — a voz falou — Eu sei que você tem raiva, mas eu achei que você fosse mais que isso. Atacar-me sem ao menos me olhar nos olhos? Este não é o Blaise do qual me lembro.

Blaise sentiu retornar sua fúria. O velho era mestre em jogos psicológicos e Blaise detestava ser manipulado.

— Eu lhe dou um segundo para ir embora — Blaise gritou de volta, falando com Ganir pela primeira vez. E zombeteiramente, ele acrescentou:

— E tem razão — não sou o Blaise do qual lembra. Aquele Blaise morreu juntamente com Louie. Você se lembra de Louie, não lembra?

Enquanto falava, Blaise escrevinhou o esboço das coordenadas de onde Ganir estava de pé em um cartão e acrescentou mais um código antes de colocar o cartão na Pedra Interpretadora. Então, ele deu alguns passos para trás, certificando-se de que ele não estaria no raio de alcance do feitiço.

O feitiço era para paralisar a vítima mentalmente — assolar a mente pela indecisão, medo, choque e vários efeitos de privação de sono. Era muito pior do que o feitiço de paralisia física que Blaise havia usado antes, já que este era uma mistura de vários ataques a mentes, todos reunidos em um.

Então ele aguardou.

Tudo parecia quieto. Para verificar se o ataque mental havia funcionado, Blaise preparou outro feitiço e o direcionou para a parede da entrada, tornando-a transparente como vidro.

Agora, Blaise podia ver o lado de fora e viu Ganir lá, de pé, olhando diretamente para Blaise através da parede transparente. Estava óbvio que o velho não tinha sido afetado pelo feitiço, mas ele parecia estar só. Sua espreguiçadeira marrom escuro estava a seu lado.

Apesar de sua decepção, Blaise sentiu uma onda de alívio. Não parecia ser uma emboscada do Conselho. Eles não teriam enviado o Líder do Conselho sozinho.

— Você me insulta se acha que seus feitiços têm alguma chance de dar certo — falou Ganir calmamente, com sua voz penetrando pelas paredes da casa com facilidade. Nas mãos, havia uma Pedra Interpretadora. Ele poderia ter feito um feitiço fatal contra Blaise a qualquer momento mas, aparentemente, tinha escolhido não fazer.

Com parte do ódio se dissipando, Blaise abriu a porta.

— O que você quer, Ganir? — ele perguntou desgastado, começando a se cansar daquele confronto.

— Eu falei com Augusta — Ganir disse, olhando para Blaise — O Conselho não sabe de sua criação.

— Por que não? — Blaise estava genuinamente surpreso.

— Porque eu a convenci de não contar para eles por ora. Ainda há uma janela de oportunidade de resolvermos esta confusão. Augusta, eventualmente, irá até eles. Eu me certifiquei de que ela ainda não fará isso, mas ela tem medo do que você fez, um medo além da razão.

Blaise sentiu que podia respirar de novo. O Conselho não sabia sobre Gala. Somente Ganir e Augusta — o que já era suficientemente ruim, mas não tão desastroso quanto teria sido se todo o Conselho estivesse envolvido. Mesmo assim, aquilo não significava que ele tinha qualquer intenção de ser cortês com Ganir.

— E como exatamente você pretende resolver essa confusão? — ele perguntou, sem se importar em retirar o amargor de sua voz.

— Da mesma maneira como fez com Louie?

Dava para ver que suas palavras feriam. Ganir hesitou, sua mão instintivamente indo em direção a uma bolsa pendurada na cintura, antes de cair para o lado. Blaise guardou mentalmente aquela bolsa — era provável que ali o feiticeiro guardasse seus cartões de feitiço. Deixando que a moldura da porta bloqueasse a linha de visão de Ganir ele, subrepticiamente, escrevinhou um feitiço em um de seus próprios cartões e se preparou para usá-lo no momento oportuno.

Enquanto isso, Ganir deu um passo à frente. — Blaise — disse ele suavemente — seu irmão foi bem evidente com relação a seu crime. Até eu não pude esconder do Conselho o que ele fez. Eu tentei ao máximo orientar o Conselho para uma solução leniente, mas não me ouviram — e a teimosia de seu irmão e a recusa dele em até fingir remorso não ajudaram.

Blaise olhou para Ganir, lembrando-se do discurso apaixonado que Louie havia feito diante do Conselho sobre as injustiças na sociedade deles — um discurso que provavelmente havia selado seu destino. Blaise concordava com cada palavra que Louie havia falado, mas ele mesmo havia achado insensato antagonizar os outros feiticeiros de forma tão frontal. Porém, no final de tudo, o que contou foi o voto — e Ganir votou a favor da execução de Louie.

— Não minta para mim— Blaise disse rudemente — Sabe tanto quanto eu que não é diferente deles, que todos votaram da mesma forma. E espera que eu acredite que você tentou falar a favor de Louie?

Ganir pareceu pasmo.

— O quê? Eu votei contra a morte de Louie. Como pode pensar o contrário?

Blaise soltou uma risada breve e dura.

— Ah, é mesmo? Acha que pode se esconder atrás do fato de todos os votos serem anônimos e que ninguém saiba a contagem exata? Pois eu soube da verdade. Eu sei da divisão do resultado dos votos. Houve apenas um voto contra a morte de Louie, e foi o meu. Todos vocês — você, Augusta, cada pessoa daquele Conselho — votou pela execução de Louie.

— Não é verdade.

Ganir ainda parecia chocado.

— Eu não sei de onde obtém suas informações, mas seus métodos devem ter falhado. Eu votei *contra* a morte de Louie, eu juro a você. Ele era como um filho para mim, como você era. E Dania voltou da mesma forma — contra a punição.

Ele parecia tão verdadeiro que Blaise chegou a duvidar de si mesmo por um instante. Será que sua fonte teria mentido? Se assim fosse, por quê? Blaise não encontrava uma razão — o que significava que Ganir tinha que estar lhe mentindo agora.

— Por que você não admite isso, como ela o fez? — ele perguntou desdenhosamente, lembrando de como Augusta tinha sido incapaz de lhe esconder a verdade sobre sua traição. Só de pensar naquilo fazia com que quisesse matar Ganir ali mesmo.

— Está falando de Augusta? — Ganir perguntou, confuso — Está dizendo que ela votou a favor da execução de Louie?

— Claro que votou — O lábio superior de Blaise se curvou — E você também.

— Não, eu não votei — insistiu o Líder do Conselho, franzindo o cenho — E eu não sabia sobre o voto dela. Eu sempre imaginei que ela havia apoiado você e Louie. Foi por isso que vocês dois se separaram, porque você descobriu o voto dela?

Blaise sentiu velhas recordações borbulhando para a superfície, envenenando sua mente com um ódio amargo novamente.

— Não — disse ele calmamente — Não entre nesse campo, Ganir, ou eu juro, eu mato você aqui mesmo.

O velho feiticeiro ignorou a ameaça de Blaise.

— Devo confessar, isso é uma baixeza, mesmo partindo dela — Ganir falou pensativo — embora agora que penso nisso, faz sentido. Você sabe que a família de Augusta é da antiga nobreza. Ela foi criada com histórias sobre a Revolução e qualquer possibilidade de mudança da sociedade a apavora. Ela agiu por medo, não raciocinou, quando ela deu seu voto, e eu não me surpreenderia se ela estiver arrependida de suas ações — Pausando por um instante, ele acrescentou:

— Você não é o único que sofre com a morte de seu irmão, meu filho.

Blaise olhou para Ganir, se perguntando se poderia haver alguma verdade naquilo que o velho estava dizendo. Se houvesse, então seu ódio pelo Líder do Conselho havia sido mal direcionado o tempo todo.

— Foi por isso que jurou me matar? — Ganir perguntou, ecoando seus pensamentos — Porque achou que eu votei a favor da execução de Louie? Eu estava certo de que você me odiava porque eu falhei em proteger seu irmão — porque, embora eu fosse o chefe do Conselho, eu não pude salvá-lo.

Blaise estava quase tentado a acreditar nele. Quase.

— Você é mestre quando se trata de fazer com que as pessoas façam o que você quer, Ganir — disse ele, cansado — Se você realmente quisesse ter salvado Louie, ele ainda estaria vivo. Se assim fosse, você e eu poderíamos ter unido nossas forças e lutado contra os outros. Mas você nem tentou — por isso, não minta para mim agora.

Ganir pareceu aflito.

— Blaise, eu sinto muito. Eu não podia ir contra o resto do Conselho naquele momento — não quando a minha invenção estava no cerne da questão. Eu tentei convencê-los a ser lenientes, eu realmente fiz isso, e tive a impressão de que a maioria deles votaria como eu — contra a punição. Eu fiquei tão chocado quando você quando deram o veredito.

— Pare — Blaise falou ríspido, perdendo a paciência — Apenas pare. Por que está aqui?

— Tenho uma oferta — Ganir disse, chegando ao âmago da questão — Traga sua criação até a mim e farei o possível para que ela não seja atingida. Eu posso praticamente lhe garantir que será liberado de qualquer delito. Afinal, seu feitiço não saiu como esperado. Embora você pretendesse criar algo que desaprovam, você não teve êxito, e isso convencerá o Conselho de que não houve crime.

Seus olhos brilhavam com uma empolgação incomum.

— Na verdade, eu posso até ajudar você a recuperar seu devido lugar no Conselho.

Blaise riu com ironia.

— Ah, entendo — disse ele, rindo da intenção transparente do velho — Você quer Gala para seus próprios fins. E quanto a mim, será que o todo poderoso Ganir precisa de outro aliado no Conselho?

— Estou tentando ajudá-lo.

Ganir começava a parecer frustrado.

— Sim, eu acho sua criação fascinante e gostaria de saber mais sobre ela, mas não é apenas isso. O Conselho precisa de você agora — bem mais do que quaisquer daqueles tolos teimosos percebam. *Eu* preciso de você. Blaise, por favor, abra mão de Gala e volte.

Blaise não podia acreditar no que ouvia. Abrir mão de Gala? Era impensável. — A resposta é não — disse ele friamente, pegando o cartão de feitiço preparado, ao notar a bolsa de Ganir. Já estava perto da Pedra que ele segurava na outra mão e, agilmente, ele juntou os dois objetos, ativando o feitiço.

Um segundo depois, a bolsa de Ganir ficou em chamas, deixando o velho feiticeiro sem quaisquer feitiços prontos para uso e praticamente indefeso.

— Vá, velho — Blaise disse a Ganir, observando, com satisfação, enquanto seu adversário jogava o que restara da bolsa queimada no chão — Eu posso matá-lo agora e o farei. Você tem dois minutos para sair de minha frente.

Os olhos pálidos do velho se encheram de tristeza.

— Se mudar de ideia, me avise — disse ele, com dignidade tranquila. Arrastando-se até sua espreguiçadeira, ele decolou e voou, deixando Blaise confuso e perturbado.

CHAPTER THIRTY-TWO: BLAISE

Blaise was analyzing his last spell when he heard knocking at the door. His heart jumped, and a tendril of fury snaked down his spine. Was this the Council making their move?

Rushing down to the storage room, he swiftly grabbed a bunch of cards he had written for just such a confrontation after his brother's death. It was a mixture of offensive and defensive spells, each optimized for the particular strengths and weaknesses of the Council members.

In the meantime, the knocking continued.

Thinking furiously, Blaise took a generic defense spell and fed it into the Interpreter Stone. It would afford him some protection against both mental and physical attacks, hopefully buying him some time. Approaching the entryway, he called out, "Who is it?"

"Blaise, it's me, Ganir."

Blaise's anger doubled. How dare the old man show his face here after what he'd done to Louie? Ganir's betrayal was in some way worse than Augusta's; the old sorcerer had always treated Louie as a son, and nobody had been more shocked than Blaise to learn of Ganir's vote in favor of his brother's punishment.

Filled with fury, Blaise began to speak, instinctively resorting to a spell designed to paralyze his opponent. He didn't think; he just acted. If the spell succeeded, he had no idea what he would do with the unmoving body of the Council Leader, but he didn't care at the moment, too consumed with anger to be fully rational.

After he was done, Blaise took a deep breath, trying to regain control of his emotions. He didn't know if the spell had been successful, but there was a chance that he had surprised Ganir. When it came to battle, unanticipated moves were the best, and it was unlikely the old sorcerer would've expected him to use such a simple spell.

He felt himself getting calm and clear-headed. Very calm.

Too calm, Blaise realized. Ganir was using a pacifying spell against him—a spell that had partially penetrated Blaise's mental defenses.

The thought of being manipulated infuriated Blaise again, and he felt the unnatural calm dissipate, bringing back some of the volatile emotions he'd experienced earlier. However, Ganir's spell must've been at least somewhat effective, since he was no longer feeling quite so murderous toward the Council Leader—something that Blaise bitterly, but calmly, resented.

At that moment, he heard Ganir's sorcery-enhanced voice. It was loud and clear, as if the old man was standing right next to him and shouting. "Blaise, I am extremely disappointed," the voice said. "I know you hold a grudge, but I thought you were better than this. Attacking me without even looking me in the eye? That's not the Blaise I remember."

Blaise felt his fury returning. The old man was a master of mental games, and Blaise hated being manipulated.

"I will give you a second to walk away," Blaise shouted back, speaking to Ganir for the first time. Tauntingly, he added, "And you're right—I'm not the Blaise you remember. That Blaise died along with Louie. You remember Louie, don't you?"

As he was speaking, Blaise scribbled the rough coordinates of where Ganir was standing on a card and added some code before loading the card into the Interpreter Stone. Then he jumped back a few feet, making sure that he wouldn't be in the radius of the spell.

The spell he unleashed was designed to paralyze his victim mentally—to blast the mind with indecision, fear, shock, and various effects of sleep deprivation. It was far worse than the physical paralysis spell Blaise had used earlier, since this one was an amalgamation of multiple attacks on the mind all rolled into one.

Then he waited.

All seemed quiet. To check if the mental attack worked, Blaise prepared another spell and directed it at the entryway wall, making it as transparent as glass.

Now Blaise could see outside, and he saw Ganir standing there, looking directly at Blaise through the now-see-through wall. It was obvious the old man was unaffected by the spell, but he appeared to be alone. His dark brown chaise stood next to him.

Despite his disappointment, Blaise felt a wave of relief. It didn't seem like this was a Council ambush; they wouldn't have sent the Council Leader just by himself.

"You insult me if you think your spells had any chance of success," Ganir said calmly, his voice still penetrating the walls of the house with ease. In his hands was an Interpreter Stone. He could've struck at Blaise with a deadly spell of his own at any time, but he had apparently chosen not to.

Some of his anger fading, Blaise opened the door. "What do you want, Ganir?" he asked wearily, beginning to tire of this confrontation.

"I spoke to Augusta," Ganir said, looking at him. "The Council does not know of your creation."

"Why not?" Blaise was genuinely surprised.

"Because I convinced her not to tell them for now. There is still a window of opportunity to untangle this mess. Augusta will go to them eventually. I made sure she did not do so yet, but she is scared of what you have done, scared beyond reason."

Blaise felt like he could breathe again. The Council didn't know about Gala. It was only Ganir and Augusta—which was bad enough, but not nearly the disaster it would've been if the entire Council got involved. Still, that didn't mean he had any intention of being civil to Ganir.

"How exactly are you planning to untangle this mess?" he asked, not bothering to keep the bitterness out of his voice. "The same way you did with Louie?"

He could see that his words stung. Ganir flinched, his hand instinctively reaching for the pouch hanging at his waist before dropping to his side. Blaise made a mental note of that pouch—it was likely where the old sorcerer kept his spell cards. Letting the door frame block Ganir's line of sight, he surreptitiously scribbled a quick spell on one of his own cards and prepared to use it at an opportune moment.

In the meantime, Ganir took a step forward. "Blaise," he said softly, "your brother was quite open about his crime. Even I could not hide what he had done from the Council. I tried my best to guide the Council toward a lenient resolution, but they would not listen—and your brother's stubbornness and refusal to even pretend at remorse did not help matters."

Blaise stared at Ganir, remembering the passionate speech Louie had made in front of the Council about the injustices in their society—a speech that had probably sealed his fate. Blaise had agreed with every word his brother had spoken, but even he had thought it unwise to antagonize the other sorcerers so openly. Ultimately, though, the vote was what mattered—and Ganir had voted in favor of Louie's execution.

"Don't lie to me," Blaise said harshly. "You know as well as I do that you're no different from them, that you all voted the same way. And you expect me to believe that you tried to speak on Louie's behalf?"

Ganir looked stunned. "What? I voted against Louie's death. How could you think otherwise?"

Blaise let out a short, hard laugh. "Oh, is that right? You think you can hide behind the fact that all votes are anonymous and nobody knows the exact count? Well, I learned the truth—I know the breakdown of the voting results. There was only one vote against Louie's death, and it was my own. All of you—you, Augusta, every single person on that Council—voted for my brother's execution."

"That's not true." Ganir still appeared shocked. "I don't know where you're getting your information from, but your methods must be flawed. I voted *against* Louie's death, I swear to you. He was like a son to me, just like you were. And Dania voted the same way—against the punishment."

He sounded so earnest that Blaise doubted himself for a moment. Could his source have lied? If so, why? Blaise couldn't think of a reason—which meant that Ganir had to be lying to him now. "Why don't you just admit it, like she did?" he asked scornfully, remembering how Augusta had been unable to conceal the truth of her betrayal from him. Just thinking about it made him want to kill Ganir on the spot.

"Are you talking about Augusta?" Ganir asked in confusion. "Are you saying she voted for Louie's execution?"

"Of course she did." Blaise's upper lip curled. "And so did you."

"No, I didn't," the Council Leader insisted, frowning. "And I didn't know about her vote. I had always assumed she supported you and Louie. Is that why the two of you parted, because you found out about the way she voted?"

Blaise felt the old memories bubbling to the surface, poisoning his mind with bitter hatred again. "Don't," he said quietly. "Don't go there, Ganir, or I swear, I will kill you on the spot."

The old sorcerer ignored Blaise's threat. "I have to say, that's low, even for her," Ganir mused, "though now that I think about it, it makes sense. You know Augusta's family is from the old nobility. She was raised on stories of the Revolution, and any possibility of societal change terrifies her. She acted out of fear, not reason, when she cast her vote, and I wouldn't be surprised if she regrets her actions." Pausing for a second, he added, "You were not the only one suffering after your brother's death, my son."

Blaise looked at Ganir, wondering if there could possibly be any truth to what the old man was saying. If so, then his hatred for the Council Leader had been misplaced this whole time.

"Is that why you vowed to kill me?" Ganir asked, echoing his thoughts. "Because you thought I voted in favor of Louie's execution? I was sure you hated me because I failed to protect your brother—because, even though I was the head of the Council, I couldn't save him."

Blaise was almost tempted to believe him. Almost. "You're an expert when it comes to getting people to do what you want them to do, Ganir," he said wearily. "If you had truly wanted to save Louie, he would still be alive. If nothing else, you and I could've joined forces and fought the others. But you didn't even try—so don't lie to me now."

Ganir looked pained. "Blaise, I'm so sorry. I couldn't go against the rest of the Council at that point—not when it was my invention that was at the heart of the issue. I tried to convince them to be lenient, I truly did, and I got the impression that most of them would vote as I did—against the punishment. I was as shocked as you when the verdict came through—"

"Stop," Blaise snapped, losing his patience. "Just stop. Why are you here?"

"I have an offer," Ganir said, finally getting to the point. "Bring your creation to me, and I will do my best to make sure she is unharmed. I can almost guarantee you will be cleared of any wrongdoing; after all, your spell did not go as planned. Although you intended to do something they disapprove of, you have not succeeded, and that will convince the Council that no crime occurred." His eyes gleamed with unusual excitement. "In fact, I can even help you regain your rightful place on the Council."

Blaise laughed sardonically. "Oh, I see," he said, chuckling at the old man's transparent intent. "You want Gala for your own purposes. And as for me, does the almighty Ganir need another ally on the Council?"

"I am trying to help you." Ganir was beginning to look frustrated. "Yes, I do find your creation fascinating and would like to learn more about her, but that's not what this is all about. The Council needs you right now—far more than any of those stubborn fools realize. *I need you. Blaise, please, give up Gala and come back.*"

Blaise couldn't believe his ears. Give up Gala? It was unthinkable. "The answer is no," he said coldly, reaching for the spell card he had prepared when he'd noticed Ganir's pouch. It was already next to the Stone he was holding in his other hand, and he swiftly joined the two objects, activating the spell.

A second later, Ganir's pouch went up in flames, leaving the old sorcerer without ready-made spells and nearly defenseless.

"Leave, old man," Blaise told Ganir, watching with satisfaction as his opponent threw remnants of the burning pouch on the ground. "I can kill you now, and I will. You have two minutes to get out of my sight."

The sorcerer's pale eyes filled with sadness. "If you change your mind, let me know," he said with quiet dignity. Shuffling over to his chaise, he rose into the air and flew away, leaving Blaise puzzled and disturbed.

CAPÍTULO TRINTA E TRÊS: BARSON

Entrando na casa da irmã, Barson sentiu o aroma familiar de pão assado e velas perfumadas. Tinha o cheiro de casa, recordando-o de quando a mãe assava deliciosos pãezinhos para toda a família. Ao contrário da maioria das feiticeiras, sua mãe gostava de trabalhar com as mãos — algo que Dara herdara dela, juntamente com sua aptidão para a feitiçaria.

— Barson! Que bom que você veio.

De pé no alto da escada, a irmã lhe deu um sorriso radiante antes de descer correndo até ele.

Barson sorriu de volta, genuinamente feliz em vê-la. Ele sentia falta de Dara, embora ele não pudesse culpá-la por preferir este confortável sobrado aos aposentos apinhados na Torre. Os feiticeiros de baixa graduação recebiam acomodações horríveis por lá e muitos preferiam viver fora da Torre a maior parte do tempo.

— É bom ver você, Dara — disse ele, abaixando-se para beijá-la na face — Larn também está aqui?

— Ele deve chegar logo. Está passando pelo poço agora — disse ela com uma risadinha travessa. Seus olhos escuros brilhavam, tornando-a extraordinariamente bonita.

Barson deu um suspiro, sabendo do que ela estava aprontando.

— Você colocou um feitiço Localizador nele de novo?

O sorriso de Dara ampliou.

— Fiz isso sim. Mas não conte para ele. Será nosso segredo.

Achando graça, Barson balançou a cabeça. Sua irmã e seu braço direito estavam juntos há dois anos e ela deixava Larn louco com sua insistência em usar feitiços na vida cotidiana. Para Dara, era uma forma de praticar a feitiçaria e aprimorar suas habilidades, enquanto Larn via isso como exibição.

— Está bem — Barson prometeu — não conto.

— Venha — Dara disse, pegando o braço dele — Vou lhe dar comida. Aposto que está morto de fome. Aquela sua feiticeira não cozinha, segundo imagino, não é?

— Augusta? Não, claro que não.

Aquela ideia parecia ridícula a Barson. Augusta era . . . bem, Augusta. Ela era muitas coisas, mas dona de casa não era uma delas.

— Foi o que imaginei — Dara bufou — Ela sabe que você precisa comer, não sabe?

— Não tenho certeza — Barson admitiu, sentando-se à mesa — A maioria dos feiticeiros — ao contrário de você — raramente pensa em comida ou pensa que os outros possam precisar dela.

— Bem, então espero que seja boa na cama — Dara murmurou, colocando uma cesta de pão e fatias de queijo diante dele — Nisso e em alguns feitiços parece que é tudo em que ela é boa.

Barson deu uma gargalhada. Sua irmã tinha ciúmes da posição de Augusta no Conselho e não conseguia esconder isso.

— Eu não vou discutir minha vida amorosa com você, mana — disse ele após alguns segundos, ainda rindo.

Ela fungou com desdém, mas ficou calada até que Barson pudesse comer o pão e o queijo.

— Adivinha — disse ela depois que Barson deu a segunda mordida — Me ofereceram a oportunidade de trabalhar com Jandison hoje.

— Jandison? — Barson franziu o cenho. O membro mais antigo do Conselho era conhecido por suas habilidades de teletransporte e apenas isso. Não era exatamente a oportunidade mais promissora para Dara, devido a suas ambições.

— Eu sei — disse ela, entendendo a preocupação dele — Mas ainda é melhor do que qualquer coisa que eu esteja fazendo agora.

— Acha que Ganir interferiu nisso?

Dara balançou a cabeça.

— Eu duvido. Eu tenho a impressão que Jandison não gosta muito de Ganir.

— Oh? — Barson ficou surpreso.

Ele conhecia bem a política do Conselho, mas não tinha ouvido falar de qualquer animosidade entre os dois feiticeiros. —Por que acha isso?

— Intuição feminina, talvez — Dara disse — É apenas uma energia que sinto nele quando mencionou o nome de Ganir para mim, certa vez.

Quando eu pensei nisso, depois, na verdade fazia o maior sentido. Jandison é o feiticeiro mais velho do Conselho e eu não me surpreenderia se ele achasse que deveria ser o Líder do Conselho e não Ganir.

Barson olhou pensativo para a irmã.

— Sabe que você pode ter razão? Vai aceitar a oferta de Jandison?

— Acho que sim — Ela sorriu — E sim, eu definitivamente ficarei de olhos e ouvidos bem abertos.

Naquele instante, Larn entrou na cozinha e Barson se ergueu para saudá-lo.

Quando Barson soube do envolvimento do amigo com Dara, ele não tinha ficado satisfeito. Por uma coisa: ter um relacionamento com alguém que não fosse feiticeiro era mal visto na Torre e Barson se preocupou que a relação de Dara e Larn fosse prejudicial ao desejo nutrido por Dara, de ser reconhecida por seu talento em feitiçaria. No entanto, ele notou que Larn a amava de verdade e, no final das contas, isso era o mais importante. Isso e o fato de que Larn era um dos poucos homens que não davam a Barson a gana imediata de serem trucidados por se aproximarem de sua irmã mais velha.

— Então, me diga — Barson disse a Larn quando os três se sentaram à mesa — alguma novidade para mim?

Larn assentiu, mastigando um pedaço de pão.

— Houve muita atividade com Ganir, recentemente. Augusta esteve nos aposentos dele de novo e também alguns plebeus.

— Plebeus? Por quê? — perguntou Barson ao olhar surpreso para o amigo.

— Não sabemos. Os espiões de Ganir os levaram para fora da Torre antes que pudéssemos saber a identidade deles. Foram literalmente trazidos para um encontro com Ganir e levados embora imediatamente. Meu homem conseguiu apenas dar uma rápida espiada neles.

— Mais alguma coisa?

— Um relatório de nossa fonte que está vigiando a casa de Blaise.

As mãos de Barson se crisparam embaixo da mesa.

— Augusta o visitou novamente?

Dara lhe deu um olhar curioso e abriu a boca, mas Lar se chegou e apertou a mão dela dando-lhe um suave aviso.

— Não — disse ele — Foi mais estranho que isso. Foi o Ganir.

— Ganir visitou Blaise? — A disposição mental de Blaise esfriou consideravelmente — Eu achei que eles não se falavam.

— Blaise não fala com ninguém hoje em dia — Dara falou — Desde quando ele saiu do Conselho, é como se tivesse desaparecido. Por que alguém o visitaria agora?

— Nosso aliado conseguiu saber o que Ganir queria? — Barson perguntou.

— Não — Larn respondeu — Ele tem pavor de Ganir. Todos têm. Assim que viu o velho feiticeiro chegar, ele saiu de lá o mais depressa que sua espreguiçadeira podia voar.

Os lábios de Barson se curvaram.

— Aqueles feiticeiros são tão covardes . . . Sem querer ofender, Dara.

— Nem pense nisso — ela sorriu — Na verdade eu concordo plenamente com você. Eu certamente ficaria lá para saber o máximo que pudesse. Por falar em feitiçaria, eu terminei o trabalho na sua armadura. Agora, deve ser resistente à maioria dos feitiços comuns.

— Obrigado, mana — Barson sorriu para ela — Você é a melhor.

— Eu sei — disse ela sem falsa modéstia — E logo saberão disso também.

— Sim, saberão — Barson prometeu a ela e durante os minutos seguintes eles comeram em silêncio, desfrutando da refeição que Dara havia preparado para eles.

Já de barriga confortavelmente cheia, Barson se virou novamente para o amigo.

— Alguma novidade fora de Turingrad? Mais alguma revolta em algum local?

— Não — Larn falou — tudo parece calmo por ora. Só tem uma coisa, que provavelmente não é nada demais.

— O que é? — Barson perguntou.

— Houve rumores curiosos sobre uma poderosa feiticeira.

Larn pausou para se servir de mais cerveja. — Pelo que parece, ela é linda, jovem e muito sábia apesar da idade . . . Dizem que cura os doentes, revive crianças mortas e até consegue tornar as plantações mais desenvolvidas onde quer que esteja.

Dara riu.

— Isso é ridículo. Reviver os mortos é impossível, até mesmo em teoria.

— As pessoas comuns sempre inventam histórias apresentando os feiticeiros sob esses ângulos — Barson falou.

— Querem crer que a elite se importa com elas, e que seus senhores simplesmente não sabem sobre o sofrimento delas.

Larn deu um gole.

— E tenho certeza que acontece com muitos — porque eles não ligam.

Barson balançou a cabeça, pensando na credulidade das pessoas comuns. Os camponeses tinham sido condicionados a achar que a antiga nobreza tinha sido má, enquanto que os novos senhores feiticeiros eram algo melhor. É claro que, com essa seca, muitos deles começavam a enxergar a verdade — por isso as crescentes revoltas através de Koldun.

A lembrança da última rebelião que ele havia sido forçado a domar fez com que os pensamentos de Barson se voltassem para Ganir. Por que ele teria ido se encontrar com Blaise? Estaria isso ligado à visita de Augusta a seu ex-amante? E com relação aos plebeus que foram à Torre?

Ganir obviamente estava imerso em um jogo de peso, e Barson pretendia chegar ao fundo da questão.

CHAPTER THIRTY-THREE: BARSON

Walking into his sister's house, Barson inhaled the familiar aroma of baking bread and scented candles. It smelled like home, reminding him of when their mother would bake delicious rolls for the entire household. Unlike most other sorcerers, their mother enjoyed working with her hands—something that Dara had inherited from her, along with her aptitude for sorcery.

"Barson! I'm so glad you came by." Standing at the top of the staircase, his sister gave him a radiant smile before hurrying down toward him.

Barson smiled back, genuinely happy to see her. He missed Dara, though he couldn't fault her for preferring this comfortable townhouse over cramped quarters back at the Tower. Low-ranking sorcerers received terrible accommodations there, and many of them chose to live outside of the Tower most of the time.

"It's good to see you, Dara," he said, leaning down to kiss her cheek. "Is Larn here also?"

"He should be here soon. He's passing by the well right now," she said, grinning up at him mischievously. Her dark eyes were sparkling, making her look extraordinarily pretty.

Barson sighed, knowing what she was up to. "Did you put a Locator spell on him again?"

Dara's grin widened. "I did indeed. But don't tell him; it'll be our secret."

Amused, Barson shook his head. His sister and his right-hand man had been together for the past two years, and she drove Larn insane with her insistence on using spells in everyday life. For Dara, it was a way to practice sorcery and sharpen her skills, while Larn viewed it as showing off. "All right," Barson promised, "I won't."

"Come," Dara said, tugging at his arm. "Let me feed you. I bet you're starved. That sorceress of yours doesn't cook, I presume?"

"Augusta? No, of course not." The very idea struck Barson as ridiculous. Augusta was . . . well, Augusta. She was many things, but homemaker was not one of them.

"That's what I assumed," Dara huffed. "She does know you need to eat, right?"

"I'm not sure," Barson admitted, taking a seat at the table. "Most sorcerers—unlike you—rarely think about food or consider that others might need it."

"Well, I hope she's good in bed then," Dara muttered, putting a bread basket and sliced cheese in front of him. "That and some spells is all she seems to be good for."

Barson burst out laughing. His sister was jealous of Augusta's position on the Council and was doing a terrible job of hiding it. "I'm not about to discuss my love life with you, sis," he said after a few seconds, still chuckling.

She sniffed disdainfully, but kept quiet until Barson had a chance to eat some bread with cheese. "So guess what?" she said after Barson ate his second slice. "I was offered a chance to work with Jandison today."

"Jandison?" Barson frowned. The oldest member of the Council was known for his teleportation skills and not much else. It was not exactly the most promising opportunity for Dara, given her ambitions.

"I know," she said, understanding his unspoken concern. "But it's still better than what I do now."

"Do you think Ganir put him up to it?"

Dara shook her head. "I doubt it. I get the sense Jandison doesn't like Ganir very much."

"Oh?" Barson was surprised. He was well-versed in Council politics, but he hadn't heard of any enmity between the two sorcerers. "What makes you think that?"

"A woman's intuition, I guess," Dara said. "It's just a vibe I got from him when he mentioned Ganir's name to me once. When I thought about it later, it actually made a lot of sense. Jandison is the oldest sorcerer on the Council, and I wouldn't be surprised if he thinks he should be the Council Leader instead of Ganir."

Barson gave his sister a thoughtful look. "You know, you may be right. Are you going to accept Jandison's offer?"

"I think so." She smiled. "And yes, I will definitely keep my eyes and ears open."

At that moment, Larn walked into the kitchen, and Barson got up to greet him.

When Barson had first learned of his best friend's involvement with Dara, he had been less than pleased. For one thing, being with a non-sorcerer was looked down upon in the Tower, and Barson had been concerned that her relationship with Larn might be detrimental to Dara's desire to be recognized for her sorcery talent. However, he could see that Larn genuinely loved her, and that ultimately proved to be the most important thing of all. That, and the fact that Larn was one of the few men Barson was not tempted to kill immediately for laying a finger on his older sister.

"So tell me," Barson said to Larn when the three of them sat down at the table, "do you have any news for me?"

Larn nodded, chewing on a piece of bread. "There has been a lot of activity with Ganir recently. Augusta visited his chambers again, and so did a number of commoners."

"Commoners? Why?" Barson looked at his friend in surprise.

"We don't know. Ganir's spies spirited them out of the Tower before we could learn their identities. They were literally brought in to see Ganir and then were taken away immediately. My man only got a quick look at them."

"Anything else?"

"We got a report from our source who's watching Blaise's house."

Barson's hands curled into fists underneath the table. "Did Augusta visit him again?"

Dara shot him a curious look and opened her mouth, but Larn reached over and squeezed her hand in gentle warning. "No," he said. "It was even stranger than that. It was Ganir."

"Ganir visited Blaise?" Barson's temper cooled immeasurably. "I thought they weren't on speaking terms."

"Blaise is not on speaking terms with anyone these days," Dara said. "Once he left the Council, it's like he disappeared. Why would anyone visit him now?"

"Was our ally able to figure out what Ganir wanted?" Barson asked.

"No," Larn replied. "He's petrified of Ganir. They all are. As soon as he saw the old sorcerer arrive, he got out of there as quickly as his chaise could carry him."

Barson's lip curled. "Those sorcerers are such cowards. No offense, Dara."

"None taken." She grinned. "I fully agree with you, in fact. I would've definitely stuck around to learn as much as I could. By the way, speaking of sorcery, I finished working on your armor. It should now be resistant to most of the common spells."

"Thank you, sis." Barson smiled at her. "You're the best."

"I know," she said without false modesty. "And soon they will know it, too."

"Yes, they will," Barson promised her, and for the next few minutes, they ate in companionable silence, enjoying the meal Dara had prepared for them.

When his stomach was comfortably full, Barson looked up at his friend again. "Any news from outside Turingrad? Any more uprisings anywhere?"

"No," Larn said, "everything seems quiet for now. There's just one thing, which is probably nothing."

"What is it?" Barson asked.

"There have been some curious rumors about a powerful sorceress." Larn paused to pour himself some ale. "Apparently, she's beautiful, young, and wise beyond her years . . . They say she heals the sick, brings dead children back to life, and can even make the crops prosper wherever she is."

Dara laughed. "That's ridiculous. Bringing back the dead is impossible, even in theory."

"The common people always make up stories that cast sorcerers in this kind of light," Barson told her. "They want to believe the elite cares about them, that their overlords simply don't know they're suffering."

Larn snorted. "And I'm sure many of them don't—because they just don't care."

Barson shook his head, thinking about the gullibility of the common people. The peasants had been conditioned to think that the old nobility had been bad, while their new sorcerer masters were an improvement. Of course, with this drought, many of them were starting to see the truth— hence the increasing uprisings throughout Koldun.

Remembering the last rebellion he'd been forced to quell made Barson's thoughts turn back to Ganir. Why had he met with Blaise? Could it somehow be connected with Augusta's visit to her former lover? And what about all those commoners coming to the Tower?

Ganir was obviously playing a deep game, and Barson intended to get to the bottom of it.

CAPÍTULO TRINTA E QUATRO: AUGUSTA

Aproximando-se dos aposentos de Ganir, Augusta bateu decididamente na porta. O velho feiticeiro a evitava nos últimos dias, chegando até a ignorar suas mensagens de Contato e ela não estava disposta a permitir isso.

Quando a porta se abriu, a disposição de Augusta chegava ao ponto de fervura. Respirando fundo para se acalmar, ela entrou nos aposentos de Ganir.

— Como vai, minha filha? — Ganir a cumprimentou suavemente. Sentado atrás de sua mesa, ele aparentemente parecia estar vendo alguns antigos pergaminhos antes da chegada dela.

— Você disse que me avisaria quando seus homens tivessem informações — disse ela sem rodeios — Passaram-se vários dias e eu não tive notícias suas. Onde estamos no que se refere a localizar essa criatura? Se seus espiões não puderam localizá-la, não terei escolha a não ser mencionar o fato na próxima reunião do Conselho — a que vai acontecer na quinta-feira.

Ganir suspirou.

— Augusta, você precisa ter paciência. Não podemos agir com pressa.

— Não, *precisamos* agir rapidamente — ela interrompeu — Precisamos conter essa situação antes que fique totalmente fora de controle. Você conseguiu ou não saber alguma coisa até agora?

Ele hesitou por um instante, então inclinou a cabeça.

— Sim — disse ele — Há algo que quero lhe mostrar.

— Me mostrar?

O velho fez um gesto em direção a uma gota Captura de Vida em um vidro.

— É de um de meus observadores no território de Kelvin — disse ele suavemente. — A criação de Blaise foi vista lá, no mercado em Neumanngrad.

O pulso de Augusta se acelerou de empolgação.

— Seu observador a capturou?

— Não — Ganir disse — Não era tarefa dele.

— Está bem — Augusta disse — então o que aconteceu? Como ele conseguiu encontrar a tal coisa?

— É melhor você ver por si mesma.

Ganir pegou a gota e deu para Augusta.

— Mantenha em mente que isso vem de um homem e que é também um feiticeiro.

Augusta pegou a gotícula e estava para levá-la à boca, quando Ganir a deteve pela mão.

— Espere — disse ele — Antes de fazer isso, quero que inicie uma nova gravação. Ele apontou para a Esfera que estava na mesa dele.

— O quê? Por quê? — Augusta lhe deu um olhar curioso.

— Eu quero manter a Captura de Vida para mais estudos — ele explicou — Ao se gravar usando a gota de Captura de Vida, eu não perderei as informações contidas nela. Em vez disso, eu terei uma nova gota que incluirá alguns momentos antes de você usar a gota original e alguns momentos depois, assim como a gravação do original.

Augusta olhou chocada e pasma para ele. Por que ela não havia pensado nisso antes? A ideia era genial em sua simplicidade. Era amplamente conhecido que as gotas, quando consumidas, acabavam para sempre quando usadas. Porém, agora parecia que havia um jeito de usá-las várias vezes. Por que o velho havia guardado isso para si?

As implicações eram impressionantes. No mínimo poderia modificar a forma como a feitiçaria era ensinada. Seria preciso apenas ensinar uma vez a um grupo de alunos e registrar a aula em uma Captura de Vida. Então, a próxima aula poderia ser dada através daquelas gotas e as experiências deles também seriam registradas — e assim por diante. Isso diminuiria significativamente o tempo que cada feiticeiro experiente teria que gastar ensinando a aprendizes — uma tarefa que era particularmente do desagrado de Augusta.

É claro, agora que havia pensado nisso, não era de surpreender que Ganir tivesse escondido esse conhecimento. Augusta sempre suspeitara que o velho feiticeiro guardava segredos quando se tratava de suas descobertas. Ele tinha prazer em deter um conhecimento que ninguém mais possuía.

Percebendo que ela estava lá de pé, em silêncio, Augusta se aproximou da Esfera e furou seu dedo com a agulha que estava na mesa. Então, ela pressionou aquele dedo no objeto mágico e colocou a gota que segurava na boca.

* * *

Ganir pegou a gota que Vik havia trazido para ele. Levando-a a boca, ele fechou os olhos, deixando que a gota tomasse conta dele.

* * *

Vik estava sentado no telhado de um prédio que dava para o mercado. O clima era bom e ele estava bem feliz. Sua única queixa era uma farpa de madeira que entrara em seu dedo enquanto ele subia até ali.

Ele via todo o mercado daquele ponto e se colocou à vontade, sabendo que provavelmente seria uma vigília maçante. Seu trabalho naquele território era o de observar reuniões públicas, o que geralmente significava ficar sentado por várias horas olhando as pessoas fazendo compras. Como sempre, ele fazia a Captura de Vida da experiência, conforme Ganir havia mandado, embora Vik, honestamente não visse qualquer sentido em fazer aquilo. Nunca havia ocorrido nada de interessante naquela região.

Ele estava com uma Pedra Interpretadora e cartões com feitiços neles, prontos para serem usados. Um feitiço especialmente útil permitia que ele ampliasse sua visão, tornando seu trabalho um pouco mais suportável. Não havia nada igual a ver uma mulher se trocando no quarto, com a certeza de que ninguém poderia vê-la da rua.

Ganir havia dado a Vik vários cartões que tinham um código de feitiço complicado. Vik era um péssimo codificador e teve que acreditar em Ganir, quando o velho lhe assegurou que o feitiço de ampliação da visão era fácil.

Sua audição também se tornava mais aguçada, e o som do grito de uma mulher jovem foi o primeiro a alertá-lo da perseguição ocorrendo no mercado, abaixo. Outro ladrão, pensou ele preguiçosamente. Mesmo assim, Vik observou a mulher que corria e seu perseguidor, já que não havia nada melhor a fazer.

Seu interesse aumentou quando ele viu uma jovem atraente na multidão, seguindo a caçada. Ela parecia com a descrição do alvo pouco registrado até então. Tudo que sabiam do alvo é que era uma jovem donzela de olhos azuis e de cabelo loiro longo e ondulado. Supostamente, também era muito bonita. A mulher lá embaixo definitivamente se encaixava na descrição, como também centenas de outras que Vik havia visto passando — e até mesmo algumas que ele havia observado subrepticiamente através de janelas.

Quando a ladra foi capturada, Vik continuou a observar a cena. Era certamente mais divertido do que observar velhas regateando com os mercadores.

Ele ouviu Davish falando e se divertiu com a piedade do fiscal. Uma mulher pobre, faminta com a mão direita cortada morreria de forma tão certeira como se fosse decapitada — só que sua morte seria mais lenta e mais dolorosa.

Como o resto da multidão, ele observou a mutilação da garota com um misto de pena e curiosidade mórbida.

E então, subitamente ouviu o Grito. Seus ouvidos pareciam ter explodido.

Com a cabeça ressoando, Vik se deu conta que alguém tinha usado um feitiço poderoso, feito para ensurdecer e controlar psicologicamente uma turba revoltosa — feitiço que ele conhecia, mas nunca tinha visto sendo usado na vida real. Esta versão, em especial, parecia mais potente do que nada que Vik houvesse lido. Se não fosse pelo feitiço do escudo protetor que Ganir havia insistido para que todos eles usassem em serviço, o Grito teria sido a última coisa que Vik ouviria na vida. Mesmo assim, ele estava sofrendo. As pessoas desprotegidas, na praça abaixo, caíam de joelhos, com os ouvidos sangrando.

Somente uma pessoa permaneceu de pé — a jovem que Vik havia notado antes. Atordoado, ele observou enquanto a bela garota andava em direção à plataforma de execução e colocou seus braços em volta da ladra, ajoelhada em uma poça de sangue no chão.

E então, Vik sentiu — uma sensação de paz e de calor diferente de tudo que ele já experimentara antes. Era beleza, amor e êxtase... era indescritível. A onda parecia emanar do centro da praça, onde as duas mulheres estavam de pé, juntas num abraço.

Um feitiço, ele percebeu, estupefato. Ele sentia os efeitos de algum feitiço — um feitiço forte o bastante para penetrar nas defesas mágicas dele.

O dedo dele formigou e ele olhou para baixo, observando enquanto a farpa lentamente saía de sua pele e viu que o ferimento sarou sozinho, desaparecendo sem deixar vestígios. Até sua cabeça, que latejava há pouco, por causa do Grito, estava completamente bem.

Lá embaixo, ele via a multidão ainda de joelhos, olhando para a jovem feiticeira com arrebatamento no rosto. Será que eles também haviam sentido a euforia que ele acabara de sentir?

E então, ele notou que sim — porque quando a linda garota se afastou da ladra, a mão da camponesa estava no lugar, inteira, de novo. Seja qual for o feitiço que a jovem usou, ele era tão potente que se disseminara através dos espectadores, curando até o pequeno ferimento de Vik. Que espécie de feitiço seria aquele?, ele se perguntou com temor.

Vik agora sabia porque Ganir havia enviado tantos homens para encontrar aquela garota. Quando a feiticeira tocou em Davish, Vik espetou seu dedo e tocou na Esfera de Captura de Vida que ele trazia consigo.

* * *

Com o coração aos pulos, Ganir recobrou seus sentidos. Por um breve momento, ele questionou se acostumaria aos efeitos desorientadores de sua invenção, e então sua mente se voltou para o que ele havia acabado de testemunhar.

O que o rapaz havia feito?, pensou ele de modo sombrio, espetando seu dedo e tocando na Esfera de Captura de Vida.

* * *

Augusta voltou a si arfando. Rapidamente espetando seu dedo, ela tocou na Esfera de Captura de Vida na mesa diante dela. A última coisa que ela queria era expor seus pensamentos íntimos para a pessoa que usaria a gota em seguida, como Ganir acabara de fazer. Já não bastava que mesmo assim haveria um momento de seus sentimentos capturados para que qualquer um visse — um momento de horror devastador e de desgosto.

Seus medos haviam se tornado realidade: a coisa tinha poderes extraordinários.

— E Davish? — ela perguntou a Ganir, tentando permanecer calma — Na gota, a criatura estava se dirigindo a ele.

O Líder do Conselho hesitou por um momento.

— Ele não . . . parece mais o mesmo depois do encontro com ela, segundo Vik.

— Como assim? — Augusta lhe deu um olhar inquisidor.

— O que sabe sobre Davish?

Ela franziu a testa.

— Não muito. Eu sei que ele é fiscal de Kelvin e supostamente não é muito melhor do que nosso estimado colega.

Kelvin era o membro do Conselho de Feiticeiros de quem ela menos gostava. Seu mau trato com as pessoas era lendário. Há vários anos, Blaise tinha até feito uma petição para que Kelvin fosse expulso do Conselho e tivesse seus bens confiscados mas, claro, ninguém ousou criar tal precedente contra um colega feiticeiro. Ao contrário disso, Kelvin acabou dando o controle de suas terras para Davish — que acabou se tornando uma imagem espelhada de seu amo, no que se referia ao tratamento dispensado aos camponeses.

Ganir assentiu, com uma expressão de desgosto surgindo em seu rosto.

— Isto é meia verdade. A reputação de Davish havia se espalhado por toda a parte. Aquela atrocidade que chamam de Coliseu tinha sido originalmente ideia de Davish.

— O que houve com ele? — Augusta interrompeu.

— Bem, aparentemente, depois do encontro que você acabou de ver, Davish começou a modificar várias práticas no território. Ele iniciou um esforço de ajuda para as famílias mais afetadas pela estiagem e há rumores de que ele possa vir a fechar ou modificar os eventos futuros do Coliseu.

Os olhos de Ganir brilhavam.

— Em resumo, Davish é um outro homem. Literalmente.

O estômago de Augusta pareceu se torcer, de forma desagradável.

— A criatura o modificou? Assim? Como é que se modifica alguém?

— Bem, teoricamente, há maneiras.

Augusta olhou para ele.

— Você também pode fazer isso?

— Não — Ganir balançou a cabeça — Eu gostaria de poder, mas não posso. No máximo, posso controlar a mente de um plebeu por um período curto de tempo. A matemática e a complexidade da mudança fundamental profunda estão além das capacidades humanas.

— *Além das capacidades humanas?* Isto não o aterroriza? — Augusta perguntou, enojada pelo pensamento de que aquela coisa tivesse tal poder.

— Provavelmente não tanto quanto aterroriza você — Ganir falou, observando-a com seu olhar sem brilho — mas sim, o poder de fazer com que alguém perca sua essência, sua personalidade, é um poder perigoso, principalmente se for abusado.

— Então, o que vamos fazer?

— Vou enviar a Guarda dos Feiticeiros — falou Ganir — Eles a trarão até aqui. Você viu como as defesas protegeram meu observador do poder total dos feitiços dela. Eu vou equipar a Guarda com defesas ainda melhores.

— Está pedindo que eles a tragam para cá, viva? Você arriscaria a vida deles e a sua apenas para estudar essa criatura? — Augusta ouvia sua voz se erguendo com uma descrença raivosa — Você está louco? Ela precisa ser destruída!

— Não — Ganir disse implacavelmente — Ainda não. Blaise, no mínimo, jamais nos perdoaria se a destruíssemos sem justa causa.

— Que importa? Ele nos odeia mesmo— Augusta disse amargamente. E se virando, ela saiu dos aposentos de Ganir antes que dissesse algo de que pudesse se arrepender depois.

CHAPTER THIRTY-FOUR: AUGUSTA

Approaching Ganir's chambers, Augusta knocked decisively on his door. The old man had been avoiding her for the past couple of days, even going so far as to ignore her Contact messages, and she wasn't about to allow this.

By the time the door swung open, Augusta's temper was reaching a boiling point. Taking a few deep breaths to calm herself, she entered Ganir's chambers.

"How are you, my child?" Ganir greeted her calmly. He was sitting behind his desk, apparently looking over some scrolls prior to her arrival.

"You said you would notify me when your men had some information," she said bluntly. "It has now been several days, and I haven't heard anything from you. Where do we stand as far as locating this creature? If your spies have been unable to find it, then I'm going to have no choice but to speak about this at the upcoming Council meeting—the one that's happening on Thursday."

Ganir sighed. "Augusta, you need to have patience. We can't act in haste—"

"No, we *need* to act in haste," she interrupted. "We need to contain this situation before it gets completely out of control. Did you, or did you not, learn anything thus far?"

He hesitated for a moment, then inclined his head. "Yes," he said. "There is something that I want to show you."

"Show me?"

The old man gestured toward a Life Capture droplet sitting in a jar. "It's from one of my observers in Kelvin's territory," he said softly.

"Blaise's creation has been spotted there, at the market in Neumanngrad."

Augusta's pulse jumped in excitement. "Did your observer capture it?"

"No," Ganir said. "That was not his task."

"All right," Augusta said, "so what happened? How was he able to find the thing?"

"You better see for yourself." Ganir picked up the droplet and handed it to her. "Keep in mind, this is from a man who is a sorcerer himself."

Augusta took the droplet and was about to bring it to her mouth when Ganir held up his hand.

"Wait," he said. "Before you do that, I want you to start a new recording." He pointed toward the Sphere sitting on his desk.

"What? Why?" Augusta gave him a confused look.

"I want to keep that Life Capture for more study," he explained. "By you recording yourself using the Life Capture droplet, I will not lose the information that this droplet contains. Instead, I will get a new droplet that will include a few moments before you took the original droplet and a few moments after, as well as a recording of the original."

Augusta stared at him in shock and amazement. Why hadn't she thought of this before? The idea was genius in its simplicity. It was widely believed that the droplets were consumable—gone forever once used. But now it seemed like there was a way to use them over and over again. Why had the old man kept this to himself?

The implications were staggering. If nothing else, it could change the way sorcery was taught. All one needed to do was teach a group of students once and have them record the class via Life Captures. Then the next class could be given those droplets, and their experiences would also be recorded—and so on. This would significantly cut the time each experienced sorcerer had to spend tutoring apprentices—a duty that Augusta particularly disliked.

Of course, now that she thought about it, it was not that surprising Ganir had hoarded this knowledge. Augusta had always suspected the old sorcerer of keeping secrets when it came to some of his discoveries; he took joy in possessing knowledge that no one else had.

Realizing that she was standing there in silence, Augusta approached the Sphere and pricked her finger on a needle lying on the desk. Then she pressed that finger to the magical object and put the droplet she was holding into her mouth.

* * *

Ganir reached for the droplet Vik had brought to him. Carrying it to his mouth, he closed his eyes, letting the droplet consume him.

* * *

Vik was sitting on the roof of a building overlooking the market. The weather was nice, and he was quite content. His only gripe was a large wooden splinter that had gotten stuck in his finger when he was climbing up there.

He could see the whole market from this vantage point, and he made himself comfortable, knowing he was likely in for another boring shift. His job in this territory was to observe public gatherings, which usually meant sitting for several hours and watching people shop. As usual, he was Life-Capturing the experience as Ganir ordered him to do, although Vik honestly didn't see the point in doing that. Nothing of interest ever happened in this region.

He had an Interpreter Stone and cards with spells written on them, ready to be cast. One particularly useful spell enabled him to enhance his vision, making his job a little bit more bearable. There was nothing quite like watching a woman changing in her bedroom, secure in the knowledge that nobody could see her from the street.

Ganir had supplied Vik with many cards that had the intricate code for the spell. Vik was a lousy coder, and he had to take Ganir's word for it when the old man assured him that the vision enhancement spell was actually an easy one.

His hearing was also sharpened, and the sound of a young woman's scream was what first alerted him to the chase happening in the market below. Another thief, he thought lazily. Still, Vik watched the running woman and her pursuer, since he had nothing better to do.

His interest was piqued further when he saw an attractive young woman in the crowd following the usual chase. That she looked like the description of the target barely registered at this point. All they knew of the target was that it was a young maiden with blue eyes and long, wavy blond hair. She was also supposedly very pretty. The woman below definitely fit the description, but so did hundreds of others that Vik had seen in passing—and even a few that he had watched surreptitiously through the windows.

Once the thief was captured, Vik continued to observe the scene. It was certainly more entertaining than watching some old women haggling with the merchants.

He heard Davish speak and was amused at the overseer's mercy. A poor, starving woman with her right hand chopped off would die just as surely as if she were beheaded—except her death would now be slower and more painful.

Like the rest of the crowd, he watched the girl's mutilation with a mix of pity and gruesome curiosity.

And then he suddenly heard the Shriek. His ears felt like they exploded.

His head ringing, Vik realized that someone had used a powerful spell designed to deafen and psychologically control a rioting mob—a spell he had learned about but had never seen used in real life. This version in particular seemed more potent than anything Vik had read about. If it weren't for the defensive shield spell Ganir insisted they all use while on duty, the Shriek would've been the last thing Vik heard. As it was, he was in agony. The unprotected people in the square below were falling to their knees, bleeding from their ears.

Only one person remained standing—the young woman Vik had noticed earlier. Dazed, he watched as the beautiful girl walked toward the execution platform and put her arms around the thief huddling in a bloody ball on the ground.

And then Vik felt it—a sense of peace and warmth unlike anything he had ever experienced before. It was beauty, it was love, it was bliss . . . it was indescribable. The wave seemed to emanate from the center of the square, where the two women stood hugging.

A spell, he realized dazedly. He was feeling the effects of some spell—a spell strong enough to penetrate his magical defenses.

His finger tingled, and he looked down, watching as the splinter slowly came out of his flesh and the wound healed itself, all traces of the injury disappearing without a trace. Even his head, which had been pounding just moments earlier from the Shriek, felt completely normal.

On the ground, he could see the crowd still on their knees, staring at the young sorceress with rapture on their faces. Had they felt it too, the euphoria he'd just experienced?

And then he knew that they had—because when the beautiful girl stepped away from the thief, the peasant woman's hand was whole again. Whatever spell the young sorceress had used, it had been so potent that it had spilled over to the spectators, healing even Vik's minor wound. "What kind of sorcery is this?" he wondered in terrified awe.

Vik now knew why Ganir had dispatched so many of his men to find this girl. As the sorceress touched Davish, Vik pricked his finger and touched the Life Capture Sphere he was carrying with him.

* * *

His heart racing, Ganir regained his senses. For a brief moment, he wondered if he would ever get used to the disorienting effects of his invention, and then his mind turned to what he had just witnessed.

"What had the boy done?" he thought darkly, pricking his finger and touching the Life Capture Sphere.

* * *

Augusta came back to herself with a gasp. Quickly pricking her finger, she touched the Life Capture Sphere on the table in front of her. The last thing she wanted was to expose her private thoughts to the person who would use this droplet next, as Ganir had just done. It was bad enough that there would still be a moment of her feelings captured for anyone to see—a moment of overwhelming horror and disgust.

Her fears had come true: the thing had unnatural powers.

"What of Davish?" she asked Ganir, trying to remain calm. "In the droplet, the creature was reaching for him."

The Council Leader hesitated for a moment. "He's not . . . exactly himself after meeting her, according to Vik."

"What do you mean?" Augusta gave him a questioning look.

"How much do you know about Davish?"

She frowned. "Not much. I know he's Kelvin's overseer and supposedly not much better than our esteemed colleague."

Kelvin was her least favorite member of the Sorcerer Council. His mistreatment of his people was legendary. Several years ago, Blaise had even petitioned for Kelvin to get kicked off the Council and have his holdings confiscated, but, of course, no one had dared to implement such a precedent against a fellow sorcerer. Instead, Kelvin ended up giving control of his lands to Davish—who turned out to be a mirror image of his master when it came to the treatment of peasants.

Ganir nodded, an expression of disgust appearing on his face. "That's an understatement. Davish's reputation has traveled far and wide. That atrocity they call the Coliseum was originally Davish's idea—"

"What happened to him?" Augusta interrupted.

"Well, apparently after the encounter you just saw, Davish has already begun to change many policies in the territory. He has initiated an aid effort for the families most affected by the drought, and there are rumors that he may close or change the Coliseum games after the upcoming events." Ganir's eyes gleamed. "In short, Davish is a changed man. Literally."

Augusta's stomach twisted unpleasantly. "The creature changed him? Just like that? How do you even change someone?"

"Well, theoretically, there are ways—"

Augusta stared at him. "You can do this, too?"

"No." Ganir shook his head. "I wish I could, but I can't. At most, I could control a commoner's mind for a short period of time. The mathematics and the complexity of deep fundamental change are beyond human capabilities."

Beyond human capabilities? "Doesn't this terrify you?" Augusta asked, sickened by the thought of this thing having such power.

"Probably not as much as it terrifies you," Ganir said, watching her with his pale gaze, "but yes, the power to make someone lose their essence, their personhood, is a dangerous power indeed. Especially if it is abused."

"So what are we going to do?"

"I am going to dispatch the Sorcerer Guard," Ganir said. "They will bring her here. You saw how the defenses protected my observer from the full power of her spells. I will equip the Guard with even better defenses."

"You are asking them to bring it here alive? You would risk their lives and ours just so that you could study this creature?" Augusta could hear her voice rising in angry disbelief. "Are you insane? It needs to be destroyed!"

"No," Ganir said implacably. "Not yet. If nothing else, Blaise would never forgive us if we destroy her without just cause."

"What does it matter? He hates us anyway," Augusta said bitterly. And turning, she left Ganir's chambers before she said something she would later regret.

CAPÍTULO TRINTA E CINCO: GALA

— Você ouviu? Disseram que ela soltava fogo dos olhos e que o cabelo dela era branco como a neve, se estendendo atrás dela por uns bons cinco metros — disse o homem barrigudo sentado no canto da mesa arrotando e depois limpando a boca com a manga.

— Sério? — O amigo magrinho do homem se inclinou para frente — Eu já soube de homens que ficaram cegos ao olhar para ela e depois ela os curou com um aceno de mão.

— Cegos? Eu não soube disso. Mas dizem que ela reviveu os mortos. Cortaram a cabeça da ladra e a cabeça renasceu.

O homem magro pegou uma caneca de cerveja.

— Ela também não é do Conselho. Ninguém sabe de onde veio. Dizem que ela usava andrajos, mas sua beleza era tanta que a pele dela brilhava.

Varrendo o chão em volta da mesa, Gala ouvia a conversa dos homens com deleite e descrença. Como haviam inventado todas aquelas histórias sobre ela? Ninguém da estalagem tinha estado no mercado — esse era um fato que ajudara a proteger a identidade dela, tanto quanto o xale grosso que Esther insistiu para que usasse enquanto fazia suas tarefas na estalagem.

Fazer a limpeza da estalagem era menos divertido do que Gala imaginara. Ela tinha se oferecido para ajudar na estalagem como forma de sair do quarto e conhecer mais a vida. Embora ela tivesse gostado de tricotar e de costurar — duas atividades que Maya e Esther haviam lhe dado como ocupação depois do fiasco no mercado — ela queria fazer algo mais ativo. É claro que Maya e Esther não tinham aceitado bem a ideia de ela sair do quarto. O maior medo delas era de que Gala fosse reconhecida.

Gala duvidava que alguém a reconhecesse, especialmente naquele disfarce que ela usava na estalagem, e ela tinha razão. O dia todo ela havia passado limpando, areando panelas na cozinha e lavando janelas, e ninguém tinha prestado a mínima atenção em uma garota camponesa mal vestida com um xale grosso de lã envolto na cabeça. Para maior segurança, Maya tinha até passado fuligem no rosto de Gala — um visual que Gala particularmente não gostava, mas aceitava como necessidade, em virtude do que havia acontecido no mercado.

Agora, após um dia inteiro de trabalho físico, suas costas estavam doendo e as mãos começavam a ficar com bolhas de segurar o cabo rústico da vassoura. Embora seus machucados sarassem rapidamente, mesmo assim ela não gostava da sensação de dor. Limpar não era nada divertido, pensou Gala, determinada a terminar aquela tarefa logo e depois descansar. Ela não conseguia imaginar como a maioria das mulheres comuns trabalhavam assim dia após dia.

Ela tentou realizar magias algumas vezes, estimulada por seu incrível sucesso no mercado. No entanto, para sua infindável frustração, parecia que ela não tinha controle de suas habilidades. Ela nem conseguia fazer um feitiço para limpar uma panela. Em vez disso ela quase tirou a pele da palma da mão por esfregar com toda sua força.

— Gala, você ainda está limpando?

A voz de Esther interrompeu os pensamentos de Gala. A mulher mais velha conseguiu se aproximar de Gala sem que ela notasse.

— Estou quase acabando — Gala disse com voz cansada. Ela estava exausta e tudo que queria era cair na cama, lá em cima.

— Ah, que bom.

Esther lhe deu um sorriso largo.

— Você quer ajudar a preparar o jantar?

Gala sentiu um filete de empolgação lutando contra a exaustão. Ela nunca havia cozinhado e estava louca para experimentar.

— É claro — disse ela, ignorando a forma como seus músculos protestavam a cada movimento.

— Então venha, filha, vou apresentar você à cozinheira.

* * *

Quando Gala voltou para o quarto mal podia andar. Parando para limpar o suor e a sujeira das mãos e do rosto, ela despencou na cama.

— E então, gostou de preparar o jantar? — Maya estava sentada no canto do chalé, tecendo calmamente outro xale — Achou tão divertido e educativo quanto esperava que fosse?

Olhando para o teto, Gala avaliou a pergunta dela por um instante.

— Para ser franca com você, não — admitiu ela — Eu estava cortando uma cebola e meus olhos começaram a chorar. Então, me trouxeram aves mortas e mal pude olhar para elas. Estavam arrancando as penas delas e tudo era horrorizante. E carregar todas aquelas panelas e caldeirões pesados... Eu realmente não sei como aquelas mulheres fazem isso todos os dias na cozinha. Eu acho que não ficaria feliz fazendo aquilo a vida toda.

— A maioria das camponesas não têm escolha — Maya falou — Se a mulher é bonita, como você, ela tem mais opções. Ela pode encontrar um homem que cuide dela. Mas se ela não tiver beleza — ou aptidão para feitiçaria — então a vida é difícil. Talvez não tão difícil quanto preparar o jantar em uma estalagem pública, mas não é divertida e agradável. O próprio parir em si já é brutal. Fico feliz em nunca ter que tido que passar por aquilo.

— É mais fácil para os homens?

— De certa forma — Maya falou enquanto Esther entrava no quarto — De outras maneiras é mais difícil. A maioria dos plebeus tem que trabalhar duro para cuidar da plantação, arar o campo e cuidar do gado. Se um trabalho é difícil demais para uma mulher fazer, então ela pode pedir ao marido para ajudá-la. Um homem, no entanto, só pode contar consigo mesmo.

Gala assentiu, sentindo que suas pálpebras ficavam pesadas. As palavras de Maya começavam a se misturar e ela sentiu uma lassidão familiar tomando conta de seu corpo. Ela sabia que aquilo significava adormecer e ela deixou vir, de bom grado, a escuridão relaxante.

* * *

A mente de Gala acordou. Ou, mais precisamente, ela se tornou ciente de si mesma pela primeira vez.

'Consigo pensar' foi seu primeiro pensamento consciente. 'Onde é isso?' foi o segundo.

Ela, de alguma forma sabia que os locais eram diferentes de onde ela se encontrava. Vagamente lembrou de visões de um local com cores, formas, gostos, odores e outras sensações fugazes — sensações ausentes ali. Havia ali, no entanto, outras coisas — coisas que ela não podia nomear. O mundo à sua volta não parecia se encaixar com as expectativas de sua mente. O mais próximo que podia descrever era uma escuridão permeada de lampejos brilhante de luz e cor. Só que não eram luz e cor, era outra coisa, algo para o que ela não possuía um nome equivalente.

Havia também pensamentos. Alguns pertenciam a ela, outros, a outras coisas — coisas que não eram nada para ela. Somente um pensamento era vagamente similar ao dela.

Ela não tinha certeza, mas parecia que aquele pensamento a buscava, tentando se aproximar dela.

Acordando com uma arfada, ela se sentou na cama, olhando em volta do quarto escuro.

— O que houve, filha? — Esther perguntou, deixando de lado o livro que ela estava lendo à luz de vela.

— Você teve um pesadelo?

— Acho que não — Gala disse lentamente— Acho que sonhei com um tempo antes de meu nascimento.

Esther lhe deu um olhar estranho e voltou ao livro.

Gala se deitou e tentou acalmar seu coração acelerado. Era a primeira vez que ela havia sonhado — e ela queria que Blaise estivesse ali, para que ela pudesse falar com ele a respeito. Ele acharia o sonho fascinante, já que tinha sido a respeito do Reino do Feitiço.

Fechando os olhos, ela se deixou levar de novo, esperando que seu próximo   sonho   fosse   sobre   Blaise.

CHAPTER THIRTY-FIVE: GALA

"Did you hear? They said she was shooting fire out of her eyes, and her hair was as white as snow, streaming behind her for a solid five yards." The pot-bellied man sitting at the corner table burped, then wiped his mouth with his sleeve.

"Really?" The man's skinny friend leaned forward. "I heard men were blinded when they looked at her, and then she healed them by waving her hand."

"Blinded? I didn't hear that. But they say she brought back the dead. The thief got her head chopped off and then the whole thing regrew."

The skinny man picked up a tankard of ale. "She wasn't one of the Council either. Nobody knew where she came from. They say she wore rags, but her beauty was such that her skin glowed."

Sweeping the floor around the table, Gala listened to the men's conversation with amusement and disbelief. How had they made up all these stories about her? Nobody at the inn had even been at the market—a fact that helped protect her identity nearly as much as the rough shawl Esther insisted she wear when doing her chores at the inn.

Cleaning the inn turned out to be less fun than Gala had expected. She'd volunteered to help around the inn as a way to get out of the room and experience more of life. Although she had enjoyed knitting and sewing—two activities that Maya and Esther had occupied her with after the market fiasco—she had wanted to do something more active. Of course, Maya and Esther had been less than receptive to the idea of her leaving the room. Their biggest fear was that Gala would be recognized.

Gala had doubted that anyone would recognize her, particularly in the disguise she wore around the inn, and she was right. All day long, she had been cleaning, scrubbing pots in the kitchen, and washing windows, and nobody had paid the least bit of attention to a poorly dressed peasant girl with a thick woolen shawl wrapped around her head. To be extra safe, Maya had even smeared some soot on Gala's face—a look that Gala didn't particularly like, but accepted as a necessity in light of what had occurred at the market.

Now, after a full day of physical labor, her back was aching and her hands were beginning to blister from gripping the rough broom handle. Although her injuries healed quickly, she still disliked the feeling of pain. Cleaning was really not fun at all, Gala decided, determined to finish this particular task and then rest. She couldn't imagine how most common women worked like this day in and day out.

A few times she had tried to do magic again, emboldened by her tremendous success at the market. However, to her unending frustration, it seemed like she still had no control over her abilities. She couldn't even cast a simple spell to get a pot clean; instead, she'd nearly rubbed her palms raw scrubbing it with all her strength.

"Gala, are you still cleaning?" Esther's voice interrupted Gala's thoughts. The old woman had managed to approach Gala without her noticing.

"Almost done," Gala said wearily. She was exhausted and all she wanted to do was collapse into her bed upstairs.

"Oh, good." Esther gave her a wide smile. "Are you ready to help prepare dinner?"

Gala felt a trickle of excitement that battled with her exhaustion. She had never cooked before, and was dying to try it. "Of course," she said, ignoring the way her muscles protested every movement.

"Then come, child, let me introduce you to the cook."

* * *

By the time Gala got back to the room, she could barely walk. Pausing to wash some of the sweat and grime off her hands and face, she collapsed on her bed.

"So did you enjoy cooking dinner?" Maya was sitting on the cot in the corner, calmly knitting another shawl. "Did you find it as fun and educational as you hoped?"

Staring at the ceiling, Gala considered her question for a minute. "To be honest with you, no," she admitted. "I was cutting up an onion, and my eyes began tearing up. Then they brought in the dead birds, and I couldn't look at them. They were plucking out their feathers, and the whole thing was utterly horrible. And then carrying around all those heavy pots and pans . . . I really don't know how those women in the kitchen do it every day. I don't think I would be happy doing that my entire life."

"Most peasants don't have a choice," Maya said. "If a woman is pretty, like you, then she has more options. She can find a wealthy man to take care of her. But if she doesn't have the looks—or the aptitude for sorcery—then life is hard. Maybe not always as hard as cooking dinner at a public inn, but it's not fun and pleasant. Childbirth alone is brutal. I'm glad I never had to go through that."

"Do men have it easier?"

"In some ways," Maya said as Esther entered the room. "In other ways, it's more difficult. Most commoners have to work very hard to grow their crops, plow their fields, and take care of their livestock. If a job is too difficult for a woman to do, then she can ask her husband to help her. A man, however, can only rely on himself."

Gala nodded, feeling her eyelids getting heavy. Maya's words began to blend together, and she felt a familiar lassitude sweeping over her body. She knew it meant she was falling asleep, and she welcomed the relaxing darkness.

* * *

Gala's mind awakened. Or, more precisely, she became self-aware for the first time.

'I can think' was her first fully coherent thought. 'Where is this?' was the second one.

She somehow knew that places were supposed to be different from where she found herself. She vaguely recalled visions of a place with colors, shapes, tastes, smells, and other fleeting sensations—sensations that were absent in here. There were other things here, however—things she didn't have names for. The world around her didn't seem to match her mind's expectations. The closest she could describe it was as darkness permeated by bright flashes of light and color. Except it wasn't light and color; it was something else, something she had no equivalent name for.

There were also thoughts out there. Some belonging to her, some to other things—things that were nothing like her. Only one stream of thought was vaguely similar to her own.

She wasn't sure, but it seemed like that stream of thought was seeking her, trying to reach out to her.

Waking up with a gasp, Gala sat up in bed, looking around the dark room.

"What happened, child?" Esther asked, putting down the book she had been reading by candle light. "Did you have a bad dream?"

"I don't think so," Gala said slowly. "I think I was dreaming of a time right before my birth."

Esther gave her a strange look and returned to her book.

Gala lay back down and tried to calm her racing heartbeat. This was the first time she had dreamed at all—and she wished Blaise was there, so she could talk to him about it. He would find this dream fascinating, since it had been about the Spell Realm.

Closing her eyes, she drifted off again, hoping her next dream would be about Blaise.

CAPÍTULO TRINTA E SEIS: BLAISE

O confronto com Ganir deixou Blaise estranhamente inquieto. O velho estaria realmente oferecendo sua ajuda? Ele pareceu tão chocado quando Blaise lhe falou sobre o voto, que quase havia acreditado em suas mentiras.

O Conselho não sabia sobre Gala — a não ser que Ganir tivesse mentido a respeito daquilo também. Mas, se não tivesse mentido e se o Conselho não estivesse envolvido, então, quem tinha seguido Blaise naquele dia? Pensando bem, Blaise tinha decidido que poderia facilmente ter sido um dos espiões de Ganir. O velho feiticeiro era famoso por colocar seus tentáculos por toda parte.

Ganir claramente tinha planos para Gala — isso estava óbvio para Blaise. O Líder do Conselho estava longe de ser um tolo. Ele, mais do que ninguém, veria o potencial de um objeto mágico inteligente que tinha assumido a forma humana. É claro que Blaise não tinha intenção de deixar que Gala se tornasse a ferramenta de Ganir. Não importa o que Blaise tinha pretendido para ela, originalmente, ela era uma pessoa e ele tinha de ter certeza de que ela devesse ser tratada como tal.

Voltando para seu estúdio, ele se sentou à mesa, tentando pensar o que fazer em seguida. Se o Conselho não sabia sobre Gala, então ainda havia tempo. Blaise precisava ir até ela sem levar Ganir até lá. Suas experiências com o Reino do Feitiço claramente não eram a resposta. Levaria tempo demais para aperfeiçoar algo tão complicado.

Blaise precisava de alguma forma de se livrar de quem estivesse vigiando sua casa.

Ponderando o problema, ele imaginou se seria possível aumentar a velocidade de sua espreguiçadeira. Se ele pudesse ir significativamente mais rápido do que seu perseguidor, então ele poderia ganhar do espião na corrida e chegar até Gala antes que alguém o pegasse.

Repentinamente, ele teve uma ideia louca. E, se em vez de voar ele se teletransportasse até parte do caminho? Se o teletransporte fosse de uma distância suficientemente pequena, seria bem mais seguro, reduzindo as chances de se materializar em algum lugar inesperado. De fato, ele poderia se teletransportar para um local que pudesse ver com visão aumentada — e de lá, ele poderia fazer isso repetidamente. Assim a viagem ficaria significativamente mais curta em extensão e impossível de ser rastreada.

O único problema seria a complexidade do código que ele precisaria escrever — mas Blaise estava disposto a enfrentar o desafio.

CHAPTER THIRTY-SIX: BLAISE

The confrontation with Ganir left Blaise feeling strangely unsettled. Had the old man been genuine in offering his help? He'd seemed so shocked when Blaise had told him about the vote that Blaise had almost believed his lies.

The Council didn't know about Gala—unless Ganir had lied about that too. But if he hadn't, and if the Council was not involved, then who had been following Blaise that day? Thinking about it, Blaise decided that it could just as easily have been one of Ganir's spies; the old sorcerer was famous for having his tentacles everywhere.

Ganir clearly had some plans for Gala—that much was obvious to Blaise. The Council Leader was far from a fool; he, more than most, would see the potential in an intelligent magical object that had assumed human shape. Of course, Blaise had no intention of letting Gala become Ganir's tool. No matter what Blaise himself had intended for her originally, she was a person, and he needed to make sure she was treated as such.

Walking back to his study, he sat down at his desk, trying to figure out what to do next. If the Council didn't know about Gala, then there was still some time. Somehow Blaise had to get to her without leading Ganir there. His experiments with the Spell Realm were clearly not the answer; it would take too long to perfect something so complicated.

Blaise needed some way to evade whoever was watching his house.

Pondering the problem, he wondered if it would be possible to increase the speed of his chaise. If he could go significantly faster than his pursuer, then he could outrun the spy and collect Gala before anyone caught up to them.

Suddenly, a crazy idea occurred to him. What if, instead of flying, he teleported himself part of the way? If the teleportation was over a sufficiently short distance, it would be significantly safer, reducing the odds of materializing someplace unexpected. In fact, he could always teleport to a spot that he could see with enhanced vision—and from there, he could do it again and again. This would make the trip significantly shorter in length, and make him impossible to track.

The only problem would be the complexity of the code he would need to write—but Blaise was up for the challenge.

CAPÍTULO TRINTA E SETE: BARSON

Entrando nos aposentos de Ganir, Barson se forçou a manter o rosto sem expressão.

— Fui chamado?

Ele propositalmente omitiu qualquer título honorífico devido ao Chefe do Conselho — um insulto sutil que ele sabia que Ganir não deixaria de notar.

— Barson — Ganir inclinou a cabeça, igualmente sem mencionar o título militar de Barson.

— Em que posso ajudar? — Barson perguntou com um tom extremamente polido — Devo acabar com outra pequena revolta?

A boca de Ganir se apertou.

— Sobre isso. Eu lamento ter sido mal informado sobre a situação no norte. A pessoa responsável por esse erro grave já foi devidamente cuidada.

— Claro. Eu não esperaria menos de sua parte — Barson teria feito a mesma coisa no lugar de Ganir. O velho feiticeiro claramente não queria qualquer testemunha de sua traição.

— Tenho uma pequena tarefa para você — disse o Líder do Conselho — Há uma feiticeira que está causando alguns distúrbios no território de Kelvin. Eu gostaria que você e algum de seus melhores homens a trouxessem para mim, para que possamos ter uma conversa.

Barson fez o que pôde para esconder sua surpresa.

— Você quer que eu lhe traga uma feiticeira?

— Sim — Ganir disse calmamente — Ela é jovem e não deve apresentar muito problema. É só falar com ela e convencê-la a vir a Turingrad. Este deve ser o melhor caminho. É claro que se ela relutar, tem minha permissão para usar os métodos de persuasão que achar necessários.

Barson inclinou a cabeça concordando.

— Será feito como queira.

* * *

Deixando Ganir, Barson andou pelos corredores da Torre, tentando entender o pedido do Líder do Conselho. A feiticeira no território de Kelvin devia ser a mesma sobre a qual Larn havia lhe informado — a mulher misteriosa que, supostamente, podia realizar milagres. Por que Ganir queria que fosse detida? E por que ele enviaria a Guarda para fazer isso? Os feiticeiros geralmente lidavam com seus próprios negócios, sem querer parecer vulneráveis para pessoas de fora — nem mesmo para a Guarda. O precedente de não feiticeiros subjugando alguém da elite seria algo que a maioria daqueles da Torre acharia assustador.

Havia apenas duas razões nas quais Barson conseguia pensar acerca do pedido de Ganir: o velho feiticeiro ou estava tentando manter a questão oculta do Conselho ou era outra trama para enviar a Guarda dos Feiticeiros para uma situação potencialmente fatal. Barson não acreditou, por um só segundo, no 'erro grave'. Estava óbvio que o velho de alguma forma tinha ouvido falar dos planos de Barson e fazia o possível para sabotá-lo.

É claro, também era possível que Ganir tivesse criado toda a situação esperando que Barson se recusasse a seguir suas ordens, dando ensejo, assim, de tomar atitudes contra Barson junto ao Conselho, caso ele se recusasse a seguir suas ordens. Não havia dúvida de que o Líder do Conselho tinha achado que, se eliminasse imediatamente a ameaça de Barson e seus tenentes mais próximos, o resto da Guarda voltaria a ser uma ferramenta leal dos feiticeiros.

Ao se aproximar de seus aposentos, Barson se surpreendeu ao ver Augusta de pé diante da porta, prestes a bater nela. Ela estava linda, mas surpreendentemente ansiosa.

— Preciso falar com você — disse ela quando ele se aproximou.

— Claro — Barson sorriu, com o coração batendo mais rápido ao se aproximar dela

— Entre. Vamos conversar.

Abrindo a porta, ele a fez entrar no quarto. No entanto, antes que ele pudesse beijá-la, ela começou a andar para cima e para baixo no meio do aposento.

Barson se encostou na parede, esperando para saber o que havia na mente dela.

Ela parou diante dela.

— Ganir vai chamar você — disse ela, parecendo preocupada. — Ele vai querer mandar você numa missão no território de Kelvin.

— Ah é? — Barson fez o possível para parecer levemente interessado. Augusta obviamente não sabia que ele acabara de estar com Ganir e ele estava curioso para saber o que ela ia dizer.

— É uma missão diferente. Ele lhe dirá para apreender uma perigosa feiticeira.

— Uma feiticeira? — Barson continuou a fingir ignorar o fato. Era uma sorte. Talvez Augusta lhe fornecesse as informações que ele necessitava.

— Sim — disse ela, olhando para ele — Uma poderosa feiticeira que Ganir quer usar para seus próprios fins.

— E que fins seriam esses?

— Ele quer me substituir por ela no Conselho — Augusta disse, olhando firmemente para ele — Como você provavelmente sabe, Ganir e eu não nos damos muito bem.

Não era o que Barson esperava ouvir.

— É mesmo? — ele perguntou suavemente, erguendo a mão para retirar uma mecha de cabelo do rosto dela. Estaria ela mentindo para ele? Para pessoas que não se davam bem, ela e Ganir certamente tinham se encontrado bastante ultimamente.

Augusta assentiu, pegando a mão dele e apertando-a levemente.

— É verdade. E por isso quero lhe pedir um favor.

Ela parou, mantendo o olhar.

— Eu não quero que ela seja trazida viva.

Barson não pôde esconder sua surpresa

— Quer que eu vá contra o Líder do Conselho e mate uma feiticeira?

— Ela não é o que parece — Augusta disse, apertando a palma dele com sua mão — Você estaria fazendo um favor ao mundo, ao se livrar dela.

Sua voz tinha um toque de medo, e isso surpreendeu Barson.

Ele olhou para ela, tentando descobrir o que tudo aquilo significava — Você está me pedindo para ir contra o Líder do Conselho e cometer o maior crime de todos — matar uma feiticeira — disse ele lentamente.

— Você percebe as consequências disso?

Ela assentiu, os olhos brilhando com uma emoção estranha.

— Eu sei o que estou lhe pedindo. Se fizer isso por mim, Barson, eu ficarei eternamente grata.

A mão dela ainda segurava a dele, e seu toque traía seu desespero.

Barson fez o possível para esconder sua reação às palavras dela.

— Então estamos nisso juntos, correto? — ele perguntou calmamente, colocando a outra mão, em concha, sobre o rosto dela — Se, como resultado, Ganir se tornar meu inimigo, você ficará do meu lado?

— Sempre — Augusta o encarou sem hesitar.

— Então, considere feito — Barson disse. Ele mal podia acreditar nessa reviravolta nos eventos. Ele se perguntava como fazer com que Augusta se unisse à causa dele, e ela se lançou sobre ele — figurativamente, dessa vez.

O rosto dela se iluminou e a pressão na mão dele diminuiu. Na ponta dos pés, ela o beijou suavemente nos lábios.

— Tome cuidado — murmurou ela, chegando-se para dar um toque na lateral do rosto dele — Faça parecer com que ela resistiu com tanta violência que você e seus homens não tiveram escolha a não ser matá-la. E isso pode chegar a ser mesmo verdade.

— E o quão poderosa é essa feiticeira? — Barson perguntou, com a mente voltada para a futura missão, não obstante a distração do toque de Augusta. Ele não gostava da ideia de matar uma mulher, mas recalcou aquele sentimento. Uma feiticeira podia ser tão poderosa quanto sua contraparte masculina — e potencialmente mais fatal do que cem de seus homens. Ele se lembrava de como Augusta havia sido útil durante a rebelião dos camponeses e sabia que seria preciso mais do que apenas algumas espadas e flechas para vencer essa luta.

— Ela é poderosa — Augusta admitiu de forma calma, olhando para ele — Eu não sei o quão poderosa ela é, mas eu quero que você esteja preparado para o pior. Eu também preparei alguns feitiços para ter certeza de que você e seus soldados estejam bem protegidos, tanto física quanto mentalmente, contra quaisquer ataques ela possa realizar contra vocês.

— Isso será útil — Barson disse. Apesar de Dara já ter dado a ele alguns feitiços de proteção, Augusta era uma feiticeira mais poderosa e ele gostava das proteções adicionais para seus homens.

— Eu também tenho um presente para você. Dando um passo para trás, ela tirou do bolso da saia o que parecia um pingente — Isso permitirá que eu veja tudo que acontece em um espelho especial — disse ela dando-o para ele.

Barson pegou o pingente e o colocou em sua cômoda.

— Eu vou usá-lo quando partirmos — ele prometeu. Seria de alguma forma limitante ter sua amante observando-o, mas isso também fortaleceria sua aliança.

Por ora, no entanto, ele queria reforçar o laço entre eles de forma diferente. Chegando-se a Augusta, ele a trouxe de encontro a si.

* * *

— Você precisa me deixar ir. Dara olhou para ele implorando — Barson, deixe-me ir com você.

— Pela centésima vez, você não vai.

Barson sabia que seu tom era agudo e ele o suavizou um pouco antes de continuar.

— É perigoso demais, mana. Se alguma coisa acontecer com você... Ele nem conseguiu terminar aquele pensamento horripilante. — Além do mais, você sabe que é importante demais para nossa causa. Se você for ferida, quem continuará a recrutar para nós. Você sabe o que aconteceu quando Ganir soube que eu estava me encontrando com aqueles cinco feiticeiros.

A irmã olhou frustrada para ele.

— Eu ficarei bem.

— Não, não há garantia disso — Barson balançou a cabeça — Eu não vou colocar você em perigo dessa forma. Além do mais, você sabe que se quisermos tomar o Conselho, temos que poder lutar contra ele. Precisamos começar a realizar testes, para saber como meu exército se sairia contra ele. Esta é a oportunidade perfeita, porque teremos que lutar apenas contra uma feiticeira, não contra todos eles.

Ela ainda parecia descontente, mas sabia que não adiantava mais discutir. Quando Barson decidia, havia muito pouco que se pudesse fazer para modificar isso.

— E você teve chance de ver os feitiços defensivos que Augusta fez? — Barson perguntou, mudando de assunto.

Dara assentiu.

— Ela fez um trabalho maravilhoso. Ela deve realmente gostar de você. O feitiço que ela fez para sua armadura — e para seus homens em geral — protegerá contra a maioria dos ataques elementares, assim como contra muitos que mexam com sua mente. Sua defensa anti-Grito, em especial, é uma obra de arte.

Barson sorriu. Ele gostava da ideia de Augusta se importar com ele.

— Por que ela não vai com você? — Dara perguntou, olhando para ele, com curiosidade. — Se essa missão é tão importante para ela, por que ela não vai junto?

— E abertamente ir contra Ganir?

O sorriso de Barson ficou maior.

— Não, Augusta é esperta demais para fazer isso. Há uma reunião do Conselho que se aproxima e, se ela não estiver lá, Ganir saberá imediatamente que está acontecendo alguma coisa. Meus homens têm ordens explícitas do Líder do Conselho de ir capturar essa feiticeira e se, por acaso, ela resistir à prisão . . . Ele encolheu seus ombros largos.

— Bem, essas coisas acontecem. Seria muito mais difícil explicar a morte de uma feiticeira se Augusta estivesse lá — ou você também.

— Mas você vai levar quase seu exército inteiro — Dara protestou — e não os poucos homens que Ganir sugeriu. Ele não vai suspeitar desse fato?

Barson sorriu.

— Quantos homens eu levo em uma missão militar é totalmente minha prerrogativa. Ganir não tem ingerência nisso.

— Você acha que ele fez isso de propósito novamente? — Dara perguntou — Mandando que você levasse apenas alguns de seus melhores homens enquanto o enviava contra uma poderosa feiticeira?

— Não tenho certeza — Barson admitiu — Parece que Ganir precisa realmente desta feiticeira mas, ao mesmo tempo, eu sei que ele adoraria que eu e meus homens mais próximos morrêssemos em combate. Talvez seja uma proposta totalmente vitoriosa para ele. Se nós a trouxermos, ele consegue o que quer. E se morrermos durante a missão, ele se livrará daquilo que ele considera uma ameaça — e haverá outras oportunidades para que ele a capture.

— Eu ainda me pergunto por que ele não nos matou de cara — Dara falou pensativa — ou procurou o Conselho com suas suspeitas.

— Porque eu não acho que ele perceba toda a extensão de nossos planos — falou Barson. — Ele provavelmente acha que sou apenas um soldado muito ambicioso com delírios de grandeza.

— É o que você é — Dara interrompeu, sorrindo.

— Não — Barson balançou a cabeça — Eu não lido com fantasias. Eu faço planos. Ganir, como o resto deles, nos subestima. Mas mesmo que ele tenha suspeitas, ele é esperto demais para lidar com elas abertamente.

Ele não sabe quantos aliados temos ou a profundidade da conspiração. Se ele nos acusar, abertamente, de traição, meus homens tomarão atitudes — assim como aqueles que convencemos a se unir à nossa causa. Haverá guerra — uma verdadeira guerra civil — e acho que Ganir não está preparado para isso.

Dara franziu a testa com um olhar ansioso surgindo em seu rosto.

— O que foi, mana? Duvidando de nossos planos de novo?

— Não posso evitar — Dara admitiu — Mesmo com nossos aliados, ir contra o Conselho parece uma missão impossível.

— Tem razão —Barson sorriu para ela —Ainda não estamos prontos. No entanto, se conseguirmos que Augusta se una a nós, isso aumentará significativamente nossas chances de êxito.

— Acha mesmo que ela se juntaria a nós? Ela faz parte do Conselho.

— Ela já se uniu, apenas não percebeu isso ainda. O pedido dela vai contra minhas ordens — ordens que vieram diretamente do Líder do Conselho — o que significa que estamos ambos envolvidos em uma conspiração traidora.

Dara pensou naquilo por um instante.

— Sim, eu compreendo. E, com ela do nosso lado, as coisas seriam diferentes.

Barson assentiu. Ela já vislumbrava — as consequências de uma eventual troca de poder. Ele seria rei e Augusta sua rainha. Ambos de sangue nobre, como os governantes deviam ser.

— Tome cuidado nessa missão, Barson. Dara parecia mais preocupada do que o normal — Eu não tenho bom pressentimento com relação a isso.

Barson deu um sorriso tranquilizador para a irmã.

— Não se preocupe, mana. Tudo vai sair bem. É apenas uma feiticeira. Não será tão ruim assim.

E saindo da casa de Dara, ele seguiu de volta para a Torre, onde seus homens já se preparavam para partir.

CHAPTER THRITY-SEVEN: BARSON

Walking into Ganir's chambers, Barson forced himself to keep his face expressionless.

"You summoned me?" He purposefully omitted any honorific due to the head of the Council—a subtle insult that he was sure Ganir would not miss.

"Barson." Ganir inclined his head, foregoing Barson's military title as well.

"How may I be of assistance?" Barson asked in an overly polite tone. "Should I put down another small rebellion for you?"

Ganir's mouth tightened. "About that. I regret that I was misinformed about the situation in the north. The person responsible for this grievous error has been dealt with."

"Of course. I would've expected no less from you." Barson would've done the same thing in Ganir's place. The old sorcerer clearly didn't want any witnesses to his treachery.

"I have a small task for you," the Council Leader said. "There is a sorceress who is causing some disturbances in Kelvin's territory. I'd like you to take a few of your best men and bring her to me, so we could have a discussion."

Barson did his best to conceal his surprise. "You wish me to bring in a sorceress?"

"Yes," Ganir said calmly. "She's young and shouldn't present much of a challenge. You can just talk to her and convince her to come to Turingrad. That might be the best way. Of course, if she's reluctant, then you have my leave to use whatever methods of persuasion you deem necessary."

Barson inclined his head in agreement. "It shall be done as you wish."

* * *

Leaving Ganir, Barson walked through the Tower halls, trying to make sense of the Council Leader's request. The sorceress in Kelvin's territory had to be the same one Larn had informed him about—the mystery woman who could supposedly perform miracles. Why did Ganir want her detained? And why would he send the Guard to do it? Sorcerers usually dealt with their own affairs, not wanting to seem vulnerable to outsiders—not even to the Guard. The precedent of non-sorcerers subduing one of the elite would be something most in the Tower would find frightening.

There were only two reasons Barson could think of for Ganir's request: the old sorcerer was either trying to keep this matter hidden from others on the Council, or it was another ploy to send the Sorcerer Guard into a potentially deadly situation. Barson did not for a second believe Ganir's claim of a 'grievous error.' It was obvious the old man had somehow caught wind of Barson's plans and was doing his best to sabotage him.

Of course, it was also possible that Ganir had staged this whole thing in the hopes that Barson would refuse to follow his orders, thus giving him cause to take up action against Barson at the Council level. No doubt the Council Leader thought that if he eliminated the immediate threat of Barson and his closest lieutenants, the rest of the Guard would return to being the sorcerers' loyal tool.

Approaching his chambers, Barson was surprised to find Augusta standing by his door, about to knock. She looked beautiful, but surprisingly anxious.

"I need to speak with you," she said as he got closer.

"Of course." Barson smiled, his heart beating faster at her nearness. "Come inside. We'll talk."

Opening the door, he led her into his room. However, before he could so much as kiss her, she started to pace back and forth in the middle of the room.

Barson leaned against the wall, waiting to see what was on her mind.

She stopped in front of him. "Ganir will summon you," she said, sounding worried. "He'll want to send you on a mission to Kelvin's territory."

"Oh?" Barson did his best to look mildly interested. Augusta was clearly unaware that he had just seen Ganir, and he was curious to hear what she was about to say.

"It's a different kind of a mission. He will tell you that you are to apprehend a dangerous sorceress."

"A sorceress?" Barson continued pretending ignorance. This was a serious stroke of luck. Perhaps Augusta would give him the information he needed.

"Yes," she said, looking up at him. "A powerful sorceress that Ganir wants to use for his own purposes."

"And what purposes would those be?"

"He wants to replace me with her on the Council," Augusta said, giving him a steady look. "As you probably know, Ganir and I don't get along very well."

That wasn't what Barson had been expecting to hear. "Is that right?" he asked softly, lifting his hand to brush a stray lock of hair off her face. Was she lying to him right now? For someone who didn't get along, she and Ganir had certainly been seeing a lot of each other.

Augusta nodded, reaching up to capture his hand with her own, squeezing it lightly. "It's the truth. And that's why I want to ask you for a favor." She paused, holding his gaze. "I don't want her brought in alive."

Barson couldn't conceal his shock. "You want me to go against the Council Leader and kill a sorceress?"

"She's not what she seems," Augusta said, her hand tightening around his palm. "You would be doing the entire world a favor by getting rid of her." Her voice held a note of fear that startled Barson.

He stared at her, trying to figure out what it all meant. "You are asking me to go against the Council Leader and to commit the greatest crime of all—murdering a sorcerer," he said slowly. "You do realize the consequences of this?"

She nodded, her eyes burning with some strange emotion. "I know what I am asking you to do. If you do this for me, Barson, I will be forever in your debt." Her hand still held his own, her tight grip betraying her desperation.

Barson did his best to conceal his reaction to her words. "We will be in this together then, right?" he asked quietly, curving his other palm around her cheek. "If Ganir becomes my enemy as a result, you will be on my side?"

"Always." Augusta held his gaze without flinching.

"Then consider it done," Barson said. He could hardly believe this turn of events. He had been wondering how to get Augusta to join his cause, and she just jumped into bed with him herself—figuratively this time.

Her face lightened, and her grip on his hand eased. Standing up on tiptoes, she kissed him softly on the lips. "Be careful," she murmured, reaching up to stroke the side of his face. "Make it look like she resisted so violently that you and your men had no choice but to kill her. It might even turn out to be true."

"Just how powerful is this sorceress?" Barson asked, his mind turning to the upcoming quest despite the distraction of Augusta's touch. He didn't like the idea of killing a woman, but he suppressed the feeling. A sorceress could be just as powerful as her male counterparts—and potentially deadlier than a hundred of his men. He remembered how useful Augusta had been during the peasant rebellion, and he knew that it would require more than a few swords and arrows to win this fight.

"She's powerful," Augusta admitted quietly, looking up at him. "I don't know just how powerful she is, but I want you to be ready for the worst. I will also prepare some spells to make sure you and your soldiers are well-protected, both physically and mentally, against whatever attacks she might launch against you."

"That would be helpful," Barson said. Although Dara had already given him some protective spells, Augusta was a stronger sorceress, and he would welcome the additional protection for his men.

"I also have a gift for you." Taking a step back, she reached into a pocket in her skirt and took out what looked like a pendant. "This will enable me to see everything that happens in a special mirror," she said, handing it to him.

Barson took the pendant and put it on his commode. "I will wear it when we depart," he promised. It would be somewhat limiting to have his lover watching him, but it would also strengthen their alliance.

For now, though, he wanted to reinforce their bond in a different way. Reaching for Augusta, he drew her toward him.

* * *

"You must let me come." Dara gave him an imploring look. "Barson, let me go with you."

"For the hundredth time, you're not going." Barson knew his tone was sharp, and he softened it a bit before continuing. "It's too dangerous, sis. If anything were to happen to you . . ." He couldn't even complete that horrifying thought. "Besides, you know you're far too important to our cause. If you got hurt, who would continue recruiting for us? You know what happened when Ganir found out I was meeting with those five sorcerers."

His sister stared at him in frustration. "I would be fine—"

"No, there's no guarantee of that." Barson shook his head. "I will not put you in danger like that. Besides, you know that if we are to overtake the Council, we have to be able to fight them. We need to start testing the waters now, to see how my army would fare against one of them. This is a perfect opportunity because we just have one sorceress to deal with, not the entire lot of them."

She still looked unhappy, but she knew better than to argue further. Once Barson made up his mind, there was very little anyone could do to change it.

"So did you have a chance to look at the defensive spells Augusta put in place?" Barson asked, changing the subject.

Dara nodded. "She did a superb job. She must really care about you. The spell that she put on your armor—and on your men in general—will protect you against most elemental attacks, as well as against many that could tamper with your mind. Her anti-Shriek defense, in particular, is a masterpiece."

Barson smiled. He liked the idea of Augusta caring about him.

"Why doesn't she come with you?" Dara asked, looking at him curiously. "If this mission is so important to her, why doesn't she come along?"

"And openly go against Ganir?" Barson's smile widened. "No, Augusta is too smart to do that. There is a Council meeting coming up, and if she's not there, Ganir will know immediately something is going on. My men have explicit orders from the Council Leader to go and capture this sorceress, and if she happens to resist arrest . . ." He shrugged his broad shoulders. "Well, these things happen. It would be much tougher to explain a dead sorceress if Augusta were there—or you, for that matter."

"But you're bringing almost your entire army," Dara protested, "not the few men that Ganir suggested. Won't he be suspicious of that fact?"

Barson chuckled. "How many men I take on a military mission is entirely my prerogative. Ganir doesn't have any say in that."

"Do you think he did it on purpose again?" Dara asked. "Telling you to take just a few of your best men while sending you against a powerful sorceress?"

"I'm not sure," Barson admitted. "It sounds like Ganir genuinely needs this sorceress, but at the same time, I know he'd love to have me and my closest men perish in battle. Maybe it's a win-win proposition for him. If we bring her, he gets what he wants. And if we die during this mission, he will get rid of what he perceives to be a threat—and there will be other opportunities for him to capture her."

"I still wonder why he hasn't killed us all outright," Dara mused, "or gone to the Council with his suspicions."

"Because I don't think he realizes the full extent of our plans," Barson said. "He probably thinks I'm just an overambitious soldier with fantasies of grandeur—"

"That is what you are," Dara interrupted, smiling.

"No." Barson shook his head. "I don't do fantasies. I make plans. Ganir, like all the rest of them, underestimates us. But even if he does have his suspicions, he's too smart to act on them openly. He doesn't know how many supporters we have, or how deep the conspiracy runs. If he openly accuses us of treason, my men will not stand idly by—nor will those we convinced to join our cause. There will be war—a real civil war—and I don't think Ganir is ready for that."

Dara frowned, an anxious look appearing on her face.

"What is it, sis? Are you doubting our plans again?"

"I can't help it," Dara admitted. "Even with all our allies, going up against the Council sounds like an impossible mission."

"You're right." Barson smiled at her. "We're not ready yet. However, if we can get Augusta to join us, that would significantly increase our odds of success."

"Do you really think she would join us? She's part of the Council."

"She has already joined us; she just doesn't realize it yet. Her request goes against my orders—orders that come directly from the Council Leader—which means that we are now both involved in a treasonous conspiracy."

Dara considered that for a moment. "Yes, I could see that. And with her on our side, things would be different."

Barson nodded. He could already see it—the aftermath of the eventual power shift. He would be king and Augusta his queen. Both of them of noble blood, as rulers should be.

"Be careful on this mission, Barson." Dara looked unusually worried. "I don't have a good feeling about this."

Barson gave his sister a reassuring smile. "Don't worry, sis. All will be well. It's just one sorceress. How bad could it get?"

And walking out of Dara's house, he headed back to the Tower, where his men were already preparing to depart.

CAPÍTULO TRINTA E OITO: GALA

No dia dos jogos do Coliseu, Gala tomou a decisão de se aventurar a sair da estalagem novamente. Nos últimos três dias ela tinha feito todas as tarefas imagináveis, desde esvaziar penicos dos quartos (com o que ela realmente entendeu a ideia de nojo) a fazer queijo do leite que os fazendeiros entregavam na estalagem, todas as manhãs. Enquanto a maioria das tarefas era interessante a seu modo — e Gala se revelou surpreendentemente boas em realizá-las — ela estava começando a se sentir enjaulada, uma prisioneira na estalagem onde Maya e Esther insistiam que ficassem enquanto esperavam por Blaise.

— Eu vou assistir aos jogos hoje — disse ela para Esther, ignorando a expressão ansiosa que apareceu imediatamente no rosto da mulher — Disseram que o Coliseu vai fechar depois disso e eu gostaria de ver os jogos pelo menos uma vez.

— Eu acho que não vai gostar dos jogos, menina — Esther disse, com o cenho franzido. — Além disso, e se alguém reconhecer você?

Gala respirou fundo. — Eu entendo e respeito sua preocupação — disse ela, determinada a amainar os temores de suas guardiãs — Eu pensei muito nisso, e acho que é seguro. Já faz vários dias que fui ao mercado e ninguém me reconheceu até agora. O disfarce que me fizeram é tal que ninguém nem chega a me olhar duas vezes. Eu sou apenas uma garota camponesa que trabalha na estalagem e ninguém vai pensar nada diferente disso se eu for assistir aos jogos hoje. Eu vou usar o xale no Coliseu também.

Esther suspirou. — Menina, você obviamente é uma feiticeira muito talentosa e parece estar ficando cada vez mais esperta a cada hora que passa, mas Blaise quer que fiquemos escondidas. Aqui na estalagem somos apenas duas velhas com uma jovem sobrinha que tenta ganhar um dinheirinho ajudando nas tarefas. Eu me preocupo com você em um evento público, minha filha. Acontecem coisas com você que eu não entendo. Eu não sei como você faz o que faz, mas não podemos chamar atenção sobre nós.

— Eu entendo — Gala disse de modo tranquilizador — Mas confie em mim, eu pensei nos aspectos positivos e negativos e sinto intensamente que vale a pena que eu vá lá. Esse tipo de evento é uma oportunidade rara e eu preciso ver por mim mesma já que é a última vez que o evento vai acontecer.

Esther balançou a cabeça, resignada.

— Discutir com você é como discutir com Blaise — ela disse, colocando o próprio xale:

— Vocês dois são impossíveis com toda sua conversa e raciocínio. Eu não sei quais são os pontos positivos e negativos, mas eu sei que é má ideia ir. Obviamente eu não posso impedir você da mesma forma que não posso impedir uma força da natureza.

Gala apenas respondeu com um sorriso, sabendo que ela havia conseguido fazer a seu modo.

Enquanto as três saíam da estalagem, Gala pensava como é que se impediria, literalmente, uma força da natureza. Ela havia lido sobre terríveis tempestades marinhas que haviam cercado Koldun e agora ela estava curiosa em saber se podiam ser detidas. A parte central era protegida dessas tempestades por uma cordilheira de montanhas em volta mas, em raras ocasiões, as tempestades ainda atravessavam as montanhas e ocasionavam muitas mortes. É claro que se as montanhas podiam deter as tempestades, um feitiço adequado — mesmo que complexo — poderia fazer o mesmo.

— Até agora tudo bem — disse Maya ao passarem por uma multidão de jovens e ninguém prestar atenção nelas — Talvez esteja certa, Gala. Apenas use o xale o tempo todo.

Gala concordou, puxando mais ainda o xale em volta de sua cabeça. Ela não gostava da sensação do tecido áspero, mas aceitava a necessidade de usá-lo. Afinal, se não fosse por suas próprias ações no mercado, ela não precisaria usar o disfarce também na estalagem.

* * *

O Coliseu era a estrutura mais majestosa que Gala já havia visto. Maya conseguiu lugares perto do fundo do enorme anfiteatro, mais perto do palco, e Gala mal podia conter sua emoção ao aproximar do início dos jogos.

No começo, houve uma batida de tambor, seguida de uma música maravilhosamente cheia de energia. Gala ficou hipnotizada. Um portão se abriu lentamente no fundo do anfiteatro e uma dúzia de barris vieram rolando com as pessoas se equilibrando em cima deles, agarradas aos barris com os pés descalços. A multidão aplaudiu e Gala observou, fascinada, enquanto os acrobatas começaram a apresentar incríveis movimentos em cima dos barris, coordenando suas ações com precisão impressionante.

Mais artistas apareceram no portão, carregando grandes cestos com frutos que Gala reconheceu como sendo melões. Eles jogavam os melões para os acrobatas e os artistas pegavam os melões e faziam malabarismo com eles, tudo isso enquanto se moviam em círculos precisos em torno da arena.

Olhando para o intrincado caminho de voo das frutas que eram jogadas, Gala sentiu que sua mente entrava em um estado meio ausente, meio eufórico. Ela via os padrões matemáticos exatos que regiam as trajetórias dos melões em voo, juntamente com os que eram necessárias para manter os barris equilibrados, enquanto a música e melodia tinham seu conjunto harmônico de vibrações com os quais os malabaristas estavam em sintonia. Tudo era tão impressionante que ela quase sentia como se fosse um dos acrobatas — como se ela pudesse ir até lá, subir no barril e fazer malabarismos com uma dúzia de frutas de acordo com a música.

Sorrindo, ela observava os acrobatas realizando seus truques, feliz por não ter obedecido Maya e Esther e pelo fato de estar ali, assistindo ao evento. Se ela não tivesse visto isso, tinha certeza de que se arrependeria para toda vida.

Quando surgiu o próximo ato, Gala estava rindo e se divertindo muito, como o resto do público. Para sua surpresa, em vez de pessoas, os próximos artistas eram ursos — animais selvagens sobre os quais ela havia lido nos livros de Blaise.

Dois grandes animais rolavam nos barris. Era divertido e, no início, Gala continuou a rir — até que ela viu um homem com um grosso bigode de pé no meio do palco. Ele estalava um longo chicote em volta dos ursos e sempre que ele o fazia, os animais pareciam se acovardar, reagindo ao som agudo.

Franzindo o cenho, Gala percebeu que os ursos não estavam gostando de estar ali — e, ao contrário dos acrobatas, eles não gostavam da atenção da multidão. Na verdade, pelo que ela percebia, eles só queriam sair daqueles barris idiotas e descansar, mas sempre que um deles errava, o estalar desagradável do chicote soava e os animais continuavam rolando pelo palco.

— Por que fazem esses animais fazerem aquilo? — ela sussurrou para Esther.

— Porque é divertido assistir? — Esther sussurrou de volta.

— Eu não gosto — Gala murmurou entredentes, infeliz de que os animais fossem forçados a fazer algo que claramente ia de encontro à natureza deles.

— Então vamos embora? — Maya perguntou esperançosa.

— Não — Gala balançou a cabeça — Eu quero ver o que vai acontecer.

Depois que os ursos saíram da arena, o próximo número era de um homem que engolia fogo, seguido por um grupo de jovens mulheres dançando com fantasias coloridas e reduzidas. Gala gostou disso, aliviada por não haver mais animais envolvidos no número.

E, quando ela estava quase achando que os jogos do Coliseu eram a melhor diversão que ela poderia imaginar, uma voz ecoou na arena, cortando a conversa empolgada da plateia. — Senhoras e senhores, agora é o momento que todos aguardavam.

Houve um rufar de tambor.

— Eu lhes trago... os leões!

A multidão fez silêncio, toda a atenção se concentrou no palco. Gala também esperava o que iria surgir, e uma intuição fazia com que seu estômago se contraísse de forma desagradável.

O portão se abriu de novo e uma dúzia de homens com pesadas armaduras surgiram, arrastando pesadas correntes atrás deles. No outro lado das correntes havia leões — as mais belas criaturas que Gala já havia visto.

As correntes estavam presas a coleiras enforcadoras com espigões que entravam profundamente nos pescoços dos animais. Com uma dor evidente, urrando e gritando, os leões eram forçados a andar para o meio da arena. Quando mais de uma dúzia de leões estava no centro, os homens com armaduras prenderam as correntes a ganchos no chão e saíram correndo, espetando os leões com longas lanças para impedir que os animais os atacassem. Isso pareceu enfurecer mais ainda as feras e seus urros aumentaram em volume, fazendo com que algumas mulheres da plateia dessem gritinhos de emoção.

Gala, com horror e desgosto crescente a cada instante, observou quando os portões se abriram novamente, deixando um grupo de homens entrar na arena. Diferentemente dos guardas de antes, esses homens estavam armados apenas com espadas curtas e de aparência enferrujada. Eles entraram aos tropeços na arena, muitos deles tropeçando nos próprios pés, e Gala percebeu que eles tinham sido empurrados — que eles não queriam estar lá tanto quanto os pobres leões. A expressão nos rostos dos homens era de medo e pânico.

O coração de Gala pareceu saltar até a garganta quando dois leões começaram a ir atrás de um dos homens, na arena. Ele se afastava de costas, brandindo a espada para eles, com movimentos desesperados e desastrados — e Gala percebeu que *esta* era a diversão.

Os leões e as pessoas estavam prestes a lutar até a morte.

Uma raiva mais forte do que tudo que Gala já havia sentido antes começou a crescer dentro dela. Isso tomou conta dela até tudo que ela conseguia ver, tudo em que conseguia se concentrar era na terrível cena que estava para acontecer.

— Parem — ela sussurrou, mal ciente do que estava dizendo.

Com o canto do olho, ela viu Maya e Esther olhando para ela, preocupadas, sentiu que puxavam sua manga, tentando tirá-la dali, mas era como se seus pés tivessem criado raízes. Ela estava congelada no local, incapaz de fazer nada a não ser assistir ao horrendo espetáculo lá em baixo.

Um alto rugido, então um borrão amarelo... Um leão investiu, jogando um homem ao chão, e Gala sentiu a sensação já familiar de perder o controle, de deixar que aquela outra parte desconhecida de si mesma assumisse o controle. Ela tinha vaga consciência de que algo dentro dela estava calculando a distância entre seu assento até o meio da arena — e logo ela saiu de seu lugar, flutuando até seu destino.

Tudo pareceu ficar em silêncio. Até mesmo os leões pararam de rugir, voltando a cabeça para olhar para a incrível visão de uma mulher voando nos ares. Tudo estava tão silencioso que Gala conseguia ouvir o barulho das correntes enquanto os leões se moviam para o centro da arena onde ela iria aterrissar, deixando a presa, sem olharem novamente para ela.

E, então, Gala estava entre eles, cercada pelas lindas e ferozes criaturas. Ela sabia que eles eram perigosos, mas não sentia medo. Ao invés disso, ela sentiu admiração. Sem um pensamento consciente ela estendeu a mão e tocou no incrível animal mais próximo dela. Seu pelo parecia áspero, quase eriçado, mas por baixo, o leão estava quente — tão quente quanto a própria Gala. Naquele momento, ela soube que eles eram unos — ambos de carne e osso, uma manifestação de pensamento e matéria no Reino Físico.

Tentando chegar mentalmente ao leão, ela procurou tranquilizá-lo, dizer a ele que ela era amiga, que estava ali para ajudá-los. E o leão pareceu entender. Ronronando, a fera se deitou diante dela, com seus longos bigodes agradavelmente fazendo cócegas em seus tornozelos.

Abaixando-se, Gala tocou o estrangulador no pescoço do leão. O animal gemeu e ela afastou as correntes e removeu o enforcador, desesperada para libertar a majestosa criatura. Com um clangor estridente, todos os instrumentos de tortura felina se soltaram, não apenas no leão próximo dela, mas em todos eles.

Os leões rugiram em uníssono, quando o maior deles veio até ela. Ainda estupefata e sem medo, Gala estendeu a mão para ele, sorrindo enquanto ele lambia a palma de sua mão com sua língua rubra.

Lentamente começando a se acalmar, ela se apercebeu de murmúrios na multidão. Olhando para cima, ela viu que todos a observavam — e haviam percebido o que ela tinha feito. Ela tinha perdido o controle novamente e isso tinha acontecido no evento mais público possível.

Sua mão instintivamente se ergueu para tocar no xale, mas ela sentiu que, ao contrário disso, seu cabelo voava com a brisa. Seu disfarce não estava ali, mas caído embolado no solo da arena. Devia ter caído em algum momento, sem que ela notasse.

A respiração de Gala ficou mais rápida. Milhares de olhos estavam nela naquele instante. Blaise havia pedido que ela fosse discreta e ela falhou uma e outra vez, da maneira mais espetacular. Com um mal estar crescente, Gala lançou um olhar frenético em volta. Os leões estavam calmamente ali, de pé, como uma parede de carne animal e, do outro lado da arena, estavam os homens que deviam lutar contra eles, todos amontoados juntos, observando chocados e descrentes.

E Gala sabia o que devia fazer. Sua mente foi para aquele local, dentro dela, que agora ela começava a reconhecer — o local que lhe havia permitido realizar feitiços antes. Era ainda algo bem longe de ser capaz de controlar suas habilidades, mas pelo menos agora ela reconhecia quando estava prestes a usar isso.

Como algo distante, ela sentiu que estava para fazer exatamente o que ela havia feito no outro dia, no baile. Concentrada com toda força em Esther e Maya, nos leões, Gala deixou que o desejo de estar longe tomasse conta dela. Fechando os olhos, ela desejou que tudo voltasse ao lugar que lhes servira de casa nos últimos dias.

Ela desejou que estivessem de volta à estalagem.

E quando abriu os olhos, era exatamente onde estavam — ela, os leões e as duas mulheres mais velhas.

Infelizmente, diante deles, no campo seco de trigo, havia centenas de soldados fortemente armados.

Eles iam para a estalagem e, ao verem Gala se materializando com sua estranha entourage, pararam brevemente para descansar. Seus rostos eram duros, sem expressão, e Gala logo soube que eles estavam ali para pegá-la — que o que Blaise temia havia acontecido.

Seu coração saltou e, em pânico desesperado, sua mente conseguiu fazer o que ela tinha tentado fazer, inutilmente, pelos últimos vários dias: chegar ao criador de Gala.

"Blaise, acho que fomos encontradas".

CHAPTER THIRTY-EIGHT: GALA

On the day of the Coliseum games, Gala made the decision to venture out of the inn again. Over the past three days, she had done every chore imaginable, from emptying chamber pots (at which point she truly understood the concept of disgust) to making cheese out of the milk that farmers delivered to the inn every morning. While most of the tasks were interesting in their own way—and Gala turned out to be surprisingly good at them—she was beginning to feel caged, a prisoner in the inn where Maya and Esther insisted they stay while waiting for Blaise.

"I am going to attend the games today," she told Esther, ignoring the anxious expression that immediately appeared on the old woman's face. "They say the Coliseum is closing after this, and I would like to see the games at least once."

"I don't think you'd like those games, child," Esther said, frowning. "Besides, what if someone recognizes you?"

Gala took a deep breath. "I understand and respect your concern," she said, determined to allay her guardians' fears. "I considered it thoroughly, and I think it's safe. It has been several days since the market, and nobody has recognized me thus far. The disguise you've given me is such that nobody even looks at me twice. I'm just a peasant girl working at the inn, and nobody will think anything different if I attend the games today. I'll wear the shawl to the Coliseum as well."

Esther sighed. "Child, you are obviously a very talented sorceress and you seem to be getting wiser with every hour that goes by, but Blaise wants us to stay hidden. Here at the inn, we're just a couple of old women with a young niece who's trying to earn a little coin by helping out. I worry about you in a public venue, child. Things seem to happen around you that I don't understand. I don't know how you do what you do, but we can't draw any more attention to ourselves."

"I understand," Gala said soothingly. "But trust me, I have considered all the positives and negatives, and I strongly feel that it will be worth it for me to go there. This kind of event is a rare opportunity, and I must see it for myself since it's the last time the games are taking place."

Esther shook her head in resignation. "Arguing with you is like arguing with Blaise," she muttered, putting on her own shawl. "You two are impossible with all your smooth talk and reason. I don't know what all those positives and negatives are, but I do know it's a bad idea to go. Obviously, I can't stop you any more than I can stop a force of nature."

Gala just smiled in response, knowing she'd gotten her way.

As the three of them were walking out of the inn, she wondered how one would literally stop a force of nature. She'd read about the horrible ocean storms that surrounded Koldun, and now she was curious if those could be stopped. The mainland was protected from these storms by a ridge of mountains all around, but on rare occasions, the storms still crossed the mountains and caused many deaths. Of course, if the mountains could stop the storms, a proper—if complex—spell could likely do the same.

"So far, so good," Maya said as they passed by a crowd of young people and no one paid them any attention. "Maybe you were right, Gala. Just keep your shawl on at all times."

Gala nodded, pulling the shawl tighter around her head. She didn't like the feel of the scratchy material, but she accepted the necessity of wearing it. After all, if it hadn't been for her own actions at the market, she wouldn't have needed the disguise outside the inn at all.

* * *

The Coliseum was the most majestic structure Gala had ever seen. Maya had managed to get them seats toward the bottom of the huge amphitheater, closer to the stage, and Gala could barely contain her excitement as the start of the games approached.

A drumbeat began at first, followed by some strange, wonderfully energetic music. Gala was mesmerized. A gate slowly opened at the bottom of the amphitheater, and a dozen barrels rolled out, with people balancing on top of them, gripping the barrels with their bare feet. The crowd cheered, and Gala watched in fascination as the acrobats began to perform incredible feats on top of those barrels, coordinating their actions with stunning precision.

More performers came out of the gate, carrying large baskets of fruit that Gala recognized as melons. They threw the melons at the acrobats, and the performers caught the fruit and started juggling it, all the while moving in precise circles all around the arena.

Staring at the intricate flight path of the juggled fruit, Gala felt her mind going into an unusual half-absent, half-euphoric state. She was seeing the exact mathematical patterns that governed the trajectories of the flying melons, along with ones required to keep the barrels balanced, all the while the musical beat and melody had its own harmonious set of vibrations that the jugglers were in sync with. It was so amazing she almost felt like she was one with the acrobats—like she could walk out there, ride a barrel, and juggle a dozen fruits herself to the music.

Grinning, she watched the acrobats performing their tricks, happy that she hadn't listened to Maya and Esther about attending the event. If she hadn't seen this, she was sure she would've regretted it for life.

By the time the next act came out, Gala was laughing and thoroughly enjoying herself like the rest of the crowd. To her surprise, instead of people, the next performers were bears—wild animals she'd read about in one of Blaise's books.

Two large beasts rolled out on barrels. It was amusing, and at first, Gala continued laughing—until she saw a man with a thick mustache standing in the middle of the stage. He was cracking a long whip all around the bears, and every time he did so, the animals seemed to flinch, reacting to the sharp sound.

Frowning, Gala realized that the bears didn't enjoy being there—that, unlike the acrobats, they didn't thrive on the attention of the crowd. In fact, from what she could tell, all they wanted was to get off those silly barrels and rest, but every time one of them faltered, the ugly crack of the whip sounded, and the animals continued rolling around on stage.

"Why do they make those bears do that?" she whispered to Esther.

"Because it is fun to watch?" Esther whispered back.

"I don't like it," Gala muttered under her breath, unhappy that the animals were forced to do something that clearly went against their nature.

"Should we leave then?" Maya asked hopefully.

"No." Gala shook her head. "I want to see what happens next."

After the bears left the arena, the next act was that of a man swallowing fire, followed by a group of young women dancing in skimpy, colorful costumes. Gala greatly enjoyed all of it, relieved that no more animals were involved.

And just as she was about to decide that the Coliseum games were the best entertainment she could imagine, a voice echoed throughout the arena, cutting through the excited chatter of the crowd. "Ladies and Gentlemen, now is the moment you have all been waiting for." There was a drumroll. "I give you . . . the lions!"

The crowd went silent, all their attention focused on the stage. Gala waited to see what would emerge as well, some intuition making her stomach tighten unpleasantly.

The gate opened again, and a dozen men dressed in heavy armor came out, dragging heavy chains behind them. At the other end of those chains were the lions—the most beautiful creatures Gala had ever seen.

The chains were hooked to choking collars with spikes that were digging deeply into the animals' necks. In obvious pain, roaring and screaming, the lions were forced to walk toward the middle of the arena. Once more than a dozen lions were there, the armored men attached the chains to the hooks in the ground and hurried away, poking the lions with long spears to keep the animals from attacking them. This seemed to infuriate the beasts even more, and their roars grew in volume, causing some women in the crowd to squeal in excitement.

Her horror and disgust growing with every moment, Gala watched as the gates opened yet again, letting in a group of men into the arena. Unlike the guards before, these men were armed with nothing more than a few short, rusty-looking swords. They stumbled out into the arena, several of them tripping over their own feet, and Gala realized that they had been pushed out—that they didn't want to be there any more than the poor lions. The expressions on the men's faces were those of fear and panic.

Gala's heart jumped into her throat as two lions began to stalk one of the men in the arena. He was backing away, waving his sword at them, his motions desperate and clumsy—and Gala realized that *this* was the entertainment.

The lions and the people were about to fight to the death.

A rage more powerful than anything Gala had ever felt before started building inside her. It filled her until all she could see, all she could focus on, was the terrifying scene about to unfold.

"Stop," she whispered, barely knowing what she was saying. With the corner of her eye, she could see Maya and Esther looking at her worriedly, feel them tugging at her sleeve, trying to lead her away, but it was as though her feet grew roots. She was frozen in place, unable to do anything but watch the hideous spectacle below.

A loud roar, then a blur of yellow . . . A lion pounced, tackling a man to the ground, and Gala felt the now-familiar sensation of losing control, of letting that other, unknown part of herself take over. She was vaguely aware that something inside her was calculating the distance from her seat to the middle of the arena—and then she was out of her seat, floating toward her destination.

Everything seemed to grow silent. Even the lions stopped roaring, turning their heads to watch the amazing sight of a human girl flying through the air. It was so quiet, Gala could hear the clinking of chains as the lions moved toward the center of the arena where she was about to land, leaving their prey without a second glance.

And then Gala was among them, surrounded by the beautiful, fierce creatures. She knew they could be dangerous, but she didn't feel any fear. Instead, all she felt was wonder. Without conscious thought, she reached out and touched the gorgeous animal closest to her. His fur felt rough, almost bristly, but underneath, the lion was warm—as warm as Gala herself. In that moment, she knew that they were one and the same— both flesh and bone, a manifestation of thought and matter in the Physical Realm.

Reaching out to the lion with her mind, she tried to reassure him, to tell him she was a friend, here to help them. And the lion seemed to understand. Purring, the beast lay down in front of her, his long whiskers pleasantly tickling her ankle.

Bending down, Gala touched the choker around the lion's neck. The animal whimpered, and she willed the chains and the choker removed, desperate to free the majestic creature. With a loud clang, all the instruments of feline torture came off, not just on the lion next to her but on all of them.

The lions roared as one, and then the biggest one came up to her. Still dazed and feeling no fear, Gala extended her hand to him, smiling as he licked her palm with his rough tongue.

Slowly beginning to calm down, she became aware of murmuring in the crowd. Looking up, she saw everyone watching her—and realized what she had done. She had lost control again, and she had done it in the most public venue possible.

Her hand instinctively rose to touch her shawl, but she felt her hair blowing in the breeze instead. Her disguise was gone, the shawl lying in a heap on the floor of the arena. It must've fallen off at some point without her noticing.

Gala's breathing quickened. Thousands of eyes were staring at her right now. Blaise had asked her to be discreet, and she'd failed him again and again, in the most spectacular fashion. Her discomfort growing with every moment, Gala cast a frantic glance around her. The lions were calmly standing there, like a wall of animal flesh, and at the far side of the arena were the men who were supposed to fight them, all huddling together and watching her with shock and disbelief.

And Gala knew what she had to do. Her mind went to that place inside herself that she was now beginning to recognize—the place that had enabled her to do sorcery before. It was a far cry from being able to control her abilities, but at least now she recognized when she was about to use them.

As though from a distance, she felt she was about to do exactly what she'd done the other day at the dance. Focusing with all her might on Esther, Maya, and the lions, Gala let the desire to be away overwhelm her. Closing her eyes, she willed them all back to the place that had served as home for the past several days.

She willed them back to the inn.

And when she opened her eyes, that was exactly where they were all standing—she, the lions, and the two elderly women.

Unfortunately, in front of them, on the dead field of wheat, were hundreds of heavily armed soldiers.

They were headed for the inn, and seeing Gala materializing with her strange entourage gave them only the briefest of pauses. Their faces were hard, expressionless, and Gala suddenly knew that they were there for her—that what Blaise had feared had come to pass.

Her heart jumped, and in her desperate panic, her mind succeeded in doing something she had been futilely trying to do for the past several days: it reached out to Gala's creator.

"Blaise, I think we have been found."

CAPÍTULO TRINTA E NOVE: BLAISE

Esfregando os olhos, Blaise lutou contra a exaustão para escrever mais uma linha de código. Seu cérebro mal funcionava, mas ele estava apenas a poucas horas de terminar o feitiço que o levaria a Gala através de uma série de saltos de teletransporte. Sua tarefa era complicada pelo fato de que ele possuía apenas alguns cartões de feitiços pré-escritos com o código de teletransporte, e que o código se aplicaria apenas a uma pessoa — não a uma pessoa e sua espreguiçadeira voando, conforme Blaise pretendia fazer. Isso significava que ele estava essencialmente criando o feitiço desde o início, o que sempre tomava mais tempo.

No fundo de sua mente, ele teve aquela sensação de novo, a que precedia o Contato.

"Blaise, acho que fomos encontradas".

Como se um copo de água fria tivesse sido jogado em seu rosto, Blaise saltou da cadeira, seu coração martelando. A voz havia sido a de Gala, e tinha falado claramente em sua mente. Ele ficou tão chocado que nem teve a chance de ponderar o fato de que Gala havia de alguma forma alterado o feitiço de Contato de forma que sua voz havia soado na mente dele.

Não havia mais tempo para sentar e terminar o feitiço de teletransporte. Ele tinha que chegar até Gala, e tinha que fazer isso agora.

Pegando sua Pedra Interpretadora e os cartões de feitiço nos quais ele meticulosamente trabalhava, Blaise saiu correndo de casa. Ele já havia feito o suficiente do feitiço para ser capaz de telessaltar uma boa parte do caminho até Neumanngrad. O resto do caminho ele iria voar. Seria mais rápido do que terminar o feitiço agora.

Entrando rapidamente na cadeira, Blaise alçou voo e rapidamente colocou um dos cartões na Pedra. Ele nem se preocupou em olhar para trás para ver se estava sendo seguido. Agora que havia sido encontrada, não importava mais. Tudo que lhe importava era chegar a ela o mais rápido possível.

Quando ele se materializou a algumas milhas de distância, ele olhou adiante para ver se o caminho estava desimpedido e rapidamente escreveu o próximo conjunto de coordenadas em um cartão previamente escrito. Então, ele também o colocou na Pedra.

Quando ele ficou sem cartões, ainda estava a alguma distância. Xingando, ele tentou fazer com que sua cadeira andasse mais rápido, com o sangue gelando ao pensar que Gala estava lá com apenas duas mulheres velhas para protegê-la. Ele tinha sido um tolo ao deixar que ela saísse para ver o mundo sozinha e jamais cometeria tal erro de novo. O que fosse que acontecesse em seguida, eles ficariam juntos, jurou ele para si mesmo.

À medida que se aproximava de seu destino, ele ouviu trovões e viu que nuvens pesadas se formavam. As primeiras gotas de chuva tocaram sua pele logo, rapidamente se transformando em uma chuva torrencial. Abaixo, Blaise via o chão encharcado avidamente absorvendo a água — a primeira chuva desse tipo desde que a estiagem havia começado.

Apertando os olhos, ele espiou através da parede de água, tentando ver o que estava à frente. E, à distância, ele avistou a estalagem.

O que viu o chocou até o âmago mais profundo de seu ser.

CHAPTER THIRTY-NINE: BLAISE

Rubbing his eyes, Blaise fought his exhaustion in order to write yet another line of code. His brain was barely functioning, but he was only a few hours away from completing the spell that would take him to Gala in a series of teleporting leaps. His task was complicated by the fact that he'd only had a couple of pre-written spell cards with teleportation code, and that the code would have only applied to one person—not a person and his chaise flying in the air, as Blaise was planning to do. That meant that he was essentially doing the spell from scratch, which always took much longer.

Deep in thought, he got that sensation again, the one that preceded Contact.

"Blaise, I think we have been found."

As though a glass of cold water had been thrown into his face. Blaise jumped up from his chair, his heart hammering. The voice had been Gala's, and it had spoken clearly in his head. He was so shocked he didn't even have a chance to ponder the fact that Gala had somehow altered the Contact spell enough that her actual voice had sounded in his mind.

There was no more time to sit and finish the teleportation spell. He had to get to Gala, and he had to do it now.

Grabbing his Interpreter Stone and the spell cards he had been painstakingly working on, Blaise ran out of the house. He had enough of the spell done by now that he would be able to tele-jump a good portion of the way to Neumanngrad. The rest of the way he would fly. It would be faster than finishing the spell right now.

Jumping onto his chaise, Blaise rose up into the air and quickly fed one of the cards into the Stone. He didn't even bother to look behind him to see if he was being followed. Now that Gala had been found, it didn't matter anymore. All he cared about was getting to her as quickly as possible.

When he materialized a few miles away, he looked ahead with his enhanced vision, making sure his path was clear, and quickly scribbled the next set of coordinates onto a pre-written card. Then he fed that into the Stone too.

By the time he ran out of cards, he was still a distance away. Cursing, he tried to get his chaise to go faster, his blood running cold at the thought of Gala being there with only two old women to protect her. He had been a fool to let her go see the world on her own, and he would never make that mistake again. Whatever happened next, they would be together, he mentally vowed to himself.

As he was getting closer to his destination, he heard thunder and saw large clouds forming. The first raindrops hit his skin soon thereafter, quickly turning into a torrential downpour. Below, Blaise could see the parched ground greedily absorbing the water—the first such rain since the drought had begun.

Squinting, he peered through the wall of water, trying to see what lay ahead. And in the distance, he spotted the inn.

What he saw there shook him to the very core of his being.

CAPÍTULO QUARENTA: GALA

Encurralada. Ela estava encurralada.

A palavra martelava no crânio de Gala enquanto ela olhava para os soldados que se moviam agilmente em direção a ela. Do canto dos olhos ela via Esther e Maya congeladas onde estavam, com choque e medo refletido em seus rostos pálidos. Até mesmo os leões pareciam em torpor, desorientados por terem sido teletransportados tão repentinamente de um lugar para outro.

Ela os havia tirado do Coliseu e trazido para uma situação que parecia mil vezes pior.

Fechando os olhos, Gala tentou tirar a si mesma e a seus companheiros dali, mas quando ela os abriu, ainda estava lá, de pé. Suas habilidades mágicas, jamais confiáveis, aparentemente a tinham desertado de novo. Embora ela sentisse parte de sua mente em turbulência, ela não conseguia controlá-la o bastante para teletransportá-los dessa vez.

Uma onda de pânico aguçou sua visão. Gala, repentinamente, conseguia ver tudo, desde cada pinta e cicatriz no rosto dos soldados. Em vez de uma grande formação, eles estavam organizados em pequenos grupos, cada um deles com arqueiros no meio e homens com grandes escudos nas duas mãos, em semicírculo, à frente. Eles pareciam austeros e determinados, os arqueiros já apontando suas flechas e os espadachins segurando os punhos de suas armas com força, com seus antebraços musculosos tensos com a expectativa.

Estavam prontos para o combate.

Não, Gala pensou desesperada. Ela não podia deixar aquilo acontecer. Se os soldados tinham vindo para pegá-la, então ela precisava enfrentá-los ela mesma. Ela não podia deixar que Maya, Esther ou os leões fossem envolvidos naquilo.

Tomando coragem, ela começou a andar em direção ao exército.

— Gala, espere!

Ela ouvia Esther gritando atrás dela, e apressou o passo, querendo deixar as mulheres para trás.

— Fiquem aí — ela gritou de volta, voltando a cabeça para ver que os leões a seguiam e que Maya e Esther seguiam seu caminho. Gala queria que eles parassem, voltassem, mas sua magia não estava mais sob controle assim como as emoções duplas de medo e desespero que faziam com que todo seu corpo tremesse.

Sem saber o que fazer, ela começou a correr — correndo direto para os homens armados. Era uma sensação de liberdade, de forma estranha, apenas correr o mais rápido que podia e Gala sentia que sua velocidade aumentava a cada passo, até que ela estava praticamente voando em direção ao campo de trigo, deixando seu séquito para trás.

Um dos pequenos grupos de soldados andou para frente, colocando seus escudos de forma a aguardar um ataque. Ao mesmo tempo, os arqueiros soltaram suas flechas, fazendo com que o céu escurecesse. Mesmo com a mente em turbilhão, Gala podia calcular o caminho atual de flechas fatais, a trajetória ajustada de gravidade e vento. Ela sabia que muitas flechas a atingiriam e algumas até chegariam a seus amigos.

Ainda correndo, ela sentiu uma fúria crescente que saiu dela em uma explosão de fogo e que cobriu o céu e a terra em torno dela. A chuva mortal de flechas se desintegrou, virando cinzas em questão de segundos, mas os soldados permaneceram de pé. Seus escudos emitiam um fraco brilho que, de alguma forma, protegia os homens do calor enquanto uma nuvem de cinzas se assentava de forma grandiosa no campo em chamas.

Inabalada, Gala continuava correndo. Ela se sentia impossível de ser detida, invencível e, quando o grupo de soldados se aproximou diante dela, ela não pôde parar. Em vez disso, ela foi de encontro a eles a toda velocidade, sem ao menos sentir o impacto de seus escudos de metal batendo em seu corpo.

Os escudos e os homens que os seguravam voaram pelos ares, como se fossem feitos de palha. Seus corpos aterrissaram pesadamente a vários metros de distância e ficaram lá em um monte de ossos quebrados e carne ferida.

A percepção do que havia feito atingiu Gala em uma onda terrível, rompendo qualquer loucura que houvesse tomado conta dela. Parando, ela olhou com horror para a carnificina que havia causado.

Antes que pudesse prosseguir, ela ouviu uma voz profunda e grossa dando ordens, e se virou a tempo de ver um soldado correndo para ela, com a espada erguida.

— Pare — Gala sussurrou, estendendo a mão, com a palma para fora — Por favor, pare . . .

Mas ele não parou. Em vez disso, ele veio em direção a Gala, brandindo a arma em um arco mortal.

Ela saltou para trás, escapando da lâmina por um triz.

Ele brandiu a arma de novo e ela se esquivou novamente. Seus movimentos pareciam uma estranha dança e ela o acompanhava como se dançasse com ele. Ele investiu contra seu cotovelo e ela moveu o braço para trás. Ele investiu contra o pescoço dela e ela se jogou no chão e se ergueu de novo. Ele moveu seu pé para a frente, ela moveu o dela para trás. Ele começou a se mover mais rápido, com golpes e açoites contra ela com velocidade da luz e ela sentiu que seu corpo se ajustava, reagindo à velocidade dele com uma velocidade própria e crescente. Do canto do olho ela via mais soldados se aproximando, embora ainda estivessem a alguma distância.

Nada daquilo parecia real e Gala sentia que sua mente entrava em um novo tipo de funcionamento. Agora, era como se ela estivesse se observando à distância. Em vez de apenas reagir aos movimentos do soldado, era quase como se ela predissesse o que ele faria, com base em movimentos sutis de seus músculos e alterações diminutas em suas expressões faciais.

Ainda em sua dança mortal, ela sentiu que alguém se aproximava pelas suas costas. Era flagrante na dilatação das pupilas de seu oponente e num lampejo do reflexo de seus olhos. E, enquanto o outro soldado tentava golpeá-la, ela se abaixou a tempo de sentir que a espada zunia no ar onde sua cabeça estivera há poucos segundos.

Agora, ela lutava contra dois atacantes, mas isso não parecia importar. Ela ainda era capaz de se esquivar de suas espadas. Um golpe em seu braço e outro em sua coxa, e seu corpo se contorceu de uma forma que ela jamais havia se dobrado antes. Foi inconfortável durante um momento, mas eficaz — as espadas dos soldados erraram de novo.

Foi quando ela ouviu o primeiro rugido e um grito. Um leão tinha saltado sobre os soldados e ela sentiu sua agonia quando um soldado furou a pata dele. Ao mesmo tempo, ela ouviu o grito de dor do soldado cujo pescoço havia sido arrancado pelos dentes afiados do leão.

E mais um soldado se uniu aos oponentes de Gala. Agora, ela estava lutando contra três, mas ela aprendia seus movimentos e a dança se tornava mais fácil e não mais difícil. Parecia que ela conseguia se mover como eles, só que melhor e mais rápido. Com mais eficiência.

Mais leões saltaram sobre os soldados. Sem mesmo saber como, Gala sentia os movimentos dos animais. Era como se um estranho elo tivesse se formando entre ela e as feras, e, repentinamente, de forma impossível, alguma parte do cérebro de Gala parecia estar corrigindo os movimentos dos leões, fazendo com que eles se esquivassem das espadas dos soldados, assim como Gala se esquivava dos ataques que lhe eram dirigidos. Ao mesmo tempo, ela mantinha os leões contidos, evitando que rasgassem a pele dos soldados, como os animais tinham ânsia de fazer.

Cheios de sede de sangue, os leões lutavam contra seu controle e ela sentia que a ligação entre eles estava enfraquecendo, à medida que mais soldados entravam na luta. Ela agora se esquivava de cinco atacantes ao mesmo tempo. Uma espada atingiu um dos leões, cortando brutalmente as costas do animal e Gala sentiu uma fúria renovada — só que ela não sabia se era dela mesma ou do leão.

E, naquele momento, ela ouviu Maya e Esther gritando de medo.

Sua mente explodiu num surto de raiva.

Gala havia terminado com a mera defesa.

Quando o próximo soldado fez um movimento, ela pegou a espada dele, arrancando-a de sua mão com um movimento ágil e enterrando-a em seu peito. Retirando a espada, ela se esquivou do golpe de um segundo atacante e a espada em sua mão foi em direção ao pescoço dele. Ela sincronizou seus movimentos fatais de tal forma que, quando se esquivou do golpe do terceiro atacante, seu braço com a espada seguiu adiante, cortando o ombro de seu companheiro. E antes que o soldado ferido pudesse gritar, Gala pegou a espada dele ao cair, brandindo ambas as armas em um arco fatal.

Dois corpos sem cabeça caíram ao chão, enquanto Gala permanecia de pé, sua mente ainda anuviada pela fúria incandescente. Em algum lugar por perto havia um leão em convulsões de morte e sua agonia a enlouquecia ainda mais.

Mais soldados atacavam e as espadas de Gala os cortavam com precisão brutal. Ela não controlava, conscientemente, como suas mãos e seu corpo se moviam, em vez disso, era quase como se ela fosse outra pessoa. Parada, investida, corte, esquiva — tudo isso misturado enquanto ela lutava para chegar ao animal cuja dor ela sentia. Os homens caíam a seu redor, como moscas e o solo se tornava rubro de sangue.

Então quatro soldados grandes surgiram diante dela movendo-se com uma velocidade como nada que ela já houvesse visto antes.

O maior deles tinha um pingente em volta do pescoço.

CHAPTER FORTY: GALA

Cornered. They were cornered.

The word hammered inside Gala's skull as she stared at the soldiers moving swiftly toward her. Out of the corner of her eye, she could see Esther and Maya frozen in place, shock and fear reflected on their pale faces. Even the lions seemed dazed, disoriented by being teleported so suddenly from place to place.

She had gotten them out of the Coliseum and brought them into a situation that seemed a thousand times worse.

Closing her eyes, Gala tried to will herself and her companions away, but when she opened them, she was still standing there. Her magical abilities, never reliable, had apparently deserted her again. Though she felt that part of her mind churning, she couldn't control it enough to teleport them this time.

A surge of panic sharpened her vision. Gala could suddenly see everything, right down to each mole and scar on the soldiers' faces. Instead of one big formation, they were organized into small groups, each one with archers in the middle and men with large two-handed shields standing in a semi-circle at the front. They looked grim and determined, the archers already drawing their arrows and the swordsmen holding the hilts of their weapons tightly, their muscular forearms tense in anticipation.

They were ready for battle.

No, Gala thought in desperation. She couldn't let this happen. If the soldiers were there for her, then she needed to face them herself. She couldn't allow Maya, Esther, or the lions to get pulled into this.

Gathering her courage, she began walking toward the army.

"Gala, wait!"

She could hear Esther yelling behind her, and she picked up the pace, wanting to leave the old women far behind. "Stay there," she yelled back, turning her head to see the lions following her and Maya and Esther trailing in their wake. Gala willed them to stop, to turn back, but her magic was no more in her control than the dual emotions of fear and desperation that made her whole body shake.

Not knowing what else to do, she began running—running straight at the armed men. It felt liberating in a strange way, to just run as fast as she could, and Gala felt her speed picking up with each step until she was almost flying toward the wheat field, leaving her entourage far behind.

One of the small groups of soldiers stepped forward, putting up their shields as though expecting an attack. At the same time, the archers released their arrows, turning the sky black. Even with her mind in turmoil, Gala could estimate the current path of the deadly sticks, could calculate the trajectory adjusted for gravity and wind. She could tell that many arrows would hit her and a few would even reach her friends.

Still running, she felt a growing fury. It exploded out of her in a blast of fire that covered the sky and the ground all around her. The deadly hail of arrows disintegrated, turning to ash in a matter of seconds, but the soldiers remained standing. Their shields were emitting a faint glow that somehow protected the men from the heat as a cloud of ash settled magnificently over the burning field.

Unfazed, Gala kept running. She felt unstoppable, invincible, and when the group of soldiers loomed in front of her, she couldn't slow down. Instead she slammed into them at full speed, not even feeling the impact of the metal shields hitting her body.

The shields and the men holding them flew into the air, as though they were made of straw. Their bodies landed heavily several yards away and lay there in a heap of broken bones and bruised flesh.

The realization of what she had done washed over Gala in a terrible wave, breaking through whatever madness had her in its grip. Stopping in her tracks, she stared in horror at the carnage she had caused.

Before she could begin to process it all, she heard a deep, harsh voice barking out orders, and she turned just in time to see a soldier running at her, his sword raised.

"Stop," Gala whispered, holding out her hand, palm out. "Please stop . . ."

But he didn't. Instead, he came at Gala, his weapon swinging in a deadly arc.

She jumped back, missing the blade by a hair.

He swung again, and she dodged this, too. His movements were like a strange dance, and she matched him as she would a dancing partner. He swung at her elbow, and she moved back her arm; he swung at her neck, and she dropped down to the ground before springing up again. He moved his foot forward; she moved hers back. He started moving faster, stabbing and slashing at her with lightning speed, and she felt her body adjusting, responding to his speed with increasing quickness of her own. Out of the corner of her eye, she could see more soldiers approaching, though they were still a distance away.

It didn't seem real, any of it, and Gala could feel her mind going into a new kind of mode. Now it was as though she was watching herself from a distance. Rather than just reacting to the soldier's movements, it was almost like she was predicting what he would do based on the subtle movements of his muscles and minute changes in his facial expressions.

Still caught up in her deadly dance, she sensed someone approaching her from the back. It was there in the dilation of her opponent's pupils and a flash of reflection in his eyes. And just as the other soldier took a swing at her, she bent in time to feel the sword swishing through the air where her head had been just a second ago.

Now she was up against two attackers, but it didn't seem to matter. She was still able to dodge their swords. One swung at her arm and the other at her thigh, and her body contorted in a way she'd never had it bend before. It was uncomfortable for a moment, but effective—the soldiers' swords missed her again.

That was when she heard the first growl and a scream. A lion jumped at the soldiers, and she felt its agony as some soldier's sword pierced its paw. At the same time, she heard the pained cry of the soldier whose throat got ripped out by the lion's sharp teeth.

Yet another soldier joined Gala's opponents. Now she was up against three, but she was learning their movements and the dance was becoming easier, not harder. It seemed like she could move like them, only better and faster. More efficient.

More lions pounced at the soldiers. Without even knowing how, Gala could feel the animals' movements. It was as though a strange link was forming between her and the beasts, and suddenly, impossibly, some part of Gala's brain seemed to be correcting the lions' movements, making them dodge the soldiers' swords just as Gala was dodging the attacks that came her way. At the same time, she was keeping the lions contained, preventing them from tearing at the soldiers' flesh as the animals hungered to do.

Filled with bloodlust, the lions fought her control, and she felt the link between them weakening as more soldiers joined in the fight. She was now dodging five attacks at once. A sword reached one of the lions, brutally slicing through its back, and Gala felt renewed fury—only she couldn't tell if it was her own or the lion's.

And at that moment, she heard Maya and Esther screaming in fear.

Her mind exploded with rage.

Gala was through with mere defense.

As the next soldier made his move, she grabbed his sword, wrenching it out of his hand with one swift motion and burying it in his chest. Pulling it out, she dodged the swing of her second attacker, and the sword in her hand went for his throat. She synchronized her deadly movements in such a way that when she dodged the third attacker's blow, his sword arm continued on, slicing open the shoulder of his comrade. And before the wounded soldier could even scream, Gala caught his falling sword, swinging both weapons in a fatal arc.

Two headless bodies fell to the ground as Gala remained standing, her mind still clouded by white-hot fury. Somewhere out there was a lion in its death throes, its agony maddening her further.

More soldiers attacked, and Gala's swords sliced through them with brutal precision. She didn't consciously control how her hands and body were moving; instead, it was almost as if she was someone else. Parry, thrust, slice, dodge—everything blended together as she fought to get to the animal whose pain she could feel. Men fell all around her, dropping like flies, and the ground turned red with blood.

Then four large soldiers loomed in front of her, moving with a speed unlike anyone else she had encountered thus far.

The biggest of them had a pendant around his neck.

CAPÍTULO QUARENTA E UM: BARSON

Nada estava saindo segundo os planos. Barson observava incrédulo enquanto a bela jovem abria caminho por seus homens, lutando com força e habilidades sobre-humanas.

Quando ele a viu surgir do nada com seus estranhos companheiros, ele percebeu que os rumores eram verdadeiros — que ela era realmente uma poderosa feiticeira. Teletransportar tantos era um feito que poucos, se é que algum membro do Conselho já conseguira realizar. Como uma jovem da qual nunca ouvira falar tinha conseguido tal feito?

Por um momento, ele havia hesitado, se perguntando se estaria fazendo a coisa certa. Destruir algo tão lindo seria uma pena, mas ela havia feito uma promessa a Augusta — e ele precisava da amante do seu lado. Chegando a uma decisão, ele ordenou que seus homens atacassem.

Eles já estavam preparados para um tipo diferente de batalha. Nenhum exército havia se defrontado com uma feiticeira, dessa forma, desde o tempo da Revolução. É claro que naquela época ninguém havia desenvolvido a estratégia que ele estava prestes a testar.

Ao invés de se unirem todos, ele havia ordenado que seus soldados se separassem em pequenos grupos para minimizar as chances de um feitiço em especial agir sobre todos eles. Ele jamais esqueceria a facilidade com que Augusta havia dizimado o exército dos camponeses, e ele não queria que seus homens tivessem a mesma sorte. Ao contrário daqueles pobres coitados, seu exército tinha a proteção de feitiços elementares e instruções detalhadas de como lidar com movimentos incomuns da terra. Assim, quando a garota lançou o feitiço de fogo mais poderoso que ele já vira, seus homens tinham ficado incólumes.

O que ele não contava era se deparar com um espadachim hábil. Porque a garota tinha que ser isso, apesar de sua aparência delicada. Ela lutava como um homem possuído, como um demônio de antigos contos de fadas, com uma habilidade e agilidade que possivelmente superavam as dele — uma habilidade que aumentava a cada instante. Como ela aprendia tão depressa? O que ela era? Havia uma precisão calculada em seus movimentos graciosos que parecia quase . . . não humana.

Ele notou apenas uma fraqueza. Ela parecia distraída quando os leões ou as mulheres mais velhas estavam em perigo. E, por mais repugnante que fosse, Barson sabia que era o que ele tinha que fazer.

Dando ordem para atear fogo às feras, ele seguiu em frente, decisivamente, com seus melhores homens.

Ela os enfrentou sem sinal de medo. Em poucos instantes, Barson e seus homens estavam lutando por suas vidas. A garota estava com duas espadas nas mãos, investindo a qualquer sinal de abertura, parando cada golpe que vinha em sua direção. O pior de tudo, no entanto, era que ela se adaptava a cada golpe, tornando-se mais veloz e mais eficiente à medida que a luta prosseguia. Se não corresse perigo de morrer, Barson daria tudo para estudar a técnica dela — porque a essa altura, ela era a perfeição em pessoa, uma virtuosa com a espada, cada movimento imbuído de um propósito fatal.

O primeiro sangue nesse confronto frenético veio de um golpe no ombro de Kiam. Um minuto após, Larn estava sangrando na coxa. Furioso, Barson colocou toda sua força em um ataque final e desesperado — e então ele sentiu o odor acre de pelo de leão queimado.

A garota estremeceu, perdeu sua concentração e Barson finalmente viu uma abertura na defesa dela. Com uma estocada rápida, a espada dele abriu um corte na barriga dela, criando um ferimento profundo e com jorro.

Ela gritou, soltando as armas e agarrando a barriga com força.

Barson e seus homens se prepararam para matá-la.

CHAPTER FORTY-ONE: BARSON

Nothing was going according to plan. Barson watched incredulously as the beautiful young woman hacked her way through his men, fighting with superhuman strength and skill.

When he had first seen her appear out of thin air with her strange companions, he had known that the rumors were true—that she was a powerful sorceress indeed. Teleporting so many was an achievement that few, if any, members of the Council could match. How had a young woman he'd never heard of before managed such a feat?

For a moment, he'd hesitated, wondering if he was doing the right thing. To destroy something so beautiful would be a shame, yet he'd made a promise to Augusta—and he needed his lover on his side. Coming to a decision, he had ordered his men to attack.

They were already prepared for a different kind of battle; no army had met a sorcerer this way since the time of the Revolution. Of course, back then, nobody had developed the strategy he was about to test.

Instead of clustering together, he had his soldiers separate into small groups to minimize the chances of any one particular spell working on them all. He would never forget how easily Augusta had decimated the peasants' army, and he had no intention of letting his men meet the same fate. Unlike those poor souls, his army had protection from elemental spells and detailed instructions on how to handle unusual movements of the earth. Thus, when the girl had unleashed the most powerful fire spell he had ever seen, they had been spared.

What he had not counted on was encountering a master swordsman. Because that's what the girl had to be, despite her delicate appearance.

She fought like a man possessed, like a demon of old fairy tales, with a skill and agility that possibly superseded his own—a skill that increased with every moment that passed. How was she learning so fast? What was she? There was a kind of calculated precision to her graceful movements that seemed almost . . . inhuman.

He noticed only one weakness. She seemed to get distracted when the lions and the old women were in danger. And as distasteful as it was, Barson knew what he had to do.

Giving the order to set the beasts on fire, he moved forward decisively with his best men.

She met them without even a hint of fear. Within moments, Barson and his men were fighting for their lives. The girl was working two swords in her hands, thrusting at any hint of an opening, parrying every blow that came her way. The worst thing of all, however, was that she was adapting with every strike, getting faster and more efficient as the fight went on. If he hadn't been in mortal danger, Barson would have given anything to study her technique—because at this point, she was perfection itself, a virtuoso with a blade, her every move imbued with deadly purpose.

The first blood in this frantic confrontation came from a strike at Kiam's shoulder. A minute later, Larn was bleeding from his thigh. Furious, Barson put all his strength into a last desperate assault—and then he smelled the acrid odor of burning lion fur.

The girl shuddered, her concentration broken, and Barson finally saw an opening in her defense. One quick lunge, and his sword sliced open her belly, leaving behind a deep, gushing wound.

She screamed, dropping her weapons and clutching at her stomach.

Barson and his men moved in for the kill.

CAPÍTULO QUARENTA E DOIS: GALA

Gala havia sentido dor antes, mas nada a havia preparado para isso.

A agonia era debilitante. O homem com o pingente — o homem que parecia lutar como nenhum outro — havia feito um corte nela.

Agarrando sua barriga, ela podia sentir o fluir cálido de sangue através dos dedos, e, pela primeira vez, ela foi assolada pela percepção de que ela poderia deixar de existir.

Não. Gala não podia, não aceitaria aquela possibilidade.

O tempo pareceu ficar mais lento. À distância, ela ouvia os leões rugindo e sentia a dor de seu corpo queimado. Ela também via as lâminas dos soldados movendo-se lentamente em direção a ela, pronto para acabar com a vida dela.

Naquele breve momento de tempo, um milhão de pensamentos passaram por sua mente. A dor em sua carne ferida era terrível e a percepção que ela havia ferido os soldados da mesma maneira aumentava esse turbilhão. Será que ela morreria agora. Ela podia morrer? Até agora, seu corpo não havia se comportado como o de uma mulher normal, mas precisava estar ligado a algumas regras que estavam, de alguma forma, baseadas em como os corpos humanos funcionavam. Ela se cansava, ela comia e até dormia. Ela sentia medo e alegria, sentia calor e frio. Será que ela morreria se aquelas espadas que se moviam lentamente chegassem a seu corpo?

Não, Gala decidiu. Ela não podia arriscar deixar que aquilo ocorresse. Ela não ia deixar que a matassem. Ela amava demais existir. Ela tinha muito que ver, que vivenciar. Ela queria ver Blaise novamente, sentir seus beijos.

Ela também tinha que salvar os leões, Esther e Maya.

Quando as espadas de quatro soldados estavam para furar sua pele, ela usou de toda sua energia em um último golpe desesperado. Concentrando sua fúria nas lâminas de metal que haviam causado tanta dor, ela desejou que elas se fossem, com toda sua força.

E seja qual for o feitiço que ela tenha usado, isso começou a acontecer. Gala sentiu uma explosão de agonia como jamais havia sentido. Os leões rugiram e ela sentiu a dor e o sofrimento *deles*, os gritos dos soldados acrescentando ao caos.

Através da névoa que obscurecia sua mente, ela entendeu o que tinha acontecido. Ela tinha feito com que todas as espadas do campo explodissem, criando fragmentos mortais de metal que penetravam e em cada pedaço de pele exposta. Ninguém havia escapado ileso — nem os soldados, nem os leões e nem mesmo a própria Gala. Somente Maya e Esther estavam suficientemente afastadas para ficarem em segurança. Ali, no campo, os resquícios da relva em combustão estavam cobertos de sangue.

Estupefata, Gala olhou para os fragmentos de metal que saíam de seu corpo. De alguma forma, vê-los piorava a dor. Caindo de joelhos, ela jogou a cabeça para trás com um grito de agonia. Como se atendendo à sua agonia, os fragmentos de metal saíram de seu corpo, ficando por um momento no ar antes de caírem no chão. À sua volta, a mesma coisa acontecia aos soldados e aos leões.

No entanto, a dor não melhorava. Com a visão embaçada, Gala lutava para se manter de pé. Tudo que ela queria agora era sair dali, ir voando embora daquele terrível campo de matança antes que alguém se recuperasse o bastante para atacá-la de novo. E foi quando ela sentiu seu corpo lentamente flutuando, erguendo-se do chão.

Mãos fortes pegaram sua perna enquanto ela se erguia no ar e Gala viu o soldado com o pingente — o que a havia ferido — segurando-a com uma determinação inflexível. O rosto dele e sua armadura estavam cobertos de sangue, mas isso não parecia impedi-lo. Ela estava fraca demais para afastá-lo e os dois flutuaram juntos, erguendo-se lentamente no ar.

Abaixo, Gala podia ver o campo de batalha. Estava repleto de corpos e encharcado de sangue. Ela tinha feito aquilo. Ela havia causado toda aquela dor e sofrimento. A percepção disso era pior que a agonia que assolava seu corpo.

Erguendo as mãos para o céu, Gala observou a vastidão azul brilhante. Um som saiu de sua garganta, um som que se transformou em outra coisa. Ela não suportava a sensação de sangue em suas mãos. Ela precisava lavar aquele pesadelo.

Ela começou a chorar. Os soluços saíam de sua garganta e lágrimas desciam pelo seu rosto, seu corpo todo tremendo à medida que se erguia cada vez mais alto do chão. As mãos do soldado apertaram a perna dela, seus dedos brutalmente cravando em sua pele, mas ela nem ligava para isso, consumida demais por seu próprio horror e arrependimento cheio de amargura.

Um lampejo de luz brilhante ofuscou a visão dela. Foi seguido por um barulho explosivo e um céu que se escureceu rapidamente. Apareceram nuvens cobrindo o sol e o vento aumentou. Outro lampejo de luz, outro barulho explosivo e Gala se deu conta de que eram raios e trovões. Uma tempestade se armava, um fenômeno atmosférico sobre o qual ela apenas havia lido.

O céu se abriu e a chuva começou, com pingos grossos caindo sobre Gala, ensopando sua pele. A umidade fria era boa em sua pele superaquecida, lavando o sangue e a sujeira.

A chuva também parecia revigorar o enorme soldado agarrado à sua perna. Ele soltou uma das mãos e puxou uma adaga de algum lugar, segurando-a contra a coxa dela.

— Leve-nos para baixo — ele ordenou rispidamente — Agora.

Gala tentou chutá-lo, mas a adaga penetrou em sua pele e ela viu a intenção assassina no rosto do homem. Ele estava disposto a fazer com que descessem a qualquer custo — mesmo que fazer isso significasse perder a própria vida.

Com o corpo ainda consumido por uma dor insuportável, Gala instintivamente se concentrou na tempestade, sentindo fúria profundamente em seus ossos.

De repente, houve um outro lampejo de luz e uma explosão de dor. Voaram fagulhas e Gala percebeu que um raio havia atingido a adaga do homem e sua força percorrera os dois corpos. O aperto da mão do soldado na perna dela afrouxou e ele mergulhou em direção ao solo abaixo.

Chocada e pasma, Gala continuou a flutuar por um instante antes que encontrasse força para se concentrar em outra coisa que não fosse a dor. Lembrando-se da ladra que ela havia curado, ela tentou recordar a forma como ela havia feito — a paz que havia permeado cada fibra de seu ser. E então ela começou a sentir isso de novo, a sensação cálida que começava dentro dela e que se irradiava para fora através de seus braços estendidos, se intensificando a cada momento, a dor se transformando em prazer, em uma sensação de calor, luz e felicidade.

Ela queria congelar esse momento e sentir esse bem estar para sempre.

Através da névoa do prazer ela sentiu lentamente a inconsciência se infiltrar e ela não pôde mais lutar.

Ela seria tomada por um sonho agradável, Gala pensou e apagou.

CHAPTER FORTY-TWO: GALA

Gala had experienced pain before, but nothing had prepared her for this.

The agony was debilitating. The man with the pendant—the man who seemed to fight like no other—had sliced her open.

Clutching her stomach, she could feel the warm flow of blood trickling through her fingers, and for the first time, she was struck by the realization that she could actually cease to exist.

No. Gala could not, would not accept that possibility.

Time seemed to slow. In the distance, she could hear the lions roaring and feel the pain of their burning flesh. She could also see the soldiers' blades moving ever so slowly toward her, ready to end her life.

In that brief moment of time, a million thoughts ran through her mind. The pain in her wounded flesh was terrible, and the realization that she'd hurt the soldiers in a similar way added to her turmoil. Would she die now? Could she die? Thus far, her body did not behave as that of a regular woman, but it still had to be bound by some rules that were at least somewhat based on how human bodies worked. She got tired; she ate and slept. She got scared and happy, felt heat and cold. Would she be killed if those swords that were moving ever so slowly reached her body?

No, Gala decided. She could not risk letting that happen; she could not let them kill her. She loved existing too much. She had too much to see, to experience. She wanted to see Blaise again, to feel his kisses.

She also had the lions, Esther, and Maya to save.

Just as the swords of the four soldiers were about to pierce her flesh, she put all her energy into one last desperate blast. Focusing all her fury on the metal blades that had caused so much pain, she willed them gone with all her might.

And as whatever spell she thus unleashed started working, Gala felt a burst of agony unlike anything she'd known before. The lions roared, and she felt *their* pain and suffering, the screams of the soldiers adding to the chaos.

Through the haze clouding her mind, she understood what happened. She'd made all the swords on the field explode, driving deadly shards of metal through the soldiers' armor and into every bit of exposed flesh. Nobody had escaped unscathed—not the soldiers, not the lions, and not even Gala herself. Only Maya and Esther were sufficiently far away to be safe. Here on the field, the smoldering remnants of grass were covered with blood.

Dazed, Gala stared at the metal shards sticking out of her body. Somehow, seeing them made the pain worse. Falling to her knees, she threw back her head with an agonized scream. As though responding to her agony, the shards of metal came out of her body, hanging for a moment in the air before falling to the ground. All around her, the same thing was happening to the soldiers and the lions.

It didn't help the pain, however. Her vision blurring, Gala struggled to her feet. All she wanted to do now was get away, rise above this terrible field of slaughter before anyone recovered enough to attack her again. And that was when she felt her body slowly floating up from the ground.

Strong hands grabbed her leg as she was rising into the air, and Gala saw the soldier with the pendant—the one who'd wounded her—holding on to her with grim determination. His face and armor were covered in blood, but that didn't seem to stop him. She was far too weak to shake him off, and they floated up together, rising slowly into the air.

Below, Gala could see the battlefield. It was littered with bodies and soaked with blood. She had done this; she had caused all this pain and suffering. The realization was worse than the agony wracking her body.

Lifting her hands up to the sky, Gala watched the bright blue expanse. A sound escaped her throat, a sound that turned into something else. She couldn't stand the feel of blood on her hands; she needed to wash this nightmare away.

She began to cry. Sobs escaped her throat and tears ran down her face, her entire body shaking as it rose higher and higher above the ground. The soldier's hands tightened on her leg, his fingers brutally digging into her skin, but she couldn't bring herself to care, too consumed by her own horror and bitter regret.

A flash of bright light shocked her vision. It was followed by a loud boom and a rapidly darkening sky. Clouds appeared, veiling the sun, and the wind picked up. Another flash of light, another boom, and Gala realized that it was lightning and thunder. A storm was gathering, a weather phenomenon she'd only read about before.

The skies opened and the rain began, huge drops falling on Gala, soaking her to the skin. The cold wetness felt good on her overheated skin, washing away the blood and grime.

The rain also seemed to reinvigorate the big soldier hanging on to her leg. He let go with one hand and pulled out a dagger from somewhere, holding it against her thigh.

"Take us down," he ordered harshly. "Right now."

Gala tried to kick at him, but the dagger dug into her skin, and she could see the murderous intent on the man's face. He was determined to bring them down at any cost—even if doing so meant losing his own life.

Her body still gripped by unbearable pain, Gala instinctively reached out to the storm, feeling its fury deep in her bones.

Suddenly, there was another flash of light and an explosion of pain. Sparks flew, and Gala realized that a lightning bolt had struck the man's dagger, its force traveling into both of their bodies. The soldier's grip on her leg loosened . . . and he plummeted to the ground below.

Shocked and dazed, Gala continued floating for a moment before she found the strength to focus on something other than the pain. Remembering the thief she had healed, she tried to recall the way she felt then—the peace that had permeated every fiber of her being. And then she began to feel it again, the warm sensation that started deep inside her and radiated outward through her outstretched arms, intensifying with every moment that passed, the pain melding into pleasure, into a sense of warmth, light, and happiness.

She wanted to freeze this moment and feel this good forever.

Through the fog of pleasure, she felt unconsciousness slowly creeping in, and she could not fight it anymore.

She would fall into a pleasant dream, Gala thought, and blanked out.

CAPÍTULO QUARENTA E TRÊS: AUGUSTA

Saindo da reunião do Conselho, Augusta se apressou em ir para seus aposentos, andando o mais rápido possível sem chegar a correr. Geralmente, as reuniões do Conselho estavam longe de ser sua atividade favorita, mas a de hoje tinha sido especialmente intolerável. Jandison havia se queixado sem parar e além disso, Augusta estivera lá sentada pensando no fato de que, naquele instante, Barson provavelmente estava se livrando da abominação de Blaise.

Ela não temia exatamente por ele. Seu amante tinha uma força enorme a ser enfrentada em um campo de batalha e ela havia usado muitos feitiços protetores para ajudá-lo em sua tarefa. Na verdade, ela estava ansiosa para ver a criatura destruída, permanentemente exterminada. Nas últimas duas noites, ela havia tido pesadelos, sonhos de aquela coisa se tornar mais poderosa e de o chão se tornar vermelho da carnificina que causava. Ela sabia que os sonhos eram apenas produto de seu inconsciente lidando com a situação mas, mesmo assim, eram perturbadores.

Era bom ficar sabendo que a questão havia sido resolvida.

Entrando em seus aposentos, Augusta se dirigiu para o espelho que mostraria a batalha através do pingente de Barson. Sentando-se diante dele, ela retirou sua capa.

A imagem diante dela era de uma batalha em andamento. Augusta observou com uma sensação de gratificação quando a criatura havia usado, sem êxito, um feitiço de fogo contra o exército de Barson. As defesas de Augusta tinham protegido, como ela sabia que o fariam.

No entanto, à medida que a batalha continuava, Augusta foi ficando cada vez mais ansiosa. A coisa movia seu corpo de forma não natural, aprendendo a lutar com a espada com uma velocidade que não era humana. Augusta não conhecia qualquer feitiço que permitisse que alguém lutasse daquele jeito.

Logo a batalha se tornou um massacre. A criatura matava com terrível precisão repetidamente até que tudo que Augusta conseguia ver era sangue e morte. O fato de a monstruosidade se manifestar como uma jovem mulher delicada tornava a cena muito mais macabra.

Quando Barson começou a se mover em direção à criatura, Augusta sentiu seu estômago paralisar.

— Não, não — ela sussurrou para o espelho, começando a perceber o quanto ela havia subestimado aquele ser não natural.

E então, Barson conseguiu ferir a coisa. Augusta saltou, gritando triunfante — até que ela viu a criatura realizar uma magia mais destrutiva ainda. Sem se preocupar com sua própria segurança, ela fez com que todas as espadas se partissem em pedaços, enviando os pedaços mortais de metal voando por toda parte.

— Barson, pare! — Augusta gritou enquanto seu amante — sangrando, mas vivo — se agarrou na coisa, flutuando em voo com ela.

— Solte-a! Por favor, solte-a!

Ele não podia ouvi-la, é claro, e Augusta observava horrorizada e chocada enquanto a tempestade começava e um raio atravessava o corpo de Barson. Seu feitiço elementar de proteção havia abafado o efeito total do raio, mas a dor deve ter sido insuportável, mesmo para Barson. As mãos dele se soltaram e ele começou a cair para a morte.

Alguns segundos depois, a imagem no espelho se partiu em dezenas de peças e escureceu.

Soltando um grito de ódio angustiado, Augusta bateu no espelho, repetidamente, até que suas mãos sangrassem e o espelho caísse em pedaços no chão.

Soluçando, ela caiu de joelhos.

Ela havia feito aquilo. Ela havia ocasionado a morte de seu amante. Se ela tivesse ido diretamente ao Conselho assim que tivesse sabido sobre a criatura, nada disso teria acontecido e Barson ainda estaria vivo. Com lamentos de agonia, Augusta se balançava para frente e para trás.

Ela havia deixado que seus sentimentos por Blaise confundissem seu juízo, mas ela não cometeria esse erro novamente. Blaise agora estava morto para ela — tão morto quando a sua criatura ficaria quando o poder pleno dos feiticeiros de Koldun fossem desencadeados sobre ela.

A coisa era má e o mal tinha que ser detido a qualquer custo.

CHAPTER FORTY-THREE: AUGUSTA

Exiting the Council meeting, Augusta hurried to her room, walking as fast as she could without actually running. During the best of times, Council meetings were far from her favorite activity, but the one today had been particularly intolerable. Jandison had yammered on and on, and all the while Augusta had been sitting there thinking about the fact that, at that very moment, Barson was probably getting rid of Blaise's abomination.

She wasn't afraid for him, exactly. Her lover was a force to be reckoned with on a battlefield, and she had used plenty of protective spells to aid him in his task. It was more that she was anxious to see the creature destroyed, permanently wiped out of existence. For the past two nights, she'd had nightmares, dreams of that thing growing more powerful and the ground turning red with blood from the carnage that it caused. She knew the dreams were just a product of her subconscious mind dwelling on the situation, but they were disturbing nonetheless.

It would be good to know that the issue was taken care of.

Walking into her quarters, Augusta headed straight to the mirror that would show her the battle through Barson's pendant. Sitting down in front of it, she took off the cover.

The image in front of her was that of a battle in progress. Augusta watched with a sense of gratification as the creature unsuccessfully used a fire spell against Barson's army. Augusta's defenses held, as she'd known they would.

However, as the battle continued, Augusta grew increasingly anxious. The thing was moving its body in unnatural ways, learning sword fighting with inhuman speed. Augusta knew of no sorcery that could allow someone to fight like that.

Soon, the battle became a massacre. The creature killed with horrible precision again and again, until all Augusta could see was blood and death. The fact that the monstrosity manifested itself in the form of a delicate young woman made the scene that much more macabre.

As Barson began moving toward the creature, Augusta felt her stomach drop. "No, don't," she whispered at the mirror, beginning to realize how much she'd underestimated this unnatural being.

And then Barson succeeded in wounding it. Augusta jumped up, yelling in triumph—until she saw the creature perform its most destructive magic yet. Disregarding its own safety, it made all the swords shatter to bits, sending deadly pieces of metal flying everywhere.

"Barson, stop!" Augusta screamed as her lover—bleeding, but alive— grabbed on to the thing, floating upward with it. "Let go! Please, let go!"

He couldn't hear her, of course, and Augusta watched in horrified shock as the storm began and a lightning bolt speared through Barson's body. Her elemental protection spell had likely dampened the full effect of the strike, but the pain must've been unbearable, even for Barson. His hands unclasped, and he began falling to his death.

A few seconds later, the image in the mirror broke into a dozen pieces and went dark.

Letting out a scream of agonized rage, Augusta hit the mirror, over and over, until her hands were bleeding and the mirror lay shattered on the floor.

Sobbing, she sank to her knees.

She had done this. She had caused her own lover's death. If she had gone directly to the Council as soon as she'd learned about the creature, none of this would've happened, and Barson would still be alive. Keening in agony, Augusta rocked back and forth.

She had let her feelings for Blaise cloud her judgment, but she would not make that mistake again. Blaise was now dead to her—as dead as his creature would be when the full power of Koldun's sorcerers got unleashed upon it.

The thing was evil, and evil had to be stopped at all costs.

CAPÍTULO QUARENTA E QUATRO: BLAISE

Com o coração batendo no peito, Blaise voou o mais depressa que podia. Lá fora, no meio da gigantesca tempestade estava Gala. Ela flutuava no ar, com um homem pendurado em suas pernas. O solo estava coberto de corpos e soldados. Blaise não sabia se estavam mortos ou apenas gravemente feridos.

Sua espreguiçadeira balançava por ser forçada a voar no limite máximo, tentando ir cada vez mais rápido. O vento da tempestade dificultava seu esforço, por isso ele pegou sua maleta em busca da Pedra Interpretadora e de alguns cartões. Adicionando freneticamente alguns parâmetros chave ao código, ele enfiou os cartões na Pedra e aguardou.

Imediatamente, um novo vento surgiu. Era fraco comparado às forças insanas que Blaise imaginava que Gala tinha desencadeado, mas soprava exatamente na direção que ele precisava.

A seguir, Blaise pegou um lenço. Ignorando a chuva e os raios, ele recitou um feitiço oral. Ao terminar, o lenço começou a crescer até que ficou parecendo mais um lençol. Mais um feitiço e o lençol se uniu à traseira da espreguiçadeira, tornando-se uma espécie de vela improvisada.

A cadeira ficou mais rápida, ajudada pelo vento.

Os raios continuavam a atingir o solo e Blaise observou horrorizado quando um deles atingiu o homem que estava com Gala. No lampejo brilhante causado, Blaise pôde ver o rosto do homem.

Era Barson, o Capitão da Guarda dos Feiticeiros — um homem conhecido por ser um lutador sem igual.

Com velocidade de um raio, o corpo todo de Barson estremeceu e então soltou Gala e começou a cair.

Um momento depois, Blaise começou a sentir uma sensação estranha — um calor de felicidade parecia permear seu corpo apesar do vento e da chuva que açoitavam sua pele. Toda a tensão pareceu ser retirada dele e foi substituída por uma paz diferente de tudo que ele já havia sentido antes. Era algo impressionante, hipnótico, e Blaise sentiu que começava a ser levado, sua mente enevoada com intenso prazer.

Um feitiço de cura, ele percebeu vagamente, seus pensamentos lentos e indolentes, como se ele estivesse adormecendo. Um feitiço de cura como o que a mãe dele costumava fazer, só que mil vezes mais poderoso. Um feitiço de cura que faria com que ele esquecesse tudo, se assim permitisse.

Não, Blaise pensou, suas unhas cravadas na pele. Ele não podia se deixar levar. Buscando o abridor de cartas que ele sempre levava em sua pasta, ele o tirou de lá e fez um corte na palma da mão. A dor foi forte e o sangue jorrou por um momento, mas então sua pele se fechou, como se nada tivesse acontecido. Ele repetiu a ação várias vezes. As eclosões de dor evitavam que ele fosse tragado por aquele estado maquinal e de torpor de felicidade.

Adiante, ele viu Gala começando a cair e sentiu os efeitos do feitiço de cura começarem a diminuir. Os trovões e raios amainaram, embora a chuva continuasse a cair em um ritmo contínuo.

Ajustando sua espreguiçadeira para o solo, Blaise chegou abaixo do corpo de Gala bem a tempo.

Ela aterrissou em cima dele e Blaise pegou-a nos braços, puxando-a para si. Ela parecia inconsciente mas viva, com seu corpo esguio suave e quente contra seu peito. Tremendo, Blaise mentalmente agradeceu a seus mestres, até mesmo ao canalha do Ganir, por estimularem e alimentarem suas habilidades matemáticas. Se o ângulo de descida tivesse sido ligeiramente diferente, Gala teria mergulhado no solo abaixo.

Olhando para baixo, para seu belo rosto, Blaise se abaixou e beijou suavemente seus lábios, sentindo o gosto da chuva e da essência singular de Gala. Ele não conseguia acreditar que ela finalmente estava ali, com ele e a abraçou, tentando não amassá-la em seus braços. Mesmo vestida com roupa de camponesa e com sujeira no rosto, ela era linda o bastante para fazer com que ele sofresse.

Eles desceram lentamente e ele viu o campo totalmente pela primeira vez. Em volta deles, os soldados da Guarda dos Feiticeiros começavam a se movimentar, embora muitos deles ainda estivessem com pedaços de metal saindo de suas armaduras. Havia também leões andando, uma visão que teria surpreendido Blaise mais ainda se ele não estivesse tão surpreso com o resto. No canto do campo, ele via Maya e Esther. Estavam abraçadas e olhando para o campo com expressão aterrorizada nos rostos.

A espreguiçadeira tocou o chão e Blaise saltou, ainda segurando Gala em seus braços. Ela se moveu, fazendo um barulho suave e, então, seus olhos se abriram tremendo.

Sorrindo, Blaise a olhou de volta.

— Blaise! — O rosto dela se iluminou com um assombro feliz. — Você está aqui!

— Sim — disse ele suavemente — Eu estou aqui e eu não vou a parte alguma.

Inclinando a cabeça, ele a beijou novamente. Os braços dela estavam em torno do pescoço dele e ela puxou a cabeça dele para baixo, retribuindo o beijo com tanta paixão que Blaise sentiu um surto de calor apesar da chuva fria que caía. Pela primeira vez desde que Gala tinha ido, ele se sentiu vivo — vivo e desejando-a com cada parte de seu ser.

Antes que pudesse se descontrolar totalmente, Blaise recuou. Por pior que fosse ter que parar por ali, ele precisava avaliar a situação.

— O que aconteceu aqui? — perguntou ele, colocando-a suavemente de pé.

Gala piscou, parecendo flagrada, por um momento e, em seguida, olhando freneticamente em torno.

— Eles estão curados — disse ela com espanto, dando um passo para trás e apontando para os leões — Veja, Blaise, eles estão todos curados!

Blaise olhou para as feras que agora pareciam seguir Maya e Esther.

— Isso é bom, eu acho — disse ele, com um pouco de incerteza. Em volta deles, havia soldados lentamente começando a se levantar.

— Eles também estão curados — Gala falou, acompanhando o olhar dele — Eu devo ter feito isso sem querer.

Ela parecia aliviada, e Blaise achou isso estranho.

— Eu achei que queriam matar você — disse Ele. — O que houve aqui?

E, enquanto andavam em direção à Maya e Esther através do campo, repleto de soldados pasmos, mas lentamente se recuperando, Gala contou a ele tudo sobre o combate e os incidentes no mercado e no Coliseu.

Blaise, abismado, ouviu tudo. Ele sabia que ela era poderosa, mas jamais teria imaginado algumas das coisas que ela fez. E ela ainda não parecia ter controle de seus poderes.

— Eu sinto muito por ter saído — Gala falou enquanto se aproximava das mulheres. Sua voz estava repleta de amargo arrependimento. — Eu causei tanto caos e sofrimento . . . eu não consigo me controlar, Blaise. Eu devia ter ficado com você e tentando aprender feitiçaria como você queria que eu fizesse, em vez de sair para conhecer o mundo. Nada disso — ela apontou para o campo cheio de sangue —devia ter acontecido.

Blaise pegou a mão dela, apertando-a levemente.

— Não se preocupe — disse ele suavemente — Eu estarei com você daqui por diante.

A mão dela era pequena e estava fria dentro da dele, e ele percebeu como ela era frágil, apesar de seus poderes.

Gala assentiu, e ele viu que parte de sua antiga exuberância não estava mais presente. Mesmo com o passar de tão poucos dias, ela parecia diferente, de alguma forma mais madura. Enquanto caminhavam, ele via as lágrimas que desciam pelo rosto dela, misturadas aos pingos de chuva.

— Nem todos se movem — disse ela, olhando para os soldados caídos — Blaise, acho que matei alguns deles. Havia uma nota de horror escondida em sua voz.

Blaise novamente se amaldiçoou por não estar lá para protegê-la.

— Você estava se defendendo.

Ele parou, fazendo com que ela parasse também.

Colocando as mãos no rosto dela, ele viu seu olhar cheio de tristeza.

— Gala, ouça, isso não foi culpa sua.

— Claro que foi — disse ela com amargura — Eu fiz isso. Eu matei aqueles homens.

— Eles estavam tentando matar você — falou Blaise com firmeza — A culpa é deles, não sua. Se eu estivesse aqui, eu teria matado todos. Você, pelo menos, salvou os sobreviventes. Isso é mais misericórdia do que eles mereciam.

— Gala!

O grito de Maya interrompeu e os dois se viraram em direção ao som. As duas mulheres estavam de pé a alguns metros, cercadas por um círculo de leões.

— Gala, tire esses monstros devoradores de humanos de perto de nós!

Para surpresa de Blaise, um leve sorriso apareceu no rosto de Gala e os leões se deitaram, transformando-se em gigantescas bolas de pelo aos pés de Maya e de Esther.

— Não — Esther disse de forma frenética — não faça com que nos encurralem — apenas faça com que vão embora.

Voltando-se para Maya, ela falou em voz alta:

— E você, não vê que gritando com eles poderá fazer com que se sintam ameaçados?

As duas mulheres discutiam e os leões meramente erguiam as orelhas de vez em quando, se contentando em ignorar os humanos.

— Eles parecem estar bem — Blaise falou para Gala quando ela voltou sua atenção novamente para ele — Você os salvou, sabe. Eu não sei o que os soldados teriam feito a eles.

Ela concordou, seus olhos ainda parecendo bastante enevoados para o gosto dele, e Blaise sabia que aquilo servia de pouco consolo para ela, no momento, que ela jamais seria capaz de esquecer completamente os eventos daquele dia terrível.

CHAPTER FORTY-FOUR: BLAISE

His heart pounding in his chest, Blaise flew as fast as he could. Out there, in the middle of the giant storm, was Gala. She was floating in the air, with a man hanging on to her legs. The ground was covered with bodies of soldiers. Blaise couldn't tell if they were dead or just severely wounded.

His chaise shook as he pushed it to its very limits, trying to go faster and faster. The wind from the storm was hampering his efforts, so he grabbed for his bag, fishing out the Interpreter Stone and a few cards. Frantically adding a few key parameters to the code, he fed the cards into the Stone and waited.

Immediately, a new wind picked up. It was weak compared to the insane forces Blaise assumed Gala had somehow unleashed, but it was blowing in exactly the direction he needed.

Next, Blaise took out a handkerchief. Ignoring the rain and the lightning, he did a verbal spell. When he was done, the handkerchief began to grow until it was more like a sheet. Another spell, and the sheet was attached to the back of the chaise, becoming an impromptu sail of sorts.

The chaise went faster, helped by the wind.

Lightning kept hitting the ground, and Blaise watched in horror as one bolt hit the man holding on to Gala. In the bright flash that followed, Blaise saw the man's face.

It was Barson, the Captain of the Sorcerer Guard—a man known to be a fighter without equal.

At the lightning strike, Barson's entire body jerked. Then he let go of Gala and began to fall.

A moment later, Blaise began to feel a strange sensation—a blissful warmth that somehow permeated his body despite the wind and rain lashing at his skin. All the tension drained out of him and was replaced with a kind of unusual calmness, a peace unlike anything he had ever experienced before. It was mesmerizing, hypnotic, and Blaise felt himself starting to drift under, his mind clouding with the intense pleasure.

A healing spell, he realized vaguely, his thoughts slow and sluggish, as though he was falling asleep. A healing spell like his mother used to do, only a thousand times more powerful. A healing spell that would make him forget everything if he allowed it.

No, Blaise thought, his nails digging into his skin. He couldn't let himself go under. Reaching for the letter opener he always carried in his bag, he pulled it out and stabbed his palm. The pain was sharp and jarring for a moment, and then his flesh sealed itself, as though nothing had happened. He repeated the action, over and over. The bursts of pain prevented him from getting sucked into that mindless, blissful state.

Up ahead, he saw Gala starting to fall and felt the effects of the healing spell beginning to wane. The lightning and thunder eased, though the rain continued pouring at a steady pace.

Angling his chaise toward the ground, Blaise got underneath Gala's falling body just in time.

She landed on top of him, and Blaise caught her in his arms, pulling her close. She seemed to be unconscious but alive, her slim body soft and warm against his chest. Shaking, Blaise mentally thanked all his teachers, even the bastard Ganir, for encouraging and nurturing his mathematical gifts. Had the angle of his descent been even slightly different, Gala would've plummeted to the ground below.

Looking down at her exquisite face, Blaise bent down and gently kissed her lips, tasting the rain and the unique essence that was Gala. He couldn't believe she was finally here, with him, and he hugged her, trying not to crush her in his arms. Even dressed in a peasant outfit and with dirt marring her cheeks, she was beautiful enough to make him ache.

They descended slowly, and he saw the field fully for the first time. All around them, the soldiers of the Sorcerer Guard were beginning to stir, though many still had shards of metal sticking out of their armor. There were also lions walking around, a sight that would've surprised Blaise more if he hadn't been so overwhelmed with everything else. On the very edge of the field, he could see Maya and Esther. They had their arms around each other and were staring at the field with terrified expressions on their faces.

The chaise touched the ground, and Blaise climbed out, still holding Gala cradled in his arms. She shifted, making a soft noise, and then her eyes fluttered open.

Smiling, Blaise met her gaze.

"Blaise!" Her face lit up with joyous wonder. "You're here!"

"Yes," he said softly. "I'm here, and I am not going anywhere." Bending his head, he kissed her again. Her arms wound around his neck, and she pulled his head down, kissing him back with so much passion that Blaise felt a bolt of heat despite the cold rain that kept coming down. For the first time since Gala left, he felt alive—alive and craving her with every part of his being.

Before he could completely lose his mind, Blaise pulled back. As loath as he was to stop, he needed to take stock of the situation. "What happened here?" he asked, gently placing her on her feet.

Gala blinked, seemingly taken aback for a moment, then frantically looked around. "They're healed," she said in amazement, stepping back and pointing at the lions. "Look, Blaise, they are all healed!"

Blaise looked at the wild beasts that now seemed to be heading toward Maya and Esther. "That's good, I guess," he said, a bit uncertainly. Around them, he could see some of the soldiers slowly starting to get up.

"They're healed, too," Gala said, following his gaze. "I must have done it without meaning to." She sounded relieved, which struck Blaise as odd.

"I thought they were trying to kill you," he said. "What happened here today?"

And as they walked toward Maya and Esther through the field of dazed, but slowly recovering soldiers, Gala told him all about the fight and the incidents at the market and Coliseum.

Blaise listened in awe. He had known she would be powerful, but even he couldn't have imagined some of the things she would do. And she didn't even seem to have control over her powers yet.

"I'm sorry I left," Gala said as they were approaching the two older women. Her voice was filled with bitter regret. "I caused so much havoc and suffering . . . I can't control myself, Blaise. I should've stayed with you and tried to learn sorcery like you wanted me to do, instead of going off to see the world. None of this—" she motioned toward the bloody field, "—should've happened."

Blaise took her hand, squeezing it lightly. "Don't worry," he said quietly. "I will be with you from now on." Her hand felt small and cold within his own, and he realized how fragile she was despite her powers.

Gala nodded, and he could see that some of her earlier exuberance was no longer there. Even though only a few days had passed, she seemed different, more mature somehow. As they walked, he could see tears running down her face, mixing with the raindrops.

"Not all of them are moving," she said, looking at the fallen soldiers. "Blaise, I think I killed some of them." There was a note of poorly concealed horror in her voice.

Blaise again cursed himself for not being there to protect her. "You were defending yourself." He stopped, bringing her to a halt as well. Placing his hands on her wet cheeks, he met her grief-stricken gaze. "Gala, listen to me, this was not your fault."

"Of course it was," she said bitterly. "I did this. I killed those men."

"They were trying to kill you," Blaise said harshly. "They are the ones at fault, not you. If I had been here, I would've killed them all. You, at least, healed the survivors. That's more mercy than they deserve—"

"Gala!" Maya's shriek interrupted the moment, and they both turned toward the sound. The two women were standing a dozen yards away, surrounded by a circle of lions. "Gala, get these man-eating monsters away from us!"

To Blaise's surprise, a tiny smile appeared on Gala's face, and the lions lay down, curling into giant furry balls at Maya and Esther's feet.

"No," Esther said frantically, "don't make them corner us—just make them go away." Turning to Maya, she said loudly, "And you, don't you realize that yelling at them might make them feel threatened?" The two women went on to bicker, and the lions merely raised their ears from time to time, content to ignore the humans.

"They seem to be fine," Blaise said to Gala when she turned her attention back to him. "You saved them, you know. I don't know what the soldiers would've done to them."

She nodded, her eyes still looking far too shadowed for his liking, and Blaise knew that it was little consolation to her right now, that she would never be able to completely forget the events of this terrible day.

CAPÍTULO QUARENTA E CINCO: BARSON

Barson mergulhava para o solo quando sentiu a primeira onda de êxtase tomando conta dele. Deve ser isso o que se sente ao morrer, pensou ele, à medida que toda dor deixava seu corpo e uma paz bem aventurada assumia seu lugar. Era diferente de tudo que ele já sentira antes. Todos seus ferimentos pareciam ter sarado, os restos de metal saíam de seu corpo como se puxados por alguma força invisível.

Então ele bateu contra o chão.

O impacto tirou todo ar de seus pulmões. Pontos negros dançavam em sua visão e Barson lutava para respirar através da cavidade comprimida de seu peito. Ele via o pingente ao lado, no chão, em pedaços, diante dele. Estava ao lado de seu braço protegido pela armadura, que estava em um ângulo esquisito. Ele teve o pensamento estranho de que ele também estava quebrado, assim como o pingente.

Foi então que a dor o atingiu de forma maciça. Parecia que todos os ossos de seu corpo estavam quebrados, cada órgão abalado e que havia uma hemorragia interna. A visão estava embaçada e um enjoo forte queimava sua garganta, mas ele lutava contra a escuridão que tentava tragá-lo. Ele não podia, ele não ia se permitir morrer assim.

E, quando Barson sentiu que ia perder aquela luta, a dor começou a diminuir novamente, desaparecendo milagrosamente como tinha ocorrido antes. Ele sentia seu corpo se curando, sarando e era a sensação mais impressionante — até que aquela paz bem aventurada tomasse conta dele novamente, cobrindo-o de uma tepidez singular.

Ele não podia mais lutar contra a brandura do limbo e deixou que a onda de prazer tomasse conta dele.

CHAPTER FORTY-FIVE: BARSON

Barson was plummeting toward the ground when he felt the first wave of ecstasy washing over him. This must be what it feels like to die, he thought, as all pain left his body and a blissful peace took its place. It was unlike anything he had ever experienced before. All his wounds seemed to heal, the remaining shards of metal exiting his body as though pushed out by some invisible force.

Then he slammed into the ground.

The impact knocked all air out of his lungs. Black spots swimming in front of his vision, Barson fought to draw in a breath through the compressed cavity of his chest. He could see the pendant lying on the ground in front of him in pieces. It was right next to his armor-plated arm, which seemed twisted at an odd angle. He had a strange thought that he was broken too, just like the pendant.

Then the pain hit him in one massive wave. It felt like every bone in his body was shattered, every organ bruised and bleeding on the inside. His vision blurred, and hot nausea boiled up in his throat, but he fought the blackness that tried to suck him under. He couldn't, wouldn't allow himself to die like this.

And just as Barson felt that he would lose that fight, the pain began to lessen again, disappearing as miraculously as it did before. He could feel his body healing, mending, and it was the most amazing sensation—until that blissful peace hit again, bathing him in the exquisite warmth.

He couldn't fight the sweetness of the oblivion any longer, and he let the wave of pleasure sweep him under.

CAPÍTULO QUARENTA E SEIS: GALA

— Eu quero sair desse lugar — Gala disse a Blaise depois que os leões deixaram Maya e Esther em paz, deitados a alguns metros de distância.

Ter Blaise ali, com ela, fazia com que se sentisse melhor, mas ela precisava sair daquele campo de carnificina. A culpa, penetrante e terrível, corroía suas entranhas. Ela tinha matado pessoas naquele dia. Ela havia encurtado sua existência. Era o pior crime em que Gala podia pensar e ela havia cometido isso — não uma vez, mas muitas vezes naquele dia.

Os vários cenários de como poderia ter sido passavam pela cabeça dela. E se ela tivesse apenas feito com que adormecessem? E se ela tivesse feito com que suas espadas desaparecessem em vez de parti-las em milhares de pedaços? E se ela tivesse sido capaz de controlar os próprios poderes, ela poderia ter se defendido sem ter que recorrer ao assassinato.

— Sim — Blaise concordou — Precisamos ir. Podemos nos esconder em um dos outros territórios.

— Não — Esther interrompeu, aproximando-se deles — Você será reconhecido — e agora, ela também. Nenhum disfarce poderá escondê-la depois disso.

Ela apontou para o campo.

Maya também se aproximou.

— Esther tem razão. Além do mais, esta aí — apontando para Gala — começa a realizar feitiçaria louca sempre que se aborrece.

Gala olhou para Maya, tocada pelo fato de que a mulher mais velha estava certa. A magia dela — seus poderes incontroláveis — estavam bastante ligados a suas emoções. Ela queria se castigar por não ter feito essa ligação tão óbvia antes.

— E o que sugere em lugar disso? — Blaise franziu o cenho para Esther— Não podemos voltar para a vila e Turingrad está fora de questão. Assim que o Conselho souber disso — e saberá — virá atrás de nós. Por mais poderosa que Gala seja, nós dois não temos chance contra o poder combinado do Conselho.

Esther hesitou por um instante.

— Há um local onde não vão procurar— disse ela lentamente — Nas montanhas. Acho que é o lugar para onde devemos ir.

Houve um silêncio. Gala havia lido um pouco sobre as montanhas que cercavam Koldun e protegiam a terra de brutais tempestades oceânicas. Em lugar algum os livros descreveram as montanhas como um local habitável.

Blaise parecia estar avaliando a ideia. — Bem — disse ele finalmente — é apenas uma região de selva, mas poderemos ser capazes de sobreviver lá. Não será confortável, mas tenho certeza de que daremos um jeito.

— Eu não sei se é apenas uma selva — Maya disse, parecendo assustada — Eu ouvi rumores.

— Que rumores? — Gala perguntou, com sua curiosidade natural.

Ela podia se ver na floresta com Blaise, cercada por belas plantas e animais, e as imagens era bem atraentes. Os leões também ficariam felizes lá. Ela se perguntava como libertar as soberbas criaturas sem que devorassem ou fossem feridos pelos seres humanos, e esta parecia ser a solução perfeita.

— Dizem que há pessoas morando lá — Esther disse, inclinando-se como com medo de que alguém ouvisse suas palavras — Dizem que são pessoas livres, que não pertencem a nenhum feiticeiro.

Blaise pareceu surpreso.

— Por que será que nunca ouvi falar disso?

— Eu imagino que a maioria dos feiticeiros não sabe disso — falou Maya — É por isso que aquelas pessoas supostamente são livres. Os rumores dizem que muitos deles são de territórios do norte, onde a seca é particularmente grave, mas muitos vêm do sul.

Gala olhou para Blaise e para as duas mulheres. Ir para as montanhas significava que ela ficaria longe dos soldados e de quaisquer outros que quisessem lhe fazer mal — e que ela jamais teria que fazer mal a qualquer um, em troca.

— Vamos para lá — disse ela decididamente — Talvez possamos ajudar as pessoas em troca de sua hospitalidade. Blaise, você pode otimizar as plantações deles, não pode?

Seu criador lhe deu um sorriso cálido.

— Sim, com certeza. Acho que temos uma solução.

* * *

Gala observava fascinada enquanto Blaise trabalhava num feitiço para expandir sua espreguiçadeira. O objetivo era torná-la suficientemente grande para acomodar quatro pessoas e treze leões.

Quando o objeto aumentado ficou pronto, quase bloqueando a estalagem, todos entraram nele, até mesmo os leões. Gala guiou mentalmente os animais para o objeto, certificando-se de que não entrariam em pânico ou rugiriam para Maya e Esther — que os olhavam com muita cautela, com medo de ter as feras tão por perto. Ao contrário, Gala gostava de ter os animais por perto, a proximidade de seu corpo peludo tornavam a cadeira quente e aconchegante. Blaise fez um feitiço rápido para acrescentar um escudo à prova d'água em volta da espreguiçadeira, para que também estivessem protegidos da chuva contínua que caía.

Assim que se ergueram em voo e começaram a seguir em direção às montanhas, Blaise se virou para Gala com uma estranha expressão no rosto.

— Gala — disse ele suavemente — Você está vendo isso?

— Vendo o quê? — Gala perguntou. Tudo que ela via uma chuva torrencial que caía e tornava tudo cinza. A tempestade não estava tão violenta quanto antes, mas parecia se estender até onde os olhos podiam enxergar.

— A chuva. Ela se espalha rapidamente — Blaise disse, pegando a mão dela. O olhar em seu rosto, enquanto ele olhava para ela era suave e reverente.

— Gala, eu acho que você acabou com a seca.

CHAPTER FORTY-SIX: GALA

"I want to leave this place," Gala told Blaise after the lions left Maya and Esther alone, curling up a few yards away instead.

Having Blaise here, with her, made her feel better, but she needed to get away from this field of carnage. Guilt, sharp and terrible, was gnawing at her insides. She had killed people today; she had cut short their existence. It was the worst crime Gala could think of, and she had committed it—not once, but many times today.

The different what-if scenarios kept running through her head. What if she had been able to just make them fall asleep? What if she had made their swords disappear instead of shattering into a thousand pieces? If she had been able to control her powers, she could've defended herself without resorting to murder.

"Yes," Blaise agreed. "We need to go. We might be able to hide in one of the other territories—"

"No," Esther interrupted, coming up to them. "You will be recognized—and now, so will she. No disguise will be able to hide her after this." She motioned toward the field.

Maya approached as well. "Esther is right. Besides, this one—" she pointed at Gala, "—starts doing insane sorcery whenever she's upset."

Gala stared at Maya, struck by the fact that the old woman was right. Her magic—her uncontrollable powers—were very much tied to her emotions. She wanted to kick herself for not making this obvious connection before.

"So what do you suggest instead?" Blaise frowned at Esther. "We can't go back to the village, and Turingrad is out of the question. As soon as the Council hears about this—and they will—they're going to be after us.

As powerful as Gala is, the two of us don't stand a chance against the combined might of the Council."

Esther hesitated for a second. "There is one place they wouldn't look," she said slowly. "The mountains. That might be where we need to go."

A silence followed. Gala had read a little bit about the mountains that surrounded Koldun and protected the land from the brutal ocean storms. At no point did the books describe the mountains as a habitable place.

Blaise looked like he was considering the idea. "Well," he said finally, "it is just wilderness, but we might be able to survive there. It won't be comfortable, but I'm sure we'll manage—"

"I'm not sure if it's just wilderness," Maya said, looking frightened. "I've heard rumors."

"What rumors?" Gala asked, her natural curiosity awakening. She could picture herself in the forest with Blaise, surrounded by beautiful plants and animals, and the images were quite appealing. The lions would be happy there, too; she had been wondering how to set the magnificent creatures free without them eating anyone or getting hurt by frightened humans, and this seemed like the perfect solution.

"They say that people live there," Esther said, leaning in as though afraid someone would overhear her words. "They say that those people are free, that they don't belong to any sorcerers."

Blaise appeared surprised. "Why haven't I heard about this?"

"I imagine most sorcerers haven't heard about this," Maya said. "That's why those people are supposedly free. Rumors say many of them are from the northern territories, where the drought is especially bad, but some come from further south."

Gala looked at Blaise and the two women. Going to the mountains meant that she would be far away from the soldiers and anyone else seeking to harm her—and that she would never have to harm anyone else in return. "Let's go there," she said decisively. "Maybe we could help those people in exchange for their hospitality. Blaise, you could enhance their crops, right?"

Her creator gave her a warm smile. "Yes, indeed. Sounds like we have a plan."

* * *

Gala watched in fascination as Blaise worked on a spell to expand his chaise. The goal was to make it big enough to accommodate four people and thirteen lions.

When the enlarged object stood there, almost blocking the inn, they all got on, even the lions. Gala mentally guided the animals onto the object, making sure they didn't panic or growl at Maya and Esther—who were eyeing them quite warily, afraid of having the wild beasts so close. In contrast, Gala liked having the animals near, the proximity of their furry bodies making the chaise feel warm and cozy. Blaise did a quick spell to add a waterproof shield around the chaise, so they were also protected from the steadily falling rain.

As they rose into the air and began heading toward the mountains, Blaise turned to Gala with a strange expression on his face. "Gala," he said softly. "Are you seeing this?"

"Seeing what?" Gala asked. All she could see were the sheets of rain, coming down hard and turning everything grey. The storm was not as violent as before, but it seemed to stretch as far as the eye could see.

"The rain. It's rapidly spreading," Blaise said, reaching out to take her hand. The look on his face as he gazed at her was tender and reverent. "Gala, I think you might have ended the drought."

ABOUT DIMA ZALES

Dima Zales is a *USA Today* bestselling science fiction and fantasy author residing in Palm Coast, Florida. You can connect with him at www.dimazales.com. Prior to becoming a writer, he worked in the software development industry in New York as both a programmer and an executive. From high-frequency trading software for big banks to mobile apps for popular magazines, Dima has done it all. In 2013, he left the software industry in order to concentrate on his writing career.

Dima holds a Master's degree in Computer Science from NYU and a dual undergraduate degree in Computer Science / Psychology from Brooklyn College. He also has a number of hobbies and interests, the most unusual of which might be professional-level mentalism. He simulates mind reading on stage and close-up, and has done shows for corporations, wealthy individuals, and friends.

He is also into healthy eating and fitness, so he should live long enough to finish all the book projects he starts. In fact, he very much hopes to catch the technological advancements that might let him live forever (biologically or otherwise). Aside from that, he also enjoys learning about current and future technologies that might enhance our lives, including artificial intelligence, biofeedback, brain-to-computer interfaces, and brain-enhancing implants.

In addition to writing *The Sorcery Code* series and *Mind Dimensions* series, Dima has collaborated on a number of romance novels with his wife, Anna Zaires. The Krinar Chronicles, an erotic science fiction series, is an international bestseller and has been recognized by the likes of *Marie Claire* and *Woman's Day*. If you like erotic romance with a unique plot, please feel free to check it out. Keep in mind, though, Anna Zaires's books are going to be much more explicit.

Anna Zaires is the love of his life and a huge inspiration in every aspect of his writing. She definitely adds her magic touch to anything Dima creates, and the books would not be the same without her. Dima's fans are strongly encouraged to learn more about Anna and her work at www.annazaires.com.